HEYNE <

AUDREY

CARLAN

My Wish

Breite deine Flügel aus

ROMAN

Aus dem Amerikanischen
von Nicole Hölsken

WILHELM HEYNE VERLAG
MÜNCHEN

Die Originalausgabe WHAT THE HEART WANTS
erschien erstmals 2020
bei Harlequin Enterprises ULC.

MIX
Papier aus verantwortungsvollen Quellen
FSC® C014496

Penguin Random House Verlagsgruppe FSC® N001967

Deutsche Erstausgabe 11/2021

Published by Arrangement with AUDREY CARLAN, INC.
Dieses Werk wurde im Auftrag
der Jane Rotrosen Agency LLC vermittelt durch
die Literarische Agentur Thomas Schlück GmbH, 30161 Hannover.

Redaktion: Anita Hirtreiter
Printed in Germany
Umschlaggestaltung: bürosüd, www.buerosued.de
Satz: Leingärtner, Nabburg
Druck und Bindung: GGP Media GmbH, Pößneck
ISBN: 978-3-453-42430-2

www.heyne.de

Für Jeananna Goodall …

Danke, dass Du mir Einblicke
in das Wesen Deiner Mutter gewährt hast.
Ich stelle mir gern vor, dass die wahre Suda Kaye Ross
von diesem Buch begeistert wäre.
Möge ihre Schönheit durch Dich weiterleben,
ebenso wie durch Deine Kinder und die folgenden Generationen.
Indem sie Dich schuf, hat sie uns
ein wunderbares Geschenk hinterlassen.
Ich jedenfalls bin ihr zutiefst dankbar.

Prolog

MEIN ACHTZEHNTER GEBURTSTAG

Fliege in die Freiheit.

Ich fahre den Worten nach, die dort in schwarzer Tinte zu lesen sind, in Schönschrift von ihr verfasst. Die Farbe setzt sich stark vom Blassrosa des Briefpapiers ab. Das war so ihre Art. Das machte sie ständig. Briefe schreiben. Vornehmlich an meine Schwester Evie und an mich – über Jahre hinweg, immer wenn das Fernweh sie gepackt hatte und sie auf Reisen war. Manchmal war es auch nur eine Postkarte aus einem der weit entfernten Orte, an denen sie war, zuweilen auch eine gekritzelte Nachricht auf der Serviette einer Bar zusammen mit einem Ticketfetzen von einem Konzert, das sie auf einem ihrer Abenteuer besucht hatte.

Einmal schickte sie uns diese wunderschönen, mit Glitzersteinen besetzten Ketten aus Deutschland. Sie waren aus mundgeblasenem Glas und handbemalt. Jedes Mal, wenn der Postbote ins Reservat kam, in dem wir bei unserem Großvater lebten, betete ich darum, dass er eine Nachricht oder ein Paket von Mom bringen würde.

Seitdem ich reden oder ihre Erzählungen bewusst verstehen konnte, hing ich an ihren Lippen und sog die fantastischen

Geschichten förmlich in mich auf, die sie bei ihrer Rückkehr zum Besten gab. Ihre Berichte führten uns um den ganzen Globus, von Istanbul über Island bis hin zum Burning Man Festival in der Wüste Nevadas. Damals schenkte sie uns diese winzigen Fingerzimbeln, wie Bauchtänzerinnen sie benutzen. Danach meldete sie uns zum ersten Mal für Bauchtanzkurse an. Auch heute noch lieben Evie und ich es, gemeinsam zu tanzen.

Es gehörte zu unserem Leben, dass unsere Mutter, Catori Ross, sich vom Wind treiben ließ.

Ich betete meine Mutter an und beneidete sie um das Leben, das sie führte. Das tue ich immer noch, doch nun hat sie uns verlassen, um sich auf ihre letzte Reise zu begeben. Ihr allerletztes Abenteuer, wie sie es gern nannte. Außerdem versprach sie Evie und mir, dass es sie auf ewig glücklich machen würde.

»Sorgt euch niemals um mich, meine hübschen Mädchen«, flüsterte sie. In der einen ausgestreckten Hand hielt sie die meine, in der anderen Evies. Ihr Körper war eingesunken, sie war nur noch Haut und Knochen. Das Bett, in dem sie lag, hatte sie jetzt schon seit Monaten nicht mehr verlassen. Sie lächelte und richtete den Blick erst auf Evie, dann auf mich. »An jedem Ort, den ich besucht habe, fand ich nichts als Schönheit.« Dann drückte sie unsere Hände, schloss die Augen, atmete tief aus – und war nicht mehr bei uns.

Das waren ihre letzten Worte. Es mag erstaunlich sein, aber ich glaubte ihr. Der Tod würde Moms letzte Station sein, ob sie es wollte oder nicht. Und doch wusste ich tief in mir drin, dass sie überall Schönheit finden würde, egal, wohin ihre Seele flog. So war sie eben.

Was mich mit unserer Trauer versöhnte, war die Tatsache, dass Mom wirklich gelebt hatte. Sie war nie richtig sesshaft geworden. Sie war immer mit einem Fuß schon wieder zur Tür hinaus, ständig offen für neue Erfahrungen. Mit jedem Atemzug atmete sie

Freiheit, Mut und Liebe aus. Fernweh strömte aus jeder einzelnen Pore. Nichts konnte sie zurückhalten. Weder ihr Ehemann mit seinen militärischen Ambitionen noch ihre beiden Töchter. Unter dieser Tatsache leidet Evie ganz besonders.

Ich selbst hingegen, ich habe Mom verstanden, denn ich bin ihr sehr ähnlich. Wie sie will ich die ganze Zeit in Bewegung sein, will tanzen, laufen, fliegen. Als ich also nun, an meinem achtzehnten Geburtstag, den letzten Abschnitt des Briefes meiner Mutter noch einmal lese, wird mir klar, dass das Fernweh auch mir im Blut liegt. Auch ich werde nicht sesshaft werden, mich niemals von irgendwelchen Verpflichtungen zurückhalten lassen, ebenso wenig wie von Verantwortung oder sogar von … der Liebe.

Ich blättere den Stapel rosafarbener Umschläge durch, der neben dem Satinband liegt, mit dem sie zusammengebunden waren, als mein Großvater uns die Briefe nach dem Tod meiner Mutter vor sechs Monaten aushändigte. Auf jedem Kuvert steht ein Datum oder ein bestimmtes Ereignis in unserem Leben, damit wir wissen, wann wir sie öffnen sollen. Evie und ich haben am gleichen Tag Geburtstag, aber sie ist zwei Jahre älter als ich, daher hat jede von uns beiden heute ihren ersten Brief gelesen.

Evie hat sich in den Papasansessel gekuschelt. Jetzt faltet sie ihren Brief wieder zusammen und schiebt ihn in den Umschlag zurück. Dann hält sie ihn sich mit der flachen Hand an die Nase und schnuppert daran.

»Riecht nach ihr.« Evie räuspert sich, und eine Träne läuft ihr über die Wange.

Auch ich atme das Aroma des Papiers ein, nehme die dezente Note von Zitrus und Patschuli und vielleicht sogar einen Hauch Erde wahr. »Mom hat immer gesagt, wenn man schon nach irgendwas duften muss, dann wenigstens nach etwas Natürlichem. Fruit and spice.«

»And everything nice!« Evie gluckst leise, dann stößt sie einen tiefen Seufzer aus. »Ich vermisse sie. Manchmal stelle ich mir vor, dass sie sich nur wieder auf ein weiteres Abenteuer eingelassen hat, weißt du? Dann darf ich stinksauer sein und mir all die gehässigen Dinge ausdenken, die ich zu ihr sagen werde, wenn sie endlich mit einem Koffer voller schmutziger Klamotten und Mitbringsel zurückkehrt, mit denen sie versucht, wiedergutzumachen, dass sie uns allein gelassen hat.«

Meine Kehle wird eng, und ich atme mühsam ein. »Evie, sie wollte nicht gehen …«

»Diesmal nicht, Suda Kaye, aber was ist mit den ganzen anderen Malen? So viel verlorene Zeit. Und wofür?« Sie schnaubt und steht auf. Wandert ruhelos im Zimmer auf und ab, drückt die Briefe fest an ihre Brust. »Spaß. Wilde Erfahrungen. Abenteuer!« Ihre Verärgerung wächst, und ihre Stimme wird lauter. »Das hat sie umgebracht. Dieses Bedürfnis, immer woanders zu sein, weil sie dachte, sie könnte etwas verpassen.« Mit erbitterter Miene deutet sie auf mich, und ihre Entrüstung ist förmlich greifbar. »Na ja, mein Weg ist das jedenfalls nicht. Auf gar keinen Fall. Unter keinen Umständen. Ich stehe mit beiden Füßen fest im Leben. Ich werde mein Studium beenden, werde erst den Bachelor in Finanzwirtschaft machen und anschließend den Master und etwas aus meinem Leben machen. Und ich werde glücklich werden!«

Ich sehe, wie das blonde Haar meiner Schwester in Beach Waves an ihrem Rücken hin und her schwingt. Entschlossenheit lodert in ihren blauen Augen, als sie die Briefe auf ihren Stuhl wirft und sich mit dramatischer Geste auf das Bett neben mir fallen lässt. Meine Schwester ist hellhäutig, ich hingegen bin ganz und gar ihre dunkle Ausgabe. Mom hat nie viel über meinen richtigen Vater kundgetan, außer dass er Ian hieß und ich ihm wie aus dem Gesicht geschnitten bin. Kaffeebraunes Haar und bernsteinfarbene Augen. Von unserer Mutter haben Evie und ich die Physiognomie amerikanischer Ureinwohner geerbt: hohe, gewölbte Wangenknochen, dichtes Haar, die bronzefarbene Haut, das warme Herz. Das fantastische seidenglatte rabenschwarze Haar unseres Großvaters, das auch sie hatte, ist uns leider nicht vergönnt, genauso wenig wie die außergewöhnlich dunklen espressofarbenen Augen. Die unseren sind mandelförmig, was ich an uns immer besonders attraktiv gefunden habe. Obwohl wir nur Halbschwestern sind, sehen wir uns insgesamt doch recht ähnlich.

Langsam streiche ich Evie übers Haar, bis sie sich zu mir umdreht.

»Was stand in deinem Brief?«

Ich benetze die Lippen und frage mich, ob ich es ihr erzählen soll. Ihr etwas zu verheimlichen fällt mir schwer, denn wir beide hatten nie Geheimnisse voreinander. Wirklich nie. Immer hieß es Evie und Suda Kaye gegen den Rest der Welt. Mir ist klar, dass ich vor ihr nichts verbergen kann, also gebe ich ihr den Brief.

»Suda Kaye, *huutsuu.*« Sie hält sich die Hand vor den Mund und schließt die Augen. »Kleiner Vogel«, krächzt sie, als sie den Kosenamen ausspricht, den Mom stets für mich hatte.

Ich lächele. »Bis in alle Ewigkeit, *taabe.*« Ich benutze nun auch Moms Kosenamen für sie, was in der Sprache der Komantschen so viel heißt wie »Sonnenschein«.

Evie überfliegt den Brief. Ihre Hände zittern, als sie ihn mir wieder zurückgibt. Ihr Gesicht ist verzerrt vor Angst und Sorge. »Das machst du nicht wirklich, oder?«

Ich beiße mir auf die Innenseite meiner Wange und nicke.

»Suda Kaye … das darfst du nicht tun. Was ist mit Camden? Er wird es nicht verstehen. Ein Typ wie er. Das Leben, das er dir bieten will. Keinesfalls. Du musst einfach …« Sie atmet scharf aus, nimmt meine Hände und drückt sie. »Was wirst du tun?«

Mein Herz pocht wild in meiner Brust, und ich sehe meiner Schwester in die Augen. Meine Seele wappnet sich für die Herausforderung, die vor mir liegt. »Ich werde davonfliegen.«

»Suda Kaye, bist du ganz sicher? Wir können auch noch warten, mein Schatz.« Camden ragt über mir empor. Sein Gesicht ist dem meinen so nahe, dass ich die Pfefferminze in seinem Atem riechen kann. Sanft streicht er mir mit der Hand über die nackte Schulter und meinen Arm hinab, um dann seine Finger mit meinen zu verschränken. Er hebt meine Hand und hält sie neben meinem Kopf auf der Decke fest, unter der wir uns nackt aneinanderkuscheln. Auf dem Dachboden der alten Scheune auf der Farm seiner Familie haben wir unser Liebesnest gefunden.

Ich schüttele den Kopf und hebe ihn an, bis meine Lippen die seinen berühren. Er küsst mich bedächtig, knabbert an meiner Unterlippe, bevor er seine Zunge in meinem Mund abtauchen lässt. Wir küssen einander, bis mein Kinn schmerzt und ich nicht mehr atmen kann. Ich ziehe den Kopf fort, schnappe nach Luft und betrachte sein Gesicht. Noch nie habe ich so einen schönen Mann wie ihn gesehen. Dunkelblonde Locken und sanfte braune Augen mit grünen Sprenkeln, die momentan brennen vor Lust.

»Es muss heute Abend sein. Jetzt«, dränge ich und hebe die Hüften, ganz berauscht von der nackten Wölbung, die ich an meinem Schenkel spüre.

Er holt tief Luft, dann nickt er und verlagert die Hüften, bis sie zwischen meinen Schenkeln liegen. Die erste Berührung seiner Erektion an meiner Mitte durchfährt mich wie ein Stromstoß.

Vor Aufregung und Erregung sind meine Nerven zum Zerreißen gespannt, und brennendes Verlangen pulsiert in meiner Vagina.

»Bitte …«, flüstere ich an seiner Wange ganz dicht an seinem Ohr.

Camden atmet schwer an meinem Hals. »Ich will dir nicht wehtun.«

Ich lächele und gebe ihm einen Kuss auf die Wange. »Evie schwört, dass es nur kurz wehtut und ab dann nichts als Glückseligkeit ist. Für uns beide. Also bitte schlaf jetzt mit mir, Cam.«

Seine Arme zittern, als er seinen großen Körper über meinem erhebt und nach seiner Jeans langt, die wir in unserer Hast, nackt unter die Decke zu kriechen und einander zu liebkosen, achtlos beiseite geworfen haben. Den Entschluss, dass es nun geschehen soll, habe ich erst am heutigen Abend gefasst und wollte ihn damit überraschen. Die Decke fällt bis auf seine Hüften herunter, und ich schaue an mir hinab und mustere seine muskulöse Statur, während er über mir kniet. Die vielen Stunden, die er im vergangenen Jahr in der Stahlfabrik seines Vaters gearbeitet hat, um den Job von der Pike auf zu lernen, haben seinen Körper in ein Kunstwerk verwandelt, in eine Skulptur. Als ich mit dem Finger seine straffen Bauchmuskeln bis hin zu seinem Schwanz hinabfahre, die Hand darumschlinge und sie energisch nach unten gleiten lasse, gibt Cam ein lustvolles Stöhnen von sich. Sein Penis ist lang und dick, und die Spitze glitzert von seiner Erregung. Ich benetze die Lippen, würde ihn am liebsten in den Mund nehmen.

Es ist keineswegs das erste Mal, dass ich ihn nackt sehe. Seit vier Jahren sind wir jetzt zusammen. Wir lernten uns auf der Highschool kennen, auf die ich mit vierzehn kam. Er war bereits in der zehnten Klasse und pickte mich am ersten Schultag in der Cafeteria aus der Menge heraus und fragte mich, ob wir zusammen etwas essen sollten. Ich sah in seine sanften braunen Augen und habe mich sofort in ihn verliebt. Rettungslos. Damals war das nicht viel mehr als eine Jugendschwärmerei. Vier Jahre später ist es die Art von Liebe, auf der man ein Leben aufbauen kann.

Cams Hände zittern, als er sich das Kondom überstreift und noch einmal über seinen Schaft streicht. Ich stöhne und hebe ihm die Hüften entgegen, wünsche mir inständig, dass er etwas unternimmt, irgendetwas, um dieses schmerzhafte Sehnen in mir zum Schweigen zu bringen. Auf sexueller Ebene ist dies heute unser letzter Schritt, und ich bin mehr als bereit dafür.

Er lässt die Hände zwischen meine Schenkel wandern und seufzt, als er mich dort berührt.

»Du bist schon feucht«, flüstert er und lässt die Finger vor und zurück gleiten.

»Ja.« Ich stöhne, als er seinen Zeigefinger tief hineinschiebt und den Daumen auf jene Weise um meine Klitoris kreisen lässt, die mich stets in den Wahnsinn treibt. Im Laufe der Jahre hat er das perfektioniert. Nun ist das allerdings nicht mehr genug. »Cam … bitte«, bettele ich wieder. Ich will ihn in mir spüren, sehne mich danach, mich meinem Traummann so nahe zu fühlen, wie es nur geht.

Cam entzieht mir seine Finger und richtet sich an meiner Mitte aus. Er beugt sich vor, sodass sein Körper jetzt genau über meinem schwebt. »Du weißt, dass ich dich liebe, oder?« Seine Worte klingen kehlig, als seien sie geradewegs aus den Tiefen seiner Seele emporgestiegen.

»Ja.« Ich nicke energisch, hebe ihm erneut die Hüften entgegen, bis er mit der Spitze seines Schwanzes in mich eindringt.

Zwischen zusammengebissenen Zähnen stößt er hervor: »Du weißt, dass ich dich eines Tages heiraten werde?«

Ich grinse und umfasse seine Hüften. »Tu's einfach. Ich will dich in mir spüren.«

Er schenkt mir einen weiteren Zentimeter, während ich die Beine weiter öffne, um ihm besseren Zugang zu gewähren. Sofort fühle ich einen Druck, den ich nicht erklären kann. So prall und hart, und ganz heiß. So viel größer als nur zwei seiner Finger.

»Sagst du mir, dass du mich liebst?« Er lehnt seine Stirn an meine. »Sag mir, dass du mich immer lieben wirst, Suda Kaye«, fordert er. Er ist kurz davor, die Beherrschung zu verlieren.

Ich schlucke. Tränen brennen hinter meinen Augen, denn ich weiß, was ich tun werde und wie absolut selbstsüchtig es aussehen muss. Aber ohne diesen Schritt kann ich nicht weitergehen. Ohne Cams Liebe nicht bis zum Äußersten ausgekostet zu haben, bloß dieses eine Mal.

»Ich werde dich immer lieben, Camden. Egal, was passiert.« Was auch die Wahrheit ist, nur eben nicht die *ganze* Wahrheit.

Er lächelt, drückt seine Lippen auf meine und dringt ganz und gar in mich ein. Ich schreie in seinen Mund, in seinen Kuss, und er verharrt in mir, während der durchdringende Schmerz durch meinen Körper flirrt und mir den Atem raubt. Er hält mich fest, bleibt vollkommen still, bis mein Körper sich daran gewöhnt hat und die Spannung langsam verebbt, sodass bloß noch loderndes Verlangen zwischen meinen Schenkeln übrig bleibt.

Er hebt den Kopf und übersät meine Wangen, meine Stirn, meine Augen mit Küssen. »Alles okay? Soll ich aufhören?«

Ich schlucke den brennenden Schmerz zwischen meinen Beinen herunter und schüttele den Kopf. »Nein. Es ist perfekt. Du bist perfekt«, versichere ich ihm.

»Gott, und du erst.« Er küsst mich, zieht sich langsam zurück und dringt wieder in mich ein. Diesmal fühlt es sich warm an, nicht heiß. Der Schmerz hat nachgelassen, und ich bin inzwischen so feucht, dass er leicht in mich hinein- und wieder hinausgleiten kann. Cam verfällt in einen bedächtigen Rhythmus, und ich frage mich, warum zum Teufel wir es noch nie gemacht haben. Es ist unbeschreiblich schön.

Cam schiebt die Hand unter meinen Nacken und legt mir die andere um die Schulter, während er seine Hüften schneller und unkontrollierter pulsieren lässt. Mein Körper vibriert vor Empfindungen und prickelnden Wogen der Lust, während ein feiner Schweißfilm unsere Körper überzieht. Ein warmes Surren breitet sich in meinen Gliedmaßen aus, setzt meine Vagina in Brand, bis die Flammen in meine Brust hinaufzüngeln. Ich schlinge meine Arme und Beine um Cam, als er anfängt, seine Hüften mit aller Macht und immer wieder gegen die meinen pulsieren zu lassen.

Er hält mich ganz fest. Seine Muskeln, sein ganzer Körper ist hart vor Anstrengung, weil er die Kontrolle nicht verlieren will. »Das ist so gut, Süße. Baby, so gut«, stößt er mühsam zwischen zusammengebissenen Zähnen hervor. Wieder stößt er in mich hinein. Diesmal verharrt er ein paar lange Sekunden lang genau in dieser Stellung. »Ich hätte nie geglaubt, dass es so gut sein könnte. Ich liebe dich. Ich liebe dich«, beteuert er in mein Ohr. Dann kommt er wieder in Fahrt.

Mein ganzer Körper ist wie elektrisiert und erfüllt von dem Verlangen zu bersten, zu explodieren, zu *irgendetwas,* und dann geschieht es. Er lässt eine Hand zwischen unsere Körper gleiten und zwei Finger fest über meine Klitoris kreisen. Ich lasse völlig los, schnelle ins Nirwana empor. Sterne flackern hinter meinen geschlossenen Augenlidern, und mein Körper befindet sich in einer Endlosschleife der Ekstase.

Drei weitere Stöße, wobei Cam gleichzeitig unsere Lippen und Hüften aufeinanderprallen lässt. Sein Körper ist angespannt, jeder Muskel, den ich berühre, tritt hart hervor. Er stöhnt vor Erleichterung. Hoffentlich wird er diesen schönen Augenblick nie vergessen.

Ihn immer in seinem Herzen bewahren.

Ich halte mich an ihm fest, als hinge mein Leben davon ab, will ihn nie wieder loslassen. Nur ich weiß, dass ich ihn schon bald für immer loslassen werde, dass wir unser Leben nicht miteinander verbringen werden.

Cam zieht sich aus mir zurück, legt sich dicht neben mich und schlingt mir den Arm um die Taille. »Ich werde dich immer lieben, Suda Kaye Ross«, verspricht er, dann küsst er meinen Hals und seufzt zufrieden. Er entfernt das Kondom und verstaut es in einem Papiertaschentuch, das auf dem Nachttisch liegt, bevor er zu mir zurückkehrt und sich wieder an meine sich langsam abkühlende Haut schmiegt.

Ich warte gut zwanzig Minuten, liege da und präge mir ein, wie es sich anfühlt, seinen Arm um mich zu spüren, den Schmerz zwischen meinen Schenkeln, diese Nähe, bis ich weiß, dass er eingeschlafen ist. Dann fällt mir wieder ein, was ich tun muss, und mir bricht das Herz in zwei Hälften, sodass es wie eine offene Wunde in meiner Brust liegt. Sämtliche Liebe, die wir haben, ergießt sich in die Luft zwischen uns. Dort belasse ich sie, an jenem Ort, an dem Camden Bryant mich auf dem Dachboden der Scheune geliebt hat, das riesige Fenster weit geöffnet, damit wir in die Sterne hinausblicken konnten.

Es war das schönste Erlebnis meines ganzen Lebens.

Ich schlucke die Wehmut hinunter, löse mich lautlos aus seinen Armen und schlüpfe in mein Kleid und mein Höschen, wobei ich den Blutstreifen auf meinen Schenkeln bemerke. Anschließend schnappe ich mir meine Flipflops und nehme sie in die Hand, um nur ja keinen Lärm zu machen. Als Letztes nehme ich mein Handy, hebe es in die Höhe und mache ein einziges Foto von meinem schlafenden Geliebten, denn es wird das letzte sein, das ich jemals bekommen werde.

An meiner Hand spiegelt sich das Mondlicht in dem schmalen

goldenen und mit Diamanten besetzten Ring, den er mir vergangenen Monat schenkte, als ich meinen Highschool-Abschluss machte. Er versprach mir, dass er für mich sorgen wollte und mir ein schönes Leben bieten würde. Damals wusste ich nicht so genau, wo die Zukunft mich hinführen würde, weshalb ich den Ring annahm. Das war, ehe ich den Brief meiner Mutter las – jenen Brief, der alles veränderte.

Ich lasse den Ring vom Finger gleiten und lege ihn zusammen mit einem kleinen pinkfarbenen Zettel, auf den ich, schon bevor ich heute Abend herkam, eine Nachricht geschrieben habe, auf sein Handy. Es sind nur ein paar Worte, aber er wird ihre Bedeutung verstehen.

Sei glücklich. Liebe eine andere.
Fliege in die Freiheit.
Suda Kaye

Mit einem letzten Blick auf den Mann, den ich liebe und bis zu meinem letzten Atemzug lieben werde, steige ich die Leiter hinab, lasse ihn mit jeder Sprosse mehr los. Als ich die Scheune verlassen habe und das Auto erreiche, das ich von meiner Mutter geerbt habe, habe ich meine große Liebe hinter mir gelassen, denn für ein gemeinsames Leben mit ihm bin ich nicht geschaffen. Mit jedem Kilometer, den ich zurücklege, verschwindet dieses Leben immer mehr im Nebel, und neue Gelegenheiten tun sich vor mir auf. Mein Anteil von dem Geld, das Mom Evie und mir hinterlassen hat, wird durchaus eine Weile reichen, und ich habe vor, mein Leben mit seiner Hilfe voll und ganz auszukosten.

Ich werde nicht sesshaft werden. Keine Wurzeln schlagen.

Ich lebe nur im Augenblick, denke nicht an die Zukunft.

Ich muss selbst herausfinden, ob Mom recht hatte.

Vielleicht verpasst man an einem anderen Ort gar nichts, aber wenn man nur scharf genug hinsieht, kann man überall Schönheit finden.

Kapitel 1

GEGENWART

Fernweh. Für die einen einfach nur ein Wort, für die anderen ein Lebensstil. Fernweh kann man nicht so leicht ignorieren. Es lebt und atmet in dir. Ein Sehnen, das schwer zu beschreiben ist. Wenn du einmal erkannt hast, dass es in dir wohnt, lebendig ist, dich lockt, deine Gedanken mit großen Abenteuern und Entdeckungen verzaubert, musst du unweigerlich eine von zwei möglichen Entscheidungen treffen: entweder dem Ruf folgen oder ihm für immer entsagen.

Wie meine Mutter, so verspürte auch ich diese Leere in meinem Inneren, die mich dazu trieb weiterzuziehen. Zu gehen. Zu fliehen. Zu fliegen. Das Fernweh lebt immer noch in mir, manchmal gestillt, aber niemals ganz, denn ich bin stets auf der Suche.

Ich reiste von einem Ort zum nächsten. Zehn Jahre lang führte ich das Leben einer Weltenbummlerin. Schlief auf den Sofas von Menschen, die ich bei einem Konzert kennengelernt hatte, zog mit anderen Globetrottern umher, trat mit einer Bauchtanzgruppe in ganz Europa auf und ließ es mir gut gehen. Genoss das Leben in vollen Zügen. Gönnte mir ein bisschen Luxus.

Exklusives Essen auf der ganzen Welt.

Fließende Kleider, verführerisch und sinnlich.

Trips zu exotischen Orten, von denen die meisten Menschen nur träumen können.

Tolle Männer lernte ich auch kennen und schlief mit ihnen, doch mit keinem war es so wie mit Camden. Keine einzige Begegnung kam an die Nacht mit meiner ersten Liebe heran.

Aber nicht, dass man mich jetzt falsch versteht. An jedem Ort, an den meine Suche mich führte, bemühte ich mich, von vorn anzufangen, mein altes Leben in Colorado hinter mir zu lassen. Für ein paar kurze Augenblicke gelang mir das auch. Bis jenes nagende, quälende Gefühl in meinem Inneren sich erneut regte und ich wieder weiterziehen musste. Weiter zum nächsten Abenteuer, mit dem ich die innere Leere zu füllen versuchte.

Ich fuhr über die Autobahn in Deutschland. Verbrachte einen Monat in einem Ashram in Indien, lernte die Kunst des Yoga und der Selbstliebe. Küsste einen Franzosen unter dem Eiffelturm. Aß Pasta mit einem fantastischen Italiener in einer kleinen Stadt am Meer an der Stiefelspitze Italiens. Ich ritt auf einem Kamel durch die Wüste und berührte die Pyramiden von Gizeh. Betete um Erleuchtung am Fuße der Cristo-Redentor-Statue in Brasilien. Trug einen flauschigen Kosakenhut in Russland, während ich im Schnee tanzte. Ich fuhr auf dem Fahrrad durch Kopenhagen. Segelte durch die Fjorde in Norwegen. Beobachtete an meinem fünfundzwanzigsten Geburtstag den Silvester Ball Drop am Times Square. Damals war Evie zu Besuch, und den ersten Kuss im neuen Jahr gab ich ihr.

Trotz all dieser wunderschönen Erlebnisse, trotz dieses atemberaubenden Lebens reichte rein gar nichts an die Nacht heran, in der ich mich Camden Bryant hingegeben hatte. Auch heute noch ist dies meine kostbarste Erinnerung. Ich bewahre sie tief in meinem Herzen, rede nie darüber – mit niemandem. Noch nicht einmal mit Evie. Sie weiß, dass ich an Cam meine Jungfräulichkeit verloren und noch in derselben Nacht die Stadt verlassen habe, aber sie versuchte nie, mehr darüber zu erfahren. Intuitiv schien ihr klar zu sein, dass ich nicht darüber sprechen konnte.

Jahrelang ließ ich mich vom Wind treiben, genau wie meine Mutter es getan hatte, und ich bedaure es nicht. Die Fremde reizt einen immer, einfach schon deshalb, weil damit etwas Unbekanntes verbunden ist. Jede Laune des Augenblicks bringt wieder etwas Neues, das in atemlosem Staunen mündet. Doch im Laufe der Zeit lernte ich eines: Weder die Chinesische Mauer, Machu Picchu, der Taj Mahal, die Inseln Hawaiis oder jede andere Sehenswürdigkeit noch meine fantastischen Abenteuer können mit dem Gefühl mithalten, zu Hause zu sein.

In den letzten Jahren begann ich zu verstehen, warum meine Mutter immer wieder zurückkehrte. Es lag nicht nur an Evie, an mir oder an unserem Großvater Tahsuda, an dem Reservat in Oklahoma oder unserem Haus in Colorado, wo wir letztlich landeten. Es war alles zusammen. Das ganze Paket. Dieser Ort und seine Menschen waren ihr vertraut. Nach dieser Art von Schönheit musste man nicht lang und breit suchen, denn sie existierte bereits. Das hatte auch Mom gewusst.

Ich halte Moms Brief in der Hand, während das Flugzeug endlich auf dem Denver International Airport landet.

Mit zitternden Fingern öffne ich ihn und hole tief Luft, erinnere mich daran, wo ich noch vor nur achtzehn Stunden war.

In Australien. An meinem achtundzwanzigsten Geburtstag.

Ich hatte ihn gestern in Sydney gefeiert, doch nachdem ich Moms Worte gelesen hatte, packte ich meine Siebensachen, gab meinem derzeitigen Freund, Brody – einem lässigen australischen Surfer mit goldbrauner Haut und einem Wahnsinnslächeln –, einen schnellen Abschiedskuss und wünschte ihm alles Gute. Zum ersten Mal seit zehn Jahren musste ich nach

Hause. Ich musste einfach. Das war mein Schicksal. Mit Brody konnte man unglaublich viel Spaß haben, aber er hatte auch das Herz am richtigen Fleck, weshalb er … verstand. Er stellte nicht mal Fragen. Er wusste Bescheid. Jeder Mann, mit dem ich in den letzten zehn Jahren Zeit verbrachte, wusste Bescheid.

Suda Kaye Ross ließ sich vom Wind treiben.

Ich hatte es sogar schriftlich. Meine Mutter hatte mir diese Botschaft auf rosafarbenem Briefpapier hinterlassen.

Seit ich damals Pueblo verlassen hatte, hatte ich mich mit unersättlichem Überschwang allem hingegeben, was meine Mutter mir geraten hatte, war ihren Empfehlungen mit unstillbarer Lebensgier gefolgt. Dieser letzte Brief jedoch warf alles, was sie mir sonst noch beigebracht hatte, über den Haufen. Im Vergleich zu den Briefen zuvor vollführte sie hier eine Hundertachtziggradwende. Der Brief zu meinem achtzehnten Geburtstag hatte mir geraten, nach Italien zu fliegen und einen Mann namens Marco in Kalabrien aufzusuchen. Sie hatte eine Adresse und eine Telefonnummer notiert. Als ich dort auftauchte, wusste Marco sofort, wer ich war, und empfing mich mit offenen Armen. Sein Sohn war sogar noch entgegenkommender, wärmte mir das Bett und half mir über meine Camden-Krise hinweg. Wenn wir nicht gerade im Ristorante seiner Familie arbeiteten, verbrachten wir die darauffolgenden Monate im Bett, bis mich wieder das Fernweh packte und ich von dieser inneren Unruhe erfasst wurde. Nach einem halben Jahr reiste ich wieder ab und fuhr nach Frankreich, wo ich mich mit einem weiteren von Mutters Kontakten traf.

In einem Brief meiner Mom zu meinem neunzehnten Geburtstag fand ich ein Buch, gefüllt mit Namen, Zahlen und Adressen und dazu folgende Nachricht:

Suda Kaye, huutsuu,
öffne das Buch, deute auf eine beliebige Seite und lass Dich vom Wind treiben. Tu das jedes Mal, wenn Dich der Drang überkommt, die Flügel auszubreiten. Fliege in die Freiheit, mein kleiner Vogel. Koste das Leben in vollen Zügen aus. Doch sei anderen gegenüber immer aufrichtig. Wecke nie die Erwartung in ihnen, dass Du mit den Füßen auf dem Boden bleibst.

Bedaure nichts, mein Liebling.

In Liebe

Mom

Ich verbrachte also die darauffolgenden Jahre damit, eine beliebige Seite aufzuschlagen und davonzufliegen. Ich schickte Evie Postkarten und Geschenke von meinen Reisen, kehrte aber nie nach Hause zurück. Allein die Vorstellung, wieder an dem Ort zu sein, an dem ich meine Mutter verloren und meine große Liebe verlassen hatte, war zu schmerzhaft. Bis heute. Bis zwei Worte meiner Mutter mich nach Hause trieben.

Ich seufze und falte den Brief auseinander, schaue mir, seit ich dieses Flugzeug bestiegen habe, ihre wunderschöne Handschrift bestimmt zum hundertsten Mal an.

Suda Kaye, huutsuu,
Du hast deine Abenteuer gehabt. Hoffentlich hast Du meine Ratschläge befolgt und Deine Flügel ausgebreitet, um mithilfe des Geldes, das ich Dir hinterlassen habe, die ganze Welt zu bereisen.

Wenn es eins gibt, das ich bereue, dann die Tatsache, dass ich meine Abenteuer nie mit meinen Mädchen geteilt habe. Eines Tages wirst Du das verstehen. Fernweh ist vielleicht ein Teil von uns, aber wir selbst entscheiden, wann wir davon ablassen.

Heute und für die nächste Zukunft wünsche ich mir von Dir, dass Du mutig bist, stark, all das, was ich niemals sein konnte.

Sesshaft.

Vollkommen im Reinen mit Dir.

Du kannst das schaffen, mein Liebling. Der Zeitpunkt ist gekommen, auch mich loszulassen, genau wie Deinen inneren Drang, davonzufliegen. Damit meine ich nicht, dass Du Dir Deine Flügel stutzen sollst, denn eines Tages wirst Du sie noch brauchen.

Sei eine verlässliche Freundin.

Eine treue Ehefrau.

Eine verantwortungsvolle Mutter.

Eine liebevolle Schwester.

Sei für Evie da. Für unsere Familie. Säe. Schlage Wurzeln. Binde dich an einen Ort und suche Dir etwas, das Deine Seele mit einem anderen Wunsch erfüllt. Dem Wunsch, gebraucht zu werden. Begehrt. Geliebt. Da.

Kehre heim.

Wo immer dein Zuhause ist, geh jetzt dorthin.

Mit aller Liebe, die die Welt zu geben hat

Mom

Kehre heim.

Nachdem ich so viele Jahre lang das Leben und die Schönheit, die die Welt zu bieten hat, gefeiert habe, ergießen sich die Worte meiner Mutter in meinen Geist wie ein warmes, glühendes Licht. Der Gedanke an Evie, die Vorstellung, in ihrer Nähe zu leben, fühlt sich … richtig an. Sie kommt der Vision von einem Zuhause näher als alles andere.

Es wird Zeit, Frieden mit dem zu schließen, was ich zurückgelassen habe. Zeit, mich zu erden, meinem Leben Beständigkeit zu geben. Stabilität.

Eine Freude, die ich schon seit zehn Jahren so nicht mehr empfunden habe, durchrieselt mich bis ins Mark, wärmt mich von innen heraus, als die Flugzeugreifen den Boden berühren. Ich sehe aus dem Fenster und lächele beim Anblick des Himmels von Colorado.

Ich bin daheim.

Kaum verlasse ich den Denver Airport, entdecke ich einen schnittigen schwarzen Porsche Cayenne, der müßig am Bordstein herumsteht. Allerdings ist es nicht der Wagen, der mir den Atem raubt, sondern vielmehr die unglaublich attraktive Frau, die mit vor der Brust verschränkten Armen lässig dagegenlehnt. Ihre langen blonden Locken fallen über ihre Schultern wie fein gesponnenes, welliges Gold. Sie trägt eine schwarze Pilotenbrille mit feinem Goldrand, eine taillierte mitternachtsschwarze Hose, eine weich fließende weiße Seidenbluse, ein Paar verdammt sexy Stilettos und als Krönung des Ganzen einen schwarzen Lederblazer. So edel gestylt. Sie sieht einfach fantastisch aus. Als wäre sie gerade dem Cover von *Business Badass* entstiegen – wohlgemerkt, der Frauen-Ausgabe!

Ihre pinkfarbenen Lippen verziehen sich zu einem verhaltenen Lächeln.

»Wird auch langsam Zeit.« Sie reckt das Kinn, dann strahlt sie mich an. Überglücklich breitet sie die Arme aus und stößt sich vom Wagen ab.

»Schwesterherz!«, kreische ich und renne ihr in meinen Sandalen mit Keilabsatz aus Kork entgegen, wobei mein Maxikleid mich umflattert. In einem Arm halte ich meinen labberigen Sonnenhut mit der breiten Krempe.

Wir prallen aufeinander, kichern wie Schulmädchen und nicht

wie erwachsene Frauen, von denen die eine schon Ende zwanzig ist und die andere gerade dreißig geworden ist.

»Alles Gute zum Geburtstag!« Ich weiche zurück und gebe ihr zwei Küsse auf die Wangen.

»Gleichfalls, Schwesterherz!«, grinst Evie. Dann löst sie sich von mir, schlingt mir den Arm um die Taille und führt mich zu ihrem schicken SUV.

»Hübsche Karre.« Ich lache leise vor mich hin.

»Besser als die alte blaue Klapperkiste von einem Käfer, die ich fuhr, als du das letzte Mal hier warst, hm?«

Ich lache und wuchte meinen riesigen Trolley mit einem lauten Rums in den Kofferraum. In diesem Gepäckstück befindet sich mein ganzes Leben, und zum Glück ist mir auf all meinen Reisen nie etwas abhandengekommen.

»Das kannst du laut sagen!« Ich schlage die Heckklappe zu, und wir springen ins Auto.

Kaum auf der Straße, setze ich meinen Hut wieder ab und werfe ihn ohne Umschweife auf die Rückbank. Dann krame ich in meiner riesigen Hobo-Reißverschlusstasche auf der Suche nach meinem Lippenbalsam. Nach dem Flug sind meine Lippen total ausgetrocknet.

»Wohnst du immer noch in Colorado Springs?« Ich kreuze die Finger neben meinem Oberschenkel, denn ich hoffe, dass wir nicht nach Pueblo zurückkehren, wo Mom so lange gegen den Krebs kämpfte. Damals wollte sie, dass wir wie ganz normale Schülerinnen zur Highschool gingen, statt privat unterrichtet zu werden wie zu unserer Zeit im Reservat, als wir noch bei unserem Großvater lebten.

Evie schiebt sich das lange Haar wieder hinters Ohr und konzentriert sich auf die Straße. Immerhin wird unsere Fahrt beinahe zwei Stunden dauern.

»Ja, aber ich bin häufig in meinem Büro in Pueblo, denn man braucht nur vierzig Minuten dorthin. Ein- oder zweimal die Woche fahre ich nach Denver, um an Vorstandssitzungen teilzunehmen.« Sie zieht die Nase kraus.

»Das ist sicher genau dein Ding.« Ich lächele und lege meine Hand auf ihre, die auf der Mittelkonsole ruht.

Sie erwidert meinen Händedruck, und ich kann unsere schwesterliche Zusammengehörigkeit fast körperlich spüren. Das Gefühl wandert über meine Handfläche, den Arm entlang bis hinauf zu meinem Herzen und erfüllt es mit einer Wärme, die ich eigentlich immer nur in Evies Gegenwart spüre.

»Du kennst mich gut.«

»Ich weiß, dass du nie gern Auto gefahren bist. Ich würde ja anbieten, dich abzulösen, aber ehrlich gesagt liebe ich dich zu sehr und bin zu müde. Ich würde gegen die Leitplanke donnern oder in einen Graben fahren. Der Flug war echt anstrengend.«

Evie lacht. »Lass mich nachdenken. Wie lange warst du in Australien? Manchmal weiß ich, ehrlich gesagt, gar nicht mehr, wie lange du dich an deinen einzelnen Stationen herumgetrieben hast.«

Ich zucke mit den Schultern. »Hm, ich glaube, drei Monate. Davor war ich in Neuseeland. Bin dort mit einem Rugbyteam herumgefahren.«

Evie zieht die Brauen so weit hoch, dass sie den Rand ihrer Sonnenbrille überragen. Mit ihren blauen Augen wirft sie mir kurz einen Blick über den Brillenrand hinweg zu. »Mit einem Rugbyteam? Suda Kaye, erzähl mir jetzt nicht, du hast mit einem ganzen Rugbyteam gevögelt.«

Beinahe schockiert öffne ich den Mund und versetze ihr einen spielerischen Schlag auf den Oberarm. »Nein. Nur mit zweien … aber das immerhin gleichzeitig, sodass man eigentlich bloß von einer einzigen Affäre sprechen kann.«

»Ernsthaft?!« Sie umklammert das Lenkrad, ruckelt energisch daran und klingt halb entrüstet und halb eifersüchtig. Dann schüttelt sie den Kopf. »Du hast vielleicht ein Leben! Wer hätte gedacht, dass meine kleine Schwester mal um die Welt reisen und sich ausschließlich von ihrem Bauchgefühl leiten lassen würde.«

»Mom hat es gedacht«, antworte ich leise und muss an den Grund denken, aus dem ich zurückgekehrt bin.

Evie lässt die Schultern hängen und seufzt tief. »Ja, du hast recht.« Sie räuspert sich, und die Trauer breitet sich im Inneren des Wagens aus wie dichter Nebel. Wahrscheinlich denken wir jetzt beide an unsere Mutter.

»Na ja, erzähl mir doch mal ein bisschen von Brady, dem australischen Surfer!«

Ich lächele, denke an Brodys zerzaustes, langes Haar, das ihm bis auf die Schultern herabfällt, seine großen blauen Augen und seine schlanke Figur. »Er heißt *Brody*. Und er war toll. Ein echter Gentleman.«

»Wirklich? Ein Gentleman?«, erkundigt sich Evie ungläubig.

Ich schnaube. »Nein, nicht wirklich. Er ist ein friedliebender, Gras rauchender Hippie, ein begnadeter Surfer – und toll im Bett.«

Evie lächelt und gluckst vor sich hin. »Und er hatte nichts dagegen, dass du gehst?«

»Das war von Anfang an der Deal. Mit mir kann man Spaß haben, aber ich lasse mich auf nichts Ernstes ein.« Ich fahre mir mit den Fingern durch das lange braune Haar in dem Versuch, es zu entwirren. Von der Nacht im Flugzeug ist es total verfilzt.

»Fällt dir das denn nicht schwer? Mit einem Mann zusammen zu sein, mit ihm in einem Bett zu schlafen, manchmal sogar monatelang, und dann einfach fortzugehen, nur weil dir gerade der Sinn danach steht? Keine Ahnung, wie du das machst, Suda

Kaye. Aber ich bin ja sowieso vollkommen anders. Gerade ich habe ja auch nie verstanden, warum Mom uns monatelang verließ, dann für ein paar Wochen wieder zurückkehrte, nur um irgendwann wieder zu verschwinden. Mit leuchtenden Augen und voller Vorfreude auf ihr nächstes Abenteuer.«

Bei ihren Worten dreht sich mir der Magen um.

Sie nimmt ihre Brille ab und sieht mich an. Plötzlich wirkt sie so verletzt, dass ich den Schmerz körperlich spüre. »Wir waren ihr niemals genug. Und dann wurde sie krank …«

Ich schlucke die Galle herunter, die in meiner Kehle kratzt. »Evie … sie konnte einfach nicht aufhören. Das brachte sie damals einfach nicht über sich, und als sie es endlich schaffte …«

»War es zu spät.«

»Wenigstens hatten wir diese letzten Jahre mit ihr. Dafür sollten wir dankbar sein.«

Evie schnaubt. Dankbarkeit ist anscheinend das Letzte, das sie empfindet. Vielmehr macht sie den Eindruck, ihre Frustration am liebsten lautstark in die Welt hinausschreien zu wollen. Aber sie würde nie explodieren. Dazu ist sie zu beherrscht. Zu reserviert. Korrekt. Kontrolliert.

Ich beobachte, wie die simmernde Wut im Schweigen zwischen uns wieder abkühlt, und schwöre mir, meiner Schwester dabei zu helfen, die Gefühle, die sie unterdrückt, an die Oberfläche zu holen. Niemand sollte sein Leben lang auch nur ein Stück seiner selbst zurückhalten. Eine Maske aufsetzen müssen, um die Trauer darunter zu verbergen. Das ist nicht gesund.

Allerdings bin ich klug genug, um zu wissen, dass dafür jetzt nicht der richtige Zeitpunkt ist. Immerhin bin ich nach zehn Jahren gerade erst wieder zurückgekehrt.

Evie atmet tief ein und schenkt mir ein Lächeln, aber ich durchschaue sofort, dass es gestellt ist. »Also, wie lange willst du bleiben? Wann wartet das nächste große Abenteuer auf dich, und wohin führt es dich?«

Ich greife nach der Hand meiner Schwester, führe sie an die Lippen und gebe ihr einen Kuss auf den Handrücken. »Keine Ahnung. Mein Herz und meine Seele haben mich wieder nach Hause geführt.«

»Ach ja? Heißt das, ich kriege dich vielleicht für zwei Wochen? Einen Monat? Drei? Wie der sexy Surfer Brady?«

Ich kichere und halte ihre Hand weiter fest. »Er heißt *Brody*, und nein, ich setze mir keinen bestimmten Zeitrahmen.«

»Na ja, du weißt ja, dass du bei mir immer ein Zuhause hast. Egal wann oder für wie lange.«

Ich lächele. »Gut. Ich verlasse mich drauf.«

Evie summt so lange »hmmmmmm«, dass sie hinterher tief einatmen muss.

»Du brauchst gar nicht so skeptisch zu sein. Ich hatte das Bedürfnis, nach Hause zu kommen«, beharre ich mit einer Endgültigkeit in der Stimme, die ich selbst kaum glauben kann.

»Ja? Und was sagt Mom in ihrem Brief an dich dazu? Hast du ihn schon aufgemacht? Im letzten hat sie dir geraten, von einer Klippe in Neuseeland zu springen, wodurch du ebenfalls einen sexy Surfer kennengelernt hast, der dich vorm Ertrinken gerettet hat, wenn ich mich recht entsinne.«

Ich berühre die Lippen mit den Fingern und zucke mit den Schultern. »Stimmt schon, aber diesmal hat mir Mom in dem Brief etwas anderes geraten.«

»Ach ja? Was stand drin?«

Ich beiße mir auf die Unterlippe, drehe mich zur Seite, sodass ich ihr geradewegs in die Augen sehen kann. Sie wirft mir einen kurzen Blick zu, dann konzentriert sie sich wieder auf die Straße.

»Sicher wird es mir nicht gefallen. Jeder Brief, den Mom geschrieben hat, stresst mich. Andererseits kann ich es meist kaum erwarten, den nächsten in dem Stapel zu lesen«, vertraut Evie mir an.

Das geht mir genauso. Es ist ein unbeschreiblich schönes Gefühl, wenn das Datum näher rückt, an dem man den nächsten Brief lesen darf.

»Sie hat mir gesagt, ich solle Zeit zu Hause verbringen. Mit dir.«

Sie runzelt die Stirn und verzieht die Lippen zu einem Schmollmund. »Also hast du einfach alles stehen und liegen gelassen und bist in den Flieger nach Hause gestiegen. Nach zehn langen Jahren in der Fremde?«

»Ja. Genau.«

»Suda Kaye, ist dir eigentlich klar, wie verdammt verrückt das klingt? Hörst du dir überhaupt selbst zu? Besonders nach ihrem Tod sind Moms Worte natürlich auch für mich besonders wertvoll, aber …« Sie stößt die Luft aus, dann schiebt sie sich die langen seidigen Strähnen aus dem Gesicht. »*Huutsuu*, sie sind nicht der Weisheit letzter Schluss. Du musst dein eigenes Leben führen. Hör nicht auf das, was unsere Mutter dir rät, sondern mach das, was du willst.«

»Und wo wäre ich jetzt, wenn ich das täte?«

Sie schüttelt den Kopf. »Keine Ahnung. Vielleicht mit einem tollen Mann verheiratet, wahrscheinlich mit Cam. Vielleicht hättest du zwei Kinder von ihm und durch sein Stahlimperium ausgesorgt?«

Mir bleibt die Luft weg, als Camdens Name fällt. Ich greife mir an die Kehle und drücke dann hastig auf den Knopf an der Autotür, um das Fenster herunterzulassen, sodass etwas frische Luft hineinströmt.

»Hör auf, Evie. Das ist nicht lustig.«

Sie seufzt und streckt die Hand aus, um mir über den Arm zu streichen. »Ich weiß, tut mir leid. Aber mir will ehrlich gesagt nicht in den Kopf, warum Camden so ein Tabuthema ist. Immerhin bist du diejenige, die ihn verlassen hat. Du hast mir nie erzählt, was zwischen euch beiden vorgefallen ist. Ich erinnere mich nur noch, dass er am Boden zerstört war, als er nach deiner Abreise vor unserer Tür stand.«

Ich halte die Hand hoch. »Hör auf. Ich kann nicht über ihn reden. Es ist lange her. Es reicht, wenn du weißt, dass ich jetzt hier bin und nicht vorhabe, wieder zu gehen.«

»Tut mir leid, wenn ich dir nicht glaube, Suda Kaye.« Evies Stimme klingt gequält. »Aber ich wage es einfach nicht, mir Hoffnungen zu machen.«

»Was muss ich tun, damit du mir glaubst, dass ich bleibe? Es versprechen? Ich verspreche es dir. Ich bleibe.«

»Ein Jahr. Nein, zwei!«, fordert sie. Aber die Verzweiflung in ihrer Stimme windet sich um mein Herz und drückt zu.

Sie braucht mich.

Evie fährt unverdrossen fort. »Die Ross-Schwestern sind einfach zu lange voneinander getrennt gewesen. Ich will nicht gezwungen sein, in ein Flugzeug zu steigen, um meine Schwester an irgendeinem x-beliebigen Ort zu treffen. Reisen ist nicht mein Ding, das weißt du.«

»Oh ja, und wie ich das weiß!«

»Dann versprich es mir. Zwei Jahre an ein und demselben Ort. Gib uns eine Chance. Tu's für mich. Für uns. Wir brauchen das.« Sie legt die Hand auf meinen Oberschenkel, direkt oberhalb des Knies. »Ich brauche das. Ich habe keine Lust mehr, mir Sorgen darum zu machen, ob du vielleicht auf irgendeinem Berg in China oder einer zwielichtigen Biker-Bar ums Leben gekommen bist.

Gib mir etwas von meinem inneren Frieden zurück. Schenk mir deine Zeit.«

»Unter einer Bedingung.«

»Spuck's aus«, antwortet sie sofort.

»Du hilfst mir dabei herauszufinden, was ich in den nächsten beiden verdammten Jahren mit meiner Zeit anfangen soll!« Ich grinse breit und lege meine Hand auf die ihre, drücke sie.

Evie strahlt mich an. Es ist, als seien die Wolken aufgerissen, und die Sonne schiene noch heller. Die bedrückende Atmosphäre im Auto verfliegt, und an ihrer Stelle machen sich Glückseligkeit und Liebe breit.

»Abgemacht.«

Kapitel 2

ZWEI MONATE SPÄTER …

Aufwachen, Schlafmütze!« Mein Körper wird hin und her geschüttelt. Ich öffne die Lider und sehe in ihre blauen Augen.

»Du hast irgendetwas von einer Verabredung heute gemurmelt. Und warum schläfst du auf der Couch, wenn ich ein perfekt ausgestattetes Gästezimmer habe? Du hängst dort deine Kleider in den Schrank, warum legst du dich also nicht auch in das gemütliche Bett?« Evie streichelt mir über die Wange und drückt ihren Hintern in Taillenhöhe an meinen Rücken. Ich schlafe mit angezogenen Knien auf der Seite.

»Ich liebe dein Gesicht.« Ich lächele zu der schönsten Frau empor, die ich kenne.

Sie tippt mir auf die Nasenspitze und zwinkert mir frech zu. »Und ich deins. Also, was soll das hier alles?« Sie streckt den Arm aus und deutet auf das Chaos, das ich im Zimmer veranstaltet habe. Auf dem Tisch liegen nicht zusammenhängende Stofffetzen herum. Der Boden ist übersät mit verschiedenen Kisten voller Krimskrams, den ich auf der ganzen Welt zusammengesammelt habe. Ich habe sie durchgesehen, um zu überprüfen, was davon vielleicht als Ware infrage kommt für die Idee, die mir jetzt schon zwei Monate lang im Kopf herumspukt. Auf den Stoffen aus Istanbul liegen Import-/Export-Kataloge, aus denen jede Menge Klebezettel herausragen, mit denen ich die Produkte markiert habe, auf die ich ein Auge geworfen habe.

Ich benetze die Lippen und beiße mir auf die Unterlippe.

Evie sieht mich mit zusammengekniffenen Augen an. »Oh nein, mhm-mhm, den Gesichtsausdruck kenne ich.« Eilig springt sie auf. »Du bereitest dich auf dein nächstes Abenteuer vor. Ich kenne diesen Blick, Suda Kaye. Mom hat uns von klein auf beigebracht, ihm mit Argwohn zu begegnen. Du hast es verspro-chen!« Sie zieht das letzte Wort ausdrücklich in die Länge, sodass eine beträchtliche Dosis Enttäuschung jeden einzelnen Buchstaben markiert. Es überrascht mich, dass sie nicht auch noch mit dem Fuß aufstampft.

Ich setze mich auf und schüttele den Kopf. »Nein. Nichts dergleichen. Ich plane nur. Ich habe eine Idee, über die ich sowieso mit dir reden wollte, aber … äh …« Ich blicke zur Uhr hinüber und erkenne, dass ich nicht rechtzeitig da sein werde, wenn ich jetzt nicht in die Gänge komme. »Später. Wir reden später darüber. Vielleicht morgen, wenn ich noch mehr zusammengetragen habe.«

»Morgen ist Samstag, und wir haben uns doch ganz fest vorgenommen, Tahsuda im Reservat zu besuchen. Ist eine ziemlich lange Fahrt. Und ich werde nicht zulassen, dass du unseren Großvater noch einen einzigen Tag länger warten lässt.« Trotzig verzieht sie die Lippen.

Ich stöhne und stehe auf, nur mit einem Hemdchen und einem Spitzenunterhöschen bekleidet. »Ich will mich um den Besuch ja auch gar nicht herumdrücken. Wahrscheinlich hat er bereits ein ernstes Wörtchen mit den Stammesältesten geredet, um mit ihnen gemeinsam *Pia Mupitsi* anzurufen und mich wieder zur Vernunft zu bringen!«

Wir erschauern beide bei der Erwähnung der Big Maneater

Owl, des kannibalistischen Ungeheuers, mit dem unser Großvater uns in unserer Kindheit erschreckte, damit wir gehorsam waren. Er machte uns eine solche Angst damit, dass er nie die Hand gegen uns erheben musste.

»Toko ist schon verärgert genug, weil du so lange weg warst«, warnt Evie. »Du willst ihn doch bestimmt nicht noch wütender machen!«

Ich spüre, wie ich die Schultern hängen lasse, und das Schuldgefühl-Monster regt sein hässliches Haupt, weil ich ihn nie besucht habe. Immerhin ist er unser einziger lebender Verwandter mütterlicherseits: Großvater Tahsuda oder *toko*, was in der Sprache der Komantschen so viel heißt wie Großvater vonseiten der Mutter. Natürlich gibt es da noch unseren abwesenden Vater Adam Ross, der genau genommen mein Stiefdad und nur Evies leiblicher Vater ist. Ihm jedoch stand ich nie besonders nahe. Ich frage mich, wo er jetzt wohl gerade sein mag. Bestimmt weiß Evie das. Sie war immer besser darin, nachzuhalten, wo seine Truppen gerade stationiert waren.

»Du hast recht.« Ich gehe zur Kaffeemaschine hinüber, werfe eine Kapsel hinein, stelle meine Tasse unter die Düse und drücke auf Start. »Was hast du heute noch alles vor?«

»Ich muss zu einem Meeting in der Stadt. Willst du mit mir zu Abend essen?«

»Klar. Klingt gut. Übrigens, Schwesterherz«, sage ich in spöttisch-schwesterlichem Ton, »ich bin jetzt schon zwei Monate hier, und du hattest noch kein einziges Date.«

Evie greift nach ihrer Handtasche und schlingt sie sich über die Schulter. »Und …«

Ich runzele die Stirn. »Und du hast doch auch Bedürfnisse, aber wie soll das gehen, wenn du dich nie mit irgendwem triffst oder zumindest mal einen Typen an der Bar aufgabelst?«

Evie blickt zur Decke und seufzt.

»Wie lange ist es her? Ein paar Monate?«, frage ich leise.

Evie presst die Lippen zu einer flachen Linie zusammen.

»Sechs Monate? Ein Jahr?« Mir bleibt der Mund offen stehen. »Über ein Jahr?« Sie verzieht keine Miene. Ich schnappe nach Luft. »Du lieber Gott, Evie!«

»Halt den Mund. Nicht jeder ist so umtriebig wie du. Ich habe keine Zeit, mich mit Männern zu treffen. Nachdem ich mich von Stan Ludley getrennt hatte …«

»Du meinst Dudley«, murmele ich, greife nach der Kaffeetasse und nehme sie mit zum Kühlschrank, dem ich den Kaffeeweißer mit Kürbisgeschmack entnehme und eine großzügige Portion in den Kaffee gieße. Kürbisgeschmack steht bei mir das ganze Jahr über hoch im Kurs. Diese Creamer-Sorte sollten sie definitiv nie aus dem Sortiment nehmen. Und bis zu dem Tag, an dem sie es doch tun, heißt es für mich … Kürbis-Glückseligkeit an jedem Tag.

»Ach komm schon, Suda Kaye. So schlimm war Stan nun auch wieder nicht!«

Ich drehe mich zu ihr um und führe die Tasse an die Lippen. »Nein. Stan Ludley war genauso langweilig wie sein Name. Ich meine, wie kann man sein Kind nur so nennen? Nur langweilige Eltern tun so etwas. Und damit haben sie den armen Kerl zu einem Leben in Langeweile verdammt.«

»Oh, was du nicht sagst … Suda Kaye!« Sie spricht meinen Namen ganz laut aus.

»Genau. Eeev-ieeeeeee. Ganz genau. Du brauchst jemanden, der Rico oder Javier heißt.« Ich grinse.

Sie verschränkt die Arme vor der Brust. »Und was ist mit dir? Ist schließlich schon zwei geschlagene Monate her, seit dich dein Surfer flachgelegt hat.«

Ich stelle meine Tasse ab und schlage mit dramatischer Geste auf die Theke. »Ich weiß! Zwei Monate zu lang! Zu meiner Verteidigung muss ich sagen, dass ich mich vornehmlich darauf konzentriert habe herauszufinden, was ich zum Teufel noch mal mit meinem Leben anfangen soll. Außerdem muss ich Colorado Springs näher kennenlernen und mich auch mal wieder in Pueblo umsehen.« Ich tippe mir mit dem Zeigefinger an die Unterlippe. »Ich hab's. Wir ziehen los und reißen ein paar heiße Typen auf. Nur zum Spaß. So ein Mädelsabend in der Stadt wäre jetzt sicher genau das Richtige.«

»Nein. Keinesfalls. Dann zwingst du mich womöglich, mich total in Schale zu werfen, und irgendwann lande ich mit einem wildfremden Typen im Bett, habe beim Aufwachen am nächsten Morgen einen furchtbaren Kater und schäme mich in Grund und Boden.«

»So Gott will!« Ich klatsche Beifall und lache von einem Ohr zum anderen.

Sie schüttelt den Kopf. »Ich bin nicht wie du, Suda Kaye. Ich kann nicht mit jedem ins Bett steigen.«

»Willst du damit sagen, dass ich leicht zu haben bin?« Ich schürze die Lippen.

»Willst du etwa behaupten, dass du es nicht bist?«

Ich beiße mir auf die Innenseite meiner Wange und schüttele den Kopf. »Du hast recht.«

»Wie kannst du das nur so oft machen und dabei gar nichts empfinden?« Ihre Stimme klingt nun abfällig und spitz.

Eine heiße Flamme lodert in meiner Brust auf, als habe sie mir einen Schlag versetzt. »Wow, Evie, das war ganz schön hart. Ich mag die Männer, mit denen ich in die Kiste gehe, immer sehr. Nur weil ich einen Mann, mit dem ich Sex habe, nicht gleich liebe, heißt das ja noch lange nicht, dass er mir egal ist oder ich ihn nicht schätze und respektiere. Und umgekehrt. Ich bin einfach bloß offen und lasse mich gern auf ein gemeinsames Erlebnis ein. Warum sollte man, solange man darauf achtet, dass der Sex safe und einvernehmlich ist und beide ungebunden sind, nicht etwas Wunderschönes mit einem Menschen erleben, dem man sich verbunden fühlt, und sei es nur für eine einzige Nacht? Das ist mir erheblich lieber, als allein zu sein und von niemandem berührt zu werden.«

Evie lässt die Arme sinken und streicht mit den Händen die Vorderseite ihrer roten Seidenbluse glatt, um danach den ohnehin perfekt sitzenden Saum noch gerade zu zupfen. Heute hat sie dieses Oberteil mit einer schwarzen Zigarettenhose kombiniert, und dazu trägt sie rote Peeptoes. Das Haar hat sie zu einem strengen Knoten zusammengefasst, sodass sie von Kopf bis Fuß wie eine erfolgreiche Geschäftsfrau aussieht.

»Tut mir leid. Geht mich ja auch nichts an.«

»Alles, was mich betrifft, geht dich etwas an, Evie.«

Sie lächelt sanft.

»Versuch doch vielleicht mal – keine Ahnung –, na ja, einfach wenigstens hin und wieder etwas aufgeschlossener zu sein. Über den Tellerrand zu blicken. Das Bild auch außerhalb der Umrisse mal auszumalen. Loszulassen.«

Evie atmet tief ein und seufzt. »Vielleicht weiß ich gar nicht, wie das geht.«

Ich lächele und nippe an meinem Kaffee. »Dann bin ich ja gerade rechtzeitig wieder nach Hause gekommen, denn darin bin ich Expertin.«

Sie schließt die Augen und schenkt mir ein trauriges Grinsen, das ich nicht zu deuten vermag. »Bis später. Und vielleicht solltest du heute Abend vor dem Zubettgehen mal eine Pyjamahose anziehen?« Sie dreht sich um und legt die Hand auf die Türklinke.

»Vielleicht. Aber wahrscheinlich eher nicht.« Ich wackele mit den Hüften und schwenke sie hin und her. »Du hast Glück, dass ich überhaupt etwas anhabe. Normalerweise schlafe ich nackt.«

Evie schüttelt den Kopf und kichert. »Vermiss mich«, sagt sie.

»Vermiss du mich noch mehr.«

»Immer«, flüstert sie und schließt die Tür.

Ich schließe die Augen und lehne mich an die Theke, denke an all die Gelegenheiten, als Mom diese Worte zu uns sagte, bevor sie sich wieder zu einem neuen Abenteuer aufmachte. Nie verließ sie uns ohne diese persönliche Variante von Auf Wiedersehen: »Vermiss mich«. Bis zu dem Tag, an dem sie zum letzten Mal von uns Abschied nahm.

»Auf wie viel, sagten sie, beliefe sich die Monatsmiete für das gesamte Gebäude?«

»4000. Wenn Sie zusätzlich die Atelierwohnung oben mieten wollen, kann ich definitiv etwas machen, wahrscheinlich wären es dann um die 3800. Vorausgesetzt natürlich, dass Sie für beides die komplette Sechsmonatsmiete im Voraus zahlen können. Was dann etwa 22 800 Dollar wären. Ich kenne den Besitzer der Immobilie recht gut, weiß also, dass er auch das Obergeschoss vermieten will.«

Ich betrachte die weitläufigen, offenen Räumlichkeiten, umgeben von nackten Backsteinmauern, die ihnen einen ganz besonderen Charme verleihen. »Zunächst einmal: Die obere Atelierwohnung hat keinen separaten Eingang. Sie ist nur über den Laden zugänglich, und die Tür, die die Wohnung vom Rest trennt, liegt innen. Das heißt, wenn der Besitzer die Wohnung separat vermieten wollte, könnte der Mieter nur durch meine Boutique hineingelangen. Kommt nicht infrage. Allein diese Tatsache sollte den Preis beträchtlich drücken. Handeln Sie ihn auf 3600 monatlich runter. Sonst bin ich raus.«

Mit nervösem Rumoren im Magen wende ich mich von der Immobilienmaklerin ab, sodass mein Seidenrock meine Knöchel umflattert. Ich gebe ihr ein paar Minuten Zeit, um sich zu überlegen, wie sie sich verhalten soll. Dann gehe ich zur Schaufensterseite des großzügigen, offenen Ladengeschäfts hinüber. Hier wartet jede Menge Arbeit auf mich. Ich fahre mit der Hand an einem Holzbalken entlang, der die Mitte des Raumes in zwei Hälften teilt. Keine Ahnung, ob es ein tragender Balken ist, aber er sieht nicht so aus. Wenn auch bloß die leiseste Hoffnung bestehen soll, dass ich hier eine Boutique aus dem Boden stampfe, brauche ich einen wirklich guten Bauunternehmer, der bereit ist, den Laden kostengünstig herzurichten. Allem Anschein nach muss ich sogar Evie um ein Darlehen anpumpen. Und zwar um ein ziemlich großes.

Ich drehe mich um und schaue, wie Menschen an den beinahe deckenhohen Schaufenstern vorüberflanieren, in den Händen ihre Einkäufe aus anderen Geschäften. Die untere Hälfte des Fensters ist mit Papier abgeklebt, aber durch die obere kann man hindurchsehen, sodass ich zu dem belebten Coffee Shop auf der anderen Straßenseite und dem danebenliegenden Edeljuwelier hinüberblicken kann. Direkt gegenüber entdecke ich ein Fahrrad- und Skigeschäft. Daneben eine Buchhandlung, die Wand an Wand mit einem Süßwarenladen und einem Schuhgeschäft liegt. Weiter die Straße hinab befindet sich eine Boutique für Luxustaschen. Die Location könnte für einen eigenen Laden eigentlich gar nicht besser sein.

Ich habe fast die ganzen letzten beiden Monate gebraucht, um endlich zu einer Entscheidung zu gelangen, was ich tun will, wie ich mir einen Namen machen könnte. Sesshaft werden könnte. Als ich meine Bilder und den ganzen Nippes aus der ganzen Welt durchsah, ist mir schließlich eine Idee gekommen. Ich will den ganzen Krimskrams der Welt genau hier nach Colorado bringen. Obwohl ich lieber einen Laden in Colorado Springs eröffnet hätte und Pueblo eigentlich hatte meiden wollen, ist dieses Geschäft auf der Main Street einfach der perfekte Ort für mein Vorhaben. Die Miete ist halbwegs erschwinglich, zumal ich hier dann auch wohnen werde. Die anderen kleinen Geschäfte auf der Straße florieren durchaus. Zumindest habe ich das nach meiner Tour durch die Läden und meine Gespräche mit den Ladenbesitzern geschlussfolgert.

»Ich telefoniere gerade mit dem Besitzer. Er will wissen, welche Umbaupläne Sie haben, bevor er sich auf den geringeren Mietpreis einlässt. Er will Ihre Zusicherung, dass Sie das Gebäude nicht vermüllen werden. Und dass er Ihretwegen keine Probleme mit den anderen Ladenbesitzern bekommt, an die er hier in der Gegend vermietet«, sagt die Immobilienmaklerin jetzt, während sie das Handy an ihre Brust hält.

»Ich werde daraus eine Boutique machen, in der Kleider, Schmuck, Kerzen, Kristalle, Geschenke und vieles mehr verkauft werden.«

Die Frau wiederholt die Worte in ihr Handy.

»Und Sie werden im Obergeschoss wohnen. Haben Sie Kinder oder Haustiere?«

Ich schüttele den Kopf. »Aber ich hätte nichts gegen eine Katze einzuwenden.« Die Worte kommen mir automatisch über die Lippen, und ich kann es selbst kaum glauben. Noch nie in meinem ganzen Leben habe ich mir ein Haustier gewünscht. Ich meine, Tiere sind natürlich cool. Wer würde sie nicht lieben? Aber das, wofür sie stehen, flößt mir nun mal Angst ein.

Haustiere bedeuten Stabilität. Sie bedeuten zudem, dass man nicht einfach aufstehen und einer Laune folgend davonfliegen kann. Wenn man eine Katze hat, kann man zwar durchaus zwei oder drei Tage fernbleiben, solange man ihr eine große Schüssel Futter, jede Menge Wasser und eine saubere Katzentoilette hinterlässt. Insgesamt aber hält sie einen, genau wie jedes andere Haustier, an Ort und Stelle fest.

»Keine Kinder. Im Moment auch keine Tiere. Vielleicht in Zukunft eine Katze«, sagt sie in den Hörer. »Der Besitzer hält es für keine gute Idee, in einem solchen Geschäft eine Katze zu halten, denn die Kunden könnten allergisch sein.«

Ich blinzele kurz, verzichte jedoch auf eine Antwort. Was zum Teufel geht ihn das an?

»Aber daran soll es nicht scheitern. Er ist mit Ihren Bedingungen einverstanden. 3600 monatlich, allerdings nur, wenn Sie die vollen sechs Monate im Voraus bezahlen. Außer den Kosten für das Bauaufsichtsamt, die im Falle einer Neuvermietung immer anfallen, übernimmt er keine Instandsetzungskosten. Er lässt sich auf die ganze Sache bloß ein, weil Sie die Renovierung selbst finanzieren.«

Ich lächele. »Sagen Sie ihm, ich werde mich Anfang nächster Woche bei ihm melden, sobald ich mit meiner Geschäftspartnerin gesprochen habe.«

Jetzt muss ich nur noch Evie davon überzeugen, 100 000 Dollar in mein neues Unternehmen zu investieren.

Ein Kinderspiel.

»Auf gar keinen Fall. Bestimmt nicht. Bist du verrückt geworden?« Am darauffolgenden Tag sitzt Evie auf dem Beifahrersitz ihres protzigen Porsche Cayenne und schnaubt vor Lachen. Wir sind auf dem Weg zu jenem Reservat, in dem Toko lebt, eine dreistündige Fahrt entfernt.

Mit schweißfeuchten Handflächen umklammere ich das Lenkrad und versuche, mich auf die vor mir liegende Straße zu konzentrieren. Ich bin nervös, weil ich meinen Großvater nun zum ersten Mal seit zehn Jahren wiedersehen werde, ganz zu schweigen von der Tatsache, dass meine Schwester von meinem neuen Businessplan nicht gerade überzeugt ist.

»Nein, ich bin nicht verrückt, Evie. Ich bin realistisch. Verantwortungsbewusst. Geerdet.« Das letzte Wort betone ich besonders.

»Geerdet. Was so viel heißt wie am Boden! Und das wird mein Bankkonto dann auch sein, wenn ich 100 000 Dollar von meinem Erbe für deine neueste verrückte Idee zum Fenster hinauswerfe.«

Ich recke das Kinn. »Verrückte Idee? Wann hatte ich jemals verrückte Ideen?«

Sie dreht sich zu mir um. »Du machst Witze, oder? Seit zehn Jahren verprasst du das, was du von Mom geerbt hast, indem du ständig auf der ganzen Welt unterwegs bist, dich nirgends niederlässt, dich an nichts und niemanden bindest. Das ist an sich schon eine Definition von Wahnsinn.«

»Nein, die Definition von Wahnsinn ist, das Gleiche immer und immer wieder zu tun, aber verschiedene Ergebnisse zu erwarten. Außerdem: Warst nicht du diejenige, die mir geraten hat, mir als zukünftige Tätigkeit etwas zu suchen, was ich liebe, damit ich keinen Tag meines Lebens das Gefühl habe, wirklich zu arbeiten, sondern mit meiner Leidenschaft Geld verdiene?«

Sie öffnet den Mund und schnaubt frustriert. »Suda Kaye, du verdrehst mir die Worte im Mund.«

Ich schüttele den Kopf. »Nein. Eigentlich höre ich nur sehr

aufmerksam zu, und ich habe verstanden, dass du dir wünschst, ich möge mir hier ein Leben aufbauen. Dem ich mich womöglich für sehr lange Zeit verpflichte.«

»Was ist denn eine lange Zeit für dich? Ein Monat? Ein Jahr?«

»Das ist nicht fair, und das weißt du. Ich musste gehen, Evie. Mom wusste das und gab mir die Mittel dazu. Ich habe die ganze Welt bereist …«

»Und ganz plötzlich meinst du, dass du bereit bist, sesshaft zu werden. Langfristig. Was bedeutet, dass du abgesehen von diesem Geschäft keine weiteren Zukunftspläne schmiedest, sondern dich ganz und gar auf die Veränderungen einlassen wirst, die dieser Laden deinem Leben aufzwingen wird.«

Ich zucke mit den Schultern. »Keine Ahnung, und ich kann dir nichts versprechen, außer dass ich das hier will. Ich will es wirklich, und es ist eine großartige Idee. Ich glaube ganz fest daran. Jetzt musst bloß du auch noch daran glauben.«

Energisch reckt sie das Kinn und sieht aus dem Fenster, Zeige- und Mittelfinger an der Stirn, als bekäme sie Kopfschmerzen. »Wie viel ist denn von deinem eigenen Erbe übrig? Ich nehme doch an, dass du auch etwas beiträgst? Du erwartest ja sicher nicht von mir, dein Geschäft komplett zu finanzieren.«

Unruhig rutsche ich auf meinem Stuhl hin und her. »Nicht vollständig, nein. Ich habe etwa 46 000 übrig, mit denen ich die Miete für ein Jahr abdecken kann. Darin enthalten ist das kleine Apartment im Obergeschoss, in dem ich wohnen werde. Und natürlich werde ich rund um die Uhr im Geschäft sein, weshalb ich wahrscheinlich nur eine Teilzeitkraft benötige, die mir hie und da aushilft, sobald der Laden läuft und wir richtig viel zu tun bekommen.«

Evie streicht sich mit den Händen über die Knie. Das macht sie immer, wenn sie sich selbst beruhigen will. »Aber renovieren musst du auch noch. Hast du darüber überhaupt schon mal nachgedacht?«

Ich beiße die Zähne aufeinander. »Ja, Schwesterherz, das habe ich. Die Renovierungskosten belaufen sich auf etwa 50 000. Weitere 50 000 stehen für Waren, Nebenkosten und Equipment wie den Computer und die Buchhaltungsprogramme an.«

»Und was ist mit dir selbst? Wovon willst du leben? Ein Bett kaufen, Möbel, Essen, ein verdammtes Auto! Das ist eine Menge, die du da auf dich nehmen willst, Suda Kaye. Mehr Verpflichtungen, als du je im Leben hattest.«

»Stimmt.« Ich betätige den Blinker und schaue in den Rückspiegel, während ich auf den nächsten Highway einbiege. »Aber schließlich bist du der Finanzguru. Als Partnerin, ob in Finanzdingen oder sonst wie, werden deine Erfahrung, deine Fachkenntnis und dein Know-how mir gute Dienste erweisen. Ich glaube hundertprozentig an dich.« Ich lege die Hand auf ihren Oberschenkel und drücke ihn.

Sie schnaubt. »Schwesterherz, ich kann nicht noch ein Unternehmen führen. Mein eigenes verlangt mir schon viel ab, und ich bin meinen Firmenkunden in Denver ständig Rechenschaft schuldig. Außerdem …«

»Bitte. Irgendwo muss ich schließlich anfangen, und du hast versprochen, mir dabei zu helfen, sesshaft zu werden und herauszufinden, was ich tun soll.«

Evie atmet kurz ein. »Ja, aber ich hatte keine Ahnung, dass du mich um ein kleines Vermögen bitten würdest, um deine Pläne zu verwirklichen. Dass du mich anschnorren würdest, um dir ein Auto zu kaufen, damit hatte ich vielleicht gerechnet, aber 100 000? Außerdem wirst du noch mehr Geld brauchen. Eher 150 000, um dich zu etablieren, eine Rücklage zu haben und einige Zeit davon zu leben. Überdies dauert es normalerweise

Jahre, um ein Unternehmen aus dem Boden zu stampfen, und du musst megaerfolgreich sein, um irgendwann tatsächlich Gewinn zu erwirtschaften. Ich weiß einfach nicht, ob das der richtige Weg für dich ist.«

»Aber …«

»Vielleicht solltest du erst einmal Kurse in Business Management belegen oder wieder aufs College gehen. Herausfinden, was für eine berufliche Laufbahn die richtige für dich wäre?«

Ich lache laut auf. »Zurückkehren? Du weißt genauso gut wie ich, Evie, dass ich nie auch nur einen Fuß in ein College gesetzt habe. Und ich habe auch nicht vor, das zu meinem Lebensziel zu erklären. Ich bin nicht der Typ für Schule oder Universität. Du bist das Superhirn in der Familie, nicht ich.«

Evie schüttelt den Kopf.

»Sieh mal, ich habe auf der ganzen Welt Angebote für wirklich coole Produkte, die neu und hipp und genau das sind, was eine Touristenstadt braucht. Gestern habe ich geschlagene zehn Minuten lang hinter dem Schaufenster gestanden und beobachtet, wie mindestens fünfzig Leute vorbeiflanierten. Für Kunden ist diese Location ein Hauptanziehungspunkt. Die Geschäfte in der Umgebung haben vom ersten Jahr an Profit erwirtschaftet, nicht erst im dritten. Ich habe den Vermieter heruntergehandelt, sodass ich monatlich ein paar Hundert Dollar weniger bezahle, als er haben wollte, und ich werde dort wohnen, was ein zusätzlicher Vorteil ist, den ich auch noch steuerlich absetzen kann!«

»Das ist ein hervorragendes Argument. Du kannst die gesamte Miete absetzen«, murmelt sie.

»Siehst du, jetzt denkst du wie meine große Schwester, die wahnsinnig schlau, schön und reich ist und ihre kleine Schwester überaus großzügig unterstützt.« Ich grinse und schlage die Wimpern nieder.

Evie verzieht das Gesicht und funkelt mich wütend an. »Uncool.«

»Hey, ich werde alles in meiner Macht Stehende tun, um meinem Unternehmen zum Erfolg zu verhelfen, und wenn ich dazu auch noch an deine moralische Verpflichtung appellieren muss. Ich habe sogar schon einen Namen für meinen Laden: Gypsy Soul.«

»Gypsy Soul.« Evies Stimme klingt heiser, und ich lächele, als ich höre, wie viel Gefühl in ihren Worten mitschwingt.

»Du selbst hast doch immer gesagt, dass ich wie Mom Boho-Vibes verströme, die Welt entdecken und neue Kulturen kennenlernen will, mit ganzer Seele dabei bin. Wie sonst also sollte ich so einen megakrassen Laden nennen, der Waren aus aller Welt führt, wunderschöne Kleidung, von der ich einiges selbst entwerfen und herstellen werde, sodass es sich um Unikate handelt. Schmuck, Kristalle, Kunst, Krimskrams, einzigartige kulturelle Fundstücke aus aller Herren Länder. Ich will alles mit anderen teilen, was ich auf meinen Reisen erlebt habe. Den ganzen Laden mit nichts anderem füllen als mit … na ja, mit mir.«

Evie verzieht die Lippen und tippt sich mit zwei Fingern dagegen. »Das ist ganz schön viel Geld, das ich da einbringen soll, und du hast nicht allzu viel beizusteuern, aber ich sage dir was. Ich schenke dir die Hälfte. 75 000.«

»Oh, ich habe dir mein Wort gegeben, dass ich es dir zurückzahlen werde. Wir sind Geschäftspartner!«

Sie schüttelt den Kopf. »Warte erst mal ab, was ich sonst noch zu sagen habe.«

Mein Herz pocht so heftig in meiner Brust, dass ich am liebsten an den Straßenrand fahren und verschnaufen möchte. Stattdessen hole ich ein paar Mal tief Luft, um mich wieder in den Griff zu kriegen. Evie ist mit allen Wassern gewaschen, weshalb man selbst äußerst gewieft sein muss. Sie ist die coolste Person, die ich kenne, und ich muss ihr beweisen, dass ich mit sämtlichen Schwierigkeiten, mit denen ich mich konfrontiert sehe, fertigwerden kann. »Okay, schieß los. Was ist sonst noch?«

Evie grinst. »Ich schenke dir die 75 000 von dem Geld, das ich von Mom geerbt habe …«

»Das ist dein Geld, Evie. Es ist nicht dazu da, dass du mir aus der Patsche hilfst.«

»Wenn Mom hier wäre, hätte sie es dir gegeben, ohne mit der Wimper zu zucken.«

Ich strecke den Arm aus und umfasse Evies Hand, während ich Mühe habe, mich von meinen Gefühlen nicht überwältigen zu lassen. Ich konzentriere mich auf die Straße und auf ihre nächsten Worte.

»Du musst nur eins tun: Du musst eine andere Firma oder Person dazu bringen, in die andere Hälfte zu investieren. Du brauchst jemanden, der dir Rückendeckung gibt und der sich dieser Geschäftsidee ebenfalls verpflichtet fühlt, um sicherzustellen, dass der Laden nicht unter die Räder kommt, falls du mal wieder eine deiner verrückten Ideen hast …«

Ich mache den Mund auf, um ihr eine wütende Antwort zu geben, aber da spricht sie schon weiter.

»Denk dran, dass ich *falls* gesagt habe, nicht *wenn*. Ich versuche hier, im Zweifel für die Angeklagte zu befinden, Suda Kaye. Wenn es dir mit dieser Geschäftsidee ernst ist, musst du bereit sein, dich ins Zeug zu legen. Ich schenke dir das Geld, denn sich unter Freunden oder Familienmitgliedern gegenseitig Geld zu leihen, führt unweigerlich zur Katastrophe. Ich will dich dein Leben lang lieben und unterstützen, genau wie du mich liebst und unterstützt. Ich will dich nicht plötzlich hassen, weil du mir nichts, dir nichts die Stadt verlassen hast und mich mit einem weiteren Geschäft am Hals hier zurücklässt. Vertrauen funktioniert in beide Richtungen. Ich gebe dir das Geld, weil ich darauf vertraue, dass du das Richtige tust.« Sie holt tief Luft. »Ich will an deine Idee glauben, weil sie gut ist. Nur dass du keine besonders hohe Erfolgsbilanz vorzuweisen hast, wenn es darum geht, allzu lange an einem Ort zu bleiben. Bis ich mich also nicht vom Gegenteil überzeugt habe, kann ich mich daran nicht direkt beteiligen. Ich verfolge aber natürlich, ob du bei diesem Wagnis gewinnst oder verlierst. Verstehst du das?«

Sie drückt meine Hand so fest, dass es schmerzt. Ich denke über ihre Zweifel nach und erkenne, dass sie mit dieser Haltung nicht nur unsere Beziehung schützen, sondern mich auch zwingen will, mein Projekt allein durchzuziehen. Sie gibt mir das Handwerkzeug in die Hand und die Hälfte des Geldes, das ich brauche. Den Rest muss ich selbst auf die Beine stellen.

Ich nicke. »Ja, und ich weiß gar nicht, wie ich dir für so ein großzügiges Geschenk danken soll.«

»Willst du wissen, was in meinem Brief stand?«, platzt Evie unvermittelt heraus.

»Ja.« Ich schlucke und wappne mich.

»In meinem Brief stand, dass ich alles in meiner Macht Stehende tun soll, damit du in deinem neuen Leben Fuß fassen kannst. Das Einzige, was ich laut Mom nicht aufgeben darf, ist mein eigenes Glück und meine Stabilität. Sie schrieb so etwas wie: ›Evie-Schatz, du darfst deiner Schwester niemals die Flügel stutzen. Hilf ihr lieber, die Schönheit in ihrem eigenen Garten zu erkennen. Zeig ihr eine Methode, wie sie sich ein Leben an ein und demselben Ort aufbaut, aber nimm ihr diese Aufgabe nicht ab. Leite sie durch dein Vorbild an, nicht durch Gewalt.‹« Der süße Klang ihrer Stimme, als sie Moms Sprechweise zu imitieren versucht, erfüllt mein Herz mit unsäglicher Freude.

»Kluge Frau.«

»Das war sie«, stimmt mir Evie zu.

»Jetzt muss ich nur noch herausfinden, wie zum Teufel ich ein Darlehen in Höhe von 75 000 Dollar auftreiben soll.«

Evie grinst verschwörerisch. »Vielleicht habe ich ja auch dazu eine Idee.«

Kapitel 3

Wir biegen in das kleine Reservat ein, das an der Grenze zwischen New Mexico und Colorado liegt und einen ungewöhnlichen Ruf hat. Im Laufe der Jahre hat sich hier eine zusammengewürfelte Gemeinschaft aus Native Americans gebildet, ungeachtet ihrer ursprünglichen Stammeszugehörigkeit. Ziel dieser Gemeinschaft ist es, die Traditionen amerikanischer Ureinwohner zu bewahren.

Evie und ich lernten von klein auf alles über unsere Komantschen- und Wichita-Wurzeln, genau wie über das Erbe der Navajos, der Cheyenne, der Shawnee, der Apachen und so vieler anderer hier im Reservat.

Unsere Mutter bezeichnete diese Heimat als Schmelztiegel für amerikanische Ureinwohner der Great Plains.

Als wir uns die Feldwege hinab auf das Zentrum des Reservats zubewegen, werden wir durch ein paar Tore hindurchgewunken, die von Einheimischen bewacht werden. Sie schieben abwechselnd hier Wache, um zu verhindern, dass Unbefugte ihre privaten Ländereien betreten. Wahrscheinlich kennen sie Evies Auto und/oder Evie, denn sie winkt dem Wachmann in der Bude zu, während ich den Wegen hindurchrollen lasse. Er erwidert ihren Gruß.

»Ein Freund von dir?«, frage ich.

Sie kneift ein wenig die Augen zusammen. »Das ist Biyen. Weißt du noch? Wir sind mit ihm zur Schule gegangen. Er wohnt immer noch hier und hat Aylen geheiratet.«

»Ach, Peter!« Das war der Name, den er in unserer Kindheit hatte, doch Evie nennt ihn bei seinem ursprünglichen Namen. Ich ziehe die Nase kraus. »Er hat Aylen geheiratet? Früher war sie eine ziemliche Zicke!«

Evie lacht. »Ja, aber seit unserer Schulzeit ist sie erwachsen geworden. Versorgt die Älteren und andere hilfsbedürftige Mitglieder der Gemeinschaft mit selbst gekochtem Essen.«

»Wow. Hier hat sich definitiv so einiges verändert.« Ich starre durch die Windschutzscheibe hinüber zu den Bergen, die sich hinter den Great Plains erheben. Bei dem bekannten Anblick erfasst mich ein Schaudern; es ist gleichzeitig tröstlich und beängstigend, wieder dort zu sein, wo so viele meiner Kindheitserinnerungen ihren Ursprung haben.

»Das würdest du wissen, wenn du im Laufe der Jahre wenigstens ein oder zwei Mal zu Besuch gekommen wärest.«

Ich beiße die Zähne aufeinander. »Musst du das immer wieder betonen?«

Evie zuckt mit den Schultern. »Keine Ahnung. Ich bin eben nach wie vor sauer darüber.«

»Zumindest machst du aus deinem Herzen keine Mördergrube.« Ich seufze, halte vor dem terracottafarbenen Haus an, das nicht weit von dem Versammlungsplatz entfernt liegt, und stelle den SUV ab. Ich hebe den Kopf und sehe ihn dort stehen wie einen dunklen Ritter. Er sieht aus wie eh und je, nur ein wenig älter. Sein langes schwarzes Haar ist definitiv von Silberfäden durchzogen. Er hat es nicht zusammengefasst, sodass es frei im Wind fliegt. Er trägt einen gewebten roten Poncho, in dessen

Mitte ein weißer Streifen von oben nach unten verläuft, in dem schwarze Pfeile stecken.

Wortlos steige ich aus dem Wagen. Ich spreche nicht mit Evie. Mit niemandem. Sämtliche Geräusche scheinen zu verstummen. Das Einzige, was ich sehe oder spüre, ist die Leine um meine Taille, die mich unweigerlich zu dem einzig wahren Vater hinzieht, den ich je kannte.

Tahsuda wartet am Rande einer überdachten Veranda. Neben der stabilen Eingangstür aus dunklem Holz hinter ihm hängt eine schmiedeeiserne Sonne an der Wand.

Ich gehe zu ihm hinüber und senke den Kopf. Tränen treten mir in die Augen und laufen mir über die Wangen. Meine Schultern beben, und meine Knie sind so weich, dass ich das Gefühl habe, jeden Augenblick zu Boden zu sinken. Er legt mir seine schwieligen, warmen Hände auf die Schultern. Zum ersten Mal seit zehn Jahren berührt mich mein Großvater wieder, und ich schließe die Augen. Die Hitze sickert in meine Haut, und mein Herz zieht sich vor Liebe und Freude zusammen.

»*Huutsuu*«, sagt er mit der tiefen, melodischen Stimme, die ich besser kenne als meine eigene, »du bist nach Hause gekommen.« Er spricht Komantsche, aber ich verstehe die Sprache noch genauso gut, als hätte ich sie seit dem Tag meiner Abreise täglich gehört.

Ich nicke, wage es jedoch nicht, den Kopf zu heben, bis er es von mir verlangt. Ich bin diejenige, die ihm durch meine lange Abwesenheit einen Mangel an Respekt erwiesen hat. Es liegt an ihm, wie er mich jetzt empfängt.

»*Huutsuu*, sieh mich an. Zeig mir deine Augen.«

Ich hebe den Kopf und sehe ihm in die espressofarbenen Augen und das verwitterte Gesicht, das ich mein Leben lang so geliebt habe. Die Tränen rinnen nun ungehemmt meine Wangen herab, aber das ist mir gleichgültig. Er ist das Schönste, das ich in den letzten zehn Jahren gesehen habe – abgesehen natürlich von meiner Schwester.

»Hast du gefunden, wonach du suchtest?« Seine Stimme ist nur ein leises Rumpeln, wie der Donner vor einem Gewitter.

»Das versuche ich immer noch herauszufinden«, flüstere ich und schlucke schwer. Eine Woge aus Gefühlen spült über mich hinweg.

Er nickt und presst die Lippen aufeinander. »Du warst viele Monde fort. Sind deine Flügel jetzt müde?«

»Ja, Toko. Ich werde lange bleiben.«

Der Anflug eines Lächelns spielt um seine Lippen, ist allerdings schon wieder fort, noch bevor ich sicher sein kann, ihn überhaupt gesehen zu haben.

»Ah, deine Reise hat dich also hierher zurückgeführt.«

»Ich habe dich vermisst. So sehr. Und es … es tut mir leid, Toko, dass ich so lange fort war.«

Diesmal umfängt er meinen Nacken und schiebt mich mit dem Daumen nach vorn zu sich hin. Dann drückt er mir die Lippen auf die Stirn. »Ob du nun einen Tag, eine Woche, ein Jahr oder zehn fort bist, ich vermisse dich stets auf die gleiche Weise. Meine Liebe zu dir folgt keiner Uhrzeit und ist bedingungslos. Sie ist wie die Sonne und der Mond. Sie ist immer da und wird es auch in Zukunft sein.«

Ich schlinge meinem Großvater die Arme um den Nacken, und er zieht mich fest an seine breite Brust. »Mein kleiner Vogel ist in sein Nest zurückgekehrt. Und das macht mich glücklich.« Er lächelt und gibt meiner Schwester über meine Schulter hinweg irgendein Zeichen, denn ich höre sie leise lachen.

Die Tränen verwandeln sich auch bei mir in Gelächter, während er mich fest im Arm hält. Ich lasse zu, dass ich mir diesen Augenblick einpräge.

»Ich hab dich lieb, Toko.«

»Ich dich auch, *huutsuu*. Jetzt komm herein und setz dich zu mir. Erzähl mir von deinen Abenteuern.« Er breitet die Arme aus, und Evie schmiegt sich ebenfalls hinein. »Ihr beide seid mein Ein und Alles.« Er küsst erst Evie und dann noch einmal mich auf den Scheitel.

Stundenlang berichte ich meinem Großvater von meinen Reisen und schildere, was ich an jedem einzelnen Schauplatz so getrieben habe, wobei ich ihm allerdings die vielen Männer verschweige, die er sowieso niemals kennenlernen würde, ebenso wie diverse riskante Unternehmungen. Dann erwähne ich die Idee zu meinem Laden.

»Und du willst deine Schwester bei ihrer Geschäftsgründung unterstützen?«, fragt Toko nun Evie bei einer dampfenden Schüssel Rindfleisch-Gemüse-Suppe und traditionellem Fry Bread. Innen ist das Brot weich, außen ein wenig knuspriger. Toko serviert es warm, und es hat jene perfekte, zähe Beschaffenheit, die mich an mein Zuhause im Reservat erinnert. Das Brot ist rund und fest genug, um es in die Suppe zu tunken und damit etwas von der dampfenden Brühe aufzunehmen.

Evie nickt und reißt sich ein Stück von ihrem Brot ab. »Na ja, du weißt ja, dass uns nach Moms Tod ihre Lebensversicherung zufiel. Suda Kaye hat durchaus noch einen Rest davon, und ich habe das, was von meiner übrig war, nachdem ich die College-Gebühren bezahlt und mein eigenes Unternehmen gegründet hatte, angelegt. Deshalb habe ich eigentlich noch so gut wie alles. Wenn Mom hier wäre, stünde sie vermutlich zusammen mit Suda Kaye hinter der Ladentheke. Ihr einen Teil des Kapitals zur Verfügung zu stellen ist also das Mindeste, was ich tun kann.«

Ich streiche beruhigend über Evies Unterarm. »Und dafür liebe ich dich, große Schwester! Sobald ich Gewinn mache, werde ich dir alles zurückzahlen.«

Evie schüttelt den Kopf. »So war das nicht gedacht, Suda Kaye. Mach, was du tun musst. Das ist ein Geschenk. Du hast keine Verpflichtungen. Das habe ich dir doch schon mal gesagt.«

Toko verschränkt die Arme vor der Brust und fixiert Evie. »Du gibst doch kein Geschenk dieses Ausmaßes einfach so her, ohne eine Gegenleistung zu erwarten. Was für eine Gegenleistung ist das, *taabe*?« Ich liebe es, wenn er sie »Sonnenschein« nennt, genau wie früher Mom. Ich vermute sogar, dass wir unsere jeweiligen Kosenamen von Tahsuda erhalten haben.

Ich runzele die Stirn, denn mir wird klar, dass Großvater da auf etwas sehr Wichtiges hingewiesen hat. Unabhängig von der ganzen »Nichts borgen, nichts verleihen«-Philosophie gibt niemand einfach so 75 000 Dollar für gar nichts her.

Evie steht abrupt auf und schnappt sich ihr Glas. »Hast du noch etwas von diesem Kuleto?«, wechselt sie das Thema. »Ich fand es immer schon total cool, dass du alles in deiner Macht Stehende tust, um die Native Americans zu unterstützen, bis hin zu deinem Wein aus eigener Produktion«, plaudert sie weiter und gießt sich ein großes Glas ein.

Ich lehne mich auf meinem Stuhl zurück und beobachte, wie Evie Tokos Frage ignoriert, aber so leicht werde ich sie nicht davonkommen lassen. Unter gar keinen Umständen. »Evie, was hast du davon?«, frage ich in etwas schärferem Ton.

Sie stöhnt. »Nichts. Das habe ich dir doch schon gesagt. Lass es doch einfach mal gut sein.« Sie stellt die Weinflasche etwas zu energisch ab, sodass sie mit einem Klirren auf der Theke landet. Bei dem Geräusch zuckt sie zusammen, aber glücklicherweise ist die Flasche stabil und zerbricht nicht.

»*Taabe*, komm und setz dich zu uns«, fordert Toko.

Evie atmet tief ein und stößt die Luft dann wieder aus, bevor sie eine ruhige Miene aufsetzt und falsch lächelt. Ich habe größte Mühe, nicht die Augen zu verdrehen. So leicht wird sie weder mich noch meinen Großvater hinters Licht führen. Ich weiß, dass Toko ihr das niemals durchgehen lassen wird, also sitze ich nur abwartend da, verschränke die Arme vor der Brust und warte darauf, dass die Show beginnt.

»Ja, Toko?«, sagt Evie leise, schlägt die Augen nieder und zieht einen hübschen pinkfarbenen Schmollmund, wie sie es schon als Kind zu tun pflegte, wenn sie ihren Kopf durchsetzen wollte. Offensichtlich ist ihr noch nicht so recht klar, dass sie eine erwachsene Frau ist und dieser Mist mit dreißig ganz sicher nicht genauso wirkt wie als Kind oder Teenie.

Er umfängt Evies Wange und sagt nichts, sondern sieht ihr lediglich lange in die Augen. Unruhig rutscht sie hin und her, dann wendet sie den Blick ab und lässt die Schultern hängen, bevor die Wahrheit aus ihr herausbricht. »Wenn ich Suda Kaye das Geld gebe, fühlt sie sich mir gegenüber vielleicht verpflichtet.«

»Und?«, souffliert Toko, um sie zum Weiterreden zu ermutigen.

Ihr Blick huscht kurz zu mir herüber, dann wieder zu Toko und erneut zu mir. »Dann bleibt sie vielleicht hier.«

Ich schließe die Augen, als ich den wahren Grund höre, warum meine Schwester mir einen Batzen Geld so einfach überlässt. Ein Faustpfand.

»Ah, jetzt weiß ich, was du dir als Gegenleistung vorstellst. Du willst, dass deine Schwester zu deinem Leben gehört, und mit dieser Methode willst du dieses Ziel erreichen«, vermutet Toko.

Evie benetzt die Lippen, und ihr rinnt eine Träne über die Wange. Diese einzelne Träne reißt ein Loch in mein Herz, so groß, dass ich keine Ahnung habe, ob ich es jemals wieder zusammengeflickt bekomme.

»Evie …«, flüstere ich. Mehr bekomme ich nicht heraus. Mir bleiben die Worte im Halse stecken, mit denen ich meine Gefühle formulieren könnte.

»Ich will, dass du Teil meines Lebens bist, Suda Kaye. Toko wohnt viel zu weit entfernt. Mom ist tot. Dad ist in Polen stationiert und macht da irgendetwas streng Geheimes beim Militär.« Sie wedelt mit der Hand durch die Luft. »Und du, meine Schwester, reist in der Weltgeschichte herum. Ich mache mir jede Nacht Sorgen, dass ich dich auch noch verlieren könnte. Dass ich irgendwann feststelle, dass du auf einem deiner verrückten Trips gestorben bist. Von einer Klippe springen! Mein Gott, Suda Kaye, wenn dieser Surfer nicht da gewesen wäre, hättest du ertrinken können.«

»Aber ich bin nicht ertrunken!«

»Und was war mit dem Moped, das dich in Italien angefahren hat, sodass du dir den Arm gebrochen hast?«

»Erinnere dich bitte daran, dass ich eine sehr liebevolle Krankenschwester namens Alfonzo hatte, der diesen Arm geküsst und dafür gesorgt hat, dass er in Nullkommanichts wieder abgeheilt war.« Ich grinse.

»Und als du in den Schweizer Alpen wochenlang mit diesem Waldarbeiter im Zelt geschlafen hast?«

»Hm, Elias. Er war einer der männlichsten Typen, die ich je in meinem Leben getroffen habe. Ich habe gesehen, wie er mit bloßen Händen Fische im Fluss fing.« Bei der Erinnerung daran muss ich lächeln.

Evies Stimme klingt gepresst, als sie sagt: »Du hättest da draußen in der Wildnis sterben können. Hättest von einem Bären oder einem Kojoten gefressen werden können. Zum Teufel, du kanntest diesen Elias doch noch nicht mal richtig.«

»Äh, da muss ich widersprechen.« Ich senke die Stimme, um die sexuelle Anspielung mitschwingen zu lassen, vor meinem Großvater aber nicht geschmacklos zu werden. »Wir haben einander sehr gut kennengelernt.«

Evie fährt sich mit den Händen durchs Haar. »Suda Kaye, ich brauche dich. Verstehst du das? Ich brauche dich lebendig. Ich brauche dich hier, wo ich dir ins Gesicht sehen kann. Sehen kann, dass du gesund und glücklich bist.«

Ich schüttele den Kopf und greife nach ihrer Hand. »Evie, mir geht es gut. Ich bin gesund und sehr glücklich. Es hat nur sehr wenige Phasen in meinem Leben gegeben, in denen ich unglücklich war. Mom hat uns immer beigebracht, an jedem Tag nach dem Glück Ausschau zu halten. In den kleinen Dingen. Ich habe mein Leben stets nach diesem Motto ausgerichtet. Du musst nicht auf mich aufpassen.«

»Nein. Aber ich brauche meine Schwester.« Sie pocht sich mit der Hand gegen die Brust. »Ich brauche dich, Suda Kaye. Ich gebe dir dieses Geld, weil ich dich gut genug kenne, um zu wissen, dass du alles tun wirst, damit dieses Geschäft ein Erfolg wird. Auf keinen Fall willst du mich verletzen, indem du mein Geld zum Fenster herauswirfst. Und für mich, Suda Kaye, ist es nur Geld. Dich« – sie drückt meine Hand –, »dich in meinem Leben zu haben, das ist es, was mich glücklich macht.«

Mist. Jetzt muss ich doch weinen. Ich stehe auf und ziehe meine Schwester ebenfalls hoch. Sie schlingt die Arme um mich.

Dann löst sie sich ein wenig von mir und umfasst mein Gesicht. Tränen laufen ihr über die Wangen, und sie wischt meine fort. »Ich liebe dein Gesicht, Suda Kaye. Ich will es sehen. Jeden Tag. Immerzu. Wenn mich das zur Egoistin macht, dann bin ich eben eine. Dann bin ich eben egoistisch.«

Ich lächele und schmiege meine Wange in ihre Hand. »Nein,

Schwesterherz, das macht dich nicht egoistisch. Es macht dich menschlich. Ich habe dich auch vermisst, weißt du. Dich nur ein paar Mal im Jahr zu sehen und einmal die Woche mit dir zu telefonieren, war niemals genug. Ich wollte immer mehr, aber …«

Sie schließt die Augen und streicht mir mit den Händen übers Haar. »Ich weiß. Du musstest es tun.«

Ich nicke und wische ihr die Tränen ab. »Aber jetzt bin ich hier.«

Sie beißt sich auf die Unterlippe und stellt die eine Frage, auf die ich keine Antwort weiß. Ausgerechnet diese Antwort kann ich ihr niemals geben – aus Angst, ihr wehzutun.

»Ja, aber für wie lange?«

»Evie …«

Sie zieht mich an ihre Seite und legt mir den Arm um die Taille. »Wie lange es auch dauert, ich werde damit fertig.«

Tahsuda beobachtet uns mit einer Heiterkeit, die ich momentan so gar nicht nachempfinden kann. Aber der alte Mann ist nun mal weiser als jeder andere Mann, dem ich je begegnet bin.

»Beruhigt euch und esst. *Tuabe, huutsuu,* ich bin froh, dass ihr an meinem Tisch sitzt. Ich werde mit den Ältesten beten, dass ihr beide den Trost findet, den ihr braucht. Alles wird so sein, wie es sein soll«, sagt er, als sei das ein unumstößliches Gesetz. Und für ihn ist es das vielleicht sogar.

»Danke, *Toko.*« Evie setzt sich und lächelt, nimmt ihren Löffel zur Hand und macht sich über ihre noch dampfende Suppe her.

Ich grinse und nehme ebenfalls Platz. »Wenn du von Beten sprichst, heißt das, dass ihr auch eure Friedenspfeife rauchen werdet, denn ich brenne darauf, das auch mal auszuprobieren.« Ich tauche meinen Löffel in die Schüssel und will etwas Fleisch und Gemüse zum Mund führen.

Evie gibt mir einen Klaps auf den Arm. »Suda Kaye!« Sie gluckst.

»Na ja, was spricht denn dagegen?«, frage ich mit vollem Mund, tunke dann mein Fry Bread in die Suppe und beiße herzhaft davon ab. Die Aromen gleiten über meine Geschmacksknospen so vertraut wie gebuttertes Toastbrot. Fry Bread und Suppe war immer eins der Grundnahrungsmittel in Tokos Haus. Einfach köstlich!

»Du bist nicht alt genug«, sagt Toko rundheraus, dann öffnet er den Mund und nimmt seinerseits ebenfalls einen Löffel von dieser Fleisch-Gemüse-Delikatesse zu sich.

Ich höre auf zu kauen, und Evie schnaubt mit vollem Mund in dem Versuch, sich das Lachen zu verkneifen.

»Toko, ich bin achtundzwanzig!«

»Genau. Nicht alt genug. Wenn du älter bist, darfst du mich wieder fragen.«

»Wie alt muss man denn sein, um mit den Ältesten zu rauchen?«

Er grinst. »Alt.«

»Na toll, dann kann ich ja nie mit dir rauchen.«

»Stimmt genau.«

»Manches ändert sich nie«, grummele ich.

Evie streckt die Hände nach Toko und mir aus. »Du hast recht. Manches ändert sich nie«, sagt sie mit einem breiten Grinsen.

Ich schüttele ihre Hand ab. »Halt den Mund und iss deine Suppe, Nervensäge! Du bist auf seiner Seite!«

Sie zuckt mit den Schultern. »Den Älteren sollte man stets Respekt zollen, das weißt du doch.«

Am nächsten Morgen sitze ich auf der Veranda meines Großvaters und genieße den herrlichen Ausblick. Freies, offenes Land. Bäume, Hügel und Wiesen. Zu meiner Rechten grasen Tiere auf der offenen, flachen Ebene. Ein paar versprengte Häuser sind in der Ferne am Horizont erkennbar. Sie befinden sich zwar ganz in der Nähe der Siedlung, bieten den Bewohnern aber dennoch eine gewisse Privatsphäre. Ich atme den Duft nach Erde ein. Der Moschusgeruch des Staubes und der Bäume um uns herum erfüllen mich mit tröstlicher Wehmut.

In ihrem Sommerkleid und mit einer Tasse Kaffee in der Hand schlendert Evie heraus. Seit meiner Rückkehr habe ich sie nicht so entspannt erlebt. Das pfirsichfarbene Outfit verleiht ihr etwas Sanftes, Verführerisches. Unser Aufenthalt hier gibt meiner Schwester anscheinend so etwas wie inneren Frieden zurück. Ihre Schultern sind entspannt und locker, ihr Rücken nicht mehr stocksteif und gerade, und um ihre Lippen spielt ein wunderschönes, sorgloses Lächeln.

Diese Version von Evie liebe ich besonders.

Meine Schwester so friedlich zu erleben ist ein seltener Anblick, denn sie wirkte sonst immer sehr bedrückt. Während unserer Zeit bei Tahsuda kümmerte sie sich um mich und hörte damit auch dann nicht auf, als wir mit Mom in Pueblo lebten und diese krank wurde. Sie sorgte dafür, dass ich zur Schule ging und wieder nach Hause kam, machte mir ein Pausenbrot, bereitete jeden Morgen das Frühstück und jeden Abend das Abendessen zu. Als Mom starb, war sie bereits auf dem College, sorgte aber dennoch auch weiterhin dafür, dass ich während des letzten halben Jahres auf der Highschool alles hatte, was ich brauchte. Dies waren die schlimmsten sechs Monate meines Lebens gewesen. Ich musste die Highschool beenden, hatte keine Mutter mehr und wohnte mit meiner neunzehnjährigen Schwester in einer

Zweizimmerwohnung. Ich hätte mich gegen sie auflehnen können, hätte ihren Anweisungen nicht Folge leisten können, doch das tat ich nicht. Schließlich war ich nicht die Einzige, der es schwerfiel, nach Moms Tod weiter zu funktionieren. Aber wie immer war meine Schwester diejenige, die sich am meisten zusammenriss.

Jetzt setzt Evie sich neben mich und schlägt die nackten Beine übereinander. »Schön, nicht wahr?«

Ich nippe an meinem Kaffee. »Es ist unsere Heimat. Gewissermaßen. Mein Zuhause bist allerdings du. Wo du bist, ist für mich der schönste Ort auf der Welt.«

Ihr Blick huscht zu mir hinüber, und mit ihren blauen Augen sieht sie so feierlich drein wie schon lange nicht mehr. »Meinst du das ernst?«

Ich wende den Blick nicht ab. Keine Sekunde lang. Ich halte ihm stand und versuche, ihr wortlos und nur durch meine Augen zu übermitteln, was ich empfinde. »Ja.«

»Ich verlasse mich drauf«, antwortet sie unbestimmt, wendet sich ab und schaut stirnrunzelnd in die Ferne. »Wer ist das?«

Ein großer, glänzender schwarzer Ford fährt vor und parkt neben Evies SUV. Eine dunkelhaarige Gestalt öffnet die Tür und schlüpft hinaus. Als er die Autotür umrundet, kann ich ihn in seiner ganzen Pracht bewundern.

»Oh Shit. Jetzt wird's interessant.« Ich grinse, halte mit beiden Händen den Becher vors Gesicht, während meine Schwester sich aufrichtet, den Rücken so gerade wie ein Lineal.

»Halt bloß den Mund!«, knurrt Evie leise und steht auf.

Der Mann bleibt vor uns beiden stehen. Er sieht nur flüchtig zu mir hinüber, sodass ich ihm lediglich mit den Fingern zuwinke, ohne die Tasse loszulassen. Dann richtet er den Blick auf Evie.

»Milo, ich hatte keine Ahnung, dass du kommst. Das ist … äh, wow. Schön, dich zu sehen.« Evie breitet die Arme aus und geht auf den megaheißen Typen zu. Und wenn ich heiß sage, meine ich wahnsinnig gut aussehend. Er ist groß, mindestens eins dreiundneunzig. Seine breite Brust verhüllt ein rotes Oberhemd. Am Hals trägt er eine silberne Bolo Tie mit einem Türkis, der genau in der Kuhle an seinem Hals ruht. Lange geflochtene schwarze Lederschnüre hängen an seiner Brust herab und deuten beinahe wie ein Pfeil auf seine maßgeschneiderte schwarze Stoffhose.

Sein langes schwarzes Haar, das er mit ein paar passenden Bändern zusammengefasst hat, fällt bis zur Mitte seines Rückens herab. Aber es sind diese hohen Wangenknochen, diese wunderschöne tiefbraune Haut und das Feuer in dem Blick, mit dem er Evie mustert, was mich zum Grinsen bringt.

Er zieht Evie in die Arme und hält sie eine gefühlte Ewigkeit lang fest. »Evie, *nizhóni*, wie lange ist es her?«

In der Sprache der Navahos bedeutet *nizhóni* so etwas wie »schön«. Sie ist für ihn also seine Schöne. Ich verberge mein Grinsen hinter meiner Tasse, als Evie den Oberkörper ein wenig von ihm löst, die Hände jedoch auf seinem ansehnlichen Bizeps ruhen lässt.

»Ähm, persönlich haben wir uns, glaube ich, vor sieben Jahren zuletzt gesehen. Aber wir haben ja über Social Media immer Kontakt gehalten.« Sie lässt die Hände sinken und spielt mit dem Saum ihres Sommerkleides, das über den Knien endet.

Er richtet den Blick auf mich. »Und Suda Kaye ist zurück. Schön, dich zu sehen.«

Ich lächele. »Ich freu mich auch, dich zu sehen, Milo. Wirklich toll, stimmt's, Evie?«

Der Kopf meiner Schwester wirbelt so schnell zu mir herum, dass ich schon befürchte, sie könne sich den Nacken verstauchen.

»Natürlich. Es ist immer eine Freude, ein bekanntes Gesicht aus Kindertagen wiederzutreffen.«

»Ich bin hier, um mit einigen der Leute hier über ihre Finanzen zu reden. Dachte, ich sehe auch mal nach dem Ältesten Tahsuda Tahsuda. Vielleicht kann er meine Hilfe ja brauchen, solange ich hier bin.« Er spricht den Namen unseres Großvaters zwei Mal aus, denn sein juristischer Name ist tatsächlich Tahsuda Tahsuda. Damals bekamen amerikanische Ureinwohner nur dann eine Geburtsurkunde, wenn sie Vor- und Nachnamen angaben. Mein Großvater hatte aber, wie viele andere auch, bloß einen einzigen Namen. Statt sich einen Nachnamen auszusuchen, wie englische Siedler sie trugen – also Jones oder Smith –, protestierte er gegen das Gesetz, indem er ihnen seinen Namen zwei Mal angab. Deshalb heißt er jetzt offiziell Tahsuda Tahsuda. Mein Großvater, der Rebell.

»Wow. Wie nett von dir. Dass du dich so um unsere Leute kümmerst. Ist er nicht fantastisch, Evie?« Ich spreche mit zuckersüßer Stimme und koste das Unbehagen meiner Schwester mit jeder Sekunde mehr aus. Sie ist nämlich in Milo verliebt, seit ich denken kann. Ausgerechnet in den einzigen Typen, der meine Schwester niemals so ansah, als sei sie Sonne und Mond in einer Person. Damals in der Schule und im Reservat überschlugen sich die Jungs fast, um sich mit Evie unterhalten zu können. Sie umkreisten sie, verzehrten sich nach jeder noch so flüchtigen Aufmerksamkeit. Doch der einzige Kerl, für den Evie jemals Augen gehabt hatte, war absolut tabu, der riesige Milo Chavis, der nur ein paar Jahre älter als sie war.

»Es ist sehr nett von dir, nach unserem Großvater zu sehen. Tatsächlich wollte ich dir sowieso eine E-Mail schreiben, deswegen ist es toll, dass du da bist. Das Timing könnte kaum besser sein. Ich wollte dich um einen Gefallen bitten.«

Milo lächelt und blickt auf meine Schwester herab. »Ich tue doch alles für meine *nizhóni.*« Er legt ihr die Hand auf die Schulter und drückt sie.

Ich könnte schwören, dass Evie sich in seine Hand schmiegt. Verdammt, die beiden sollten es wirklich miteinander treiben. Ich frage mich, ob er ungebunden ist. Als Evie ihn zum letzten Mal erwähnte, war sie vierundzwanzig und er achtundzwanzig. Damals hatte er seiner Familie seine feste Freundin vorgestellt. Brachte sie über die Feiertage nach Hause. Danach sprach Evie nie wieder von ihm. Jetzt muss er vierunddreißig sein. In sechs Jahren kann eine Menge passieren.

»Eigentlich frage ich wegen meiner Schwester Suda Kaye.« Sie deutet über die Schulter hinweg mit dem Daumen auf mich, und ich stehe auf, um mehr von der Unterhaltung mitzubekommen.

Milo wartet darauf, dass Evie weiterredet, während ich auf die beiden dicht beieinanderstehenden Gestalten zugehe.

»Tahsuda hat mir vor ein paar Jahren erzählt, dass du für einen deiner Klienten hier im Reservat an einem Projekt arbeitest …«

»Ich muss dich an dieser Stelle gleich unterbrechen. Ich spreche mit niemandem über die Finanzen meiner Klienten.« Seine Stimme ist ein leises, tiefes Rumpeln.

Sie wedelt mit der Hand vor seiner Brust hin und her. »Nein, nein. Was Tahsuda mir gesagt hat, war, dass du mit einem Mitglied des hiesigen Reservats und einer weiteren Firma zusammenarbeitest, die kleine Businessprojekte im Raum Pueblo/Colorado Springs/Denver verwirklicht. Sie bei der Finanzierung unterstützt, dabei hilfst, sie aus dem Boden zu stampfen und am Laufen zu halten. Weißt du, was ich meine?«

Er nickt und verschränkt die Arme über seiner breiten Brust. Mmmh – toller Anblick!

Mit offenem Mund starrt meine Schwester seine Muckis an. Okay, gut. Dann ist sie zumindest noch nicht ganz tot.

Evie benetzt die Lippen, und ich bemerke, wie Milo die Bewegung registriert und eine unverkennbare Hitze in seinen Augen lodert.

Das wird ja immer interessanter. Er fährt total auf sie ab.

»Jedenfalls wird Suda Kaye eine Boutique in Pueblo eröffnen. Sie hat solide 75 000 an Startkapital, braucht aber einen Investor, der mit weiteren 75 000 bis 100 000 bei ihr einsteigt und ihr hilft, ihr Business auf die Beine zu stellen. Ihr quasi die Grundlagen beibringt. Ich habe mich an dich erinnert, weil Tahsuda immer und immer wieder betonte, wie toll es war, dass du einem entfernten Familienmitglied bei seiner Geschäftsgründung beigestanden hast, womit du schließlich wiederum sämtliche Native Americans unterstützt.«

Milo lacht leise. Es klingt tief und volltönend. Sehr verführerisch.

Auch das entgeht Evie nicht. Sie beißt sich wieder auf die Unterlippe und blickt träumerisch zu Milo empor. Man merkt genau, was in ihr vorgeht. Um ihr aus der Verlegenheit zu helfen, stoße ich sie an der Schulter an und reiße sie so aus ihrem Tagtraum, in dem vermutlich nicht sie selbst, sondern Milo an ihrer Unterlippe knabbert.

»Das klingt ja megacool. Arbeitet dieses Unternehmen immer noch mit neuen Start-ups zusammen?«, frage ich.

Milo gibt keine Antwort, sondern fixiert hundertprozentig und ausschließlich das Gesicht meiner Schwester.

Fantastisch.

Er schüttelt den Kopf, wie um wieder einen klaren Gedanken fassen zu können. »Äh, ja. Tatsächlich steckt der kleine Bruder eines alten Collegefreundes dahinter. Ist auf dem Gebiet eine ganz große Nummer. Hat ein Komitee, das einmal monatlich zusammenkommt und über neue Projekte spricht, in die man investieren könnte. Ich bin sicher, dass ich dich in so ein Meeting reinbringen könnte. Du musst alles zusammenstellen. Gewinn- und Verlustrechnung. Budget und Kostenbereiche. Businessplan für ein, drei und fünf Jahre. Location. Kosten. Alles muss Schwarz auf Weiß vorliegen. Nichts darf im Verborgenen bleiben. Dem Komitee ist die volle Offenlegung wichtig. Nur dann steigen die Mitglieder voll und ganz mit ein ins Geschäft.«

Einige dieser Begriffe habe ich schon mal von Evie gehört, aber viele sind mir noch fremd. Ich habe die letzten zehn Jahre damit verbracht, bei Bekannten auf der Couch zu schlafen und nur zu arbeiten, wenn ich unbedingt musste. Gewinn- und Verlustrechnungen, Businesspläne – das alles klingt ziemlich kompliziert.

Evie grinst. »Du sorgst dafür, dass wir an dem Meeting teilnehmen können, und wir sind bereit. Du hast doch meine E-Mail-Adresse, oder?«

Er lächelt sanft. »Na klar.«

»Dann schreib mir, sobald du irgendetwas herausgefunden hast. Unterdessen machen wir unsere Hausaufgaben, stimmt's, Suda Kaye?«

»Selbstverständlich. Danke, Milo.«

»Ladies.« Er nickt uns beiden kurz zu und zwinkert Evie zu, bevor er sich auf den Weg ins Haus unseres Großvaters macht.

Kaum ist er außer Hörweite, fange ich an zu kreischen und hüpfe auf und ab. Evie tut es mir gleich und nimmt mich in die Arme. Wir reden beide gleichzeitig.

»Du kriegst so ein Meeting!«, sagt sie im gleichen Moment, wie ich ausrufe: »Der steht total auf dich!«

»Warte, was?«, übertönen wir uns gegenseitig.

»Milo, er konnte den Blick ja kaum von dir abwenden. Das konnte sogar ein Blinder mit Krückstock sehen!«

Evie legt die Hand auf die Stirn. »Suda Kaye, konzentriere dich. Er hat uns gerade gesagt, dass er dir ein Meeting mit dem Bruder seines Freundes verschafft. Dem, der einem anderen Typen geholfen hat, ein erfolgreiches Unternehmen auf die Beine zu stellen. Er setzt sich für dich ein!«

Ich schüttele den Kopf. »Nein, er setzt sich nur deinetwegen für mich ein! Wenn du glaubst, dass Milo Chavis es bei der einen Mail belässt, bist du echt auf dem Holzweg! Lass dir das gesagt sein. Auf diesem Gebiet bin nun mal ich die Expertin. Ich weiß genau, wann ein Mann ein Auge auf eine Frau geworfen hat. Und die Augen dieses Mannes klebten ja förmlich an dir fest, liebe Schwester.«

»Wenn du meinst. Ich freue mich einfach bloß, dass er uns mit diesen Leuten zusammenbringt. Außerdem hatte er eine feste Freundin, als ich ihn das letzte Mal gesehen habe. Wahrscheinlich ist er mittlerweile mit ihr verheiratet.«

»Hast du denn in einem der sozialen Netzwerke, in denen du ihn stalkst, gesehen, dass er als Status ›verheiratet‹ angegeben hat? Ich bin ziemlich sicher, dass er keinen Ring am Finger hatte.«

Sie kneift die Augen zusammen. »Ich stalke ihn nicht.«

Ich ziehe einen Schmollmund. »Nein, wahrscheinlich machst du das tatsächlich nicht. Dafür hast du verdammt noch mal zu viel Klasse. Anscheinend haben wir heute Abend wirklich ein paar Hausaufgaben.«

»Ja, wir fangen mit deinem Businessplan an«, verkündet Evie zur gleichen Zeit, wie ich sage: »Wir schauen uns Milo Chavis' Onlineprofil an.«

Evie erstarrt und beugt sich zu mir vor. »Du lässt nicht locker, was?«

»Darauf kannst du wetten.« Ich hake sie unter, um drinnen mit ihr und Toko zu frühstücken und vielleicht noch einen Blick auf Muskel-Milo zu werfen.

»Gott steh mir bei.«

Ich schnaube. »Und führe mich geradewegs in Milos Bett!« Ich rempele sie mit dem Ellbogen an.

»Erde, tu dich auf«, murmelt Evie kläglich. Ich aber lege den Kopf in den Nacken und lache, bis mir der Bauch wehtut.

»Ist das schön, wieder zu Hause zu sein!«

Kapitel 4

»Guten Morgen, Suda Kaye«, sagt eine tief grollende Stimme.

Ich hebe den Kopf und schaue von meinem Plan auf, den ich nun schon bestimmt zum hundertsten Mal überfliege. »Milo!« Ich stehe auf und schlinge ihm fest die Arme um den breiten Oberkörper. »Gott sei Dank, dass du da bist! Evie steckt in Denver im Stau und hat es nicht geschafft. Vor Angst hätte ich mir beinahe in die Hose gemacht!« Ich drücke seine starken Schultern noch einmal.

Milo lächelt sanft und streicht mir mit der Hand über den Arm. »Deshalb bin ich ja da. Deine Schwester hat mich angerufen. Ich war zu Hause in Colorado Springs und konnte ein paar Termine auf meinem Kalender hin und her schieben.«

Ich lehne mich zurück und grinse. »Du wohnst in Colorado Springs?«

Er legt den Kopf auf die Seite. »Ja.«

Ich kann mir ein breites Lächeln einfach nicht verkneifen. »Du weißt schon, dass Evie dort auch wohnt?«

Neugierig hebt er das Kinn. »Tatsächlich? Ich dachte, sie lebt in Denver.«

Ich schüttele den Kopf. »Nein. Sie fährt ein paar Mal die Woche aus beruflichen Gründen hin. Du weißt ja, wie es ist … wenn es in der Finanzwelt brodelt.«

Seine Lippen zucken, und er muss grinsen. »Dann freue ich mich ja besonders, hier zu sein, um dir helfen zu können.«

»Seien wir doch mal ehrlich. Du freust dich, etwas tun zu können, damit meine Schwester dir einen Gefallen schuldet.« Ich stemme eine Hand in die Hüfte und sehe ihm eindringlich in die Augen.

»Es schadet nicht, wenn eine schöne Frau einem etwas schuldig ist. Stimmt schon.«

»Bist du verheiratet?«, gehe ich geradewegs auf mein Ziel los.

Genau in diesem Augenblick ruft uns die Empfangsdame. »Wenn Sie bitte kommen würden, Sie werden erwartet.«

Ich ziehe einen Schmollmund, und Milo lächelt. Er streckt die Hand aus und deutet auf die Tür des Konferenzraumes.

»Können wir?« Er geht vor und öffnet sie.

Ich folge ihm hinein. Drinnen entdecke ich einen lang gezogenen Konferenztisch, um den sich fünf Männer und zwei Frauen versammelt haben. Ich mustere die einzelnen Gesichter und erstarre beim letzten zur Salzsäule. Zwei Herzschläge lang kann ich mich nicht rühren. Dann reagiert mein Körper heftig. Meine Handflächen werden feucht, ich habe einen Schleier vor Augen und Schmetterlinge im Bauch.

Milo redet und deutet auf jeden Einzelnen, den er mir vorstellt, aber ich höre gar nicht, was er sagt. Mein Blick haftet laserscharf nur auf einem einzigen Mann.

Dunkelblondes Haar, länger, als ich es in Erinnerung habe, das gerade so eben den Kragen seines nachtschwarzen Anzugs berührt. Eine Kombination aus Oberlippen- und Vollbart, die nicht von seinen gut aussehenden Zügen ablenken kann, sondern sie im Gegenteil sogar noch betont. Er ist älter. Volle zehn Jahre lassen sich nun mal nicht leugnen, aber jedes einzelne davon hat seine Attraktivität bloß noch gesteigert. In seinen sanften braunen Augen glüht ein moosgrüner Funke, der durch sein olivfarbenes Hemd unter dem Jackett nur noch intensiviert wird. Er trägt keine Krawatte. Die beiden oberen Hemdenknöpfe sind offen, sodass man die gebräunte Haut darunter erkennen kann.

Er erhebt sich, und ich könnte schwören, dass das Zimmer mit einem Mal kleiner wird. Seine muskulöse Gestalt erfüllt den Raum. Direkt vor mir stehend kommt er mir sogar noch größer vor als in meiner Erinnerung. Er ist beinahe so groß wie Milo, bestimmt fast eins neunzig. Definitiv erheblich größer als meine eins zweiundfünfzig.

Er streckt mir den Arm entgegen, und ich lege meine plötzlich eiskalte Hand in seine warme. Die Berührung ist wie ein Stromstoß, dessen Nadelstiche meinen Arm hinaufschießen, und fast hätte ich ihm die Hand ruckartig wieder entzogen. Aber er hält sie fest, legt auch noch die andere Hand darauf, umschließt sie.

»Als würde ich einen Geist sehen«, flüstert er.

Ich schlucke. Meine trockene Kehle macht mir das Sprechen unmöglich, doch ich muss auch gar nichts sagen, denn Camden übernimmt die Regie. Er tritt näher, sodass unsere Hände jetzt flach zwischen uns liegen, neigt den Kopf meiner Wange entgegen, wo ich die sanfte Wärme seines Atems an meinem Ohr spüre. Er ist so nah, dass ich weiche Knie bekomme, und der vertraute frische Duft nach Zitronengras und Moschus steigt mir in die Nase. Mit der anderen Hand greife ich nach seinem Arm, kralle mich an ihm fest, nicht nur, um nicht umzufallen, sondern auch, um ihm näher zu sein.

»Wie schön, dich zu sehen, Suda Kaye.« Die Worte jagen mir einen Schauer der Erregung über den Rücken. Sofort erinnere mich an all die Male, da seine heisere Stimme meinem Ohr so nahe war.

Ich klammere mich weiter an ihm fest, denn mir zittern die Knie. »Camden …«, stoße ich atemlos hervor.

Er gibt mir einen Kuss auf die Wange, und so schnell er mir nahe kam, so schnell zieht er sich auch wieder zurück. Die kalte Luft lässt mich frösteln. Ich blinzele verwirrt und greife nach der Tasche über meiner Schulter, um mich an irgendetwas festzuhalten, bis ich schließlich eine warme Hand im Kreuz spüre.

Milo stellt sich vor mich hin, versperrt mir die Sicht auf den Mann, den ich vor all den Jahren verlassen habe. »Geht es dir gut?«, fragt er leise.

Ich benetze meine plötzlich sehr trockenen Lippen. »Überhaupt nicht«, bekenne ich.

Er runzelt die Stirn.

»Aber ich kriege das trotzdem hin. Keine Sorge«, versichere ich ihm.

Ich setze ein Lächeln auf und lasse mich von Milo zu einem Stuhl führen, genau gegenüber von Camdens Platz.

»Darf ich Ihnen allen Suda Kaye Ross vorstellen? Ich selbst heiße Milo Chavis, wie den meisten von Ihnen wohl bekannt sein dürfte. Vielen Dank, dass Sie uns heute empfangen, um Suda Kaye Gelegenheit zu geben, uns ihr Geschäftskonzept vorzustellen, damit Sie es für Ihre Fördermaßnahmen in Betracht ziehen. Fang doch bitte an, Suda Kaye.«

Ich krame in meiner Tasche herum und hole den sauber abgetippten Businessplan sowie die Dokumente heraus, bei deren Zusammenstellung mir Evie geholfen hat und mit denen ich meine Erläuterungen untermauern kann. Glücklicherweise sind wir sämtliche Unterlagen oft genug durchgegangen, sodass ich nur die erste Seite aufschlagen muss, um die Worte abspulen zu können, als hätte ich sie vorher aufgenommen. Ich schaffe es tatsächlich, jede einzelne Seite durchzugehen und dabei zu klingen, als wüsste ich, wovon ich rede. Tatsächlich ist das sogar der Fall. Jedenfalls größtenteils.

Während meiner Ausführungen stelle ich fest, dass ich Cam nicht ins Gesicht sehen darf, wenn ich unbeirrt weitersprechen will. Glücklicherweise stellt er im Verlauf der gesamten Stunde keine einzige Frage. Endlich bin ich fertig, lächele und sehe jeden einzelnen Anwesenden an, wobei mein Blick schließlich auch auf seinem atemberaubend gut aussehenden Gesicht landet.

Ich beiße mir auf die Unterlippe. Ich könnte schwören, dass da ein Funke in seinen Augen aufglimmt, bevor sie wieder ganz ausdruckslos dreinblicken und die Wirkung verbergen, die ich auf ihn habe.

Ich habe ziemliche Mühe, nicht unruhig auf meinem Stuhl hin und her zu zappeln, lege die Hände in den Schoß, richte mich gerade auf und sehe ihm unverwandt in die Augen. »Ich bin darauf vorbereitet, es so lange durchzustehen wie nötig. Ich investiere eine große Summe Eigenkapital und habe vor, wie in meinem Antrag erwähnt, eine Anzahlung zu leisten und einen auf zwei Jahre befristeten Mietvertrag für Geschäftsräumlichkeiten auf der Main Street zu unterzeichnen. Zwei Jahre sind eine lange Zeit …«, beginne ich.

»Nicht für ein Start-up-Unternehmen. Zwei Jahre sind da oft nur ein Tropfen auf dem heißen Stein. Viele erzielen noch nicht einmal Gewinn, nachdem sie mehrere Jahre nur für ihr Projekt gelebt haben. Und das sind sogar noch die Erfolgreichen. Manch andere haben nicht ganz so viel Glück.«

Als er von mehreren Jahren spricht, fühlt es sich an, als würde er mir damit den Todesstoß versetzen. Seine Stimme klingt eine Spur gereizt, was mutmaßlich einzig und allein der Tatsache geschuldet ist, dass ich ihn verlassen habe. Wahrscheinlich hat seine Verärgerung nichts mit meinem Ansinnen auf finanzielle und fachliche Unterstützung zu tun.

»Ich bin fest entschlossen, alles zu tun, was notwendig ist, damit mein Traum in Erfüllung geht«, versichere ich und sehe die anderen Investoren der Reihe nach an, als erhoffte ich mir von ihnen einen Ausweg aus dem momentanen Haifischbecken.

»Ich erinnere mich deutlich an eine Phase meines Lebens, in der auch ich einen Traum hatte, der so real war, dass ich glaubte, ihn problemlos verwirklichen zu können. Ich habe mir die Finger wund gearbeitet, habe alles gegeben, aber trotzdem hat es nicht gereicht.« Gleich einem Laserstrahl brennt sich sein Blick einen Pfad direkt bis in mein Herz.

Früher nannte er mich seine Traumfrau. Sagte, er könne es nicht glauben, in so jungen Jahren schon das einzige Mädchen gefunden zu haben, mit dem er jemals zusammen sein wollte. Ich gab diesem Traum ganze vier Jahre lang Nahrung … dann lief ich davon.

Wieder benetze ich die Lippen und atme langsam aus. »Mir ist klar, dass es in der Geschäftswelt jede Menge Schwierigkeiten geben kann. Ich werde jedoch auf jeden Fall alles tun, was notwendig ist. Scheitern ist keine Option. Das lasse ich nicht zu.« Erneut blicke ich jedem einzelnen der um den Tisch Versammelten in die Augen, auch Milo, dessen Lippen sich leicht nach oben verziehen, hoffentlich vor Stolz.

Cam trommelt mit den Fingern auf die Tischplatte, räuspert sich, verschränkt die Arme vor der Brust und lehnt sich auf seinem Stuhl zurück. Anscheinend hat er hier das Sagen. »Hervorragend. Ich glaube, nun liegen uns genug Informationen vor, um über deinen Antrag abzustimmen. Wir geben dir eine Antwort, bevor du heute wieder abreist.«

»Okay.« Ich verschränke die Finger in meinem Schoß und presse sie zusammen, warte darauf, dass er einen weiteren Schuss aus unserer Vergangenheit auf mich abfeuert.

»Ich frage mich, ob Milo dir unsere genaue Vorgehensweise erklärt hat. Wenn wir uns darauf einigen, dich bei deinem kleinen Start-up-Unternehmen zu unterstützen und dir die erforderliche Summe zur Verfügung zu stellen, ist damit unsere Beteiligung keineswegs beendet.«

»Nein, mir ist klar, dass das Komitee eine regelmäßig aktualisierte Berichterstattung erwartet und …«

Cam schüttelt den Kopf, und eine Haarlocke fällt ihm über die rechte Wange. »Eines der Komiteemitglieder wird dir über die Schulter schauen. Das bedeutet, dass du Tag für Tag oder Woche für Woche jemanden aus unserem Team in deinem Laden vor Ort haben wirst, der mit dir zusammenarbeitet. Natürlich nicht den ganzen Tag und auch nicht die komplette Vierzigstundenwoche, aber regelmäßig. Einer von uns wird an deiner Seite sein und sich vergewissern, dass nicht nur unsere finanzielle Investition plangemäß zum Einsatz kommt, sondern dass du auch den erfolgversprechendsten Weg gehst.«

Ich lege den Kopf auf die Seite und sehe mich im Raum um. »Äh, okay.«

Als er weiterspricht, lässt er mich keine Sekunde aus den Augen. »Wir verfolgen einen eher praktischen, zupackenden Ansatz. Sowohl finanziell als auch körperlich. In deinem ersten Geschäftsjahr begleiten wir jeden einzelnen deiner Schritte. Einfach formuliert: Wir sind Business-Experten. Jeder von uns war an einem Unternehmen beteiligt oder hat eines gegründet, das gerade erst im Wachstum begriffen ist. Wir wissen, was nötig ist, um den Erfolg einer Firma zu gewährleisten, und wir wollen, dass sämtliche Neugründungen in Pueblo erfolgreich sind. Diese Stadt ist unsere

Heimat. In der wir alle leben. Deshalb stellen wir nicht einfach nur das Kapital zur Verfügung und ziehen uns dann zurück in der Hoffnung, dass du das schon machen wirst. Im ersten Jahr werden wir uns regelmäßig davon überzeugen und dir unter die Arme greifen.«

»Ja, das klingt vernünftig.« Ich schiebe mir eine Haarsträhne hinters Ohr.

Aber das ist noch nicht alles. »Die Stiftung wird Anteile an deiner Firma besitzen. Nachdem wir unsere finanzielle Unterstützung in voller Höhe ausgezahlt haben, erhält unsere Stiftung zehn Prozent deines Unternehmens, bis du es dir leisten kannst, uns auszubezahlen. Dadurch fließt Geld in unsere Kassen, das wir wiederum für weitere, zukünftige Start-ups verwenden können. Außerdem dient dieses Vorgehen neben dem Allgemeinwohl auch unserer Wirtschaft, da immer mehr Firmen nicht nur Geld verdienen, sondern auch Steuern zahlen.«

»Zehn Prozent?« Bei dieser neuen Information wird meine Stimme unwillkürlich ein wenig lauter. Ich hatte geglaubt, es wäre damit getan, die 75 000 bis 100 000 Dollar zurückzuzahlen. Aber natürlich ist mir klar, dass das Komitee auch Profit machen will. Warum sollte es den jeweiligen Unternehmen sonst unter die Arme greifen?

Er nickt. »Wenn du dich mit diesen Bedingungen einverstanden erklären kannst, dann reden wir über deinen Antrag und treffen eine Entscheidung. Du kannst solange im Wartezimmer Platz nehmen.«

Milo streckt mir die Hand entgegen und umfasst die meine, drückt sie. Camden sieht die Geste, runzelt die Stirn und wendet den Blick ab.

»Das ist ein guter Deal, Suda Kaye. Deine Schwester würde ihn ebenfalls befürworten«, flüstert mir Milo mit zu mir herabgebeugtem Kopf zu.

»Meinst du?«

»Ich bin schließlich Finanzexperte, und es ist ein hervorragendes Angebot«, bekräftigt er.

Ich schlucke meine Angst hinunter und hole tief Luft. »In Ordnung, ich bin einverstanden.«

Mein Magen schlägt Purzelbäume, und wenn ich zu intensiv über diesen Doppelhammer nachdenke, dass ich nicht nur zum ersten Mal in meinem Leben ein Unternehmen gründe, sondern nach zehn Jahren auch Camden wiedergesehen habe, muss ich mich wahrscheinlich quer über den makellosen Boden des Wartezimmers übergeben.

»Es gibt bloß zwei Möglichkeiten«, erklärt Milo. »Ja oder nein.«

Ich schließe die Augen und lehne den Kopf an die Wand. Ohne Vorwarnung blitzen Bilder von Camden und mir im Teenageralter auf, drehen sich vor meinem inneren Auge wie ein dahinwirbelndes Glücksrad. So viel Liebe, so viel Lachen. Und Lächeln. Meine Güte, wenn der Mann lächelte, wurde mir ganz warm ums Herz, und mein ganzer Körper schien von Licht erfüllt zu sein. Bis ich selbst all das kaputtgemacht hatte.

Danach hatte ich mir nur im allerersten Jahr gestattet, die Entscheidung, Camden und Evie zu verlassen, zu bedauern. Bei Evie fiel es mir leichter, weil ich wusste, dass ich sie wiedersehen und wieder mit ihr reden würde. Aber ich hatte nicht vor, Camden nach meinem Verschwinden jemals wiederzutreffen. Ein geschlagenes Jahr hatte ich damit verbracht, mir zu sagen, dass ich die richtige Entscheidung getroffen hatte. Die einzig mögliche Entscheidung. Ich musste die Welt sehen, ein Leben in Freiheit führen, und er musste hierbleiben, aufs College gehen und im Stahlimperium seiner Familie arbeiten. Das stand von vornherein fest. Es gab keinerlei Spielraum. Er wollte eine Frau, die ihm den Haushalt führte, ihm das Abendessen kochte und seine Kinder großzog, um die nächste Generation zu sichern, die für den Fortbestand des Stahlimperiums sorgte. Ich aber wollte reisen, Risiken eingehen und mich verändern, an Erfahrungen wachsen, von denen ich mein Leben lang geträumt hatte.

Unsere Beziehung sollte nicht sein. Egal, wie sehr wir uns liebten, meine Mutter hatte recht gehabt. Sie wusste, was ich brauchte, sogar noch vor mir selbst. Bis heute. Mit diesen Geschäftsplänen habe ich mich so weit aus meiner Komfortzone herausgewagt, dass ich jetzt total verunsichert bin: Hin und her gerissen frage ich mich heute, ob meine damalige Entscheidung tatsächlich richtig war, und andererseits, ob es überhaupt klug war, nach Hause zurückzukehren.

Durch dieses Wiedersehen ist alles wieder hochgekommen. Die Hoffnung und die Aufregung angesichts unserer gemeinsamen Zukunftspläne. Erst hatte meine Mutter sterben und mir diese Briefe hinterlassen müssen, bis ich mein Schicksal akzeptierte und den Mut aufbrachte fortzugehen. Und hier bin ich nun, stehe dem einzigen Mann gegenüber, den ich je geliebt habe, bitte ihn, in meine Zukunft zu investieren, wozu ich umgekehrt vor zehn Jahren nicht bereit gewesen war.

»Das ist schrecklich.« Meine Hände fangen an zu zittern, und ich umklammere die Armlehnen meines Stuhls so fest, dass die Knöchel weiß hervortreten.

»Wieso das? Oder spielst du auf die Schwingungen an, die eben zwischen dir und Camden zu spüren waren? Er hat dich so vertraulich begrüßt und konnte hinterher kaum den Blick von dir abwenden. Daraus schließe ich, dass ihr eine gemeinsame Vergangenheit habt. Willst du mich einweihen?«

Ich schüttele den Kopf. »Eigentlich nicht.«
Milo durchbohrt mich mit seinem Blick.
»Wir, äh, wir kannten uns, als wir noch Teenager waren.«
»Kanntet euch. Was so viel heißt wie … ihr wart ein Paar?«
Ich nicke. »Ja. Vier Jahre.«
Seine dunklen Augenbrauen berühren beinahe den Haaransatz. »Das ist lange.«
»Mm-hm.«
»Ich nehme an, dass ihr nicht gerade im Guten auseinandergegangen seid?«
»Das wäre eine Untertreibung.«
Milo will noch etwas anderes sagen, als die Tür zum Konferenzsaal sich öffnet und Camden den Wartebereich betritt.
»Ms. Ross, kann ich dort drüben unter vier Augen mit Ihnen sprechen?« Camden deutet auf eine weitere Tür am Ende des Flurs.
Ich stehe auf. Meine Hände zittern. Shit. Ein Privatgespräch mit Camden Bryant ist nun wirklich das Letzte, wonach mir der Sinn steht. »Ähm, klar. Kannst du auf meine Sachen aufpassen, Milo?«
Er nickt, doch sein entschlossener Blick ruht unverwandt auf Camden.
Camden öffnet die Tür zu einem erheblich kleineren Raum, in dem sich ein runder Tisch mit vier Stühlen befindet. Kaum bin ich eingetreten, höre ich, wie sich die Tür hinter mir schließt. Dann packt jemand mein Handgelenk, und ich werde herumgewirbelt und mit dem Rücken gegen die Tür gepresst. Camdens Körper ist nun kaum zwei Zentimeter von meinem entfernt, die Arme neben meinen Schultern aufgestützt. Ich bin gefangen. Er ist so nah, dass seine Wärme mich einzuhüllen scheint.
»Warum bist du zurück? Warum bist du hier?«, zischt er.

Ich schüttele den Kopf. »Cam, ich hatte keine Ahnung, dass du diese Stiftung leitest oder darin tätig bist. Milo hat mir von euch erzählt. Offenbar hat deine Gruppe auch einem seiner Klienten geholfen.«

»Und wie steht ihr zueinander? Ist er dein Freund?«

»Milo? Um Himmels willen! Nein.« Ich blinzele hektisch, frage mich, wohin diese Unterhaltung führen soll.

»Wolltest du hier einfach so hereinstolzieren – immer noch aussehend wie eine verdammte Königin, mit dieser Frisur, die mich immer schon in den Wahnsinn getrieben hat –, um mir vor Augen zu führen, was ich verloren habe, als du mich verlassen hast? Hm, Suda Kaye? Versuchst du, mich zu quälen? Mir einen Dolch ins Herz zu stoßen?« Seine Stimme klingt wütend und verletzt.

»Nein! Mein Gott, du müsstest mich besser kennen!«

Er schnaubt, und ich rieche Pfefferminz und einen Hauch Kaffee in seinem Atem. »Ach ja? Tue ich das wirklich? Vor zehn Jahren hätte ich dir vielleicht recht gegeben. Aber damals hätte ich mich getäuscht. Denn die Frau, die ich liebte, mit der ich mein Leben verbringen wollte, hat mich noch in derselben Nacht verlassen, als wir zum ersten Mal miteinander geschlafen haben«, sagt er unverblümt.

»C-C-amden …«, stammele ich. Meine Stimme klingt verzweifelt, und ein Schwarm aus tausend Bienen scheint sich auf mich zu stürzen und mich anzugreifen, immer und immer wieder zuzustechen. In tosenden Wellen brandet der Schmerz durch mich hindurch.

Unbeirrt spricht er weiter. »Das Mädchen, das ich damals kannte, sie hätte mich nicht einfach so verlassen, sodass ich mich ständig fragen musste, was ich falsch gemacht hatte. Ob ich sie in jener Nacht verletzt hatte. Ob sie mich hasste wegen dem, was ich getan hatte. Dieses Mädchen wäre geblieben. Dieses Mädchen« – er mustert mich von Kopf bis Fuß –, »dieses Mädchen gibt es jedoch gar nicht. Deshalb sag mir jetzt: Warum bist du hier?«

»Ich – ich …«

»Spuck's aus, Suda Kaye. Du hast drei Sekunden, bevor ich zur Tür hinausgehe und meine Stiftungsgelder mitnehme.«

»Cam …«

»Drei«, sagt er steif, und in seinen Augen lodert ein wütendes Feuer.

»Zwei.«

»Ich brauche nur einen Investor für meinen Laden. Ich schwöre es!«

»Das ist alles?« Er knirscht mit den Zähnen, und ich sehe, wie an seiner Wange ein Muskel zuckt. »Sonst gibt es keinen Grund?« Sein Gesicht ist meinem nun noch näher.

Ich schließe die Augen, und ohne verdammt noch mal nachzudenken, lege ich ihm die Hände auf die Taille. »Camden … ich bin …«

Seine Nase berührt meinen Hals, und ich erschauere, als sein kurz geschorener Bart über meine zarte Haut kratzt. Während er die Lippen hinauf zu meinem Ohr bewegt, verwandelt er meine Trauer in etwas ganz anderes. Heißeres. Knisterndes. »Sag mir, warum du hier bist? Ich will den wahren Grund wissen. Du hast noch eine Sekunde«, flüstert er beinahe besänftigend.

»Ich brauche einen Investor. Ich hatte keine Ahnung, dass du hier sein würdest.«

»Das glaube ich dir nicht«, sagt er, schiebt den Kopf noch näher an mich heran und atmet ein. Er schließt die Augen, dann stößt er zwischen zusammengebissenen Zähnen hervor: »Du duftest immer noch nach Kirschen.« Sein Kinn zuckt, als er mich ansieht.

Aber er tritt einen Schritt zurück, sodass mir zwar sofort kalt wird, ich aber gleichzeitig erleichtert bin.

Schweigend stehe ich da. Man hört nur die Luft, die in meine Lunge eindringt und wieder hinausströmt, so heftig, als habe ich einen viertelstündigen Sprint auf dem Laufband hinter mir und würde nicht gerade den Verstand verlieren, während ich wortlos vor dem einzigen Mann stehe, den ich je geliebt habe.

Er schüttelt den Kopf. »Du wirst mir den wahren Grund, warum du hier bist, also nicht verraten, stimmt's?«

Ich öffne und schließe den Mund, verliere mich in seinem Blick. Wie eine Decke senkt sich die Trauer über den Raum herab und überzieht uns beide mit ihrer Melancholie.

Cam schürzt die Lippen, stemmt die Hände in die Hüften. Seine sanften braunen Augen starren in meine, so vertraut und doch erfüllt von etwas anderem, das ich niemals darin zu sehen erwartet hätte …

Trauer.

Verlust.

Unendlichem Kummer.

Nach so vielen Jahren sind diese Gefühle immer noch lebendig, simmern unter der Oberfläche, im Blick dieses wunderschönen Mannes. Und ich bin die Ursache dafür.

»Eins«, sagt er unbestimmt. Dann geht er an mir vorüber und öffnet die Tür, lässt mich ebenso atem- wie sprachlos dort stehen. Ich sehe ihm hinterher, wie er sich mit der Hand durchs Haar fährt und knurrt. »Mein Gott … eins macht mich immer noch ganz verrückt, sogar nach all diesen Jahren.«

Als ich wieder Abstand zu ihm habe, weil er sich dem Wartebereich nähert, kann ich mich endlich zusammenreißen. Ich folge ihm mit steifen Schritten und frage mich, was da gerade in diesem Zimmer zwischen uns passiert ist.

Bei Milo angelangt wendet Camden sich zu mir um und sieht mich an. »Wir haben uns darauf geeinigt, in dein Unternehmen zu investieren. Das Geld wird noch heute auf dem Konto eingehen, das du in deinem Antrag angegeben hast. Das Komitee wird dir einen Mentor zuweisen, der in den kommenden ein bis zwei Wochen in deinen neuen Geschäftsräumen auftauchen wird. Fang mit den Renovierungsarbeiten an. Wir melden uns.«

Ich stehe nur da, starre Cam fassungslos an. »Äh, das sind tolle Neuigkeiten. Aber, Cam, ich glaube, wir sollten uns noch einmal unterhalten …« Ich deute mit dem Daumen hinter mir auf das Zimmer, in dem wir die letzten paar Minuten verbracht haben.

Camden gibt keine Antwort, sondern sieht mich einfach an. Noch während unseres Blickduells betritt eine Frau den Wartebereich.

»Hi, Schatzi! Bin ich froh, dass ich dich noch erwischt habe!« Eine langbeinige, fantastisch aussehende Frau, die von Kopf bis hin zu ihren Stilettos in Knallpink gekleidet ist, schlingt Camden die Arme um die Taille und schmiegt sich an ihn. Ihr Kleid umspannt einen Körper, der einem Playboy-Bunny alle Ehre machen würde. Sogar das platinblonde Haar passt ins Klischee.

Camden blinzelt und blickt auf die Frau an seiner Seite herab. Kurz wirkt er verärgert, dann schließt er die Augen und holt tief Luft. Er legt ihr seinerseits ebenfalls den Arm um die Taille und sieht mich an, wobei er Wert darauf legt, die Frau so dicht wie möglich an sich zu ziehen. »Hey, äh, Mausi, was machst du denn hier?«

Mausi?

Die blonde Frau mit den braunen Augen wirft ihm ein blitzend weißes Lächeln zu wie aus einer Zahnpastawerbung. »Ich hatte gehofft, dass mein Schatzi sich freimachen und mich zum Lunch ausführen kann. Ich habe dich die ganze Woche nicht gesehen! Ich vermisse dich.«

Großer Gott.

Milo räuspert sich, und die Frau bemerkt endlich, dass sie nicht allein sind. »Oh, wow. Was sind denn Sie für ein Riesenkerl?«, ruft sie aus und strahlt zu Milo empor. »Ein Klient von dir, Schatzi?« Sie sieht jetzt wieder Camden an. Doch dann fällt ihr Blick auf mich, und sie mustert mich eingehend von oben bis unten, wobei ihre Lippen sich ein wenig spöttisch verziehen, als entdecke sie sogleich den einen oder anderen Makel.

Es gibt nichts zu sagen. Nur dass ich die letzten paar Minuten in einem emotional aufgeladenen Blickduell mit ihrem Freund verbracht habe. Mein Herz hämmert wie wild in meiner Brust, und mir wird am ganzen Körper heiß. Ich schlucke meine Gefühle herunter, die in mir hochkochen, und schwöre mir, sie erst herauszulassen, wenn ich wieder sicher im Haus meiner Schwester gelandet bin. Dann werde ich mir die Augen ausweinen und großzügige Mengen Tequila in mich hineinschütten, bis Camden Bryant und seine Schönheitskönigin nichts weiter mehr sind als ein kurzer Schatten an einem ansonsten sonnigen Tag – an dem ich alles bekommen habe, was ich mir wünschte. Also, Geld für mein Unternehmen … nicht etwa den Mann, den ich einen Großteil meines Lebens lang angeschmachtet hatte.

Ich bin eine Ross; und ihm meine Schwäche zu zeigen, ist gewiss das Letzte, was ich tun werde. »Ja, genau. Eine ganz neue Klientin von Mr. Bryant.« Ich winke. »Suda Kaye Ross«, stelle ich mich vor und weiß, dass sie meinen Namen wiedererkennt. Das Lächeln erstirbt auf ihren Lippen, und sie presst den Mund zu einem flachen Strich zusammen, während sie die Stirn runzelt. »Ihr Freund hat sich gerade einverstanden erklärt, mir Zuschüsse für mein Unternehmen zu gewähren. Ist das nicht fantastisch?«

»Brittney Cooperland von der Handelskette Cooperland Sporting Goods.« Wahrscheinlich verfügt sie über einen riesigen

Treuhandfonds. Nur reiche Menschen kommen gleich auf ihren Stammbaum zu sprechen.

Brittney streicht mit der Hand über Cams Brust, wie um ihr Territorium zu markieren. »Mein Verlobter ist ein unglaublich großzügiger Mensch.« Sie wackelt mit den Fingern an ihrer linken Rand und stellt den riesigen Diamanten an ihrem Ringfinger zur Schau. »Er gibt und gibt, und das nur auf bestmögliche Weise – das gehört zu den Gründen, warum ich ihn so sehr liebe.« Sie schmiegt sich noch dichter an ihn und gibt ihm einen Schmatzer auf die Wange. Würg.

Milo stellt sich neben mich und legt mir in brüderlich unterstützender Geste den Arm um die Schultern. Mannomann, er ist echt ein netter Kerl.

Camden sieht es und presst die Lippen aufeinander. »Wir melden uns. Und Ms. Ross … es ist mir stets ein Vergnügen.«

Ms. Ross. Ich schließe die Augen, denn nun drohen die Tränen doch zu fließen. Milo reicht mir meine Tasche, und ich schlinge sie über die Schulter, während er mich aus dem Büro führt. Ich schaue mich nicht um. Das bringe ich einfach nicht fertig.

Es sollte sich eigentlich nicht so anfühlen, als würde ich die Liebe meines Lebens schon wieder verlassen, aber so ist es nun mal. Ich bin der Grund, warum er in die Fänge dieser Frau geraten ist und das Leben führt, für das er bestimmt war. Es ist meine Schuld, und jetzt muss ich dafür büßen.

Schweren Herzens setze ich einen Fuß vor den anderen.

Es ist genau, wie meine Mutter immer gesagt hat: Man muss nach vorne schauen, denn es gibt kein Zurück.

Kapitel 5

»Erklär mir noch einmal, warum du deinen Laden nicht von Mr. Fix It streichen lassen willst«, meckert Evie, während sie mit der Malerrolle Farbe in einem schönen Auberginetton auf die von mir grundierte Wand aufträgt. Ihr langer blonder Pferdeschwanz schwingt von einer Seite zur anderen, während sie versucht, mithilfe des Verlängerungsstabes so hoch wie möglich zu gelangen.

Ich grinse und tauche meinen Pinsel in den Eimer mit dunklem Orange, den ich in dem kleinen Badezimmer aufgestellt habe. Vom offenen Studio wird es lediglich durch quadratische Glasbausteine, einer kleinen, L-förmigen Wand und einer Tür abgetrennt. Wenn im Bad das Licht brennt, kann man die Silhouette und Bewegungen der Person drinnen erkennen. Das ist natürlich ein wenig schräg, trotzdem freunde ich mich langsam damit an, dass hier alles ein wenig merkwürdig ist. Spielt ja auch keine Rolle, denn schließlich lebe ich allein hier.

»Die sind ohnehin schon überlastet, habe ich dir doch erzählt. Ich mache ein bisschen Dampf, um die große Eröffnungsfeier bereits eine Woche früher starten zu können. Je schneller der Laden seine Pforten öffnet, umso schneller bringt er Geld ein, sodass ich Camdens Stiftung sein Geld zurückzahlen kann.« Stirnrunzelnd verteile ich die Farbe zunächst an den Ecken der Wand.

Ich höre die Schritte, bevor ich sie im Spiegel vor mir sehe. Sie verschränkt die Arme vor der Brust und lehnt sich an den Türrahmen. »Du weißt, dass eigentlich kein Grund zur Eile besteht. Nur weil dieses Arschloch die Stiftung leitet, die in dein Unternehmen investiert hat, heißt das noch lange nicht, dass du dir noch mehr beweisen musst, als du es ohnehin bereits tust. Dass du eine fantastische, talentierte Frau mit einer tollen Idee bist und den Mut besitzt, alles daranzusetzen, um sie zum Erfolg zu führen.«

Mit einer schwungvollen Bewegung werfe ich den Pinsel in den Eimer. Ein wenig Farbe schwappt über den Rand und auf den Betonboden. Ich runzele die Stirn, aber dann zucke ich mit den Schultern. »Mr. Fix It fliest den Boden sowieso. Da ist so ein kleiner Farbspritzer doch sicher egal, oder?«

Evie grinst. »So kenne ich dich. So, und bist du jetzt bereit, darüber zu reden, dass Cam dich letzte Woche beinahe geküsst hätte?«

Bei ihrer Frage fängt mein Auge an zu zucken, und unwillkürlich runzele ich erneut die Stirn. »Er hat mich nicht beinahe geküsst. Und es gibt keinen Grund, auch nur ein Wort über ihn zu verlieren. Er ist Geschichte. Außerdem ist er verlobt. Ihn wiederzutreffen hat unzählige Gefühle wieder an die Oberfläche gespült, aber das ist ganz natürlich, nachdem wir uns ganze zehn Jahre nicht mehr gesehen haben, und ich wiederhole … er ist verlobt, und zwar mit einer Frau, die aussieht, als sei sie kürzlich zur Miss Colorado gewählt worden. Also nein, ich will nicht über Cam reden. Die Sache ist aus und vorbei. Eigentlich habe ich ihn schon vergessen. Camden Wiewardochgleichseinname?«, sprudele ich hervor und rühre müßig mit dem Pinsel im Farbeimer herum.

»Hmmm. Tut es dir gut, dich selbst zu belügen?«

Wütend funkele ich meine Schwester an. »Und tut es dir gut auszublenden, dass Muskel-Milo das alles nur für dich getan hat?«

»Hör auf damit, Suda Kaye. Milo ist ein guter Freund. Sonst nichts.« Sie pustet sich eine lange Haarsträhne aus dem Gesicht.

Ich verdrehe die Augen und fahre mit dem Anstreichen fort, diesmal an den Konturen meines Spiegels über dem Waschtisch entlang, wobei ich darauf achte, dass keine Farbe auf seinen abgefahrenen Holzrahmen gerät. Wem dieser Laden einst auch gehörte, er hatte einen außergewöhnlichen Geschmack im Hinblick auf Design und Inneneinrichtung, aber ich finde das Fremdartige daran toll und lasse mich voll und ganz darauf ein. »Sieh mal, ich will nicht über Cam reden und du nicht über Milo. Wobei ich Letzteres echt komisch finde, denn schließlich warst du nie mit ihm zusammen. Und er ist auch nicht plötzlich wieder in dein Leben getreten, hat dir einen Haufen Geld gegeben und dir gleich darauf seine Verlobte präsentiert.«

Evie seufzt und lässt die Schultern hängen. »*Touché*. Ich lasse das Thema also erst mal fallen, wenn du unbedingt willst. Zumindest vorläufig.«

»In Ordnung.«

Ein Klopfen im unteren Stockwerk schreckt uns beide auf. Ich schlage mir mit dem orangenen Pinsel gegen die Brust, blicke hinab und seufze, als ich den Farbklecks auf meinem gelben Tanktop sehe.

»Echt jetzt! Er ist schon wieder da.«

»Wer?«, fragt Evie, als ich den Pinsel in den Eimer werfe, sie beiseiteschiebe und die Treppenstufen hinabstürme, die in meinen Laden führen.

»Dieser verdammte Bauunternehmer«, knurre ich frustriert.

Evie folgt mir dicht auf den Fersen. »Was um alles in der Welt?«, fragt sie, als das laute Surren einer Säge zum Leben erwacht.

Am Fuße der Treppe bleibe ich wie angewurzelt stehen. Hinter dem Typ, der die Renovierung überwacht und mich in den Wahnsinn treibt, steht ein Berg von einem Mann. Unglaublich, der Typ ist total muskelbepackt, eine Schicht über der anderen, was sein anliegendes weißes T-Shirt noch betont.

Evie ist mir eilig gefolgt. »Du liebe Güte …«, stößt sie erstickt hervor, und zur gleichen Zeit platze ich mit »Ich fasse es nicht« heraus.

Weißes-T-Shirt-Hottie schenkt uns beiden ein sorgloses Grinsen und rückt seinen Werkzeuggürtel an seinen durchtrainierten Hüften zurecht.

Ich wiederhole: Er rückt seinen Werkzeuggürtel zurecht.

Während wir mit laserscharfen Augen seine Bewegung verfolgen, kann ich die Hitzewelle förmlich spüren, die zwischen meiner Schwester und mir emporflutet.

Weißes-T-Shirt-Hottie grinst umso breiter. »Hallo, Ladies.«

Für einen Augenblick starre ich seine langen, in Jeans steckenden Beine an, seinen Werkzeuggürtel, das weiße T-Shirt, das dichte, dunkelbraune Haar, das ein wenig zu lang ist, allerdings nur ein ganz kleines bisschen. Sein markantes Kinn ziert ein dunkler Bartschatten, als habe er sich heute nicht mit einer Rasur aufgehalten, und was hätte das bei einem Gesicht wie Henry Cavill inklusive dieser durchdringenden blauen Augen auch für einen Zweck gehabt?

»Ich wollte mich vorstellen.« Er streckt mir die Hand entgegen, und automatisch ergreife ich sie. »Kyson Turner, Besitzer von Turner Brothers Construction.« Er schüttelt mir die Hand.

»Ich bin, äh, Suda Kaye. Wer waren Sie noch mal?«

Evie hinter mir kichert und knufft meine Schulter. »Er hat sich doch gerade vorgestellt. Ich bin Evie Ross.«

Weißes-T-Shirt-Hottie lässt meine Hand los und schüttelt Evies. Das warme Gefühl vermisse ich sofort. Und obwohl er gerade meine Schwester begrüßt, lässt er mich nicht aus den Augen.

»Meinen Bruder Lincoln kennen Sie ja schon.« Mit einem Kopfnicken deutet er auf das miesepetrige Arschloch, das ich bereits zur Genüge kenne. Der hier immer auftaucht, ohne sich bei mir zu melden, um dann einfach loszuhämmern und zu sägen. Noch nie habe ich mich darüber beklagt, denn zumindest verschwendet er nicht meine Zeit oder gammelt nur herum. Seine Arbeitseinstellung ist vorbildlich, und er ist ein echter Hingucker, aber gegen ein kleines *Hallo* oder *Wie geht es Ihnen?* hätte ich zur Begrüßung auch nichts einzuwenden, denn so erschreckt er mich jedes Mal zu Tode.

»Ich bin der Besitzer und offensichtlich auch derjenige, mit dem Sie beim ersten Mal telefoniert haben. Wenn ich mich recht entsinne, wollten Sie ursprünglich einen Mr. Fix It sprechen?« Er grinst, und ich bin ziemlich sicher, dass mein Höschen bereits feucht ist.

Ich halte die Hände an meine brennenden Wangen. »Ähm, ja. Sorry. Wenn ich überfordert bin, bin ich manchmal ein bisschen vorlaut.«

Seine Lippen zucken, und er fixiert meinen Mund. »Dann werde ich darauf achten, Sie nicht zu überfordern … nicht zu sehr jedenfalls.« Er zwinkert.

Zwinkert. Weißes-T-Shirt-Hottie Kyson Turner hat mir gerade zugezwinkert. Zumindest glaube ich das. Es ging so schnell, dass ich nicht weiß, ob ich es mir bloß eingebildet habe.

»Na ja, nun, da wir uns kennen, schaue ich mir mal genauer an, was Lincoln diese Woche schon geschafft hat. Mal sehen, vielleicht können wir Ihre Renovierung ja noch etwas forcieren. Wie klingt das, Rehauge?«

Evie kichert hinter vorgehaltener Hand und dreht sich zu mir um. »Rehauge«, formt sie mit den Lippen und grinst wie eine Irre.

»Klingt, als würde ein Traum in Erfüllung gehen, Mr. Fix It.« Ich schürze die Lippen und senke den Kopf, nicht schüchtern, sondern nur ganz leicht. Er soll wissen, dass mir seine Worte gefallen und ich zum Flirten bereit bin.

»Als würde ein Traum in Erfüllung gehen. Das ist eine Herausforderung. Ich werde also mein Bestes geben.« Er lächelt und zeigt dabei seine geraden weißen Zähne.

Meine Güte, bei einem schönen Lächeln schmelze ich immer dahin. Werde innerhalb von Sekunden feucht.

Ich erwidere sein Lächeln so verführerisch wie möglich und wende mich um, wobei ich Evie unterhake. Ihre Schultern beben, und sie kann ihr Kichern nicht mehr verbergen. Kaum sind wir wieder oben in meiner Wohnung, bricht sie vor Lachen beinahe zusammen, sodass sie es kaum in den schmalen Flur schafft.

»Echt jetzt, Evie? Genau das ist der Grund, warum du seit zig Jahren nicht mehr mit einem Typen im Bett warst. Du kannst ja noch nicht mal bei einem heißen Bauarbeiter ernst bleiben.«

Sie will sich aufrichten, aber ohne Erfolg, denn vor Lachen hält sie sich weiterhin den Bauch. »Ich konnte nicht anders. Eindeutiger ging es ja gar nicht mehr, wie ihr beide gezeigt habt, dass ihr auf Sex aus seid. Machst du das immer so? Großer Gott. Nehmt euch in Acht, ihr heißen Typen da draußen!«

Ich zucke mit einer Schulter. »Ich will nicht lügen. Der Typ sieht wahnsinnig gut aus. Aber eigentlich ist das alles nur ein harmloser Spaß. Ich werde doch nicht meinen Handwerker bumsen.« In einer dramatischen Geste verdrehe ich die Augen.

Evie wirft mir einen strengen »Erzähl-mir-keinen-Scheiß«-Blick zu.

»Okay, ich werde definitiv nicht mit ihm vögeln, solange er für mich arbeitet. Vielleicht, wenn er hier fertig ist.« Ich grinse, und wir lachen schallend.

Nachdem wir uns wieder eingekriegt haben, holen wir eine Flasche Pinot Grigio heraus, die Evie mitgebracht hat, sowie ein paar Kaffeetassen.

»Ich besorge dir richtige Weingläser«, verkündet Evie, während sie die Gefäße füllt, die ich im Café gegenüber gekauft habe. Sie reicht mir den schüsselähnlichen blauen Keramikbecher mit dem tief angesetzten Henkel und greift selbst zu seinem leuchtend sonnengelben Zwilling.

»Wein ist Wein, ob ich nun aus einem Becher, einer Tasse oder einem eleganten, langstieligen Glas trinke.« Ich nehme einen ersten Schluck von dem fruchtigen Getränk. »Mmmm, lecker. Danke.«

Evie streckt mir ihre Tasse entgegen, um mit mir anzustoßen. »Auf Möglichkeiten und neue, vernünftige Abenteuer.«

Ich lächele und stoße mit ihr an. »Und echt heiße Typen in engen weißen T-Shirts und ebenso heiße amerikanische Ureinwohner mit breiten Schultern, Haaren, die hübscher als meine sind, sowie riesigen Händen!« Ich wackele vielsagend mit den Augenbrauen und nippe an dem Wein.

»Du bist erbarmungslos«, sagt sie und nimmt ebenfalls einen Schluck.

»Immer und bei allem, Schwester. Gewöhn dich besser dran, denn so wird dein Leben ab jetzt immer verlaufen!«

Sie sieht mir tief in die Augen und antwortet ernst: »Ich habe mir nichts sehnlicher gewünscht.«

»Schwesterherz …«, flüstere ich und habe plötzlich einen Kloß im Hals.

Sie holt tief Luft, zieht die Schultern hoch und lässt sie wieder sinken. »Los, lass uns wieder an die Arbeit gehen, damit wir hier fertig werden. Ich fühle mich bestimmt besser, wenn alles erledigt ist und du in deinem Laden sesshaft wirst. Gesund und munter und wieder zu Hause.« Sie kehrt zu ihrer Farbwanne zurück, stellt die Tasse auf den Boden und nimmt die Rolle zur Hand, die sie in den Farbeimer mit dem Auberginеton taucht.

»Sesshaft«, flüstere ich. Ein Wort, das ich nie mit meinem Leben in Verbindung gebracht hätte, aber plötzlich fange ich an, sein Gewicht ebenso zu erfassen wie seinen Wert.

Eine Woche später beuge ich mich über einen handgefertigten Sägebock mit einer ausladenden, ein mal zwei Meter großen Sperrholzplatte, auf der Unmengen an auseinandergerollten Bauentwürfen liegen. Kysons Schulter berührt die meine, und die Wärme seines Körpers erfüllt meine Sinne, während ich seine Entwürfe studiere.

Er deutet auf jenen Ladenteil, der für die Kasse und die Schmuckvitrinen vorgesehen ist. »Hier könnten Sie eine Hängevorrichtung anbringen, um Ihre exotischeren Stücke wie Kunst zur Schau zu stellen, anstatt sie nur an Ständer zu hängen.« Kyson deutet mit dem Finger auf den Plan.

Das Geräusch einer Tür, die sich hinter uns öffnet, lenkt ihn ab. Er blickt auf, reckt das Kinn, dann deutet er wieder auf seine Entwürfe und tippt mit dem Finger darauf.

In Gedanken bin ich immer noch bei der Hängevorrichtung. Ich lege meine Hand auf seinen muskulösen Bizeps. »Kyson, die

Idee ist der Hammer«, rufe ich atemlos. Die Möglichkeiten, die sich daraus ergeben, sirren durch mein Hirn wie ein Kaleidoskop aus Farben und Licht. »Meinen Sie, so etwas könnten wir auch in den Ecken des Raums vorsehen, damit wir verschiedene Klamotten und handgemachten Kram ausstellen können?« Ich lächele so strahlend, als hätte er mir erzählt, er könne Jimmy Hendrix und Bob Marley von den Toten erwecken, damit sie in einem geradezu epischen Duett, das die Welt noch nicht erlebt hat, die große Eröffnung meines Ladens begleiten.

Kyson legt mir die Hand auf die Hüfte und bewegt die Finger nach innen, um mich ein wenig näher zu sich heranzuziehen. Danach senkt er den Kopf. »Rehauge, wenn Sie mich weiterhin so ansehen, können Sie alles haben, was Sie wollen. Und ich meine wirklich alles.« Seine Lippen verziehen sich zu einem sinnlichen Lächeln, und meine Kehle wird ganz trocken.

»Entschuldigung?« Eine tiefe verärgerte Stimme, die mir sehr vertraut ist, reißt mich aus meiner erotisch umnebelten Mr.-Fix-It-Benommenheit, und ich drehe mich zu dem Neuankömmling um.

Dort steht Camden Bryant, verdammt noch mal. Er trägt eine perfekt sitzende Stoffhose und ein blaues Button-down-Hemd, dessen Ärmel bis zu den Ellbogen hochgekrempelt sind. Darunter sieht man seine muskulösen Unterarme, einer mit einem Tribal-Tattoo versehen, das unter seinem Shirt verschwindet. Auf eine Krawatte hat er verzichtet, und seine Anzugjacke baumelt an einem Finger über seiner Schulter. Weiche Wellen umrahmen sein Gesicht und fallen bis zu seinem bärtigen Kinn hinab. Er sieht aus, als mache er gerade eine Pause bei einem Fotoshooting für luxuriöse Herrenmode.

»Cam.« Ich stoße mich von Kyson ab, als ob ich mich verbrannt hätte. Über diesen Moment muss ich später scharf nachdenken, um herauszufinden, warum ich plötzlich reagiert habe, als hätte ich etwas Schlimmes getan, was nun definitiv nicht der Fall war. Ich bin mein eigener Herr. Ungebunden. Völlig frei in dem, was ich tue und wann ich es tue. So habe ich es mein Lebtag gehalten. Ich weiß nur nicht so genau, ob das immer noch der richtige Weg für mich ist.

Kyson sieht mich stirnrunzelnd an. Dann verschränkt er seine muskulösen Arme vor der Brust und wendet sich Camden zu und mustert diesen neuen Mann, der hier auf der Bildfläche erschienen ist. »Und Sie sind?«

»Investor, Geschäftspartner, langjähriger … Freund.« Bei diesem letzten Wort zuckt er ein wenig zusammen, als bereite allein das Aussprechen dieses Wortes ihm bereits Unbehagen. »Ich nehme an, Sie sind der Bauunternehmer?« Er streckt die Hand aus und macht ein paar Schritte auf Kyson zu.

Kyson schüttelt sie. »Kyson Turner, Besitzer von Turner Brothers Construction.«

Camden sieht sich im Zimmer um, das in verschiedenen Renovierungsstadien ist, aber eigentlich herrscht noch überall das totale Chaos. Regalteile lehnen an einer Backsteinwand neben Holzstapeln, die für zusätzliche Behälter benötigt werden. Der Schaufensterbereich ist beinahe fertig, hinten allerdings noch komplett offen, obwohl man jetzt sehen kann, wie cool er aussehen wird, wenn alles gemacht ist. Von der Decke baumeln Kabelboxen herab, und wahllos erstrecken sich Kabel über die hohe Decke, wo wir die Beleuchtung anbringen und vielleicht noch die Decke abhängen oder zumindest Stoffbahnen anbringen wollen, damit der Laden etwas behaglicher und weniger wie eine Lagerhalle anmutet.

»Anscheinend haben Sie hart gearbeitet. Den Plänen zufolge, die Suda Kaye uns gezeigt hat, wird es wunderschön werden. Ich freue mich schon aufs Endergebnis. Wenn es so gut aussieht wie

Ihre Pläne, wird meine Firma sicher ebenfalls das ein oder andere Angebot von Ihnen einholen.«

Kyson beißt die Zähne aufeinander und neigt den Kopf. Dann fährt er sich mit der Hand über den Nacken. »Und was haben Sie für eine Firma? Sie sagten, dass Sie Investor sind?«

Cam legt sein Jackett über den Unterarm. »Meine Stiftung tritt sowohl bei diesem Projekt als auch bei vielen anderen Start-up-Unternehmen in der Gegend als Investor auf. Wir sind stets auf der Suche nach einem Bauunternehmer, der ehrlich ist und qualitativ hochwertige Arbeit abliefert, um uns bei Renovierungsarbeiten oder neuen Projekten zu unterstützen. Aber tagsüber arbeite ich als CEO bei Coltrane & Sons Steel.«

Kyson reißt die Augen auf. »Shit, Mann, Sie sind mir doch gleich bekannt vorgekommen. Vor Kurzem habe ich Sie in der Zeitung gesehen. Man hat Ihnen einen Preis oder so was für die Eröffnung einer Fabrikanlage verliehen, die der Gegend zehntausend Arbeitsplätze einbrachte. Da stand, Sie sind der reichste Mann in Colorado.«

Camden gluckst. »Vielleicht stimmt das ja sogar, aber das ist eigentlich nicht allein mein Verdienst. Mein Vater hat das Unternehmen aus dem Boden gestampft und den Menschen in unserem Land gegeben. Ich trete lediglich in seine Fußstapfen.«

»Beeindruckend.« Kyson tätschelt Cam ein paar Mal den Oberarm. Sein Verhalten ist jetzt von Respekt und Dankbarkeit geprägt. »Einer meiner Onkel und ein paar meiner Cousins arbeiten in Ihrem Werk. Harte Arbeit, aber sie werden gut bezahlt und bekommen vernünftige Sozialleistungen. Sie sind total zufrieden.«

»Gut zu wissen«, antwortet Camden herzlich, der an derlei Kommentare gewöhnt zu sein scheint. Mein Herz erhöht sein Tempo bei dem Gedanken, wie viele Menschen für Camden arbeiten. Es gibt so viele Familien, die von ihm abhängig sind, denen es nur seinetwegen möglich ist, hier zu leben, Kinder in die Welt zu setzen und hinterher in Rente zu gehen. Als wir Teenager waren, lagen mir solche Gedanken fern. Ich wusste nur, dass er mit seinem Vater und seinen Brüdern zusammenarbeiten würde. Ich hatte keine Ahnung, dass er eines Tages die Firmenleitung übernehmen und Geschäftsführer werden würde.

»Wie viele Menschen arbeiten mittlerweile bei Coltrane für dich?«, frage ich leise, wobei ich mir keine Mühe mache, die Ehrfurcht in meiner Stimme zu verbergen.

»Ein paar Hunderttausend im ganzen Land.«

Unwillkürlich bleibt mir der Mund offen stehen. Es geschieht automatisch. »Das ist fantastisch«, keuche ich und starre ihm in die sanften braunen, moosgrün schimmernden Augen. »Ich wusste immer, dass du Unglaubliches leisten würdest, egal was du dir in den Kopf setzt. Aber, Cam … wow … das ist echt der Hammer.«

Camden kommt näher und streckt den Arm aus, schiebt mir eine Haarsträhne aus dem Gesicht und hinters Ohr. »Wahrscheinlich wünschen wir uns alle, unser heutiges Wissen damals schon gehabt zu haben, hm?« Sein sanfter Blick wird hart, und er macht dicht. Auf einmal fühle ich mich ganz leer und allein, das Blut gefriert mir in den Adern. Mir dreht sich der Magen um, und ich schlinge einen Arm um meinen Bauch, um die Anspannung zu lindern.

»Cam.« Ich strecke die Hand nach ihm aus, will etwas sagen, keine Ahnung was. Ich weiß nicht, ob es in diesem Augenblick irgendetwas zu sagen gibt, und ich bin total durcheinander, sodass meine Gefühle Kapriolen schlagen. Er rettet mich, indem er den Kopf schüttelt und mich zur Seite schiebt. Ich lasse die Hand wieder sinken und kratze mich am Oberschenkel.

»Warum zeigst du mir deine Pläne nicht und sagst mir, was

in dieser Woche alles geplant ist? Ich könnte mal nachsehen, ob ich dir mit irgendwas helfen kann. Apropos: Hast du schon einen Termin bei der Bürgermeisterin wegen der großen Eröffnungsfeier?«

Ich runzele die Stirn. »Sollte ich das denn?«

Er lächelt sanft.

Kyson platzt dazwischen, indem er mir eine Hand in den Nacken legt und drückt. Ich wende mich von Cams bezauberndem Blick ab und sehe Kyson in die tiefblauen Augen.

»Wenn Sie mit meinem Entwurf für den Kassenbereich zufrieden sind, mache ich mich jetzt an den Abschnitt, über den wir eben gesprochen haben. Mit der L-Form und den Saloon-Türen, die den Kassen- vom Ladenbereich trennen, damit die Kunden in Ruhe bezahlen und die Angestellten das Produkt einpacken können, streben wir eine gewisse Gasthaus-Atmosphäre an, okay?«

Ich nicke. »Sie haben viel Fantasie. Perfekt.«

»Meine Fantasie ist in vielerlei Hinsicht perfekt, wenn man mir Gelegenheit dazu gibt.« Kysons Blick wandert über mein eng anliegendes stahlblaues Mieder, dem die Träger des pinkfarbenen Spitzen-BHs einen leicht flippigen Touch geben. Um den Hals trage ich fünf Perlenketten unterschiedlicher Länge. Kombiniert habe ich diesen Look mit meiner superdunklen, beinahe schwarzen Skinny Jeans, die wie angegossen passt und die meinen Hintern super zur Geltung bringt. Und last but not least trage ich die coolen knallpinken Leinensandalen mit Keilabsatz, die den Blick auf den schimmernden, blassrosa Nagellack freigeben, mit dem ich gestern Abend meine Finger- und Fußnägel lackiert habe.

Hitze durchflutet meinen ganzen Körper, und die Flammen züngeln über meine Wangen, sodass ich die Hände darauflege, um das Feuer zu löschen. Er wirft mir ein verführerisches

Zwinkern zu, bei dessen Anblick jede Frau vor lauter Lust den Verstand verloren hätte, und wendet sich zum Gehen. Ohne es zu merken, folge ich dem heißen Muskelprotz nach vorn, bis jemand mich energisch am Oberarm packt und herumwirbelt.

Es geht so schnell, dass ich über meine hohen Schuhe stolpere und gegen die Wahnsinnsbrust des einzigen Mannes auf Erden pralle, an die ich gepresst werden will.

»Nette Show. Ist das dein neuer Freund?« Mit dem Kinn deutet er auf Kyson. Dann blickt er auf mich herab. »Ich dachte, du wärest mit dem großen Kerl zusammen, der so langes schwarzes Haar hat.«

Zum zweiten Mal innerhalb von zwei Wochen bin ich in Camdens Armen, weshalb ich kaum einen klaren Gedanken fassen kann. Ich lege ihm die Hände auf die flache Brust und registriere, dass sie felsenhart und viel muskulöser ist als damals mit neunzehn.

»Ähm … hä?«, murmele ich, als mir sein berauschender Duft in die Nase dringt. Ich atme Zitronengras und Moschus tief ein, will diesen Geruch keine Sekunde lang verpassen. So vertraut wie eine ferne wunderschöne Erinnerung an die sorglosen Fahrten in seinem Truck, bei denen wir uns stundenlang an den Händen hielten.

Er fährt mir mit der Hand über den Rücken, wobei er mich weder von sich stößt noch – sehr zu meinem Verdruss – an sich zieht. »Milo Chavis?«

Ich streiche über den teuren blauen Stoff seines Hemdes, bemerke, dass er sich weich anfühlt wie Schmetterlingsflügel, und ertappe mich bei dem Wunsch, meine Wange an dem seidig weichen Gewebe zu reiben, bis mir seine Worte zu Bewusstsein kommen. »Milo?« Ich schaudere. »Wie kommst du denn dadrauf? Ganz sicher nicht.«

Camden runzelt die Stirn. »Wie ich darauf komme? Ernsthaft? Ich habe den Kerl jetzt schon häufiger getroffen, und die meisten Frauen fallen bei seinem Anblick in Ohnmacht.«

Ich seufze und lasse den Kopf auf dem Hals kreisen. »Ich meine, er ist so heiß, dass die meisten Frauen sich bereits in den ersten zweieinhalb Sekunden ein Baby von ihm wünschen, aber bei mir hat er keine Chance. Meine Schwester liebt ihn schon ihr ganzes Leben. Er ist wie ein Bruder für mich, und eines Tages wird er hoffentlich tatsächlich mein Schwager sein.«

Camden blickt auf mich herab, und ich starre ihm in das breit lächelnde Gesicht. »Wie habe ich das vermisst. Dein süßes, freches Mundwerk.«

Ich schließe die Augen, und plötzlich wird mir klar, wo ich mich befinde: in Camdens Armen. Die Wärme sickert in meine Handflächen, meine Fingerspitzen und sogar in meine Brust. Das ist nicht richtig. Es ist sogar völlig falsch. »Cam … solche Dinge darfst du nicht sagen.«

»Warum nicht?« Er neigt den Kopf und zieht mich näher zu sich heran, so nah, dass sein Gesicht beinahe meinen Hals berührt. Tief atmet er ein und stößt dann die Luft aus, und ich spüre, wie sein Atem über die Wölbung meiner Brüste hinwegweht. Ich bekomme am ganzen Körper eine Gänsehaut und erschauere.

»Cam …«, sage ich warnend, obwohl ich das gar nicht will. Aber ich muss.

»Ja?«, flüstert er, ignoriert mich und fährt mit der Nasenspitze an meiner Wange entlang. Ich schließe die Augen, gestatte mir einen einzigen Moment lang, seine Nähe zu genießen.

»Cam, du bist verlobt.«

Er wird in meinen Armen ganz steif, löst sich aber nicht von mir. Seine Brust hebt und senkt sich.

»Du willst heiraten«, sage ich klarer und schärfer, und jetzt treten wir beide einen Schritt zurück.

Er lässt die Hände sinken, wobei er seine Jacke so fest umklammert, dass seine Knöchel weiß hervortreten.

Er räuspert sich und wendet den Blick ab, beißt aber die Zähne zusammen. »Du hast recht. Entschuldigung. Ich hatte, hm, ich hatte Zeit, um darüber nachzudenken, was es bedeutet, dass du zurück bist. Und egal, was am Ende passiert ist … du warst meine beste Freundin, Suda Kaye. Das möchte ich wiederhaben. Insbesondere während wir hier zusammenarbeiten, um diesem Unternehmen zum Erfolg zu verhelfen.«

Mein Herz hat aufgehört zu schlagen, und ich sterbe einen kleinen Tod und das alles innerhalb einer einzigen Minute. Ich benetze die Lippen und schlucke, während ich mich zu sammeln versuche. »Dass ich dich recht verstehe, du willst …« Ich schüttele den Kopf, kann die Worte kaum herausbringen. »Du willst mit mir befreundet sein? Wir beide. Freunde.«

An seinem Kinn zuckt ein Muskel, und sein Adamsapfel hüpft auf und nieder, während ich darauf warte, dass er ausspricht, was ich kaum glauben kann. »Es ist das Richtige. Wir müssen zusammenarbeiten können, unabhängig von dem, was in der Vergangenheit zwischen uns vorgefallen ist.«

Ich kratze mich am Hals und lege dann die Hand auf die Brust, ermahne mich selbst zu atmen und befehle meinem Herzen zu schlagen. »Camden und Suda Kaye, Freunde.« Die Worte kullern in meinem Kopf umher wie Murmeln auf dem Steinboden. Sie rollen in alle möglichen Richtungen und halten keine Sekunde lang an.

»Zumindest vorläufig, ja.« Er will meine Freundschaft, aber ich höre das Misstrauen und den Anflug von Groll in seiner Stimme, sehe die Anspannung, die von seinem Körper ausgeht. So vieles steht immer noch unausgesprochen zwischen uns. Ich kann nur vermuten, was er mir eigentlich in Wirklichkeit sagen will. Irgendwann werden wir darüber reden müssen, obwohl mir davor graut, diese Unterhaltung führen zu müssen.

Aber ich kann mich nicht zurückhalten, die Dinge beim Namen zu nennen. »Cam, wir waren noch nie Freunde. Wir waren immer ein Paar. Ich war vom ersten Tag an in dich verliebt«, platze ich heraus und gäbe mir am liebsten einen Tritt, weil ich ungewollt die Wahrheit ausgeplaudert habe.

Er zieht die Schultern zusammen, und sein Blick lodert wie glühendes Feuer. »Ich weiß. Ich war dabei.«

Seine Worte sind eine Naturgewalt, die Erinnerungen an bessere, glücklichere Zeiten an die Oberfläche spült, als wir ein Paar waren und uns die ganze Welt zu Füßen lag.

Ich schüttele sie ab. »Du kannst doch nicht allen Ernstes glauben, dass wir angesichts unserer gemeinsamen Vergangenheit Freunde sein und gemeinsam ein Unternehmen führen können.« Ich reibe mir die Brust, zwinge mich zum Ein- und Ausatmen. »Du musst mir einen anderen Mentor zuweisen. Das hier bekommt keinem von uns.« Ich greife nach seiner Hand.

Er drückt sie fest wie im Schraubstock, als wolle er mich nie wieder gehen lassen.

»Sonst ist niemand verfügbar. Außerdem bin ich risikofreudig«, erklärt er mit gepresster Stimme.

»Seit wann denn das?«, feuere ich mit der einzigen Munition zurück, die mir einfällt.

»Zugegeben, damals war ich das nicht. Der Mann, den du kanntest, tat, was man ihm sagte, und führte das Leben, das ihm gemäß jahrelanger Familientradition vorbestimmt war. Heute regele ich die Dinge nach eigenem Gutdünken. Ich habe einen glücklichen Mittelweg gefunden. Einen Kompromiss zwischen Verpflichtung und Freiheit.«

Verpflichtung und Freiheit. Dazwischen stecke auch ich gerade fest.

»Freut mich zu hören, dass du glücklich bist, Cam. Das habe ich mir immer gewünscht.« Ich beiße die Zähne zusammen und recke das Kinn, bete darum, dass es mir gelingt, mir das Weinen zu verkneifen. Im Augenblick sind wir einander emotional ebenbürtig. Tränen würden mich zur Unterlegenen machen.

»Was ist mit dir?«

»Was mit mir ist?«, frage ich mit heiserer, belegter Stimme.

»Bist du glücklich?« Die drei Worte graben sich mit einer riesengroßen Schaufel tief in meine Seele.

»Ich finde immer etwas Schönes«, antworte ich automatisch.

»Danach habe ich nicht gefragt.« Er macht wieder einen Schritt auf mich zu. In seinen sanften Augen haben sich moosgrüne Sprenkel gebildet, die von seinem inneren Aufruhr zeugen. »Hast du in den Jahren, in denen du fort warst, jemals dein Glück gefunden?«

Ich antworte mit der reinen Wahrheit. »Ich habe viele Dinge gefunden, die mich glücklich gemacht haben.«

Er senkt den Kopf, dann hebt er ihn wieder. Diese Augen bombardieren mich mit so vielen geheimen Gefühlen, dass ich zu ersticken drohe. »Warum bist du dann zurückgekehrt?« Er kommt einen weiteren Schritt näher und streicht mir über die Wange, umfängt sie ganz zärtlich, als sei ihm gar nicht klar, was er da tut.

Einen kurzen Moment lang schließe ich die Augen und schmiege mich in seine Handfläche. Dann öffne ich sie wieder und mit ihnen auch mein Herz.

»Weil keines dieser Dinge jenem Glück das Wasser reichen kann, das ich zu Hause verspüre.«

Langsam sickern meine Worte in sein Bewusstsein, und der Bann bricht. Er lässt die Hand sinken und nickt. »Mach hier weiter so! Ich, äh, komme bald wieder, um mich von den Fortschritten zu überzeugen.«

Diesmal bin ich es, die von Camden verlassen wird. Doch im Gegensatz zu mir geht er nur zur Tür hinaus und verschwindet nicht vollends aus meinem Leben. Was ich jetzt empfinde, ist wahrscheinlich nur ein Bruchteil dessen, was er vor so vielen Jahren gefühlt hat, und diese Erkenntnis bricht mir das Herz.

Was um alles in der Welt habe ich ihm bloß angetan!

Kapitel 6

»Er hat *was* gesagt? Nachdem er dich praktisch in den Armen gehalten und dich mit Kyson ertappt hat?« Evie sitzt mit übereinandergeschlagenen Beinen auf der Küchentheke, ein bauchiges Rotweinglas in der Hand.

Ich schneide die Gurke für unseren Salat in gleichmäßig dicke Scheiben. »Ich weiß, es ist schwer zu glauben, aber er will mit mir befreundet sein.«

»Hm.« Evie nippt an ihrem Wein und streckt die Hand nach einem Gurkenstück aus. »Und was willst du?«

Ich zucke mit den Schultern, lege das Messer beiseite und greife nach meinem Wein. Ich nehme einen kräftigen Schluck von dem Zinfandel, den meine Schwester mir eingegossen hat, und lasse meine Geschmacksknospen vom Brombeer- und Johannisbeeraroma umhüllen. Mir entfährt ein Seufzer, und ich lehne mich rücklings an die Theke. »Ehrlich gesagt, ich weiß es nicht. Es ist seltsam, aber auch absolut vertraut, mit ihm zusammen zu sein. Anscheinend haben wir uns beide sehr verändert, und gleichzeitig werden wir magisch voneinander angezogen wie von einer unsichtbaren Macht. Weißt du, was ich meine? Sicher erlebst du etwas in der Art auch mit Milo.«

»Mit Milo?« Meine Schwester schüttelt den Kopf. »Nein. Nicht annähernd. Als Kinder waren wir befreundet, wobei ich ihn eigentlich immer nur aus der Ferne angehimmelt habe. Danach haben wir online Kontakt gehalten. Und mit einem Mal scheint er überall aufzutauchen.«

Sie runzelt die Stirn, und ich lächele.

»Göttliche Fügung.« Ich drehe mich wieder um, um die Gurkenscheiben in die ansonsten volle Salatschüssel zu geben.

Evie hüpft von der Anrichte herunter. »Das Gleiche könnte man von dir und Cam sagen.«

Ich schürze die Lippen und wiege nachdenklich mit dem Kopf. »Vielleicht. Und dann gibt es natürlich auch noch den Weißen-T-Shirt-Hottie, Mr. Fix It.« Ich benetze die Lippen. »Zum Anbeißen.«

»Der Typ ist wirklich ganz nett. Aber er hat auch etwas Verschlossenes an sich. Der ist sicher nicht auf was Ernstes aus.«

Lachend nippe ich an meinem Wein und deute auf meine Schwester. »Ja, wahrscheinlich ist er mir ähnlicher, als mir klar war. Man kann sicher Spaß mit ihm haben, aber eine Zukunft hat man mit ihm nicht.«

Evie nimmt sich die Salatschüssel und trägt sie zum Tisch. »Wirst du dieses Leben nicht langsam mal leid? Ein neuer Mann, wann immer dir danach ist?«

Ich greife nach der Schüssel mit der Pasta, die sie gekocht hat, wobei ich den Topflappen darunterschiebe, damit ich mir die Hand nicht verbrenne und auch keine Brandflecken auf dem Tisch verursache. »Das trifft es nicht ganz, Evie. Wenn ich einen Typen kennenlerne, mit dem ich mich amüsieren kann, wollen wir eben keine Komplikationen. Keine Bindung. Keine Verpflichtungen. Wir haben unseren Spaß miteinander, und wenn im Laufe der Zeit einer von uns mehr empfindet oder sich im Gegenteil vom anderen entfernt, einigen wir uns darauf, weiterzuziehen.«

Evie nickt und setzt sich. Ich folge ihrem Beispiel.

»Ich wünsche mir für dich mehr.« Sie greift auf dem Tisch nach meiner Hand und drückt sie.

Ich halte die ihre fest und sehe ihr in die wunderschönen Augen. »Und ich möchte dir am liebsten die Welt auf einem Silbertablett servieren. Ich will, dass du lebst, als gäbe es kein Morgen. Fliegst, bis deine Flügel lahm werden und es dir in den Füßen juckt, weil du wieder den Boden berühren willst.«

»So ist das für dich? Du fühlst das richtig im Inneren?« Evies Ton ist leichthin, aber ich weiß, dass mehr dahintersteckt. Sie will wissen, warum ich meine Heimat verlassen habe und erst jetzt zurückgekehrt bin.

Ich häufe erst etwas Salat auf Evies Teller, dann auf meinen. »Gewissermaßen, ja. Es ist definitiv ein brodelndes Gefühl in meinen Eingeweiden, das mich aus heiterem Himmel trifft. Ich habe das immer für meine Intuition gehalten, die mich zu meinem nächsten Ziel oder auf die nächste Reise führt.«

Evie beißt sich auf die Unterlippe. »Meinst du, dass auch Mom so empfunden hat?«

Ich lächele sanft und erinnere mich daran, wie Mom uns Mädchen im Wohnzimmer herumgewirbelt hat, wie sie tanzte, aus vollem Halse sang, klatschte. Kurz darauf pflegte sie uns dann irgendwann mitzuteilen, dass das Fernweh sie mal wieder gepackt hatte. Eine Zeit lang fanden wir das lustig. Wir stimmten in ihr Lachen mit ein und tanzten sorglos mit ihr durch die Wohnung. Mein Stiefvater war grundsätzlich irgendwo im Ausland stationiert, also packte sie ein paar Tage später ihren Koffer und setzte uns im Reservat bei Tahsuda ab, um danach wochenlang nichts mehr von sich hören zu lassen.

»Ja, man könnte sagen, dass irgendetwas sie gerufen hat, und sie hat darauf geantwortet.«

Evie zuckt zusammen und presst die Lippen zu einer dünnen Linie zusammen. »Ich wünschte, sie hätte eher den Ruf ihrer Töchter vernommen und sie großgezogen.«

Sie will den Deckel von der Pastaschüssel öffnen, aber ich fasse wieder nach ihrer Hand. »*Taabe* … du weißt doch, dass Mom uns geliebt und vermisst hat, wenn sie fort war«, versuche ich es mit sanfter Stimme.

Meine Schwester schüttelt meine Hand ab, greift nach dem Löffel und serviert mir und sich selbst je eine Portion Nudeln. »Es gibt vieles, was ich über unsere Mutter glaube. Ob sie uns geliebt hat? Ja, ich weiß, dass sie das tat. Aber hat sie uns genug geliebt?« Sie schnaubt. »Das werden wie wohl nie erfahren, nicht wahr?«

Ich schließe die Augen und spüre das Feuer, das in meiner Brust wütet. »Evie …«, flüstere ich.

Sie wedelt mit den Händen in der Luft herum, um mich am Weiterreden zu hindern. »Ich will nicht über Mom reden. Ich will über dich und Camden reden und wie du damit umgehen willst, dass er dein Mentor sein wird.«

Ich sacke auf meinem Stuhl zusammen, greife zum Weinglas und nippe daran, lasse die Flüssigkeit ein paar Sekunden lang auf meiner Zunge verharren, bevor ich sie herunterschlucke. »Ich werde das Einzige tun, was mir übrig bleibt.«

Evie spießt eine Nudel auf und hält sie sich vors Gesicht. »Und das wäre?«

»Improvisieren.«

Meine Schwester lächelt mit dem Mund voller Pasta und schüttelt den Kopf. »Natürlich. Ich wünschte, ich wäre dir und Mom etwas ähnlicher.«

Bei dieser Bemerkung hebt sich meine Laune wieder, und ich spieße ebenfalls ein paar Nudeln auf meine Gabel. Jetzt habe ich wieder Appetit. »Ja? Wieso?« Ich schaufele mir die sahnige Sauce

Alfredo in den Mund und seufze genüsslich. Evie ist eine hervorragende Köchin. Schon seit ihrem zehnten Lebensjahr bereitete sie einen Großteil der Mahlzeiten zu, es sei denn, Tahsuda kochte ein traditionelles Essen, oder Mom bestellte uns etwas.

»Manchmal wünschte ich, ich hätte keine Angst. Mom machte sich nie Sorgen, befasste sich nie mit Dingen, die sie nicht beeinflussen konnte, und da sie ohnehin der Meinung war, denkbar wenig Einfluss zu haben, war sie wirklich glücklich. Du bist wie sie. Du bereist die Welt. Und innerhalb kürzester Zeit nimmst du so viele Eindrücke in dich auf, wie du kannst. Vollkommen sorglos.«

»Das stimmt nicht. Ich mache mir durchaus Sorgen.« Ich räuspere mich und blinzele die Tränen fort, die hinter meinen Augen brennen.

Sie lacht leise und lässt das Weinglas kreisen. Ein Weinbauer in Italien erzählte mir einst, das helfe dem Wein zu atmen. Wahrscheinlich wusste Evie das instinktiv oder hatte es in einem Buch gelesen oder in irgendeinem schicken Restaurant gelernt.

»Oh, was für eine Freude! Worum macht sich meine freigeistige, lebenslustige Schwester wohl Sorgen?«, lächelte Eve mit vollem Mund.

»Ich mache mir Sorgen um dich.«

Sie zuckt zurück. »Um mich? Ich bin die solideste Person, die du kennen dürftest. Ich habe zwei Abschlüsse, leite ein erfolgreiches Unternehmen, habe jede Menge Geld fürs Alter zurückgelegt, besitze diese Wohnung und mein Auto und erfreue mich bester Gesundheit. Warum also solltest du dir meinetwegen Sorgen machen?«

»Wegen alldem, was du gerade aufgezählt hast. Deshalb sorge ich mich zu Tode. Erkennst du das nicht?«

Evie schüttelt den Kopf.

»Du lebst nicht. Von deinem zehnten Geburtstag an hast du die Rolle der Versorgerin übernommen. Für mich. Für Mom. Du hast dich auf dem College halb tot gearbeitet, hast früh deinen Bachelor gemacht und dann gleich den Master hinterhergeschoben. Hast deine eigene Firma gegründet, zu der jetzt schon verschiedene Zweigstellen gehören, und lebst immer noch für die Arbeit. Du hattest extrem langweilige Partner, und das einzige Mal, das du verreist bist, bist du zu mir gekommen. Während deines Besuchs hattest du meist deinen Laptop dabei und hast im Hotel, am Pool oder am Strand gearbeitet. Ich habe dich noch nie betrunken erlebt. Ich habe noch nie erlebt, dass du loslässt …«

Evie nimmt ihr Weinglas hoch und presst es an ihre Brust.

»Du hast gut reden. Du hast noch nie sechs Monate am Stück in ein und demselben Job durchgehalten. Du hattest schon viele Männer, aber bist nie bei einem geblieben. Und du glaubst, dass jeder, den du kennenlernst, gut, ehrlich und freundlich ist, was an und für sich schon verrückt ist! Die meisten Menschen sind Freaks. Aber du bist eine Lebenskünstlerin, lebst in den Tag hinein, ohne dich zu fragen, wovon du nächsten Monat leben sollst. Oder wer für dich im Alter sorgt. Oder was passiert, wenn du krank wirst wie Mom. Was ist dann? Kommst du dann zu mir zurück, denn auf mich ist schließlich Verlass, damit ich mich um dich kümmere?«

»Evie …« Ich habe einen Kloß im Hals.

Sie erhebt sich, schiebt den Stuhl so energisch zurück, dass er beinahe umkippt, und deutet mit einem Finger auf mich. »Werd erwachsen, Suda Kaye. Du bist achtundzwanzig und eröffnest gerade einen Laden. Dein Geld, das Geld, das ich dir gegeben habe, und das Geld der Stiftung stehen auf dem Spiel. Ich habe heillose Angst, dass du eines Tages erkennst, dass es harte Arbeit ist, an ein und demselben Ort zu bleiben. Ein Unternehmen zu führen ist eine Verpflichtung. Und dann schmeißt du womöglich einfach alles hin und ergreifst die Flucht und überlässt es Cam und mir, die Scherben zusammenzufegen.«

Tränen brennen hinter meinen Augen, aber ich kämpfe sie nieder. »Bitte setz dich wieder hin. Rede mit mir. Lauf nicht weg.« Damit spreche ich das Einzige aus, das meine Schwester nie tun würde. Sie läuft nicht vor ihren Problemen davon. Niemals.

Evie lehnt sich an die Rückseite ihres Stuhls, holt tief Luft, nickt und nimmt wieder Platz. »Tut mir leid. Ich wollte dir keine Vorwürfe machen. Ich weiß, dass du dir Mühe gibst.«

Ich nehme ihre Hand, und sie sieht mich an und greift auch nach meiner anderen.

»Diesmal ist es anders«, versichere ich ihr.

»Warum?« Sie schnieft und räuspert sich.

»Das kann ich gar nicht so genau sagen, Evie. Aber diesmal rumort es einfach nicht mehr in mir. Ich habe nicht mehr dieses nagende, quälende Gefühl, das mich von Ort zu Ort getrieben hat. Sogar das Fernweh ist verschwunden. Und zwar zum ersten Mal in meinem ganzen Leben. Etwas daran, hier zu sein, diesen Laden zu eröffnen, dich jeden Tag sehen zu können, ist richtig. Es fühlt sich richtig an.«

»Und was passiert, wenn dich wieder die Reiselust überkommt?« Sie hebt den Kopf und sieht mich mit ihren traurigen Augen durchdringend an.

»Dann fahre ich einfach in Urlaub. Vielleicht nehme ich sogar meine arbeitssüchtige Schwester mit und zeige ihr, was sie alles verpasst hat. Damit sie auch mal entspannt und Spaß hat.«

Sie lächelt und nickt. »Und du meinst, das reicht dir?«

»Im Augenblick kann ich dir nur sagen, wie ich empfinde und

was ich mir für mich vorstelle. Du. Ich. Gypsy Soul. Tahsuda. Colorado. Das war's, Schwesterherz. Ich bin glücklich. Zum ersten Mal seit sehr langer Zeit bin ich glücklich.«

Evie versagt beinahe die Stimme. »Wirklich?«

Ich hebe die Hand und umfange ihre Wange. »Ja, wirklich. Und jetzt iss, Mädel, denn das Abendessen ist fantastisch!«

»Ach ja?« Sie lächelt sanft und nimmt ihre Gabel zur Hand.

»Ja. Deine Kochkünste sind einfach der Hammer, wie immer. Obwohl ich auf meinen Reisen auch ein paar Sachen gelernt habe, die dich umhauen werden. Morgen koche ich!«

Evie mustert mich mit einer Mischung aus Zweifel und Überraschung. »Du hast kochen gelernt? Ich kann mich noch genau daran erinnern, dass du mit achtzehn sogar Wasser und Toast hast anbrennen lassen.«

Ich grinse und nippe an meinem Wein. »Ja, wenn du mit einem französischen Koch und einem italienischen Restaurantbesitzer schläfst, gabelst du eine Menge auf.« Ich zwinkere ihr zu, und wir beide brechen in wildes Gelächter aus.

»Dass du einiges aufgegabelt hast, glaube ich gern, aber ob es immer was mit Essen zu tun hatte?« Sie kichert, und ich werfe ihr meine Serviette an den Kopf.

»Freches Luder!«

Sie zuckt mit den Schultern, spießt ein Stück Gurke auf, steckt es sich in den Mund und kaut geräuschvoll darauf herum. »Du musst es ja wissen!«

Ich verdrehe die Augen. »Egal.« Ich lächele, und wir setzen unsere Mahlzeit fort. Ich genieße die Normalität dieses Abends. Ein köstliches Gericht zusammen mit jemandem einzunehmen, den man liebt. Ein vertrauliches Gespräch mit der eigenen Schwester zu führen. Die großen Probleme anzusprechen, damit sie die Beziehung nicht zerstören. Einander zum Lachen bringen zu wollen. Sich nach einem langen Tag zu entspannen. Eine schöne Zeit miteinander zu verbringen.

Anscheinend geht mir langsam auf, dass auch das Normale seine schönen Seiten hat.

Ein lautes Pochen an meiner Tür reißt mich aus dem Tiefschlaf. Ich setze mich in meinem Bett auf, das an der Wand am anderen Ende des Lofts genau gegenüber der Tür steht, und starre sie an. Da klopft es erneut, und der Lärm einer Säge ist zu hören, der sich jedoch deutlich vom Klopfen unterscheidet.

Ich fluche, schlage die Decke zurück und stehe nackt wie am Tag meiner Geburt auf. Als das Klopfen lauter wird, streiche ich mir das Haar aus dem Gesicht und reibe mir die Augen.

»Wenn du jetzt nicht aufmachst, Suda Kaye, komme ich mit dem Schlüssel herein!«, dringt Camdens Stimme zu mir durch.

Schlüssel?

»Quatsch!« Ich greife nach dem violetten Seidenmorgenmantel, der am Fußende meines Bettes liegt. Er reicht nur bis zur Mitte meiner Schenkel, aber für den Augenblick muss das reichen. »Komme schon! Immer mit der Ruhe!«, schreie ich, und das Klopfen verstummt.

Wutentbrannt und vom Zorn beflügelt entriegele ich die Tür und reiße sie auf. »Was zum Teufel, Cam! Was tust du denn hier so früh am Morgen!«, stoße ich zwischen zusammengebissenen Zähnen hervor.

Bei meinem Anblick zieht Cam die Augenbrauen hoch, dann mustert er mich von Kopf bis Fuß. »Mein Gott!«, stößt er heiser hervor, reibt sich den Nacken und dreht sich zur Treppe um.

Ich schaue ebenfalls hinab, und mir wird klar, dass der Morgenmantel weit geöffnet ist und eine hervorragende Sicht auf meine nackten Brüste freigibt, wenn auch nicht auf den Rest. Sofort raffe ich ihn am Revers zusammen und halte ihn zu. »Was hast du so früh hier zu suchen?«

»Süße, es ist zehn Uhr.«

Süße.

Kurz stockt mir der Atem. Dieses Wort habe ich seit zehn Jahren nicht mehr gehört. Er hat mich schon Süße genannt, bevor er noch wusste, wie ich heiße. Er hat mich auf so viele verschiedene Weisen Süße genannt. Lachend, frustriert, glücklich, mit verführerischem Knurren, an meinen Lippen, wenn er mich küsste. Von diesem Mann wurde ich häufiger Süße genannt, als dass ich Küsse von ihm bekam. Nun bringt allein dieses Wort so viel von unserer Vergangenheit zurück. Als wate ich in einem Meer aus Erinnerungen, wobei ich an einigen Stellen kaum durchkomme und andere – wie diese – mich festzuhalten scheinen, sodass ich sie nicht hinter mir lassen kann.

»Und?«, murmele ich und versuche meine Mini-Panikattacke durch ein Gähnen zu überspielen. Ich starre ihn an, und ein winziges Grinsen huscht über sein Gesicht.

Gott, wie habe ich dieses Grinsen immer geliebt. Schon als Junge war Camden Bryant gut aussehend, aber als erwachsener Mann ist er es umso mehr. Und wenn er lächelt oder grinst, ist er noch hundertmal anziehender, so sexy, dass ich einer Ohnmacht nahe bin. Meine Knie werden weich, und ich spüre, wie meine Nippel sich unter der Seide in kieselharte Knospen verwandeln. Ich lehne mich an die Tür, versuche, cool rüberzukommen und zu ignorieren, dass sein Duft mit dem Hauch von Zitronengras und Moschus mich antörnt.

Er stößt ein tiefes, kehliges Lachen aus, und ich muss mich beherrschen, um bei diesem Laut nicht laut aufzuseufzen. »Du hattest schon immer einen festen Schlaf.«

»Kommen wir auf die Frage zurück, was du hier zu suchen hast«, murmele ich und versuche, mir meine schlafzerzauste Mähne aus dem Gesicht zu schieben, um meine plötzlich zitternden Hände zu beschäftigen.

Cam beobachtet mich, und seine Lippen zucken. »Arbeiten. Ich bin den ganzen Tag hier.«

»Äh … was?«

»Ich bin dein Mentor, weißt du noch? Ich habe meine Sekretärin angewiesen, ein paar Tage die Woche dafür zu reservieren, damit ich dieses Projekt von Anfang an überwachen kann. Ich will hier helfen, wo es nötig ist, dir zeigen, wo's langgeht, die Sache in Gang bringen. Bis zur großen Eröffnungsfeier in vier Wochen gibt es noch jede Menge zu tun. Also hopp, hopp!« Er klatscht in die Hände.

Ich blinzele, bin noch viel zu verschlafen, um alles zu verstehen, was er da sagt.

»Kaffee.« Mit den Knöcheln gibt er mir einen Stoß in den Magen, und ich mache Platz, damit er eintreten kann. Er sieht sich um, dann schlägt er den Weg zur Küche ein. »Ziemlich leer hier.«

Ich schaue mich in meiner Wohnung um und versuche, sie mit seinen Augen zu sehen. Ein Queen-Size-Bett, dessen Kopfteil an der gegenüberliegenden Wand lehnt. Jeweils ein Nachttisch auf beiden Seiten, einer mit einer Lampe und einer Uhr, der andere mit einem Stapel Bücher, die ich meiner Schwester zufolge einfach unbedingt lesen muss. Da ich versucht habe, mich auf den Laden zu konzentrieren und die verlorene Zeit mit meiner Schwester nachzuholen, bin ich bislang auch kein einziges Mal in der Stadt gewesen, um Besorgungen zu machen. Mittlerweile lese ich vor dem Schlafengehen gern ein paar Zeilen. Dann drifte ich in andere Welten ab, was mich davon ablenkt, alles, was ich im Laden noch zu erledigen habe, zum tausendsten Mal durchzukauen.

Dem Bett gegenüber steht ein riesiger Schrank. Da es hier keine Einbauschränke gibt, musste ich mich mit einem einzigen Möbelstück für all meine Klamotten begnügen. Aber er gefällt mir. Er besteht aus weiß gekalkter Eiche massiv, und ich habe ihn einer alten Lady für einen Spottpreis abgekauft. Sie wollte ihren gesamten Hausrat verhökern, weil sie nach Florida umzog, und behauptete, dass ich sie an sich selbst in ihren Jugendtagen erinnerte, und schenkte mir diesen wunderschönen Schrank beinahe. Ich zwang sie, wenigstens hundert Dollar von mir anzunehmen, und versprach ihr einen saftigen Rabatt auf alles in meinem Laden, falls sie je in der Nähe war. Sie nahm mein Angebot an, wünschte mir alles Gute und veranlasste sogar zwei ihrer Enkelsöhne, mir das riesige Ding herzutransportieren und die Treppe hinaufzuschaffen.

Deshalb macht der Schlafzimmerbereich einen etwas bewohnteren Eindruck. Der Wohnbereich hingegen ist nur spärlich möbliert. Ich muss noch eine Menge regeln, um mein Leben in Ordnung zu bringen und alles wohnlich zu gestalten, aber vorläufig reicht mir das.

»Ja, ich arbeite dran. Wie du siehst, habe ich bislang bloß ein Schlafzimmer. Wohnzimmer und Küche müssen noch eingerichtet werden.« Ich werfe einen Blick auf den Platz, wo ich einen Tisch unterbringen will. Dort stehen im Augenblick ein alter Tisch und Klappstühle, die mir Evie geliehen hat, bis ich etwas Passendes gefunden habe.

Camden öffnet den Schrank über der Kaffeemaschine und findet dort Kaffee, Filter und Tassen. »Wie alt ist die?« Irritiert blickt er auf die alte Kaffeemaschine herab, die ich letztes Wochenende bei einem Garagentrödel erstanden habe.

»Keine Ahnung. Aber die Frau beim Garagentrödel hat geschworen, dass sie noch wunderbar funktioniert, und das stimmt tatsächlich. Sie hat einfach nur nicht mehr zu ihrer Kücheneinrichtung gepasst.«

»Aber zu deiner?«

Mit einer Handbewegung deute ich auf meine Wohnung. »Hier steht noch nicht allzu viel herum. Ein Neuanfang ist weder leicht noch billig. Im Gegenteil: Er ist sogar ziemlich teuer.«

»Und das hast du vor?« Er gibt den Kaffeefilter in die Halterung, füllt Kaffeepulver hinein und greift dann nach der Kanne, die er im Spülbecken füllen will. »Neu anzufangen?«

»Irgendwie schon.«

»Nach zehn Jahren?«

»Ähm … ja.«

Cam beißt sich auf die Unterlippe, kehrt zur Kaffeemaschine zurück, füllt sie mit Wasser und drückt auf den Startknopf. Mit gurgelnden und prustenden Geräuschen erwacht die Maschine zum Leben.

Zu meiner Überraschung dreht Cam sich um, wobei seine Jacke sich bläht und den Blick auf seine schmale Taille enthüllt, bevor er sich an die Anrichte lehnt. »Was hast du gemacht? In all den Jahren?«

Ich mache kehrt, lasse ihn in der offenen Küche zurück und laufe in Richtung Kleiderschrank. »Ich muss mich anziehen.«

»Suda Kaye, du kannst mir oder dieser Unterhaltung nicht ewig aus dem Weg gehen. Irgendwann müssen wir darüber reden.«

»Ich nicht.« Ich zucke mit den Schultern, gebe mich lässig, während in mir ein Tornado aus widerstreitenden Gefühlen tobt.

»Ausgerechnet. Jedes Mal, wenn ich in deine Nähe komme, zitterst du wie Espenlaub. Du hast mich verlassen, weißt du noch?

In der ganzen Zeit ist kein Tag vergangen, an dem ich mich nicht gefragt habe, wo du bist, was du machst, ob es dir gut geht, ob du mich vermisst oder nicht.«

Ich hole tief Luft und öffne den Kleiderschrank, schlucke den Schmerz in meiner Seele hinunter. Ich bin nicht bereit für so etwas. Es geht zu schnell, aber irgendeine Antwort bin ich ihm schuldig. Schwerfällig schiebe ich meine luftigeren Klamotten beiseite, hole ein Tanktop heraus und schnappe mir dann die erstbeste Jeans, die auf dem unteren Regalbrett liegt.

»Du musst dir etwas Angemesseneres anziehen.«

Ich wirbele herum, werfe die Klamotten aufs Bett und stemme die Hände in die Hüften. »Wage es ja nicht, mir vorzuschreiben, was ich tragen oder tun soll.«

Er hält die Hände in die Höhe. »Sorry. Ich meinte nur, dass du etwas Professionelleres anziehen solltest als Jeans und Tanktop.«

Ich mustere sein Outfit. Dunkelblauer Anzug, glänzende braune Lederschuhe und passender Gürtel, ein hellgelbes Oberhemd, das den Goldton seiner dunkelblonden Locken zur Geltung bringt. Ich unterdrücke ein Seufzen, und es erfordert meine ganze Willenskraft, ihn nicht auf der Stelle zu bespringen. Ich meine, das fällt mir ja unter normalen Umständen schon schwer, aber diesem schlecht gelaunten, heißen Mann gegenüberzustehen und selbst schlecht gelaunt und angetörnt zu sein, bekleidet mit nichts als Seide, vermittelt mir ein Gefühl, als hätte sich das Universum gegen mich verschworen. »Warum?«, frage ich schließlich.

»Wir treffen uns heute Mittag mit der Bürgermeisterin zum Lunch.« Er sieht auf die Uhr. »Genauer gesagt in anderthalb Stunden.«

Ohne ihm eine Antwort zu geben, drehe ich mich um und durchsuche die äußere, rechte Seite meines Schrankes, in die Evie zwei ihrer besten Business-Outfits gepackt hat. Eines davon habe ich bereits bei meinem ersten Zusammentreffen mit Camden getragen, es steht also nicht zur Debatte. Ich greife zu dem roten Etuikleid mit dem schwarzen Blazer und der winzigen roten Paspel an Revers und Taschen, die genau der Farbe des Kleides entspricht.

Ich halte Kleid und Blazer in die Höhe, um sie von Cam begutachten zu lassen. Er sieht sich das Outfit an und schluckt schwer. Ich weiß, dass es ihm gut gefällt, als ich sehe, wie seine braunen Augen wieder dieses Moosgrün annehmen. »Das … äh … das passt.«

»Toll«, sage ich trocken und werfe beides aufs Bett. »Und nicht dass ich jetzt – oder überhaupt jemals – darüber reden will, aber ich … äh …« Ich schnappe mir die Klamotten vom Bett erneut, umrunde es, gehe an ihm vorüber und aufs Badezimmer zu. »Nur, na ja …« Im Türrahmen bleibe ich wieder stehen und drehe mich zu ihm um.

»Ich habe dich jeden Tag vermisst.« Das Bekenntnis kommt ungefiltert und ohne nachzudenken heraus. Er macht einen Schritt auf mich zu, und ich halte die Hand hoch, Handinnenfläche nach außen. »Nein.« Das ist eine Bitte.

»Süße.« Er spricht das Kosewort aus, als werde es seiner Kehle förmlich entrissen.

Ich schüttele kurz den Kopf. »Schluss jetzt. Trink einen Kaffee. Ich gehe schnell duschen und bin bald wieder da.«

Er vergräbt die Hände in den Taschen, wippt auf den Fersen vor und zurück und blickt zu Boden. »Okay, Suda Kaye. Mach, was du willst.« Er hebt den Kopf, und sein Blick ist so scharf, so vielsagend. Er verbirgt etwas vor mir, das weiß ich. Vor zehn Jahren hätte ich gewusst, was es ist. In diesem Augenblick strampele ich in einem Meer der Unsicherheit umher, ohne eine Rettungsinsel in Sicht.

»Vorerst«, fügt er mit leiser, ernster Stimme hinzu, »lasse ich dir das durchgehen. Vorerst.« Seine Stimme ist voller Verheißung.

Ich schließe die Augen und nicke, bevor ich gleichzeitig ihm und der Vergangenheit die Tür vor der Nase zuschlage.

Zumindest … vorerst.

Kapitel 7

»Erklär mir doch noch mal kurz, warum wir uns mit der Bürgermeisterin treffen müssen?« Als ich das Bad verlasse, bin ich abgesehen von den High Heels vollständig angezogen. Das Haar fällt mir in wilden Locken den Rücken herab. Nur weil ich zu diesem Termin ein Kostüm trage, heißt das noch lange nicht, dass ich mich total konservativ stylen muss. Mit meiner Frisur zeige ich den gesellschaftlichen Normen insgeheim den Stinkefinger.

Cam hebt den Kopf und sieht mir in die Augen. Er hält sich den gelben Kaffeebecher vors Gesicht und will gerade einen Schluck nehmen. Er lehnt an der Theke, ein Fuß über dem anderen, völlig entspannt. Was mich daran erinnert – dass ich dringend ein paar Barhocker brauche.

Er ignoriert meine Frage vollkommen. »Ich mag dein Badezimmer«, lautet seine kryptische Antwort.

Ich kneife die Augen zusammen und gehe zum Bett hinüber, wo ich eine Schublade öffne, die randvoll mit Schuhen ist. Nachdem ich die schwarzen Stilettos gefunden habe, die Evie mir geschenkt hat, drehe ich mich um und setze mich aufs Bett, lege ein Bein über das andere, um einen Schuh überzustreifen. »Was meinst du damit? Du hast mein Badezimmer doch noch gar nicht betreten.«

Er grinst selbstzufrieden. »Ich meinte, mir gefällt die Badezimmerwand. Ganz und gar aus Glasbausteinen. Geniales Design. Warst du schon mal im Wohnbereich, wenn jemand dort drinnen duscht?« Mit dem Kinn deutet er auf besagte Glaswand.

Mein Gesicht wird glühend heiß, als mir klar wird, worauf er anspielt. »Nein …«

Sein Grinsen ist gleichermaßen hinterhältig und wollüstig. »Oh ja. So eine heiße Show ist mir schon lange nicht mehr geboten worden.«

»Du bist ein Schwein.« Nachdem ich auch den zweiten Schuh angezogen habe, stehe ich abrupt auf und schwanke ein wenig. Vor Verlegenheit habe ich Mühe, das Gleichgewicht wiederzufinden – innerlich wie äußerlich.

»Ich bin nun mal ein Mann.« Er sagt das, als sei das Grund genug für ihn, mich beim Duschen hemmungslos anzustarren. »Und schließlich habe ich das alles auch schon mal gesehen.«

Ich funkele ihn so böse an, als könnte ich damit ein Loch in ihn hineinbrennen. »Ich hasse dich.«

Cam lacht aus vollem Halse und stellt seinen Kaffeebecher auf die Theke. »Nein, tust du nicht, aber ich lasse es dir ausnahmsweise durchgehen.« Er deutet auf meinen Starbucks-Reisebecher. »Ich habe dir einen Coffee to go gemacht. Pumpkin Creamer, genauso süß wie du. Oder hat sich das in den letzten zehn Jahren geändert?«

Ich schüttele den Kopf und nehme ihm den Becher aus der Hand. »Danke.«

Er lächelt sanft und legt den Kopf schief. »Keine Sorge, Süße. Außer deiner verführerischen Silhouette konnte man nichts erkennen.« Cam streicht mir eine Haarsträhne hinters Ohr und lässt einen Finger vom Ohr bis zum Kinn gleiten. Dann umfängt er meine Wange und kommt mir ganz nah. Ich spüre seinen Atem auf meinen Lippen, als er flüstert: »Meine Fantasie hat den Rest ergänzt.« Er schenkt mir eine Kombination aus verführerischem Lächeln und Zwinkern, bei der mir so heiß wird, dass ich beinahe explodiere.

Mir bleibt der Mund offen stehen, und ich will mich gerade zur Wehr setzen, als er mich loslässt, sich umdreht und sich seine Schlüssel schnappt, die auf der Theke liegen. »Wir müssen los. Fertig?«

»Ja. Nur behalt deine schmutzigen Fantasien für dich.« Ich folge seiner großen, breitschultrigen Gestalt zur Tür hinaus. »Und wieso hast du überhaupt einen Schlüssel?«

Cam hält mir die Tür auf und lässt mich vorausgehen. »Den habe ich mir von dem Gebäudebesitzer geben lassen, nachdem ich ihm nachgewiesen hatte, dass mir ein Teil deines Ladens gehört. Der Schlüssel zur Ladentür ist identisch mit dem zu deiner Wohnung.«

Ich runzele die Stirn, konzentriere mich aber darauf, in meinen megahohen Stöckelschuhen eine Treppenstufe nach der anderen zu bewältigen. Wie es Evie schafft, den ganzen Tag auf diesen Dingern herumzustaksen, ist mir ein Rätsel. Ich halte mich lieber an meine bewährten Keilabsätze.

»Früher hast du meine schmutzigen Gedanken geliebt.« Die Worte scheinen von den Wänden des schmalen Flurs widerzuhallen.

Prompt verliere ich das Gleichgewicht, aber schon legt er mir den Arm um die Taille und presst mich an sich, um mich zu stützen. Unwillkürlich schmiege ich mich erneut in seine warmen Arme. Sein Kinn berührt meine Wange, und ich erschauere. »Ich hab dich, Suda Kaye.«

Ich reiße mich zusammen, richte mich auf und entziehe mich entschlossen seinem schützenden Arm. »Nein, tust du nicht.«

Du hast Brittney, möchte ich am liebsten sagen, aber das behalte ich für mich.

Mit diesen Worten laufe ich die Treppe schneller hinunter, als ich das mit diesen hohen Absätzen sonst täte, klammere mich so gut es geht am Handlauf fest und schaffe es tatsächlich unbeschadet bis nach unten.

Zumindest körperlich.

Doch mein Herz zieht sich schmerzhaft zusammen. Einen weiteren Absturz könnte es nicht ertragen.

»Schön, Sie wiederzusehen, Bürgermeisterin Browning.« Camden lächelt und legt mir die Hand ins Kreuz. »Das ist die Frau, die ich Ihnen vorstellen wollte. Hauptanteilseignerin und Geschäftsführerin der – wie wir hoffen – trendigsten neuen Boutique auf der Main Street: Suda Kaye Ross.«

Über den Tisch hinweg strecke ich der Bürgermeisterin die Hand entgegen. Sie ist klein, rundlich und trägt einen schlichten Rock und einen unauffälligen Pullover. Mit herzlichem Lächeln und pragmatischem Funkeln in ihren blauen Augen mustert sie mich. »Schön, Sie kennenzulernen, Ms. Ross. Unsere Stadt freut sich auf die Eröffnung Ihres Geschäfts. Bitte, setzen wir uns doch hin.« Sie deutet auf den mit Tellern und langstieligen Gläsern gedeckten Tisch.

Cam zieht meinen Stuhl hervor, damit ich Platz nehmen kann. Dann schiebt er ihn wieder heran. Eine Geste, die er sich erst in den Jahren nach unserer Beziehung angewöhnt haben kann. Zwar war er immer schon ein Gentleman, aber als Jugendliche gingen wir deutlich zwangloser miteinander um. Er pflegte mir auch damals die Tür aufzuhalten, doch ich kann mich nicht erinnern, dass er mir den Stuhl zurechtrückte.

Er wartet, bis auch die Bürgermeisterin sitzt, und tut es uns dann gleich. »Ich wollte mich mit Ihnen treffen, weil meine Stiftung an der Eröffnung von Gypsy Soul beteiligt ist und wir Sie um einen Gefallen bitten möchten.« Er lächelt die Bürgermeisterin an.

Die Frau nickt, wobei ihr dunkles Haar, das sie zu einem perfekten steifen Knoten im Nacken zusammengefasst trägt, sich keinen Millimeter bewegt. »Das habe ich mir schon gedacht. Ein Bryant kommt nur vorbei, wenn er eine Baugenehmigung braucht, um einen Gefallen ersucht oder vorhat, eine Stiftung zu gründen, mit der er die Stadt unterstützen will. Eigentlich hatte ich auf Letzteres gehofft.« Sie neigt den Kopf und mustert Cam mit durchdringendem Blick.

Cam lacht leise, während eine Kellnerin auftaucht, um unsere Getränkebestellung entgegenzunehmen. Da die Bürgermeisterin und Cam beide keine alkoholischen Getränke bestellen, entscheide auch ich mich für einen Eistee.

Ein paar Minuten lang unterhalten sich Bürgermeisterin Browning und Cam über städtische Angelegenheiten, wie die Stahlarbeitergewerkschaft vorankommt, wie sich die neue Fabrik Coltrane & Sons Steel einbringt und über die Probleme, die die Bürgermeisterin im Hinblick auf jugendliche Randalierer und Graffiti sieht.

»Vielleicht sind die Jugendlichen ja einfach nur gelangweilt«, werfe ich ein.

Plötzlich sieht mich die Bürgermeisterin an. »Wie lange haben Sie in Pueblo gelebt, Ms. Ross? Ich habe Sie noch nie in der Handelskammer oder im Rathaus gesehen.«

Cam lehnt sich auf seinem Stuhl zurück und legt den Arm über die Lehne meines Stuhls, wendet sich mir zu, um mich ins Gespräch mit einzubeziehen.

»Ich habe als Jugendliche hier gelebt. Meine Schwester und ich sind hier beide auf die Highschool gegangen …«

»Evie Ross?« Sie greift nach einem Brötchen, zupft es auseinander und tunkt es in das Olivenöl, das sie auf ihren Teller gegossen hat.

Ich nicke. »Ja, sie ist meine Schwester.«

»Evie ist ein Goldstück. Ihr Finanzunternehmen hat sich bei Zuwendungen für kommunale Angelegenheiten und als Sponsor für den Kindersport sehr großzügig gezeigt. Sie ist wirklich herzensgut. Eine Frau mit Sinn für ihre Heimat Colorado.« Sie strahlt.

Vor lauter Stolz wird mir ganz warm ums Herz, als der Kellner erneut an unseren Tisch tritt, um unsere Essensbestellungen entgegenzunehmen.

»Ich nehme den Cobb-Salat mit Blauschimmelkäsedressing auf einer Seite.« Ich gebe dem Kellner meine Speisekarte zurück.

»Keine Möhren oder Zwiebeln«, fügt Camden hinzu, und ich runzele die Stirn. »Suda Kaye, hier servieren sie Möhren und Zwiebeln dazu.«

»Oh!« Ich halte die Hand in die Höhe. »Ja, keine Möhren, keine Zwiebeln.« Der Kellner nickt und notiert sich auch die Bestellungen von Camden und Bürgermeisterin Browning. Nachdem er sich zurückgezogen hat, schaue ich Cam an. »Du weißt noch, dass ich keine Möhren mag?«

Er nickt und greift nach seinem Glas. »Und keine Zwiebeln.«

Ein wenig schockiert atme ich aus und sehe die Bürgermeisterin wieder an.

»Sie beide kennen einander also näher?«

»Ähm …«, sage ich zur gleichen Zeit, wie Cam mit »Ja« antwortet.

Die Bürgermeisterin lächelt und lehnt sich zurück, wischt sich Brot und Öl von Mund und Fingern. »Interessant. Sie sagten, Sie wären hier auf der Highschool gewesen?«

»Ja. Nach meinem Abschluss bin ich … äh … ein wenig auf Reisen gegangen.« Cam räuspert sich, und ich betrachte die Serviette in meinem Schoß. Dann füge ich hinzu: »Sogar ziemlich lange.«

»Tatsächlich? Wo waren Sie denn überall?«

Ich hole tief Luft und meide den Blickkontakt mit Cam. Darüber haben wir nie geredet, andererseits ist es auch kein Geheimnis, was ich in den vergangenen Jahren mit meiner Zeit angefangen habe. »Vielleicht fragen Sie mich besser, wo ich noch nicht war.« Ich lache leise.

»Faszinierend. Ich habe mal Urlaub in Mexiko gemacht, und an unserem zehnten Hochzeitstag waren mein Mann und ich in England. Waren Sie dort schon mal?«

»England ist wunderschön. Besonders haben mir Windsor Castle und Stonehenge gefallen. Ich war sogar in Bath, einer wirklich wundervollen Stadt. In Mexiko gibt es das beste Essen der Welt, aber Amerikaner vertragen das frische Obst und Gemüse und das Wasser dort oft nicht.«

»Was Sie nicht sagen! Ganz genau!« Sie pocht mit den Knöcheln auf das weiße Tischtuch. »Und wo waren Sie sonst noch?«

Ich werfe Cam einen verstohlenen Blick zu. Er lehnt sich zur Seite, sieht mich unverwandt an, wenn auch mit undurchdringlicher Miene. Entweder verbirgt er seine Gefühle, oder ihm ist die Richtung egal, die diese Unterhaltung gerade nimmt.

»Äh, ich habe ganz Europa bereist. In den meisten Ländern habe ich durchaus eine Zeit lang gelebt. Dann gab es ein paar

Abstecher nach Indien, Südamerika, Australien und Neuseeland. Aber nun genug von mir. So interessant kann meine Reiselust doch gar nicht für Sie sein.«

»Doch, sogar sehr«, sagt die Bürgermeisterin und wirft Cam einen Blick zu. »Stimmt's nicht, Cam?«

»Absolut. Ich würde auch gern mehr erfahren.«

»Ja, erst der amüsante Teil. Zum Geschäftlichen kommen wir nach dem Essen. Und nun sagen Sie mir: Welches Land hat Ihnen am besten gefallen?«, erkundigt sie sich.

Ich lache laut auf. »Einen Reiselustigen zu fragen, was sein Lieblingsland oder sein Lieblingsort ist, ist, als frage man eine Leseratte nach seinem Lieblingsbuch. Der wahre Reisende findet das Schöne überall. Dennoch gibt es eine Stadt, die mich besonders fasziniert hat und in der ich häufiger war: Paris. Meine Schwester Evie liebt sie ebenfalls und hat sich dort gern mit mir getroffen.«

»Paris würde ich auch gern einmal sehen«, seufzt die Bürgermeisterin.

»Diese Stadt ist einzigartig und romantischer als jede andere Stadt der Welt. In Sachen natürlicher Schönheit hat mir allerdings Oslo den Atem geraubt. Der Ausblick auf die von Fjorden durchzogenen Gebirgszüge ist absolut magisch.« Ich sehe hinter der Bürgermeisterin zum Fenster hinaus und stelle mir vor, dort die Berge sehen zu können und zum unermesslichen Horizont hinauszublicken, als sähe ich dieses Naturwunder erneut zum ersten Mal.

»Wow, Sie haben in Ihrem Leben ja schon einiges erlebt. Dabei sind Sie noch so jung.«

»Meine Mutter brachte mir schon als kleines Kind bei, meine Flügel auszubreiten und in die Freiheit zu fliegen. Ich habe mir ihren Rat immer zu Herzen genommen.« Die Worte sind heraus, bevor mir klar wird, wie sie auf den Mann neben mir wirken müssen.

Cam steht abrupt auf und knöpft sich das Jackett zu. »Entschuldigen Sie mich einen Augenblick, Ladies.«

Ich schließe die Augen und halte den Atem an, als er ziemlich schnellen Schrittes auf die Waschräume zugeht.

Blödsinn!, schelte ich mich selbst und spiele mit dem Strohhalm in meinem Eistee, mit dem ich den Zitronenschnitz, der in der dunklen Flüssigkeit schwimmt, in kleine Teile zerhacke.

»Ich nehme an, Sie beide waren ein Paar, bevor Sie die Stadt verlassen haben?« Die Bürgermeisterin beugt sich so weit zu mir hinüber, dass ihr beträchtlicher Vorbau beinahe auf ihrem Teller landet.

Ich lege die Unterarme auf den Tisch und lehne mich ebenfalls nach vorn, damit sie loswerden kann, was immer sie zu sagen hat.

»Offensichtlich läuft da immer noch etwas zwischen Ihnen beiden. Nichts wie ran, kann ich da nur sagen. Der Mann ist einfach toll, Mädchen. Sie wollen sich doch jemanden wie Cam nicht entgehen lassen.«

Ich strecke die Hand aus und tätschele die ihre. »Danke für Ihr Interesse, aber es ist noch viel komplizierter.«

»Das ist es in Herzensangelegenheiten immer.« Sie drückt meine Hand, und meine Nackenhaare richten sich auf, denn ich spüre seine Rückkehr, bevor ich ihn sehe.

»Sie beide kommen ja bestens ohne mich klar, wie ich sehe. Soll ich gehen?«, witzelt Cam, doch seine Stimme klingt wachsamer als noch zu Beginn dieses Mittagessens. Die Bürgermeisterin sieht erst Cam an und dann mich. Sie lächelt sanft, bevor wir einander loslassen und uns wieder auf unseren Stühlen zurücklehnen.

Kaum hat Cam Platz genommen, wird unser Essen gebracht. Wirkt halt immer, dieser Trick, zwischendurch aufzustehen und auf die Toilette zu gehen. Bombensicher!

Als ich sehe, dass er Salat als Beilage bestellt hat, bitte ich die Bürgermeisterin, mir Salz und Pfeffer zu reichen, und gebe beides an ihn weiter. »Bitte.« Ich deute mit einem Kopfnicken auf seinen Salat, als er mich verwirrt ansieht. »Salat.« Ich glotze demonstrativ auf sein Schälchen.

Er lacht in sich hinein, nimmt mir Salz und Pfeffer aus der Hand und bestreut die grünen Blätter damit.

»Anscheinend sind Sie noch nicht lange getrennt. Camden weiß noch, was Sie nicht mögen; und Sie erinnern sich daran, wie er seinen Salat würzt. Wie lange waren Sie fort?«, bohrt die Bürgermeisterin nach und zieht fragend die Augenbrauen in die Höhe.

»Zehn lange Jahre«, antwortet Camden und schüttelt den Kopf. Dann stochert er so energisch in seinem Salat herum, dass ich seine Gabel über den Porzellanteller kratzen höre.

Ich hingegen ziehe den Schwanz ein, halte meine große Klappe und sage nichts weiter.

Während der darauffolgenden zwanzig Minuten überlasse ich Cam einen Großteil der Unterhaltung. Die beiden diskutieren über die Situation der Teenager. Beide sind meiner Meinung, dass die Stadt der Jugend zu wenig Angebote macht. Wir drei machen ein Brainstorming, entwickeln Ideen, was die Stadt, ortsansässige Unternehmen und Schulen dazu beitragen können, das Problem in den Griff zu bekommen.

Nach dem Dessert legt Camden seine Serviette auf den Tisch und kommt auf den eigentlichen Grund für dieses Mittagessen zu sprechen. »Es gibt einen Grund, warum ich Sie heute hergebeten habe. Ich möchte, dass Sie im Rahmen einer Zeremonie bei der großen Eröffnungsfeier von Gypsy Soul das Band durchschneiden.«

»Das ist alles? Mehr steckt nicht dahinter?«

Er lacht leise und lehnt sich auf seinem Stuhl zurück, stützt einen Fußknöchel auf das andere Knie, nimmt eine lässige Haltung ein. »Nein, mehr steckt nicht dahinter.«

»Okay.« Die Bürgermeisterin lacht. »Sie sind wirklich vollkommen anders als Ihr Vater, junger Mann.«

»Ach ja?«, fragt er.

»Definitiv. Er ist auch ein toller Mann. Tut viel für die Stadt, hat jede Menge Arbeitsplätze in der Gegend geschaffen und ist insgesamt ein guter Mensch. Doch immer wenn sein Büro sich früher bei mir gemeldet hat, ging es grundsätzlich darum, meinen Einfluss geltend zu machen und beispielsweise einen anderen Geschäftsmann von einem seiner Projekte zu überzeugen. Oder er wollte meine Unterstützung bei einer Angelegenheit, für die er die Zustimmung der Bevölkerung benötigte oder so was. Zum Teufel, manchmal bat er sogar um eine schnelle Baugenehmigung – nicht dass er die je erhalten hätte, Gott bewahre.« Sie fixiert uns mit geschäftsmäßiger Miene. »Aber ganz sicher hat er nie angerufen, um mich dazu zu bewegen, bei einer Einweihungsveranstaltung ein Band zu durchschneiden. Ich freue mich, dabei sein zu dürfen, und setze sogar noch einen obendrauf. Ich sorge dafür, dass unser Lokalblatt einen Artikel über den Laden schreibt und sogar ein paar Fotografen mitbringt. Was halten Sie davon?«

Ich strahle, springe vom Stuhl auf und wäre beinahe über meine Absätze gestolpert. Aber schon ist Cam zur Stelle und stützt mich. Ich schüttele ihn ab und umarme die Bürgermeisterin, was in dem schicken, kleinen Restaurant sicher Aufsehen erregt.

Sie tätschelt meinen Arm. »Also, also, eine solche Bitte ist schließlich nichts Ungewöhnliches. Es besteht also wohl kaum die Gefahr, jemanden zu bevorzugen. Immerhin bin ich bei solchen Einweihungsveranstaltungen häufiger dabei, und nachdem ich Sie persönlich kennengelernt habe, freue ich mich ganz besonders darauf, Ihren Laden mit eigenen Augen zu sehen. Sagen Sie nur in meinem Büro Bescheid, wann die Eröffnungsveranstaltung stattfinden soll, damit wir den Termin vormerken können.«

»Danke!« Wild klatsche ich in die Hände und lächele Cam an. Erst da wird mir klar, dass er bis jetzt noch kein Wort gesagt hat.

Als ich mich umdrehe, beugt er sich vornüber. Seine Hände umklammern die Stuhllehne, und er reibt sich mit einer Hand den Nacken. Er ist kreidebleich und wirkt gequält, und er schnappt angestrengt nach Luft.

Ich eile zu ihm hin, lege ihm die Hand auf den Rücken und senke den Kopf, um ihn besser ansehen zu können. »Was ist los? Geht es dir gut?«

Seine Stimme klingt heiser. Er schüttelt den Kopf und packt sich an die Kehle. »Kann nicht atmen. Ke-Kehle zu …« Mehr kriegt er nicht mehr heraus. Er sackt vornüber und bricht auf dem Boden zusammen.

»Oh mein Gott! Wir brauchen einen Krankenwagen.« Ich drehe Cam auf den Rücken und schaue ihm prüfend in die Augen. In den verhangenen braungrünen Tiefen wirbelt die Angst. Ich öffne seinen Mund und blicke hinein, ob irgendetwas in seinem Hals feststeckt, kann aber keinen Fremdkörper entdecken. Doch die Schleimhäute in Mund und Kehle sind feuerrot und geschwollen.

»Nein, nein, nein. Was war in dieser Torte?«, schreie ich, als ich seine Wangen tätschele. »Atme, wenn du kannst, durch die Nase. Ganz langsam, versuche, Luft zu bekommen, Schatz. Alles wird gut.«

In der Ferne höre ich Sirenengeheul, nicht annähernd so nahe, wie ich mir wünsche. Cam schnappt angestrengt nach Luft, und ich weiß nicht, ob er genug Sauerstoff bekommt. Seine Augen verdrehen sich nach innen, und ich versetze ihm ein paar Ohrfeigen. »Nein, Baby, bleib bei mir. Die Sanitäter sind fast da. Lass mich nicht allein!« Ich führe mein Gesicht ganz dicht an seines heran, und er lässt mich nicht aus den Augen, während er weiterhin seinen Hals umklammert.

Im Hintergrund höre ich, wie jemand die Zutaten der Obsttorte herunterleiert. Als er am Ananaspüree angelangt, schließe ich die Augen. Wie eine Schlange windet sich die Angst mein Rückgrat hinauf, umfasst mein Herz mit messerscharfen Klauen an der schuppigen Hand und drückt zu.

»Er braucht einen EpiPen! Hat jemand einen da?«, brülle ich in den offenen Raum hinein, in dem die Gäste herumstehen und die Show beobachten wie einen grausigen Autounfall. Glücklicherweise entdecke ich in diesem Augenblick die beiden blau Uniformierten, die sich mit einer Bahre den Weg durch die Menge drängen.

Ich drücke Cams Hand und informiere die Sanitäter: »Er ist allergisch auf Ananas. Das läuft auf einen anaphylaktischen Schock hinaus. Sein Hals und seine Kehle sind beinahe komplett zugeschwollen. Bitte helfen Sie ihm!«

»Bitte treten Sie einen Schritt zurück, Ma'am. Wir übernehmen.«

Ich schüttele den Kopf und gehe nur so weit aus dem Weg, dass ich ihm immer noch über Schultern und Wange streichen kann. Die Sanitäter verabreichen ihm eine Art Spritze, legen eine Infusion und schließen ihn an einen Monitor an, während sie ihm eine Sauerstoffmaske anlegen.

Ich beantworte ihre Fragen so gut wie möglich, aber es fühlt sich wie eine Ewigkeit an, bis sie ihn auf die Bahre legen können.

Mit schnellen, effizienten Bewegungen schnallen sie Cam darauf fest. Dieser ist kaum noch bei Bewusstsein, scheint aber wieder leichter zu atmen. Sie heben die Bahre an der Kopfseite an und gestatten mir, seine Hand zu halten und mitzukommen. Die Bürgermeisterin ist mir dicht auf den Fersen.

Sie gibt mir meine Tasche. »Sie begleiten ihn. Ich informiere seine Familie.«

Ich nicke hastig und setze meinen Weg durchs Restaurant und zum Krankenwagen fort, ohne Cams Hand auch nur eine Sekunde lang loszulassen.

Er scheint bewusstlos zu sein, dennoch nehme ich nun seine Hand in meine beiden Hände. In einem Augenblick wahrer Schönheit dreht er den Kopf zur Seite und sieht mich unverwandt an.

Auf dem Weg ins Krankenhaus wird er von den Sanitätern versorgt, aber ich habe nur Augen für ihn.

Im Stillen bete ich unaufhörlich, wiederhole mantramäßig meine inständige Bitte an jeden, der zuhört, wer immer es sein mag.

Beschütze ihn. Lass ihn nicht sterben.

Beschütze ihn. Lass ihn nicht sterben.

Beschütze ihn. Lass ihn nicht sterben.

Endlich haben wir das Krankenhaus erreicht, und man schafft ihn in die Notaufnahme. Unsere Verbindung reißt letztlich doch ab, als sie seine Bahre durch ein paar Doppeltüren schieben, und eine Krankenpflegerin hält mich zurück. Seine Augen schließen sich, und sein Körper erschlafft, noch bevor die Türen hinter ihm zufallen. Ich trete dicht an eines der viereckigen Fenster heran und sehe ihnen hinterher, bis sie außer Sichtweite sind.

Beschütze ihn. Lass ihn nicht sterben.

Kapitel 8

Seine Hand in der meinen ist kalt. Zu kalt. Mit dem Daumen fahre ich über seinen Handrücken, immer und immer wieder. Keine Ahnung, ob ich ihn oder mich selbst damit zu beruhigen versuche. Wahrscheinlich beides.

Camden stöhnt und dreht den Kopf zur Seite; eine dunkelblonde Haarsträhne fällt ihm ins Gesicht. Ich streiche sie ihm zurück und umfange seine Wange. In seinen sanften braunen Augen tanzen grüne Funken, und er grinst schief. »Was ist passiert?«, fragt er mit stockender Stimme.

Die Sorge, die meine Brust im Schraubstock gefangen hielt und die mir die Luft zum Atmen nahm, bricht sich in einem erleichterten Seufzer Bahn. Ich lege meine Stirn an die von Cam und lasse meinen Tränen freien Lauf. »Mein Gott, hast du mir eine Angst eingejagt.«

Eine warme Hand gleitet an meinem Arm hinauf und umfängt meinen Hinterkopf. »Tut mir leid.«

»Das lag an der … hm … an der Ananas. Sie war unter den Zutaten nicht auf der Speisekarte aufgeführt, da es nur geringe Mengen waren. Der Restaurantmanager ist außer sich.«

»Und du?«

Ich weiche keinen Millimeter zurück. Unsere Nasen berühren sich beinahe, während ich ihm eindringlich in die Augen sehe. »Was ist mit mir?«

»Suda Kaye, das Letzte, woran ich mich erinnere, ist, dass du mich gebeten hast, dich nicht zu verlassen.«

Ich kneife die Augen zusammen und schlucke den Aufruhr herunter, der in meiner Brust tobt, um Raum für meine Wut zu schaffen. »Das ist nicht fair! Du hättest sterben können!« Ich versuche, mich von ihm zu lösen, aber er schmiegt sein Gesicht an das meine und gibt mir einen Kuss auf die Wange.

Warm streift sein Atem meine Haut, als er mir ins Ohr flüstert. »Danke, dass du mir das Leben gerettet hast.«

Ich will seinen Worten nicht zu viel Macht über mich geben und weiß, dass ich das alles nicht so nahe an mich heranlassen darf. Ruckartig richte ich mich auf. Gleichzeitig poltern laute Schritte ins Zimmer.

»Sohn!«, ruft Coltrane Bryant, Camdens Vater.

Ihm dicht auf den Fersen seine Mutter, Patty. Meine Güte, heute geht aber auch alles schief.

Diese beiden Menschen habe ich beinahe genauso geliebt wie ihren Sohn. Ich weiche ein wenig zurück, als Patty sich über die Brust ihres Sohnes wirft und sein Gesicht küsst, während ihr Tränen über die Wangen laufen. »Mein lieber, lieber Junge. Du lebst. Gott sei Dank.«

Coltrane legt seinem Sohn eine Hand auf die Schulter und drückt sie. Dann spricht er mit belegter Stimme: »Sohn, du hast deiner Mutter und mir einen ganz schönen Schrecken eingejagt. Als die Bürgermeisterin angerufen und uns berichtet hat, dass du im Restaurant zusammengebrochen seiest« – er räuspert sich –, »na ja, ich bin nur froh, dich wohlauf zu sehen. Also, was um alles in der Welt ist passiert?«

Die beiden Neuankömmlinge konzentrieren sich ausschließlich auf ihren Sohn, also versuche ich, mich auf Zehenspitzen an der Wand entlangzuschieben und lautlos auf die Ecke zuzuschleichen, um von dort aus schnell zur Tür zu gelangen. Beinahe hätte ich es auch geschafft.

Doch als ich die Finger schon um den Türrahmen gelegt habe, landet eine kleine Hand auf meiner Schulter. »Suda Kaye, bist du das?« Ich schließe die Augen, als ich die erschütterte Stimme der einzigen Frau auf der Welt vernehme, die ich abgesehen von meiner eigenen Mutter und meiner Schwester je wirklich geschätzt habe. Patty Bryant.

Ich setze ein falsches Lächeln auf, das sich in dem Augenblick, in dem ich mich umdrehe und der Frau ins Gesicht sehe, die ich so innig geliebt habe, in ein echtes verwandelt. Ich habe vor Freude Schmetterlinge, aber vor Angst auch Flugzeuge im Bauch. »Hi, Patty. Schön dich zu sehen. Nur … na ja, nicht unter diesen Umständen.«

Patty legt ihre Hand auf die Wange, und ihr bleibt der Mund offen stehen. »Mein Gott! Gleich zwei Wunder auf einmal. Mein Junge lebt, und meine liebe Suda Kaye ist nach Hause zurückgekehrt!« Ihr treten Tränen in die Augen, und sie breitet die Arme aus und zieht mich an ihre Brust. Sie streicht mir mit der Hand über den Rücken und drückt mich so fest an ihre Brust, dass mir fast die Luft wegbleibt. Dann entlässt sie mich aus ihrem Schraubstoffgriff. »Na, also, du liebe Güte, lass dich mal ansehen.« Patty streicht mir immer wieder über die Oberarme, dann tätschelt sie sie beruhigend. »Du warst schon immer das schönste Mädchen, das ich je gesehen habe. Hast du natürlich deiner Mama zu verdanken. Col, Liebster, schau doch mal! Unsere Suda Kaye, leibhaftig!«

Coltrane mustert mich von Kopf bis Fuß, und einen Moment

lang scheint er die Zähne aufeinanderzubeißen. Danach schließt er die Augen und lässt die Schultern hängen. »Eigentlich hatte ich geglaubt, ich könnte dir für immer böse sein. Aber dich zu sehen ist wie eine frische Brise, Schätzchen. Komm her und lass dich von einem alten Mann umarmen.« Er zieht mich an seine Brust, schlingt den Arm um mich, hält mich fest; die andere Hand legt er mir auf den Hinterkopf. Seine Wange schmiegt sich genauso an die meine, wie vorher die seines Sohnes. »Hab dich vermisst, Schätzchen. Aber nicht annähernd so sehr wie mein Junge.«

Mir stockt der Atem, und unversehens brennen Tränen hinter meinen Augenlidern.

»Dad, du schnürst ihr die Luft ab …«, ruft Cam leise lachend und mit einer Stimme heiser wie ein Reibeisen.

»Verflixt! Sorry, Schätzchen.« Sein Dad tätschelt mir den Arm genau wie zuvor seine Mom. Seine grünen Augen nehmen jede Einzelheit meines Gesichts in sich auf. »Gut siehst du aus, Mädchen, aber hast du ja immer schon. Außer meiner Patty bist du das hübscheste Mädchen, das ich je gesehen habe! Und das stimmt auch nach all den Jahren noch.«

»Danke. Ich habe euch auch vermisst und …«

»Oh. Mein. Gott! Camden! Schatzi!«, höre ich es kreischen. Dann klackernde Absätze auf Granit, bis eine pinkfarbene Blase durch den Raum schwebt, wippendes blondes Haar im Kielwasser. Der pinkfarbene Schneeball von einer Frau pflügt zwischen Coltrane und mir hindurch, stößt mich rücklings an die Wand und zwingt Cams Vater, sich an dem Stuhl neben sich festzuhalten, um nicht zu fallen.

Mein Ellenbogen prallt gegen die Wand, und ich stoße mir schmerzhaft den Musikantenknochen. Mit der anderen Hand reibe ich über die Stelle.

»Camden, Schatzi, ich hab's gerade erst gehört. Geht es dir gut? Hast du dir was gebrochen? Oh mein Gott. Ich war gerade im Nagelstudio … sieh mal!« Miss Colorado wedelt mit ihren zuckerwattefarbigen Nägeln vor Cams Gesicht herum. Er zuckt zusammen und lässt den Kopf wieder aufs Kissen zurückfallen. »Als dein Bruder mich angerufen hat, hätte ich nur noch fünf Minuten gehabt, bis sie trocken gewesen wären. Ich habe sie gleich aus dem Trockner gezogen und bin hinausgestürmt. Und jetzt sieh dir das an: Zwei sind verschmiert.« Sie zieht einen Schmollmund, indem sie ihre riesige, silikongefüllte Unterlippe vorschiebt und Cam eine ihrer Hände zeigt.

»Das stinkt, Brittney.« Er hustet und wendet das Gesicht ab. Sie steht wieder auf und stemmt die Hände in die Hüften.

»Nun, entschuldigen Sie vielmals, Mr. Griesgram. Ich mache das alles schließlich nur, weil ich gut für dich aussehen will. Was sollen denn die Leute denken, wenn ich mit abgebrochenen Nägeln herumlaufe? Sie würden glauben, dass ich weder auf mich selbst noch auf dich achten kann, und du weißt, dass ich deinetwegen stets einen guten Eindruck machen will.«

Camden stöhnt und streckt die Hand aus, um Brittneys Handgelenk zu umfassen. »Sorry, Brittney …«, setzt er an, wird aber gleich darauf wieder unterbrochen.

»Brittney? Wieso nicht Mausi? Du weißt doch, wie sehr ich es liebe, wenn du mich Mausi nennst.« Sie beugt sich über Cam und reibt ihre Nase an seiner.

Er schließt die Augen, aber nicht, weil er den Moment genießt, sondern weil er Abstand sucht. Seltsam. Wie auch immer … das ist jedenfalls mein Stichwort zum Abflug.

Ich lege Coltrane eine Hand auf die Schulter und flüstere: »Ich habe mich so gefreut, dich zu sehen. Aber jetzt muss ich los.« Er nimmt mich noch einmal in den Arm. »Lass von dir hören.«

Nun ist Patty mit Umarmen an der Reihe. »Bist du für immer zurück, meine Liebe?«, fragt sie.

»Ja, ich eröffne ein Geschäft auf der Main Street. Camdens Stiftung unterstützt mich bei der Finanzierung des Start-ups.«

Patty legt die Hand auf die Brust und lächelt. »Was für ein unglaublicher Zufall. Dass das Schicksal euch nach all dieser Zeit wieder zusammenführt.«

»Äh, na ja, ich würde es nicht unbedingt Schicksal nennen, sondern vielleicht … Glück?« Oder eher Pech, obwohl ich diesen Gedanken für mich behalte. Ich trete ein paar Schritte zurück.

»Suda Kaye …«, ruft Cam mir hinterher, und seine Eltern machen ein wenig Platz.

Brittney hält Cams Hand, lehnt an der Bettkante und versucht, mich mit ihren Blicken zu erdolchen.

»Ja?« Ich bleibe an der Tür stehen.

»Danke für heute. Wenn du nicht herausgefunden hättest, dass es an meiner Ananas-Allergie lag … wäre ich womöglich erstickt. Du hast die Ruhe bewahrt und mir beigestanden. Ich kann gar nicht …« Er hustet und seufzt. »Danke.«

Ich lächele und nicke. »Du hättest das Gleiche für mich getan.«

»Das stimmt.«

»Ruh dich ein bisschen aus.« Ich klopfe sacht an die Tür. »Wir sprechen uns, wenn du wieder im Büro bist. Ich melde mich bei der Bürgermeisterin und sage ihr, dass es dir gut geht.«

Er nickt und legt den Kopf wieder ins Kissen, ohne den Blick von mir abzuwenden.

Ich beiße mir auf die Zunge, gestatte mir keine weitere Bemerkung. Es geht ihm gut. Er wird überleben.

Ich habe Cams Tür schon ein paar Schritte hinter mir gelassen, als ich Barbie Brittneys Quengelstimme höre. »Du bist allergisch gegen Ananas? Ich liebe Ananas. Sie sind so gesund.«

Ich beschleunige meine Schritte, bis ich zum Aufzug powerwalke, um so schnell wie möglich von dieser Frau wegzukommen.

»Rehauge, heb deinen Hintern aus diesem Stuhl und leg den Katalog weg. Schau dir lieber das hier an«, bellt Kyson aus dem vorderen Teil des Ladens zu mir herüber.

Seit Cams Missgeschick und dem Krankenhaus sind zwei Tage vergangen. Gestern bin ich schwach geworden und habe ihm geschrieben, um mich nach seinem Befinden zu erkundigen. Er antwortete, er sei immer noch ziemlich heiser, aber ansonsten kerngesund.

Jetzt sitze ich in dem Bereich, den ich demnächst als Lagerraum nutzen werde, für den Kyson einen großen hölzernen Schreibtisch angefertigt hat. Im Augenblick ist er übersät mit Stoffen, Modeschmuck, Katalogen, Bildern und anderem Zeug, durch die ich mich hindurchkämpfe, um zu checken, ob ich auch wirklich alle Produkte habe, die ich brauche. Rechts neben dem Schreibtisch hat er mir ein Regal aufgebaut, in dem ich sämtliche Perlen, Leder und Stoffballen unterbringen kann. Sie sind der Rohstoff für meine handgefertigten Stücke, die ich in der Unikat-Abteilung des Ladens zu verkaufen gedenke. Anscheinend habe ich echt ein Händchen für die Fertigung von Klamotten, Taschen, Schals und anderen Accessoires. Ich meine, ich wusste immer schon, dass ich Talent fürs Kunsthandwerk habe, aber nie hätte ich geglaubt, damit meinen Lebensunterhalt verdienen zu können. Außerdem gibt das meinem Geschäftskonzept noch einen zusätzlichen Kick.

»Suda Kaye!«, ruft Kyson erneut.

Ich knirsche mit den Zähnen, lege meinen Katalog hin und

markiere die Stelle, an der ich war, mit einem Klebezettel. Dann stapfe ich hinaus zu ihm ans offene Fenster. Bei dem Anblick, der sich mir bietet, wird mein Mund ganz trocken. Mit gespreizten muskulösen Beinen steht er da, und das weiße T-Shirt spannt an seinem breiten Rücken. Ich benetze die Lippen und gönne mir einen Moment, um Kysons Körper zu würdigen.

Kyson Turner ist ein echter Traumtyp. Groß, stark, arbeitet mit den Händen. Seine Jeans sitzt wie eine zweite Haut. Große, klobige Arbeitsstiefel, die sagen: *Ich bin nicht nur cool, sondern ich kann auch alle möglichen Dinge reparieren.* Jede Frau träumt doch von einem Mann, der etwas vom Hämmern versteht – und zwar nicht nur im Schlafzimmer, sondern auch im Haus. Kyson ist quasi ein Doppelhammer, und jede Frau, die ihn dingfest macht, kann sich absolut glücklich schätzen. Dessen bin ich mir sicher.

Ich schiebe die Hüfte raus und stemme die Hand darauf. »Was brüllst du denn so?«

Kyson dreht sich um. »Was bleibt mir denn übrig, wenn du so lange brauchst!« Er macht eine ausladende Handbewegung und tritt ein paar Schritte zurück, damit ich das Schaufenster bewundern kann. »Sieh dir das an! Ist fertig.«

Die hölzerne Auslage passt sich in Kniehöhe genau in die Wandöffnung ein. Sie besteht aus dunklem schwarzrotem Kirschholz, dessen Astlöcher atemberaubende Akzente setzen. Es schimmert, als hätte er es bereits lackiert, damit es nicht so leicht verschrammt.

»Wow. Wunderschön.«

Er grinst und hält einen Finger hoch. »Du hast noch nicht alles gesehen. Sieh dir mal diese Idee hier an. Ich weiß, dass ich die nicht mit dir abgesprochen habe, aber ich hatte so das Gefühl, dass es toll aussehen könnte, und ich wollte dich damit überraschen. Außerdem ist es nicht teurer.« Er geht zur Wand hinüber und deutet auf ein paar Schalter und Knöpfe, die heute Morgen noch nicht da waren. Er betätigt einen der Schalter, und ein paar schwere, an Drähten befestigte Haken fahren von der Decke herab. »Wenn du etwas aufhängen willst wie einen Wandteppich oder ein Kleidungsstück oder Kunstwerk oder vielleicht auch eines deiner Glasteile, dann kannst du es daran befestigen. Mithilfe der Schalter kannst du die richtige Höhe bestimmen, und jeder einzelne Haken trägt über fünfzig Kilo. Das wurde getestet.«

»Wa ... was? Das ist ja unglaublich!« Ich schlage mir mit der Hand vor den Mund und berühre einen der Haken.

»Und das ist immer noch nicht alles.« Ein dunkler Bartschatten umgibt seine vollen Lippen und das leuchtend weiße Lächeln. Er drückt einen Knopf über jedem der Schalter, und ein helles Licht entflammt über dem Bereich mit dem Haken. Die Strahler lassen sich separat einschalten und sind von der Beleuchtung des Ladens unabhängig. »Damit kannst du deine Stücke auch nachts anstrahlen. Bestimmte Stücke besonders hervorheben, um die Aufmerksamkeit potenzieller Kunden darauf zu lenken!«

Ich hüpfe begeistert auf und ab, vollkommen ungläubig. Ich bin total überwältigt. »Kyson!« Ich umarme ihn stürmisch. Er keucht, als unsere Oberkörper aufeinanderprallen, und ich presse ihn an mich. Auch er schlingt die Arme um mich, erwidert den Druck und vergräbt das Gesicht in der Kuhle zwischen meinem Hals und meiner Schulter.

»Verdammt, Rehauge, wenn ich gewusst hätte, dass ich eine solche Reaktion bei dir hervorrufe, hätte ich viel eher ein paar weitere Überraschungen eingebaut.« Er lacht leise und presst mich noch fester an sich. Tief atmet er ein, und sein rauer Bart kratzt an meiner empfindlichen Haut entlang. Ich seufze in seinen Armen. »Mmmh, du riechst nach Kirschen. Hat dir das schon mal jemand gesagt?«

Plötzlich erstarre ich in seinen Armen.

Ja, einer hat mir das gesagt. Nur einer.

Schnell entwinde ich mich seinen Armen und schüttele mein Haar mit zitternden Fingern zurück. »Äh, sorry. Das war nicht gerade die professionellste Reaktion.«

Er hakt die Daumen in seine Hosentaschen. »Professionell? Ja, an dieser Umarmung war nichts professionell, Rehauge, aber einem geschenkten Gaul schaut man nicht ins Maul. Wir beide scharwenzeln doch schon umeinander herum, seit ich hier angefangen habe. Aber ich habe natürlich auch mitgekriegt, dass du mich immer weniger attraktiv findest, sobald dein … ähm … Freund hier auftaucht, um dir zu helfen. Seid ihr ein Paar?«

Als er Camden erwähnt, sehe ich ihn bestimmt mit dermaßen schreckgeweiteten Augen an, dass sie mir beinahe aus dem Kopf fallen. »Cam? Nein. Wir, äh, wir waren vor langer Zeit einmal zusammen.« Nicht dass ich auf diesen Zug nicht noch mal aufspringen würde. Aber es soll einfach nicht sein.

Er will heiraten. Heiraten, Suda Kaye. H-E-I-R-A-T-E-N.

Es dauert nur wenige Sekunden, bis ich mich wieder im Griff habe, und ich fixiere Kyson.

»Dann war er deine Jugendliebe?«, vermutet er hellsichtig.

»Kann man so sagen. Hat kein gutes Ende genommen, aber heute sind wir, äh, Freunde.« Dieses Wort hat einen bitteren Beigeschmack.

»Freunde?« Kyson lacht leise und mustert mich von Kopf bis Fuß. »Der Mann ist schließlich nicht blind. Und er will keine Freundschaft. Er will wieder bei dir landen. Die Frage ist nur … willst du das auch?«

Eine feurige Woge intensiver Frustration erfasst meinen gesamten Körper. Ich lege den Kopf in den Nacken und stöhne auf. »Warum ich, Gott? Warum ich?«

Diesmal lacht er schallend.

Ich verschränke die Arme vor der Brust und funkele ihn böse an. »Du weißt gar nichts über Cam und mich. Wir sind bloß Freunde.«

Oh nein. Da ist dieses Wort ja schon wieder. Und hat jetzt einen noch bitteren Beigeschmack als zuvor.

»Freunde sehen einander nicht an, als wollten sie sich gleich die Kleider vom Leib reißen.«

Ich klappe den Mund auf und wieder zu und erinnere mich an die eine Nacht, in der wir tatsächlich zur Sache kamen. Es war himmlisch. Vor zehn Jahren. Doch jetzt ist alles anders.

»Er ist verlobt«, werfe ich ein.

»Na und?« Kyson zuckt mit den Schultern.

»Er will heiraten. Eine Frau, die wie eine Schönheitskönigin aussieht.« Auch wenn meine Stimme wahrscheinlich höhnisch klingt, ist das die Wahrheit. Egal, was Brittney alles hatte machen lassen, sie ist definitiv der feuchte Traum eines jeden Mannes.

»Vielleicht will er keine Barbiepuppe, wenn er eine exotische Schönheit aus Fleisch und Blut im Bett haben kann.«

Ich schüttele den Kopf und fahre mit den Fingern durch mein langes Haar. »Das ist doch bescheuert. In einer Sekunde flirten wir miteinander, und im nächsten Moment teilst du mir mit, dass jemand anders ein Auge auf mich geworfen hat? Das kapier ich nicht. Warum interessiert dich das?«

Er macht ein paar Schritte auf mich zu und ist mir nun so nah, dass ich die Hitze seines Körpers spüren kann. Er umfängt mein Kinn und neigt meinen Kopf in die Höhe. »Ich will nur wissen, wo wir stehen, Rehauge. Ich pflege nicht in den Jagdgründen eines anderen Mannes zu wildern. Spürst du mich?« Er lächelt, legt die Hand auf meinen Hinterkopf, und der Blick aus seinen tiefblauen Augen brennt sich in mich hinein. Sein Duft nach Holz und Erde erfüllt meine Sinne, und ich lege die Hände an seine Taille, umfasse den Stoff seines T-Shirts.

»Ja.« Meine Stimme klingt atemlos und selbst in meinen eigenen Ohren bedürftig.

Er grinst. »Nein, tust du nicht. Aber du wirst mich spüren.« Schließlich drückt er seine Lippen auf die meinen.

Der Kuss ist anfangs nur langsam. Leicht. Eine zarte Berührung der Lippen. Doch dann schlingt er den Arm um mich, sodass unsere Körper einander berühren. Er neigt meinen Kopf zur Seite und öffnet den Mund über meinem. Als seine Zunge über meine Unterlippe gleitet, gewähre ich ihm Einlass. Er schmeckt nach dem Kaugummi mit Zitronenaroma, den er andauernd kaut, aber auch so männlich – einfach köstlich. Ein Summen löst sich aus den Tiefen meiner Kehle, und ich schlinge ihm die Arme um den Nacken, sodass wir einander noch näher sind. Aber dennoch fehlt dem Kuss die Intensität eines ersten Kusses mit jemandem, auf den man ganz wild ist. Unsere Zungen tanzen miteinander, während unsere Lippen um die Vorherrschaft streiten, gebend und nehmend, ohne dass einer von uns die Schlacht gewinnt.

Gerade als er die Hand zwischen meinen Schulterblättern hinab und über die Wölbung meines Hinterns gleiten lässt und ihn umfängt, öffnet sich die Ladentür, und die kleine Glocke, die Kyson angebracht hat, bimmelt laut. Das Geräusch reißt mich aus meiner Benommenheit, und einander immer noch umarmend schauen wir beide zur Tür.

»Wollte nicht stören«, bemerkt Camden kühl. Sein Gesicht ist vollkommen ausdruckslos und nicht zu deuten.

Sofort stoße ich Kyson zurück und reibe mir mit der Hand den Beweis unseres Kusses von den Lippen. Kyson benetzt die Lippen und streckt die Hand aus, um mir einen Lippenstiftstreifen neben meinem Mund abzuwischen. »Ich mache mich wieder an die Arbeit. Wir sehen uns.«

Ich nicke und reibe mir die Arme.

Nachdem Kyson im Hinterzimmer verschwunden ist, sehe ich Camden an. »Es ist nicht das, wonach es aussieht.«

Camden zieht die Augenbrauen hoch. »Es sah aus, als würdest du deinen Bauunternehmer küssen.«

»Okay, ja, das habe ich auch getan. Aber, hm, das hätte nicht passieren dürfen.« Ich runzele die Stirn und frage mich, warum um alles in der Welt ich ihm das erzähle. Ich schulde ihm keine Erklärung, auch wenn dieser Kuss eigentlich nichts in mir ausgelöst hat.

Cam atmet tief ein und stößt die Luft dann langsam wieder aus wie ein Feuer speiender Drache, der sich zu beruhigen versucht. »Geht mich ja auch gar nichts an.«

Ich schließe die Augen und wende den Blick ab. Natürlich nicht. Er will mich nicht. Er begehrt Miss Colorado. *Seine Verlobte.*

Seine Verlobte.

Seine Verlobte.

Nachdem ich mir diese wichtige Tatsache drei Mal ins Gedächtnis gerufen habe, vergrabe ich die Hände in meinen Gesäßtaschen und drehe mich um, wobei ich den Gedanken an Kysons Kuss erst einmal aufschiebe. Dieses Problem werde ich später lösen – mit einer Flasche Wein, einer Schachtel Pralinen und meiner Schwester.

»Was steht heute an?«, frage ich und setze ein gespieltes Lächeln auf.

»Nun, da ich wieder auf den Beinen bin, könnten wir vielleicht die Produkte durchgehen, die du gekauft hast, und uns über deine Pläne hinsichtlich deiner Lagerbestände unterhalten.«

»Bevor du gekommen bist, war ich gerade dabei«, versichere

ich eifrig, froh, dass er sich in die Arbeit stürzen und nicht weiter darauf herumreiten will, dass ich Kyson geküsst habe.

Er grinst und kommt zu mir herübergeschlendert. In einer freundlichen, aber platonischen Geste legt er mir den Arm um die Schultern. »Ja, das habe ich gesehen. Belassen wir es dabei.«

Ich stöhne, hebe den Kopf, um ihn anzusehen, und setze mein wütendstes Gesicht auf. »Das war ich tatsächlich.«

»Mh-hm. Ich glaube dir ja.« Er gibt mir einen kleinen Nasenstüber. »Zeig mir, was du schon hast, Süße.«

Süße.

Allein der Kosename lässt meine Libido hell auflodern, erheblich heißer als mein Kuss mit Kyson. Ich bin verloren. Dazu verdammt, auf alle Ewigkeit das haben zu wollen, was ich nicht bekommen kann, was ich vor so vielen Jahren einfach aufgegeben habe.

»Grr. Männer sind dermaßen nervig«, murmele ich und löse mich aus seinen Armen.

»Oh, und Mom und Dad laden dich am Sonntag zum Abend essen ein«, bemerkt er so beiläufig, als handele es sich um die Nachrichten vom Vortag.

An meinem Schreibtisch bleibe ich stehen und lege die Handflächen auf die stabile Oberfläche, einerseits, um mich auf ihr abzustützen, andererseits, um mich zu beruhigen. »Deine Eltern wollen … was?«

Er lehnt sich an das Holzregal, überkreuzt die Fußknöchel und verschränkt die Arme vor der Brust. Mein Gott, bei diesem Anblick läuft mir das Wasser im Munde zusammen. In diesem Anzug, der perfekt auf seinen muskulösen Körper zugeschnitten ist, sieht er wirklich zum Anbeißen aus.

Das ist es. Ich brauche Sex. Erst küsse ich Kyson und bin von diesem Muskelprotz ganz benebelt, dann schmachte ich meinen

Geschäftspartner und meine ehemalige große Liebe an. Mit mir stimmt irgendetwas nicht. Gleich nach dem Sex sollte ich mich untersuchen lassen.

»Sie vermissen dich. Du kannst nicht einfach so wieder in der Stadt auftauchen und hier sogar Wurzeln schlagen, ohne sie zu besuchen.« Camden streicht mit dem Finger an meinem Kinn entlang. Dann ballt er die Hand zur Faust und lässt sie wieder sinken. »Sorry.« Er wendet beinahe suchend den Blick ab und stößt die Luft aus. »Sie haben dich gern und dich seit zehn Jahren nicht mehr gesehen. Sie wollen dich bei unserem Familienessen dabeihaben. Du kennst sie doch. Wenn Mom sich einmal was in den Kopf gesetzt hat …«

»Dann gibt es kein Halten mehr.« Ich stöhne. »Cam, das ist keine gute Idee. Ich habe doch gesehen, wie Brittney mich schon im Krankenhaus angesehen hat. Sie weiß, dass wir früher einmal zusammen waren. Jetzt bin ich wieder in der Stadt. Ist doch klar, dass sie wütend darüber ist, und ehrlich gesagt habe ich keine Lust, ihr noch mal über den Weg zu laufen und mich damit auseinanderzusetzen. Ich habe genug damit zu tun, mein eigenes Leben in Ordnung zu bringen.«

»Sie wird nicht dabei sein.«

Ich runzele die Stirn und ziehe die Nase kraus, als hätte ich einen üblen Geruch wahrgenommen. »Sonntags isst die Familie gemeinsam zu Abend. Immer. In den vier Jahren, in denen wir zusammen waren, haben wir kein einziges Dinner verpasst.«

Er beißt sich auf die Unterlippe. »Na ja, sie wurde bislang noch zu keinem eingeladen.«

Ich schnappe nach Luft und setze mich auf den Schreibtisch, sodass ein Katalog sich unangenehm in mein Gesäß bohrt.

»Meine Eltern haben Brittney noch nicht wirklich als Familienmitglied akzeptiert.«

Ich schüttele den Kopf. »Scheint so. Das ist ja noch schlimmer. Wenn sie herausfindet, dass ich mit euch gegessen habe, sie aber nicht? Was sagt das aus?«

»Dass meine Familie eine alte Freundin zum Abendessen eingeladen hat. Nicht mehr und nicht weniger.« Er versucht, es herunterzuspielen. Doch wir wissen beide, dass das eigentlich an der Wahrheit vorbeigeht.

»Warum akzeptieren deine Eltern deine Verlobte nicht?« Ich muss es wissen. Das liegt daran, dass ich – schlecht wie ich bin – unbedingt gemocht werden will, begehrt, gebraucht.

»Sag, dass du zum Dinner kommst, und ich werde es dir erklären.«

»Männer sind so berechenbar«, flüstere ich bei mir.

»Wie bitte?«, fragt er.

Ich beiße die Zähne aufeinander und verschränke die Arme vor der Brust. »Na gut. Ich komme. Als alte Freundin. Aber ich bringe Evie mit.«

»Abgemacht. Und jetzt zeig mir, was du gerade in Planung hast.« Er greift nach ein paar Stoffmustern und sieht sie durch, nickt.

»Ganz sicher nicht. Nein, Sir. Du hast meine Frage nicht beantwortet. Warum haben deine Eltern Brittney nicht akzeptiert? Sie ist in jeder Hinsicht perfekt. Vielleicht ein wenig egozentrisch ...« Ich verstumme und warte auf seine Antwort.

Camden steckt die Hände in die Hosentaschen und sieht zum Himmel empor. Er schüttelt den Kopf, lächelt und blickt dann wieder auf mich herab. »Sie ist nicht du.«

»Sie ist nicht ich?«

»Sie ist nicht du«, wiederholt er und zuckt lässig mit den Schultern, als hätten diese Worte keine wie auch immer geartete Bedeutung. Aber auf mich wirken sie wie eine Flutwelle, die meinen gesamten Körper erfasst und mich in die dunklen Tiefen eines vergangenen Lebens hinabzerrt, dem ich nicht entkommen kann.

Und was noch schlimmer ist: Ich weiß gar nicht, ob ich ihm überhaupt entkommen will.

Kapitel 9

»Du hast sie ja nicht alle, *huutsuu*.« Evie schüttelt den Kopf, als sie ein wunderschönes königsblaues Kleid vor ihren athletischen Körper hält. Während ich Moms vollen Busen und ihren knackigen Hintern geerbt habe, hat Evie die wahnsinnig langen Beine und den starken Charakter von ihr. Trotzdem ist Evie längst nicht flachbrüstig, sondern hat wahrscheinlich ein volles B-Körbchen vorzuweisen, während meine Brüste aus dem C-Körbchen schon beinahe herausquellen. Aber diese Beine: Jede Frau auf der Welt würde sie dafür beneiden.

»Warum? Weil wir Leute zum Dinner besuchen, die uns immer am Herzen lagen, die uns immer wichtig waren. Menschen, die sich nach Moms Tod um uns gekümmert haben?« Ich mustere Evie mit zusammengekniffenen Augen, während sie das Kleid begutachtet. Dann hebt sie den Blick und sieht mir im Spiegel in die Augen. »Vergiss nicht, dass Patty uns zweimal die Woche Abendessen vorbeigebracht hat, oder denk daran, wie sie darauf bestanden hat, dass wir bei ihnen am Familientisch mitessen, damit wir uns nicht so einsam fühlen. Das weißt du bestimmt noch!«

Evie lässt die Schultern sinken, und das Kleid hängt schlaff in ihrem Arm. »Nein, du hast recht. Ich halte es nur für eine äußerst komplizierte Situation. Du hast doch schon im Laden täglich mit Cam zu tun. Und jetzt verbringst du auch noch deine Freizeit mit seiner Familie … wozu? Der alten Zeiten willen? Du bist ja noch nicht mal bereit, über all das mit mir zu reden.«

»Evie …«, sage ich warnend.

Sie deutet mit dem Finger auf mich. »Siehst du. Und genau das ist der Grund, warum ich dich für verrückt halte, wenn du diese Einladung zum Abendessen annimmst.«

Ich nehme zwei Kleidungsstücke vom Bügel und reiche ihr eines. »Hier, probieren wir die mal an.« Sie betrachtet das Blumenmuster und den langen, fließenden Stoff, der ihr bis zu den Knöcheln herabreichen würde. Evie zieht ihre süße Nase kraus und schaudert ein wenig. »Tu's für mich«, bitte ich sie.

Meine Schwester verdreht die Augen und greift nach dem Kleid. »Na gut. Dir zuliebe, aber du weißt doch, dass ich nie solche Sachen trage. Dieser Boho-Chic passt einfach nicht zu mir. Ich mag lieber maßgeschneiderte Klamotten, die nicht im Wind flattern.«

Ich kichere und will den Vorhang vor unsere Kabine ziehen. Mir ist klar, dass dieses Kleid ihr nicht gefällt – es ist eher mein Stil, und ich überlege tatsächlich, ob ich es kaufen soll –, doch ich foppe sie nun mal für mein Leben gern. Wenn sie mich dazu bringen kann, Kostüme zu tragen und mich professionell zu kleiden, muss ich ihr unbedingt auch ein paar unkonventionelle Klamotten aufs Auge drücken. Als ich den Vorhang beinahe geschlossen habe, entdecke ich Miss Colorado, die am Arm einer weiteren perfekt aussehenden Frau auf die Umkleidekabinen zustolziert. Eine erschöpft wirkende Verkäuferin trägt den beiden einen riesigen Berg an Kleidungsstücken hinterher.

»Also, sind Sie sicher, dass dies die teuersten Kleider sind, die Sie vorrätig haben?«, höre ich Brittney die Verkäuferin fragen, als ich schnell den Vorhang vorziehe und zu Evie herumwirbele.

»Suda …« Meine Schwester will etwas sagen und mir das Kleid zeigen, das sie sich übergestreift hat, aber ich hindere sie daran, halte ihr den Mund zu und lege den Zeigefinger der anderen Hand an die Lippen. Kurz ist sie überrascht, doch dann sieht sie neugierig drein.

Ich deute auf den Vorhang, während ich weiterhin den Finger am Mund halte.

»Sie wissen ja, dass für mich nur das Beste infrage kommt«, erklärt Brittney gerade.

»Ja, Ms. Cooperland, das weiß ich«, antwortet eine leise Stimme.

Brittney lacht, und ich spähe durch den Schlitz zwischen Vorhang und Wand. Evie schiebt sich zur anderen Seite des Vorhangs und tut es mir gleich.

»Bald muss ich für all die Klamotten nicht mehr dauernd meine Kreditkarten bemühen. Daddys monatliche Zuwendung ist wirklich kümmerlich. Aber wenn ich Mrs. Camden Bryant bin, wird er für die Kosten aufkommen.« Sie lacht überheblich.

Ihre braunhaarige Freundin kichert, lässt sich in einen Sessel plumpsen und beobachtet Brittney, die sich ausgiebig im Spiegel mustert. »Du hast du dir wirklich einen Traummann geangelt, meine Liebe. Ich kann kaum glauben, dass du ihn so benutzt. Ich meine, verstehen kann ich's schon. Wie ich sagte, er ist ein toller Kerl. Aber was sagt Alejandro dazu?«

Alejandro? Ich schaue meine Schwester an, der vor Staunen beinahe die Augen aus dem Kopf fallen und vor Entsetzen der Mund offen stehen bleibt.

Brittney plustert sich vor dem Spiegel das Haar auf und gibt sich selbst einen Luftkuss. »Natürlich gefällt ihm das nicht, aber er liebt mich eben.«

Die Brünette holt eine Puderdose aus ihrer Handtasche und

betrachtet prüfend ihr Gesicht. Alles vollkommen makellos. Wahrscheinlich komplett retuschiert und versiegelt. Sie lässt die Puderdose wieder zuschnappen. »Du hast mir gesagt, dass du ihn ebenfalls liebst.«

Oh nein. Das ist echt schlimm. Megaschlimm. Hitze durchflutet meinen ganzen Körper, und sämtliche Nervenenden kribbeln vor Wut und Zorn. Ich umfasse den Vorhang so fest, dass meine Knöchel weiß hervortreten.

Evie legt mir die Hand auf den Rücken und streichelt beruhigend darüber. Ich schließe die Augen und höre weiter zu.

»Tue ich ja auch, aber kannst du dir so was vorstellen? Ich! Brittney Cooperland, Erbin des Cooperland-Vermögens, verheiratet mit einem Landschaftsgärtner?« Sie schüttelt den Kopf. »Sicher nicht. Daddy würde vor Wut in die Luft gehen und hätte mich sicher längst enterbt. Schließlich muss ich das Familienerbe aufrechterhalten, wie du weißt.«

Ihre Freundin gähnt und nickt. »Also vögelst du mit beiden?«

Brittney kichert. »Bislang musste ich es mit Cam nur ein einziges Mal hinter mich bringen.«

Einmal? Wovon spricht sie? Ich sehe Evie an. Diese zuckt mit den Schultern und schüttelt den Kopf, und doch lauschen wir beide weiter.

»Du hast mir nie erzählt, wie es dir vor ein paar Monaten gelungen ist, dir Camden Bryant zu schnappen. Er war ein totaler Einzelgänger. Klar, angeblich soll er sich von Zeit zu Zeit immer mal wieder eine fürs Bett gesucht haben, aber er hat es nie zweimal mit derselben getrieben. Wie also hast du das geschafft?«

Ein paar Monate? Er ist mit Brittney erst seit ein paar Monaten zusammen, und schon sind sie verlobt?

Die Verkäuferin reicht Brittney ein Kleid. »Wie Sie wünschen.

Das teuerste Kleid, das wir hier im Laden vorrätig haben, in Größe 34.«

Größe 34? Ach. Dafür liebe ich Tacos einfach zu sehr. Meine Größe 38 passt hervorragend zu mir. Außerdem scheinen auch die Männer meine Kurven ganz attraktiv zu finden.

»Ach, das war ein Kinderspiel. Er saß sturzbetrunken in dieser Bar herum, die seinem Bruder gehört. Ich habe mich neben ihn gesetzt und seinen Rauschzustand ausgenutzt. Zusammen haben wir noch mehr Alkohol getrunken, dann habe ich ihn mit auf mein Zimmer genommen. Da er so viel intus hatte, war er im Bett natürlich nicht grade eine Granate, aber ich habe es trotzdem hingekriegt.«

»Und wann war das?«

»Im August. So um den 15. herum vielleicht. Er hat damals erwähnt, dass dieses Datum irgendwie wichtig für ihn sei, allerdings habe ich nicht richtig zugehört. Anscheinend lässt er sich jedes Jahr an diesem Tag volllaufen. Möglicherweise geht es um irgendeine andere Frau. Ich erinnere mich aber nicht genau, denn ich hatte die ganze Zeit den Barkeeper aufs Korn genommen.« Sie kichert.

Der 15. August. Das war erst fünf Monate her und gleichzeitig unser Jahrestag, der Tag, an dem wir uns in meinem ersten Jahr auf der Schule kennenlernten. Früher feierten wir den immer miteinander. Unwillkürlich weiche ich einen Schritt zurück und stütze mich mit der Hand an der Wand ab. Diese Frau hat Cam hereingelegt. Sie hat das geplant. Und sie übervorteilt ihn immer noch, während sie seinen Ring trägt. Warum zum Teufel hatte er ihr nur einen Heiratsantrag gemacht?

»Mädel, du bist echt eiskalt«, tadelt die Freundin sie.

Sie schnaubt. »Alejandro findet das nicht. Gestern Nacht konnte er gar nicht genug von mir bekommen.«

»Und wo war Camden?«

»Oh, wir wohnen nicht zusammen, und seit jenem ersten Mal haben wir auch nicht mehr miteinander geschlafen. Dafür habe ich gesorgt. Eigentlich ist er so gar nicht mein Typ.«

»Warte. Wie bitte?«

Beinahe hätte ich das laut gefragt. Wie kann sie mit einem Mann verlobt sein, mit dem sie nicht intim ist?

Sie geht zu ihrer Freundin herüber und nimmt anmutig neben ihr Platz. »Meine Liebe, ich weiß, was ich tue, glaub mir. Nachdem wir miteinander geschlafen hatten, hat er mir eine Abfuhr erteilt. Einen Monat lang wollte er nichts mehr mit mir zu tun haben. Dann habe ich ihn an seinem Arbeitsplatz aufgesucht, ihm eine Szene gemacht, und er hat mich mit in sein Büro genommen. Ich habe ihm mitgeteilt, dass ich schwanger sei und dass er mich würde heiraten müssen, damit unsere Väter nicht ausrasteten. Zum Teufel, ich habe mir schon Ringe angeschaut und ihm gesagt, welchen ich haben wollte. Eigentlich habe ich ihm gar keine andere Wahl gelassen.«

»Allerdings nicht!«, ruft die Brünette total empört. Im Gegensatz zu Brittney scheint sie wenigstens noch einen Funken Anstand im Leib zu haben. Am liebsten würde ich Miss Colorado mitten in diesem schicken Laden in Colorado Springs eins auf die Nase geben. Und wieso ist sie überhaupt in dieser Stadt? Wohnt sie nicht auch in Pueblo? Ich atme tief ein. Meine Schwester legt mir den Arm um die Schultern und hält mich fest, schüttelt den Kopf.

»Kaum zu glauben, dass du schwanger wurdest. Hast du es geheim gehalten?«

Mir rutscht das Herz in die Hose. Sie will das Baby bekommen? Natürlich würde er diese abscheuliche Ziege heiraten. Der Camden, den ich kenne, würde die Mutter seines Kindes niemals im Stich lassen, egal, wie seine eigenen Wünsche aussehen. Er würde immer das Richtige tun. Familie ist für Cam das Wichtigste.

»Oh, ich war niemals schwanger. Das habe ich Camden nur vorgemacht, um alles in trockene Tücher zu bekommen. Und natürlich hatte ich letzten Monat praktischerweise eine Fehlgeburt. Darüber habe ich immer wieder gejammert, habe geweint, weil er mich jetzt verlassen würde, da ich sein Kind nicht mehr unter dem Herzen trüge, und er … ist drauf reingefallen! Ein wirklich ehrenhafter Loser!« Sie lacht sich halb tot, so hämisch ist sie.

Meine Schwester hält mich nur noch fester, als ich losgehe, um sie zur Rede zu stellen, ohne mir Gedanken über die Konsequenzen zu machen. Diese Schlampe schlag ich zusammen! Evie hält den Mund ganz dicht an mein Ohr und flüstert: »Lass diese Bitch weiterreden. Wir kümmern uns später darum. Beherrsch dich. Denn bestimmt sagt sie noch mehr.«

Evie hält ihr Handy hoch und deutet auf den roten Knopf, der mir zeigt, dass sie alles aufnimmt, was vor der Kabine gesagt wird. Ich nicke und beiße die Zähne so fest aufeinander, dass ich befürchte, sie könnten zerbröseln. Ich brauche meine ganze Selbstbeherrschung, um diese Tussi nicht zusammenzuschlagen. Ihr zu zeigen, wie es ist, verletzt zu werden – so wie sie Cam verletzt.

»Und Alejandro?«

»Wird in Zukunft mein muskulöser Lustknabe sein. Alles fügt sich perfekt. Daddy wird begeistert sein. Ich werde Unmengen von Geld haben, ein tolles Erbe und einen Mann an meiner Seite. Klar, nach unserer Hochzeit muss ich für Camden wohl oder übel auch einmal im Monat die Beine breit machen. Aber er sieht ja eigentlich ganz gut aus; so schlimm wird's also schon nicht werden.«

»Und Alejandro? Was sagt er denn dazu?«

Sie schnaubt. »Wenn er mich behalten will, muss er sich damit abfinden, mein Geheimnis zu sein. So läuft das nun mal im Leben. Manchmal bekommt man das, was man will, auf dem Silbertablett serviert, und manchmal muss man eben ein bisschen nachhelfen, und zwar um jeden Preis. Und genau das mache ich. Ich sorge dafür, dass es für alle Beteiligten funktioniert.«

»Außer für Camden«, vermutet die Brünette zutreffend.

»Äh, hallo? Ich bin eine gute Partie und die attraktivste Begleiterin, die er je gesehen hat. Die Cooperlands und die Bryants. Wie die Vereinigung zweier Königshäuser. Es wird eine Märchenhochzeit werden. Ich bin sicher, dass man in sämtlichen Zeitungen darüber berichten wird.« Mit träumerischem Blick schaut sie zur Seite, verliert sich in ihren verkorksten, widerlichen Träumen.

»Und wie hinderst du ihn daran, mit dir ins Bett zu gehen? Du sagtest doch, dass ihr bis jetzt nur ein einziges Mal Sex hattet.«

Sie tätschelt der Freundin das Bein. »Vertrau mir. Anfänglich habe ich so getan, als sei mir morgens einfach immer übel. Und nachdem ich ihm mitgeteilt hatte, dass wir das Baby verloren hatten, habe ich Unterleibsschmerzen vorgetäuscht.« Sie wedelt mit der Hand über ihren Schambereich. »Und nun habe ich ihn so weit, dass es doch romantisch wäre, uns für die Hochzeitsnacht aufzusparen, um in nüchternem Zustand zum ersten Mal die Ehe zu vollziehen.«

»Und das hat er dir abgekauft?«

»Absolut! Er ist nicht nur unglaublich naiv, sondern auch ein perfekter Gentleman.« Brittney grinst boshaft.

»Eins muss ich dir lassen, Mädel, du bist eine eiskalte Bitch.« Die Brünette schüttelt den Kopf.

Brittney lacht. »Du musst es ja wissen!«

Evie und ich warten, bis die beiden Bitches den Laden verlassen haben, bevor wir aus der Umkleidekabine schlüpfen und fluchtartig aus der Mall in ihr Haus zurückkehren.

»Was hast du jetzt vor?«, fragt Evie mit leiser, besorgter Stimme, den Blick unverwandt auf die Straße gerichtet.

»Du meinst, außer ein Blutbad anzurichten und diese blöde Brittney abzuschlachten?«, knurre ich.

»Äh … ja. Außer dem Blutbad. Immerhin sind wir heute Abend bei den Bryants zum Essen eingeladen.«

»Ich sollte es ihm erzählen, aber wie?« Ich schüttele den Kopf. »Wie sagt man es jemandem, dass seine Verlobte ihn betrügt, ihn hinsichtlich der Schwangerschaft belogen und ihm dann noch weisgemacht hat, das Baby verloren zu haben, das sie nie hatten, weil sie ihn nur wegen des gesellschaftlichen Status und des Geldes heiraten will?«

Meine Augen brennen, und ich kneife die Lider zusammen und presse die Fäuste darauf in dem verzweifelten Versuch, die Tränen zurückzuhalten und die boshaften Dinge auszublenden, die in Endlosschleife in meinem Kopf nachhallen. Er hat sich meinetwegen betrunken und mit ihr geschlafen. Obwohl ich das eigentlich gar nicht sicher wissen kann. Im August feierten wir stets unseren Jahrestag, aber das ist schon zehn Jahre her. Und wie steht es mit dem, was Brittneys Freundin über Cam gesagt hat? Er hatte die ganze Zeit nur One-Night-Stands? War es möglich, dass er nach all den Jahren immer noch an mir hing?

Ja. Das war möglich. Denn ich hing ja auch noch an ihm. Meiner einzig wahren Liebe. Natürlich hätte ich es nie aussprechen können, aber ich habe nie aufgehört, Camden zu lieben oder unsere Beziehung zu vermissen. Wenn ich mit Cam zusammen war, war das Leben leicht. Alles war gut. Ich machte mir keine Sorgen. Nie hatte ich das Gefühl, festgehalten zu werden. Dennoch war ich damals auf der Suche nach irgendetwas gewesen. Etwas Großem. Etwas, das wir nicht gemeinsam hatten.

Ich sehnte mich danach, die Welt zu bereisen. Ich musste alles erleben, was meine Mom erlebt hatte. Ich wollte auch dieses Funkeln in den Augen haben, wenn ich von Orten sprach, die ich besucht hatte, genau wie ihre Augen funkelten, wenn sie Evie und mir von ihren Erlebnissen berichtete.

Bis zum Tod meiner Mutter war ich nie aus Colorado und dem Reservat herausgekommen. Seltsamerweise hatte Mom uns nie irgendwohin mitgenommen. Wenn sie von ihren Reisen zurückkehrte, war sie müde und wollte ihre Tage damit verbringen, mit ihren Mädchen zusammen zu sein und womöglich noch mit ihrem Ehemann, wenn er ein paar Urlaubstage hatte. Sie wollte einfach die Dinge tun, die ihr gefielen: Kuchen backen, uns zur Schule fahren und davon abholen, Kunst- oder Bauchtanzkurse belegen, uns alles über das Leben und über Jungs beibringen und darüber, dass sie uns irgendwann das Herz brechen, wir sie aber trotzdem weiter lieben würden. Und dann kam irgendwann wieder der Tag, an dem sie verkündete, dass das Fernweh sie erneut gepackt hatte. Wenige Wochen danach war sie wieder fort, sodass wir im Reservat bei Toko zurückblieben und genau wie sie es uns beigebracht hatte, unsere Wünsche zu den Sternen emporschickten.

Ich erinnere mich noch ganz genau daran, wie sie es uns das erste Mal zeigte.

»*Huutsuu, taabe,* kommt her, meine wunderschönen geliebten Mädchen«, sagte Mom und streckte uns die Hände entgegen. Wir hatten bei Sonnenuntergang einen Spaziergang über die Hügel in der Nähe des Reservats unternommen. Solch eine gemeinsame Aktivität plante sie stets, bevor sie sich wieder in ein neues Abenteuer stürzte.

Damals saß sie auf einer Hügelkuppe. Die Sonne war gerade untergegangen, aber die Lichter am Wegesrand waren hell genug, um die Umgebung noch erkennen zu können. Ich erinnere mich, dass Evie und ich Wildblumensträuße gepflückt hatten, die wir Toko auf den Tisch stellen wollten. Es gefiel ihm nicht, dass wir die Erde so unbekümmert beraubten, doch da wir noch Kinder waren, drückte er ein Auge zu und ließ uns unseren Spaß. Dennoch erinnerte er uns daran, jeden Tag den Blumen zu danken, die unseren Tisch mit ihrer Schönheit zierten, ehe sie verwelkten und starben.

»Kommt her, Mädchen!«, rief Mom, und wir beide rannten den Hügel hinauf. Mir fiel das schwerer, weil meine Beine erheblich kürzer waren als Evies. Mit neun und elf Jahren wuchsen wir schnell, aber sie war immer viel größer, und ich konnte es gar nicht abwarten, sie endlich einzuholen.

Mom ließ uns rechts und links neben ihr Platz nehmen. Sie legte uns die Arme um die Schultern und drückte uns fest an sich. »Seht in den Himmel hinauf. Erkennt ihr all die Sterne?«

Evie und ich blickten empor und nickten.

»Das sind sämtliche Wünsche der Welt, die nur darauf warten, wahr zu werden.«

Ich starrte zum Himmel, überwältigt von den Millionen und Abermillionen von Sternen. »Wirklich?«

»Ja, *huutsuu*. Ich werde euch beibringen, wie ihr eure Wünsche zu den Sternen emporschickt, aber ihr dürft niemals gierig sein. Denkt genau über eure Wünsche nach, denn ihr dürft nur einen hinaufsenden. Und erst wenn er sich erfüllt hat, dürft ihr euch etwas Neues wünschen. Aber natürlich kann es eine gefühlte Ewigkeit dauern, bis ein Wunsch wahr wird.«

»Wow.« Ich schnappte ehrfürchtig nach Luft, dass dort oben so viele Wünsche am offenen Himmelszelt blinkten.

»Wie wählt man sich einen Stern aus?«, fragte Evie.

»Er wird dich rufen, *taabe*. Genau wie die Sonne dich ruft, mein goldenes Mädchen.« Sie gab Evie einen Kuss auf den Scheitel ihres blonden Haares, dann wandte sie sich mir zu. »Und du, *huutsuu*. Du lässt dir vom Wind bei der Wahl helfen.«

Lange Zeit saßen Evie und ich da, sahen zu den Sternen empor und überlegten, was wir uns wünschen wollten. Ich erinnere mich deutlich daran, wie eine sanfte Brise meine Haut berührte, als ich einen blinkenden kleinen Stern neben dem Gürtel des Orion entdeckte, von dem ich vermutete, dass er sämtliche Antworten des Universums enthielt. Das war mein Stern; ich wusste es einfach.

»Habt ihr einen ausgewählt, meine Lieblinge?«

Evie und ich nickten und sahen weiter hinauf.

»Okay, dann sprecht mir nach, während ihr euren Stern betrachtet.«

Evie und ich wandten den Blick keine Sekunde lang ab.

»Ich wünschte, ich könnte ...«

Wir wiederholten die Worte, unsere leisen Stimmen voller Staunen und Ehrfurcht.

»Ich wünschte, ich könnte ...«

»Nehmt diesen Wunsch von mir entgegen ...«

»Das wünsche ich mir heute Abend«, schloss Mom, und wir wiederholten auch diesen letzten Satz.

»Und jetzt schickt einen Wunsch zu eurem Stern empor, aber ihr dürft niemandem verraten, was ihr euch gewünscht habt, sonst wird es niemals wahr.«

In dieser Nacht wünschte ich mir, einfach nur wie meine Mutter zu sein. Eine Weltreisende. Ich wollte alles sehen, was es zu sehen gab, bis ich randvoll mit Abenteuern war. Mein Wunsch erfüllte sich tatsächlich, aber dabei verlor ich meine große Liebe.

War dies meine zweite Chance?

»Suda Kaye. Suda Kaye! Hörst du mir überhaupt zu?«

Ich schüttele die Erinnerung ab und konzentriere mich auf meine Schwester, die aus dem Wagen steigt.

»Wir müssen uns jetzt zum Dinner fertig machen, und du musst dir überlegen, was du Camden im Hinblick auf das, was wir da zufällig gehört haben, erzählen willst.«

Mir dreht sich der Magen um, und ich habe das Gefühl, den Boden unter den Füßen weggezogen zu bekommen. »Ich weiß, dass ich es ihm sagen muss, aber ich will ihm auch nicht das Herz brechen. Das habe ich schon einmal getan. Ein zweites Mal möchte ich es nicht riskieren.«

Evie öffnet ihre Wohnungstür und winkt mich hinein. »Sieh mal, ich weiß ja nicht alles, was damals passiert ist …«

Etwas in mir zerbricht, und ich platze mit der Wahrheit heraus, die ich zehn lange Jahre in meiner Seele verschlossen hielt. »Evie, ich habe ihn verlassen. Und zwar in derselben Nacht, in der ich meine Jungfraulichkeit an ihn verloren habe. In der Nacht, als ich achtzehn wurde und Moms ersten Brief las.«

»Oh Suda Kaye, wie konntest du nur?« Ihre Stimme ist schmerzerfüllt, weil sie weiß, wie sehr ich ihn geliebt habe. Überdies weiß sie, wie sehr Camden Bryant auch mich geliebt hat. Jeder wusste das. Wir gehörten einfach zusammen. Jeder, der uns kannte, dachte, dass wir unser Leben lang zusammenbleiben würden.

»Ich musste es einfach tun. Wenn ich damals nicht verschwunden wäre, hätte ich es nie getan, und da bin ich einfach …« Die Schuldgefühle schlagen über mir zusammen, und meine Kehle wird ganz trocken.

»Du bist einfach gegangen. Ich verstehe schon. Das hat Mom auch immer gemacht. Das konntet ihr beide am besten.« Evie seufzt.

»Sei nicht so gemein, Evie.« Ich räuspere mich und sehe ihr in die eisig dreinblickenden Augen.

Evie nickt, sieht mich an, lässt die Arme sinken und ballt die Hände zu Fäusten. »Ich weiß, was Cam in dieser Nacht und am nächsten Tag und im Jahr danach und auch später noch durchgemacht hat. Wir waren diejenigen, die zurückblieben. Wir waren dir nicht wichtig genug, um zu bleiben. So wie wir Mädchen Mom auch nicht wichtig genug waren.«

»Das ist einfach nicht wahr!«, schreie ich und kann mich gerade noch daran hindern, wütend mit dem Fuß aufzustampfen. Sie muss doch wissen, was für ein Unsinn das ist. Sie ist meine Schwester, natürlich ist sie mir wichtig! Das war sie immer und wird es auch immer sein.

»Ach nein? Du hast mich auf die gleiche Weise verlassen wie Mom. Nach allem, was wir als Kinder durchmachen mussten, nachdem Mutter uns immer wieder verließ und wir nur einander hatten, und dann, nachdem sie für immer gegangen war.«

»Für immer gegangen war? Mein Gott, Evie, Mom ist gestorben! Ich aber nicht, und ich habe mich immer bei dir gemeldet.« Ich runzele die Stirn und beiße die Zähne aufeinander, um den Zorn und die Selbstvorwürfe nicht an die Oberfläche kommen zu lassen, die sie in mir weckt.

Evie fährt sich mit der Hand durchs Haar und beißt sich auf die Unterlippe. »Nein, du bist nicht gestorben, zehn Jahre lang hättest du für Cam, für mich, für Toko allerdings auch genauso gut tot sein können. Du hast angerufen, und ich habe mich bemüht, dich ein paar Mal zu besuchen, aber Suda Kaye, du warst ganze zehn Jahre weg!«

»Ja, das war ich, und ich bereue es nicht«, gebe ich dramatisch zurück. Im Moment will ich ihr genauso wehtun wie sie mir.

Sie schnaubt und schüttelt den Kopf. Dann geht sie zur Tür.

»Natürlich nicht. Mom hat es auch nie bereut. Aber weißt du, was ich bereue …«

»Nein, ich kann unmöglich wissen, was du bereust, denn du lebst ja schließlich gar nicht richtig«, stoße ich höhnisch hervor.

Sie ignoriert meine Boshaftigkeit und fährt unbeirrt fort. »Ich bedaure, immer nur darauf gewartet zu haben, dass du zurückkehrst. Mir so sehr gewünscht zu haben, dass du wieder Teil meines Lebens wirst. Und mir gewünscht zu haben, dass du Teil meines Lebens sein willst …«

Ihre Worte zerschmettern meinen Schutzschild so gewaltsam, dass ich einen Schritt zurückweiche, als habe sie mich geschlagen. »Aber das tue ich doch. Ich will es. Ich war immer Teil deines Lebens. Und jetzt bin ich hier.«

Sie nickt. »Ja, das sagst du jetzt, und ich möchte es so gern glauben. Aber ich will auch nicht immer der Schwachkopf sein, der wieder verlassen wird. Ich vermute, dass Cam genauso empfindet. Hin und her gerissen zwischen der Liebe zu dir und dem Bedürfnis, sein Herz zu schützen. Wahrscheinlich habe ich das mit ihm gemeinsam.«

Ich lege all meine Liebe und all mein Mitgefühl in meinen Blick, hoffe gegen alle Wahrscheinlichkeit, dass sie tief im Inneren spürt, wie wahr meine Worte sind. »Evie, diesmal ist es anders. Ich bleibe. Ich habe den Laden. Ich habe mich verpflichtet. Dem Geschäft. Dir. Ich will ein Teil deines Lebens sein.«

»Okay«, antwortet sie, klingt aber nach wie vor skeptisch.

»Ich werde dafür sorgen, dass du mir glaubst. Wünsche werden doch wahr, Evie. Mein Wunsch wurde es, obwohl ich erst etwas verlieren musste, damit er in Erfüllung ging.«

»Ach ja?«

Ich nicke. »Mom hatte recht. Erinnerst du dich noch an jene Nacht, in der wir unsere Wünsche zu den Sternen schickten?«

Evie lehnt sich an den Türrahmen und verschränkt die Arme schützend vor der Brust, massiert sich den Oberarm. »Glaub schon«, murmelt sie.

Ich kann mir mein Grinsen kaum verkneifen. Meine Schwester hat ein hervorragendes Gedächtnis. Deshalb kann sie auch so gut mit Zahlen umgehen und hat ihren Collegeabschluss mit Auszeichnung gemacht.

»Ich wünschte mir damals, so wie Mom zu werden. Die Welt zu bereisen und alle möglichen Abenteuer zu erleben.«

Evie schließt die Augen und benetzt die Lippen. Sie wirkt tieftraurig.

Ihre Stimme bricht. »Man soll seinen Wunsch doch niemandem verraten.«

»Aber verstehst du denn nicht?« Ich gehe zu ihr hinüber und nehme sie in die Arme. Sie erwidert die Umarmung und vergräbt das Gesicht in der Kuhle an meinem Hals. »Mein Wunsch ist bereits wahr geworden. Ich bin um die Welt gereist. Habe mehr Orte gesehen, von denen Mom uns erzählt hat, als ich mir je hätte vorstellen können. Jetzt bin ich zu Hause. Ich schlage Wurzeln. Ich will hier leben, zusammen mit der fantastischsten Frau, die ich je kennengelernt habe. Meiner großen Schwester. Meiner Evie.«

Evie zittert in meinen Armen. Ihre Tränen benetzen die nackte Haut an meiner Schulter. »Ich habe dich so sehr vermisst«, murmelt sie mit erstickter Stimme. »So sehr. Bitte verlass mich nicht wieder. Ich habe doch nur dich auf dieser Welt.«

Diesmal lasse ich meinen eigenen Tränen freien Lauf. »Ich habe auch nur dich.« Ich lehne mich zurück, umfange ihre Wangen und halte ihrem Blick stand. »Aber du bist genug, Evie. Meine Liebe zu dir, deine Liebe zu mir, unser schwesterliches Band, das ist genug. Und das wird es auch immer sein.«

Wir sehen einander lange in die Augen, bis sie mich in ihre Arme zieht. Dann halten wir einander fest und lassen zu, dass alles, was zwischen uns steht – die Sorge, die Angst, die ganze verlorene Zeit – in einen dunklen Abgrund hinabfällt, aus dem es hoffentlich nie wieder nach oben kommt. Natürlich bin ich nicht so naiv zu glauben, dass meine Abwesenheit und alle Probleme, die sich daraus ergeben, nicht noch einmal zur Sprache kommen werden. Aber beim nächsten Mal bin ich gewappnet.

»Wir lassen das alles hinter uns«, flüstere ich in ihr Haar.

»Ja. Gemeinsam.«

»Genau.« Ich lächele und hole tief Luft.

»Und jetzt müssen wir uns das Gesicht waschen und uns mit dem auseinandersetzen, was wir heute erfahren haben.« Sie wischt sich die Tränenspuren unter den Augen fort.

Ich stöhne und lege den Kopf in den Nacken. »Brr. Erinnere mich nicht daran.«

»Ich lasse dich nicht vom Haken, Suda Kaye. Wenn du es ihm nicht sagst, dann mache ich es. Aber er hat es verdient, es von dir zu erfahren. Trotzdem bin ich an deiner Seite. Ich stärke dir den Rücken, sobald du mich brauchst.«

»Machst du das nicht immer?«

»Schon. Das ist wohl mein Schicksal. Mein Job als deine große Schwester.« Sie lächelt verhalten.

»Ich hab dich lieb, Schwesterherz«, versichere ich ihr trotz des leichten Tons, den wir nun angeschlagen haben, feierlich.

Sie drängt sich an mir vorbei in Richtung Gästebad und tätschelt mir den Hintern. »Los jetzt. Mach dich frisch. Ich mache uns einen Patron und ein paar Orangen fertig, für hinterher.«

Ich schiebe mein Haar über die Schulter und wackele mit den Augenbrauen. »Oooh, mein Schwesterherz kennt meine Vorlieben.«

»Nein. Aber ich weiß, wann du Angst hast, und Tequila kann einem helfen, eine schwierige Aufgabe zu bewältigen. Und … ich liebe dich auch, Suda Kaye. So sehr. Und jetzt ab mit dir.«

»Aye, aye, Captain!«, rufe ich ihr über die Schulter hinweg noch zu und gehe ins Bad, um mich fertig zu machen und dem liebevollsten, attraktivsten, mitfühlendsten Mann, den ich kenne, mitzuteilen, dass seine Verlobte eine verlogene, betrügerische Bitch ist, die nur auf sein Geld aus ist.

Kapitel 10

Das Heim der Bryants ist noch genau so, wie ich es in Erinnerung habe. Ein wunderschönes zweigeschossiges Gebäude im Ranchstil mit einer großen, das gesamte Haus umgebenden Veranda auf einem riesigen Stück Land. Die Brise trägt den Duft nach Heu und Landleben mit sich, ist aber so kühl, dass sie mir durch Mark und Bein geht. Ich ziehe meine Jeansjacke enger um meine Schultern, um die Kälte abzuwehren. In der Ferne höre ich die Geräusche der Tiere. Grunzende Schweine, die wahrscheinlich gerade Futter bekommen haben. Gluckende Hühner, Pferde, die für die Nacht fertig gemacht werden.

Das alles ist so vertraut. Die Erinnerungen an die unzähligen Abende, in denen wir über die Farm streiften, Cams große Hand, die meine hielt, legen sich über mich wie eine Decke und hüllen mich in jene glücklichen Zeiten ein. Alles ist beinahe unverändert, und doch kommt es mir vor, als sei alles bloß ein Traum gewesen, der sich vor vielen, vielen Jahren hier ereignete.

Ich habe mich so sehr weiterentwickelt. Verändert. Ich bin ein vollkommen anderer Mensch. Ich bin nicht mehr die naive Jugendliche, die ihre Highschool-Liebe anschmachtet. Ich habe die Welt bereist. Habe in den letzten zehn Jahren mehr erlebt als manche vielleicht in ihrem ganzen Leben. Und doch vermisse ich diese Ruhe. Den Frieden. Länger als nur einen Augenblick lang an ein und demselben Ort zu sein. Zu wissen, dass dort, wo ich bin, meine Heimat ist. Niemals – nirgendwo – habe ich das so empfunden wie hier. In jener Nacht, in der ich Camden auf dem Dachboden der Scheune liebte, hatte ich zum ersten und einzigen Mal in meinem Leben das Gefühl, ewig hierbleiben zu können.

Fliege in die Freiheit.

Die Worte meiner Mutter hallen in meinem Kopf wider, als ich die vertraute Umgebung in mich aufnehme. Meine zehn Wanderjahre bedaure ich tatsächlich nicht. Ich habe jeden Moment genossen, als sei er mein letzter, aber jetzt … hier? Ich habe mich verändert. Meine Augen sind zehn Jahre älter, meine Seele ist durch Erfahrung gealtert, und so erkenne ich, was mir früher entgangen ist.

Man kann jederzeit nach Hause kommen. Es fühlt sich genau so und zugleich anders an. Wie eine alte Decke. Warm, vertraut, und doch mit jeder Wäsche weicher. Gemütlicher.

»Da bist du ja. Ich habe mich schon gefragt, ob du wirklich kommst«, ruft eine leise Stimme vom obersten Treppenabsatz der Veranda herunter.

Ich reiße mich von dem Anblick der geliebten Ranch los, drehe mich um und sehe zu dem Mann hinauf, der lässig an einem Pfosten lehnt und mich anlächelt. Camden trägt eine eng anliegende Jeans, alte, zerschrammte Motorradstiefel und ein langärmeliges dunkelgraues Shirt. Seine kinnlangen dunkelblonden Locken hat er zu einem kleinen Knoten am Hinterkopf zusammengefasst, was sein markantes Gesicht umso besser zur Geltung bringt.

Meine Güte, sieht dieser Mann gut aus! Er raubt mir förmlich den Atem. Er schürzt die Lippen und grüßt Evie mit einem Kopfnicken. »Evie. Es ist viel zu lange her, Sonnenschein.«

Evie stürmt die Stufen empor und wirft sich so in Cams Arme, wie ich es gern täte. Aber dazu hätte ich niemals den Mut. Das lässt unser Verhältnis nicht mehr zu. Seine entspannte Zuneigung habe ich verloren, als ich ihn vor zehn Jahren einfach sitzen ließ. Der Anblick, wie er Evie von einer Seite zur anderen schwenkt wie ein großer Bruder, der seine Schwester vermisst hat, versetzt mir einen schmerzhaften Stich.

Sie gibt ihm einen Kuss auf die Wange und legt ihm die Hände aufs Gesicht. »Du warst schon immer ein Hingucker, Cam. Und mit den Jahren bist du noch attraktiver geworden, wie ich sehe.« Sie tätschelt seine Wange.

»Das Gleiche könnte ich von dir sagen.« Er lächelt, und ich zucke zusammen, bin eifersüchtig auf meine eigene Schwester, weil er sich ihr gegenüber wie der entspannte, unbekümmerte Mann von früher gibt, mir gegenüber aber eher der verkrampfte Geschäftsmann ist, der mich wie eine Fremde ansieht, die er attraktiv findet.

»Geh schon rein. Mom hat ein Festessen gekocht, wie immer.«

»Da unter ihrem Dach vier Männer wohnen, ist das wohl normal.« Ich lächele und steige nun ebenfalls langsam die Treppe hinauf. Ich habe das Gefühl, dass jede Stufe mich einen unbekannten Pfad entlangführt, von dem ich nicht so genau weiß, ob ich ihn wirklich nehmen will.

Cam neigt den Kopf und mustert mich von meinen roten Cowboy-Stiefeln und der Jeans bis hin zu meinem schulterfreien Top aus weißer Lochstickerei-Spitze und der Jacke. Mein Haar habe ich zu einem schlichten Pferdeschwanz zusammengebunden, und an den Ohren trage ich ein paar auffällig baumelnde Ohrringe, die an Straußenfedern erinnern. Ich weiß, dass Cam es früher liebte, wenn ich das Haar offen trug, und genau deshalb habe ich es zusammengefasst. Damals pflegte er mir stets das

Haargummi herauszuziehen und es achtlos wegzuwerfen. Dann versicherte er mir, wie sehr er es liebte, die Finger durch mein Haar gleiten lassen zu können, wann immer er wollte. Insgeheim will ich ihn mit meiner heutigen Frisur also provozieren. Ob er die Herausforderung annimmt?

»Wie ein Diamant«, flüstert Cam, und ich schließe die Augen und neige den Kopf.

»Nicht.« Ich kriege das Wort kaum heraus.

Eine warme Hand legt sich um meinen Nacken. Die andere ruht an meiner Hüfte, als er mich an sich zieht. Seine Bartstoppeln kitzeln die empfindliche Haut meiner Wange, als er mir einen Kuss auf die Schläfe gibt. Mich überläuft ein Schauer. Eigentlich sollte sich das doch wie eine ganz alltägliche Begrüßung anfühlen, aber von Cam, von diesem Mann, ist die Geste so viel bedeutsamer.

Ich umarme ihn und klammere mich an ihn, und seine tröstliche Berührung bedeutet mir so viel mehr als alles, was ich in den letzten zehn Jahren erlebt habe.

»Egal, was du trägst, ob einen Pyjama, ein Kostüm oder eine Jeans, ob du geschminkt bist oder nicht, du funkelst stets wie ein Diamant, Süße. Du bist die schönste Frau, die ich je gesehen habe.«

Ich schließe die Augen und lasse zu, dass seine Worte die Leere in mir füllen. Wie sehr habe ich ihn vermisst: seine Freundlichkeit, sein Mitgefühl, die Leichtigkeit, mit der er jeden dunklen Tag wieder hell machen kann, indem er einfach nur da ist, mich in den Arm nimmt und mir ein Kompliment macht.

Aber ich versuche, mich zu beherrschen, und entwinde mich seinen Armen. »Was gibt es denn heute Abend?«, frage ich mit tiefer, heiserer Stimme.

Er führt mich ins Haus, wobei er mir die Hand ins Kreuz legt. »Dein Lieblingsessen natürlich. Mamas Schweinekoteletts mit Paprika.«

Wir nähern uns der Küche, und bei dem Duft, der von dort herüberweht, läuft mir das Wasser im Munde zusammen. In dem großen, offenen Bereich befindet sich die Küche rechter Hand: Haushaltsgeräte aus Edelstahl und kalkgetünchte, deckenhohe Schränke. Links erstreckt sich der riesige Wohnraum. Vier Männer sitzen mit einem Bier in der Hand vor dem Fernseher über dem breiten Steinkamin und schauen sich ein Spiel an.

»Oh meine liebe Suda Kaye, hereinspaziert, und setz dich neben Evie.« Patty winkt mich herbei. Evie hat an der langen Kücheninsel Platz genommen und knabbert an einem Karottenstick. Patty steht auf der anderen Seite der Insel und schnippelt grüne Paprikaschoten.

»Mrs. B. hat mir gerade ein Update über sämtlichen Klatsch und Tratsch in Pueblo gegeben«, bemerkt Evie. »Mir war gar nicht klar, wie sehr ich das Leben in C-Springs in den letzten Jahren vermisst habe.«

Patty nickt, und ich gehe zu ihr hinüber. Sie zieht mich in ihre mütterlichen Arme. Dann hält sie mich auf Armeslänge von sich fort, und ihre Augen werden feucht. »Ich habe dich so sehr vermisst, meine Liebe. Dich und Evie. Euch beide.«

Ich drücke sie. »Ich dich auch, aber jetzt bin ich für lange Zeit zurück. Du musst unbedingt in den Laden kommen, wenn er in ein paar Wochen eröffnet.«

Sie nickt energisch. »Das mache ich, versprochen. Ich habe meinem Jungen schon gesagt, dass sein Vater und ich nach der Eröffnung die Ersten sein werden, die vorbeikommen, um darauf anzustoßen.«

Ich lächele so breit, dass mir die Wangen wehtun.

»Hi, Suda Kaye, lange nicht gesehen«, sagt CJ – Abkürzung für Coltrane Junior –, der älteste der Bryant-Brüder, hinter mir. CJ ist etwa drei Zentimeter größer als Cam, muskulös und sieht vollkommen anders aus als in meiner Erinnerung. Vor zehn Jahren saß er ständig im Sattel und arbeitete auf der Ranch, wenn er sich nicht gerade in den Büchern vergrub, um seinen Master in Finanzwirtschaft zu absolvieren. Heute wirkt er mehr als gesetzt in seiner Stoffhose, einem Seidenhemd und teuren Schuhen. Sein sandbraunes Haar ist zurückgekämmt. Mit seinem modischen Haarschnitt ähnelt er jedem x-beliebigen, gut gekleideten Geschäftsmann in der Stadt. Statt mich zu umarmen wie früher, streckt er mir nur die Hand entgegen.

Ich blicke darauf herab und runzele die Stirn. Mir ist klar, dass er mich nicht ganz so herzlich willkommen heißt wie seine Mutter. Wahrscheinlich werden auch seine Brüder mich eher zurückhaltend begrüßen. Sie stehen absolut loyal zueinander, und ich habe einem von ihnen das Herz gebrochen. Ich schüttele also kurz CJs Hand, bevor er sie wieder in den Taschen vergräbt.

Preston hingegen lässt sich davon nicht weiter beeindrucken. »Bin unterwegs!«, schreit er. Er schwingt die Beine empor und über die Rückenlehne der Couch, als versuche er sich in der olympischen Disziplin des Hochsprungs, und stürmt auf mich zu. Cam stützt mich, als Preston sich auf mich stürzt. Er hebt mich mit seinen fleischigen Armen unter dem Hintern hoch und wirbelt mich herum, bevor er mich wieder auf die Füße stellt und mich mit seiner Bärenumarmung beinahe erdrückt. Und dieser Begriff trifft es genau. Dieser Mann ist riesig!

»Meine Güte, du Muskelpaket. Pres! Du drückst mir ja die Luft ab.« Ich lache mich halb kaputt.

»Ich kann nicht anders, Suda Kaye! Ich habe dich so sehr vermisst.« Er schmiegt sich an meinen Hals, gibt Knurrgeräusche von sich und gibt mir erst dort und dann auf beide Wangen einen Kuss. Er umfasst mein Gesicht. »Lass dich mal anschauen.«

»So langsam reicht es, Bruder«, sagt Camden mit leiser, tiefer Stimme – in eindeutig warnendem Ton.

»Komm mal wieder runter. Das hier ist Suda Kaye! Mein Mädchen.« Er grinst und zwinkert mir zu, denn er weiß genau, wie er seinen Bruder auf die Palme bringt. Eine solche Begrüßung hätte ich von sämtlichen Bryant-Brüdern erhalten, wenn alles anders gelaufen wäre.

»Genau genommen war sie mein Mädchen …«, stößt Cam zwischen zusammengebissenen Zähnen hervor.

Preston tätschelt mir trotzdem die Wangen und ignoriert ihn. »Du bist jetzt sogar noch schöner als mit achtzehn. Verdammt!« Er dreht mich halb um und wirft einen Blick auf meinen Hintern. Dann gibt er einen schrillen Pfiff von sich. »Preston …« Er deutet mit dem Finger auf meinen Po, der in dieser Jeans wirklich gut aussieht. Ich weiß das, weil Evie mir das eben, als wir das Haus verließen, selbst gesagt hat. »Machst du Sport? Ich habe jetzt ein Fitness-Studio. Für tolle Frauen ist die Mitgliedschaft kostenlos!« Er grinst, und ich muss laut lachen.

Camden schiebt seinen Bruder nach hinten und zieht ihn zur anderen Seite der Küche. »Jetzt reicht's aber wirklich!«

»Hast du denn nicht gesehen, wie hübsch sie ist?!«

»Beachte ihn einfach gar nicht«, sagt eine Stimme hinter mir, und ich spüre, wie jemand mich zwei Mal am Pferdeschwanz zieht.

Ich drehe mich um und blicke in die dunklen Augen von Cams zweitältestem Bruder Porter.

»Porter.« Mir versagt die Stimme, als ich in sein gut aussehendes Gesicht blicke. Mit seinen eins fünfundachtzig ist er vielleicht etwas kleiner als Cam, aber im Gegensatz zu seinen Brüdern ein dunkler Typ und wahnsinnig attraktiv. Wahrscheinlich ähnelt er seinem Vater in dessen Jugend. Braunes Haar, espressofarbene Augen und gerade genug Bartschatten am Kinn, um ihn auf verwegene Weise sexy wirken zu lassen. Hätte ich damals nicht Cam kennengelernt und mich in ihn verliebt, wäre ich wohl Porter hinterhergelaufen, wie damals alle Mädchen.

Porter zieht mich in seine Arme, und ich nehme sein Aftershave wahr. »Wir haben dich vermisst, Suda Kaye, allerdings nicht annähernd so sehr wie Cam. Er wird es nicht zugeben, aber ohne dich war er ganz verloren. Hat sich nie wieder so ganz erholt.«

Plötzlich habe ich einen Kloß im Hals. »Es war nicht leicht, aber damals musste ich es einfach tun«, antworte ich so leise, dass nur er mich verstehen kann.

Porter löst sich von mir und mustert mich scharf. »Bist du wirklich zurück?«

Ich benetze die Lippen, denke über die Frage nach und frage mich, ob er damit »wieder im Lande« oder »wieder in Camdens Leben«, also in ihrer aller Leben, meint. »Ich wohne jetzt in Pueblo, ja.«

Er grinst. »Danach habe ich nicht gefragt, aber fürs Erste gebe ich mich mit der Antwort zufrieden.«

»Was hast du denn so getrieben?«, frage ich in dem Versuch, das Thema zu wechseln.

»Mir gehört das Bryant Brews ein paar Blocks von der Main entfernt. Du und Evie, ihr solltet mal vorbeikommen und etwas trinken. Geht natürlich aufs Haus.« Er sieht zu meiner Schwester hinüber und mustert sie mit anerkennendem Blick. Er hatte immer eine gewisse Schwäche für Evie, obwohl sie nie auf ihn abfuhr. Ich glaube, manchmal hat meine Schwester echt Probleme, einen heißen Typen zu erkennen.

»Das machen wir, oder, Evie?«

Eine leichte Röte überzieht ihre Wangen, und diesmal beißt sie in einen Sellerie-Stick. »Ja, klar.«

»Ich freu mich drauf.« Porter wackelt mit den Augenbrauen.

»Darauf möchte ich wetten.« Cam schüttelt den Kopf, legt mir die Hand wieder ins Kreuz und führt mich zu einem Stuhl.

»Juhu! Anscheinend ist die Gang jetzt vollzählig!« In diesem Augenblick kommt Coltrane aus dem Wein- und Bierkeller in die Küche. In den Händen hält er ein paar Flaschen Wein. Er stellt sie ab, umrundet die Kücheninsel, gibt mir einen Kuss auf die Wange und streicht mit dem Daumen über meine Schulter. »Wie schön, dich zu sehen, Süße!« Er wiederholt die Prozedur auch bei Evie, und zum ersten Mal an diesem Abend atme ich auf.

Alles ist gut.

Zumindest vorläufig.

Ohne Vorwarnung rammt Evie mir den Ellbogen in die Rippen. Wir sitzen auf der Couch, pappsatt vom saftigsten, köstlichsten Abendessen, das ich seit Langem zu mir genommen habe. Patty war schon immer eine fantastische Köchin, und mit dieser Mahlzeit hat sie sich selbst übertroffen.

»Autsch!« Ich versetze ihr ebenfalls einen Stoß. Angesichts meines vollen Bauchs, der beiden Gläser fabelhaften Weines sowie der netten Gesellschaft breitet sich ein wohlig-warmes Gefühl in mir aus.

Evie deutet mit dem Kinn auf mich. »Du musst es ihm sagen.«

Ich lasse mich tiefer in die Couch sinken.

»Mir was sagen?« Camden streckt Evie ein weiteres Glas Wein hin und gibt mir ein Glas Wasser. Ich muss fahren. Mit zwei Drinks, immerhin auf vollen Magen, habe ich mein Limit erreicht.

»Er muss es erfahren, *huutsuu*.«

Cam mustert Evie mit zusammengekniffenen Augen. Wahrscheinlich ist ihm klar, dass es ein schlechtes Zeichen ist, wenn sie den Kosenamen der amerikanischen Ureinwohner, den meine Mutter mir gab, benutzt, um mich zu ermutigen.

»Hoffentlich ist es was Gutes!« Unerwartet betritt CJ den Raum, stellt sich hinter die Ledercouch und verschränkt die Arme vor der Brust. Er blickt misstrauisch drein. Während des gesamten Abendessens habe ich mich immer wieder dabei ertappt, wie er mich mit skeptischer Miene beobachtete.

Nun hüpft auch Prestons riesige, muskulöse Gestalt ins Wohnzimmer und lässt sich genau neben Evie plumpsen, wobei er sie spielerisch an sich zieht. »Was soll gut sein?«

Ich stöhne. »Ähm, Cam, meinst du, wir könnten uns irgendwohin zurückziehen, um unter vier Augen zu reden?«

»Das ist eine Superidee!« Evie hebt ihr Weinglas, wie um einen Toast auszusprechen, und nimmt einen Schluck.

Camden schüttelt den Kopf. »Nein. Alles, was du zu sagen hast, kannst du auch vor meinen Brüdern sagen. Also spuck's aus. Hat es mit dem Laden zu tun? Machst du einen Rückzieher?« Ruckartig wendet er den Kopf ab und zieht den Fuß zurück, sodass er meinem nicht mehr nahe steht. Er hätte sich genauso gut einen ganzen Kilometer entfernen können, so schmerzhaft finde ich seine Worte.

»Das würde ich nicht tun!« Meine Stimme trieft vor Entrüstung.

»Ach nein? Irgendwie erinnere ich mich daran, dass sich da jemand nach ziemlich verbindlichen Zusagen vor zehn Jahren einfach vom Acker gemacht hat.«

»Cam, hier geht es nicht um die Vergangenheit, sondern um die Gegenwart. Um deine Gegenwart und deine Zukunft, um genau zu sein.« Ich benetze die Lippen und hole tief Luft, versuche, mir so viel Mut zu machen wie möglich.

Er schnaubt und wedelt mit der Hand durch die Luft. »Dann los: Heraus mit der Sprache.«

Na gut. Wenn er es in aller Öffentlichkeit ausgebreitet haben will, dann bitte. »Heute waren Evie und ich zum Shoppen in Colorado Springs, und wir … äh … haben zufällig etwas sehr Verstörendes gehört.« Ich runzele die Stirn, nippe an dem Wasser, zögere meine weiteren Ausführungen so weit wie möglich hinaus. Dann stelle ich das Glas auf dem Couchtisch vor uns ab.

»Okay … und?«

»Es war … hm … na ja, weißt du, deine … äh … Verlobte. Nun ja, sie …« Ich bekomme die Worte kaum heraus, denn sie sind schwer und hinterlassen einen bitteren Geschmack auf meiner Zunge.

»Brittney hat was?«, fragt er.

»Ach. Brittney. Gott, die ist ätzend«, höhnt Preston.

Entsetzt schauen Evie, Cam und ich Preston an.

»Was denn? Ist sie wirklich. An dieser Frau ist doch rein gar nichts echt. Ich kann immer noch nicht glauben, dass du sie heiraten willst.« Preston verzieht angewidert das Gesicht.

Cam steht auf. Die Luft um ihn herum scheint vor Zorn zu sieden. »Sie geht dich nichts an, Pres. Und dich auch nicht, Suda Kaye.«

»Das weiß ich, und es tut mir leid. Aber sie hat sich mit ihrer Freundin über Geld unterhalten und dass du bald für alles bezahlen würdest …«

Camden fängt an, im Raum auf und ab zu gehen. Er legt die Hand in den Nacken und blickt zu Boden. »Ich wusste, dass das hier eine miese Idee war. Dinner mit der Familie wie in alten Zeiten. Ich wusste es, verdammt noch mal.«

Ich stehe auf und strecke meine Hände aus. »Das ist noch nicht alles, Cam. Sie war niemals schwanger. Sie hat dich belogen. Sie hat dich benutzt.«

Patty, die in der Küche das Dessert auf die Teller verteilt, keucht. »Brittney war schwanger?« Ihre Hand fliegt zu ihrer Brust hinauf.

Ich wünsche mir in diesem Augenblick inständig, dass die See mich verschluckt und an einem Strand am anderen Ende der Welt wieder an Land spült. Weit, weit fort. Vielleicht in Tahiti. Ich wollte sowieso immer mal dorthin. Und dieser Zeitpunkt wäre so gut wie jeder andere.

Camden bleibt ruckartig stehen und funkelt mich wütend an. »Wie kannst du so etwas sagen! Was glaubst du denn zu wissen? Du weißt gar nichts über Brittney und mich und das Baby, das wir verloren haben.«

»Es gab kein Baby, Cam. Ich schwöre, ich kann dir beweisen …«

Er schneidet mir das Wort ab. »Nein!« Seine Hand saust wie bei einem Karatehieb durch die Luft, was mir wie ein Dolch ins Herz fährt. »Brittney ist total lieb und, ja, vielleicht ein bisschen zu aufgedonnert und verwöhnt, aber sie hat ein reines Herz. Ich kann nicht glauben, dass du mir so etwas antust. Dass du versuchst, meine Zukunft noch mehr zu torpedieren, als du es schon getan hast, indem du einfach aus dem Nichts hier aufgetaucht bist!«

»Cam, hör zu«, drängt Preston. »Hör ihr bis zum Ende zu, Mann.«

Cam legt den Kopf in den Nacken und lacht los. »Verdammt noch mal. Du bist so versessen darauf, Brittney loszuwerden, weil dir nicht gefällt, dass sie einen Treuhandfonds hat. Sieh dich doch mal an, Pres. Du doch auch. Wir alle haben einen. CJ und ich arbeiten zumindest für die Firma, um uns unseren zu verdienen. Du aber versteckst dich hinter deinem Fitness-Studio, blähst deine Muskeln auf und scheißt auf Dads Erbe!«

»Hey, hey. Das ist jetzt unangemessen. Ich bin stolz darauf, was ihr alle vier aus eurem Leben macht«, meldet sich Coltrane, der den Arm um seine Frau gelegt hat.

Preston steht auf und explodiert. »Sie. Ist. Nur. Auf. Dein. Geld.

Aus. Mach die Augen auf!« Mit zwei Fingern zieht er sich Ober- und Unterlid auseinander. »Sie ist nicht gut genug für dich! Und ich habe den Treuhandfonds genutzt, um mein eigenes Unternehmen zu gründen. Der Rest bleibt unangetastet und fällt meinen zukünftigen Kindern zu. Ich baue auf Dads Erbe und auf seinem Namen auf. Versuch nicht, mir ans Bein zu pinkeln, weil deine Gefühle verletzt wurden. Das Gleiche wirst du ja dann zu Porter sagen, weil er Bryant Brews gegründet hat, statt im Stahlimperium der Familie mitzuarbeiten wie du und CJ? Hm? Letzte Woche hast du noch ganz anders gesprochen, als du dir einen hinter die Binde gekippt und dich darüber aufgeregt hast, dass Suda Kaye zurück ist und du nicht wusstest, was zum Teufel du machen solltest! Mach mich nicht für deinen ganzen Mist verantwortlich, Cam. Reiß dich zusammen.«

Camden schnaubt und massiert seinen Nacken wie ein Wilder. »Nur ein Tag bei meiner Familie, und schon richtest du das größte Chaos an«, stößt er zwischen zusammengebissenen Zähnen hervor, und seine Augen funkeln vor Zorn.

Wut durchzuckt mich. »Ich wollte nicht kommen. Ja, ich habe deine Familie total gern, und das wird immer so sein. Aber du hast mich überredet!« Ich deute auf seine Brust.

»Na ja, das war eine blöde Idee. Ich will dich nicht länger hierhaben«, knurrt er.

Bevor ich zur Tür hinausrennen kann, trällert eine weitere Stimme durchs Zimmer. »Juuuhuuu! Irgendwer zu Hause! Schatzi!« Dann betritt diese ekelhaft süßliche, verlogene Bitch in einem pinkfarbenen Outfit das Wohnzimmer. »Oh, na ja, wie ich sehe, hast du Gesellschaft.« Ihr Blick wandert zu mir und Evie hinüber.

Evie greift nach meiner Hand und steht auf.

»Schatzi, warum ist deine Ex-Freundin in deinem Elternhaus

zum Familiendinner eingeladen? Ich wurde noch nie eingeladen, dabei bin ich deine Verlobte!« Sie zieht einen Schmollmund, bei dem sich ihre übertrieben vollen Lippen wie aufs Stichwort aufplustern.

Camden schließt die Augen und lässt die Schultern hängen. Seine Wut ist ganz und gar verflogen, und zurück bleibt ein gebrochener Mann. Er öffnet die Augen und sieht mich an.

»Tut mir leid«, sage ich schwach.

»Du irrst dich«, sagt er ausdruckslos und streckt den Arm nach Brittney aus. »Komm her, Mausi.«

Muss er jetzt auch noch Mausi zu ihr sagen? Nun hasse ich sie sogar noch mehr. Sie verdient keine süßen Kosenamen, denn sie ist eine verlogene Schlampe.

»Komm, Evie, gehen wir. Es ist vorbei.« Ich zerre an Evies Hand.

Evie schüttelt den Kopf und bleibt stocksteif stehen. »Ich kann nicht. Es ist einfach nicht richtig.« Ehe ich sie daran hindern kann, hebt sie das Handy hoch und drückt auf einen Knopf.

Deutlich ist Brittneys Stimme zu hören.

Bald muss ich für all die Klamotten nicht mehr dauernd meine Kreditkarten bemühen. Daddys monatliche Zuwendung ist wirklich kümmerlich. Aber wenn ich Mrs. Camden Bryant bin, wird er für die Kosten aufkommen.

Brittneys Gelächter erfüllt den Raum.

»Da siehst du es, Cam! Ich habe dir doch gesagt, dass sie nur hinter deinem Geld her ist!« Preston deutet auf die Blondine, die sich an Camden klammert.

Sie runzelt die Stirn. »Schatzi, das ist nicht wahr. Keine Ahnung, für wen diese Frauen sich halten, aber sie irren sich!«

Du hast du dir wirklich einen Traummann geangelt, meine Liebe. Ich kann kaum glauben, dass du ihn so benutzt. Ich meine, verstehen kann ich's schon. Wie ich sagte, er ist ein toller Kerl. Aber was sagt Alejandro dazu?

Camden runzelt die Stirn. »Wer ist Alejandro? Brittney?«

Sie beißt sich auf die Unterlippe, und ihre Augen füllen sich mit Tränen.

Wieder hören wir die Frauenstimmen vom Handy. Die Brünette bestätigt, dass Brittney Alejandro liebt. Camden lässt Brittney los und schüttelt den Kopf.

Dann werden alle Anwesenden Zeuge ihrer Lügen. Sie bestätigt, dass es ihr nur um ihren Ruf und das Familienerbe geht und wie sie seine Trunkenheit absichtlich ausnutzte.

»Brittney …«

»Cam, ich liebe dich. Das weißt du. Hör dir diesen Mist nicht länger an. Das ist alles Fake. Ich weiß nicht mal, wem diese Stimme gehört.«

Die Aufnahme schildert, wie sie kürzlich mit Alejandro geschlafen hat, dass Cam nicht ihr Typ ist, dass Cam sie abgewiesen und sie ihn am Arbeitsplatz zur Rede gestellt und ihm vorgelogen hat, schwanger zu sein, um ihn festzunageln.

Brittneys Schilderung ihrer schlimmsten Verfehlung flutet knisternd über das Handy in den Raum und versetzt ihr den Todesstoß.

Oh, ich war niemals schwanger. Das habe ich Camden nur vorgemacht, um alles in trockene Tücher zu bekommen. Und natürlich hatte ich letzten Monat praktischerweise eine Fehlgeburt. Darüber habe ich immer wieder gejammert, habe geweint, weil er mich jetzt verlassen würde, da ich sein Kind nicht mehr unter dem Herzen trüge, und er … ist drauf reingefallen! Ein wirklich ehrenhafter Loser!

Im Zimmer wird es totenstill. Ich bin überzeugt, Brittneys Gelächter über ihren Betrug hört man noch in meilenweiter

Entfernung, auch wenn es nur aus dem kleinen Lautsprecher des Handys meiner Schwester erklingt.

»Raus aus meinem Haus!« Patty stürmt in den Raum und packt Brittney am Oberarm. »Raus aus meinem Haus, und halten Sie sich verdammt noch mal von meinem Sohn fern. Wagen Sie sich ja nie wieder in die Nähe der Bryants! Am besten verlassen Sie gleich ganz die Stadt, denn sobald ich Ihrer Mutter und Ihrem Vater davon erzählt habe, werden Sie sich wünschen, sich niemals mit einem meiner Kinder abgegeben zu haben.«

»Nein, nein, bitte, Mrs. Bryant. Mein Daddy wird mich enterben. Ich habe keinen Job. Ich habe überhaupt kein Geld!«, schreit sie, und schwarze Mascara-Striemen rinnen ihr übers Gesicht. »Ich gehe. Ich werde nie wieder einen von Ihnen belästigen. Nur verraten Sie es meinen Eltern nicht. Bitte!«, kreischt sie, während Patty und Coltrane sie aus dem Zimmer und aus dem Haus bugsieren.

Preston, CJ und Porter scharen sich um ihren Bruder und legen ihm tröstend die Hand auf den Rücken.

Camden sieht aus wie ein Mann, der gerade alles verloren hat. Vielleicht war mein Eindruck ja falsch? Er hat sich nicht nach mir zurückgesehnt. Sicher, eine gewisse Anziehung zwischen uns lässt sich nicht leugnen, aber die ist rein körperlich. Außerdem hat er mir nicht geglaubt. Dachte, dass ich ihm das Leben versauen will. Ihm etwas Gutes nehmen will. Während ich in Wirklichkeit nur versuchte, ihn davor zu bewahren, eine Lüge zu leben.

Ich muss der Tatsache ins Auge sehen … Er wird mir nie wieder vertrauen.

Das hat der heutige Abend deutlich gezeigt. Die Hoffnung, dass Camden wieder zu meinem Leben gehören könnte, dass ich wieder in dieser Familie Fuß fassen könnte, hat dieser eine Abend endgültig zerschlagen.

Ich habe die Waffe zwar nicht geladen, die seine Beziehung zu seiner Verlobten vernichtet hat, doch ich habe definitiv abgedrückt.

»Komm, Evie. Gehen wir.«

Evie und ich umrunden die Brüder, die Cam tröstend umringen.

Cams Arm schnellt hervor, und fest packt er mein Handgelenk. »Suda Kaye …« Sein Blick wirkt unsicher, doch ansonsten ist er ein gebrochener Mann.

»Wir sehen uns bei der Arbeit.« Ich entziehe ihm meine Hand, und endlich lässt er los.

»Bitte …«, ruft er mir hinterher, und die Verzweiflung in seiner Stimme kann ich nur mit seinem schlimmen Verlust erklären. Ich weiß nicht, wie ich ihm in diesem Moment das geben soll, was er braucht. Und so verhasst es mir auch sein mag, ich bin definitiv nicht diejenige, die das überhaupt versuchen sollte. Dieses Recht habe ich vor langer Zeit verwirkt.

Ihn jetzt zu verlassen fällt mir noch schwerer als damals, als ich ihn nackt und schlafend in der Scheune zurückließ. Mühsam setze ich einen Fuß vor den anderen. Im Kreise seiner Familie muss er seinen Schmerz allein verarbeiten.

Cams Worte hallen in Endlosschleife in meinem Kopf wider.

Nur ein Tag bei meiner Familie, und schon richtest du das größte Chaos an.

Kapitel 11

Am darauffolgenden Tag liege ich im Bett, Moms Briefe überall um mich herum verteilt, und lese ihre Worte noch einmal in dem Versuch, irgendwo doch noch einen versteckten Ratschlag zu finden. Obwohl es bereits früher Nachmittag ist, habe ich einfach nicht die Kraft, aufzustehen und in den Laden herunterzugehen, auch wenn ich Kyson an der Seite seines griesgrämigen Bruders unverdrossen weiterarbeiten höre.

Ich bin total niedergeschlagen. Die Bilder des emotionalen Blutbades, das ich gestern angerichtet habe, wollen mir einfach nicht aus dem Kopf gehen.

Ich schließe die Augen, taste nach einem von Moms Briefen und rede leise mit ihr – wie bereits so viele Male seit ihrem Tod.

»Mom, ich brauche deine Hilfe. Deine Führung. Ich habe Cam schon wieder verletzt. Unwiderruflich. Diesmal wollte ich es gar nicht. Ich schwöre es. Es … ist einfach passiert. Und eigentlich sollte es mir leidtun. Wirklich leidtun. Aber ich bin einfach explodiert, als dieses Miststück ihre Boshaftigkeiten von sich gab. Mom, ich habe total die Beherrschung verloren. Ich konnte nicht zulassen, dass er diese Schlange heiratet. Schließlich weiß ich, dass sie ihn nicht liebt. Cam hat mehr verdient. Er hat nur das Beste verdient.«

Ich seufze, öffne wieder die Augen und betrachte Moms Schreiben in meiner Hand. Es ist der Brief zu meinem fünfundzwanzigsten Geburtstag. Darin gestand mir meine Mutter zum ersten Mal etwas, das sie bis dahin vor uns verborgen hatte. Gab mir ein paar spärliche Informationen über meinen leiblichen Vater. Er heißt Ian, doch seinen Nachnamen habe ich nie erfahren. Wenn ich mich früher nach ihm erkundigte, antwortete sie stets, dass Adam Ross, der leibliche Dad meiner Schwester und Moms Ehemann, mir ein guter Vater sei und dass ich die Sache auf sich beruhen lassen sollte. Irgendwann hörte ich auf, Fragen zu stellen.

Ich weiß sofort, warum das Universum oder vielleicht sogar Mom selbst mir ausgerechnet diesen Brief jetzt in die Hand spielt.

Weil er von ihrem Bedauern spricht. In den meisten ihrer Briefe ist von ihrer Aufregung die Rede, ihrer nie enden wollenden Suche nach neuen Erlebnissen, den gleichen Neigungen, die sie auch in mir sah. Aber dieser Brief stellt eine Ausnahme dar.

Meine liebste huutsuu,
heute bin ich traurig. Fühle mich verloren. Ich versuche verzweifelt, Dir und Deiner Schwester so viel Bedeutsames zu schreiben wie möglich, damit Ihr beiden, auch nachdem ich fort bin, wisst, dass Ihr jede Sekunde Eures Lebens geliebt wurdet. Möglicherweise habe ich als Mutter in vielerlei Hinsicht versagt. Eigentlich bin ich mir dessen sogar sicher. Ich hoffe, Du weißt trotzdem, dass ich mich nach besten Kräften bemüht habe, eine gute Mutter zu sein. Wenn ich bei Evie und Dir zu Hause war, widmete ich mich Euch stets mit voller Hingabe.

Seit ich ein kleines Mädchen war, hat die Ruhelosigkeit, das Bedürfnis zu reisen alles andere in meinem Leben überschattet. Ich kann es nicht genau erklären, aber, meine liebe Suda Kaye, ich glaube, Du verstehst mich und fühlst die gleiche Leere in Dir. Diesen Hunger, der nur durch all das gestillt werden kann, was das Leben zu bieten hat. Dennoch wünsche ich mir manchmal, ich wäre beständiger gewesen. Normal. Die perfekte Vorzeige-Mom, Hausfrau und Ehefrau für Adam …

Allein beim Gedanken an Adam tut mir das Herz weh. Er ist so ein guter Mann. Hat mir vergeben, dass ich ihn vor all den Jahren mit Ian betrogen habe, zog dich als eigene Tochter groß. Ich weiß nicht, ob ich mir jemals selbst verzeihen kann, ihm das angetan zu haben. Doch ohne dieses Erlebnis in meinem Leben hätte ich Dich nicht. Und du, huutsuu, *bist mein Ein und Alles.*

Du bist wunderschön. Leidenschaftlich. Wild. Mitfühlend.

Ich glaube, Du wirst eines Tages in die Freiheit fliegen können, ohne anderen auf die gleiche Weise wehzutun, wie ich es tat. Indem ich von einem Augenblick auf den anderen einfach verschwunden bin. Du bist smarter. Klüger. Und hoffentlich können meine Briefe und Erlebnisse Dir den richtigen Weg aufzeigen. Wohin auch immer er Dich führen wird.

Versprich mir nur eines, mein Liebling … mach die Augen auf. Sieh die Welt so, wie sie ist. Die personifizierte Schönheit. Jedes lebendige Ding ist ein Geschenk. Jeder Stein, auf den Du trittst, kann Dir neue Wege und Gelegenheiten aufzeigen. Nimm alles in Dich auf. Eines Tages wird es jenen Augenblick in Deinem Leben geben, in dem Du von Zufriedenheit erfüllt bist. Und das wird genauso schön sein wie sämtliche Erlebnisse zusammengenommen.

Leider fand ich meine Zufriedenheit mit Euch Mädchen und unserem Leben in Pueblo zu spät. Mach nicht den gleichen Fehler. Halte also die Augen offen, während Du die Welt bereist. Finde

Deinen Platz. Dein Herz wird Dich dorthin führen. Und bis dahin flieg weiter, mein kleiner Vogel.

Mit meiner ganzen Liebe

Mom

In kleinen Rinnsalen fließen mir die Tränen die Wangen herab. Dieser Brief hat mich immer schon gequält. Als hätte sie gewusst, dass ich irgendwann aufhören musste, die Flügel auszubreiten. Zum ersten Mal in zehn Jahren habe ich das Gefühl, verwurzelt zu sein.

In meiner Schwester.

In Colorado.

In meinem Laden.

»Ach!« Ich stoße die Decke weg und wische mir die Tränen vom Gesicht. »Schluss mit dem Selbstmitleid! Ich muss herausfinden, was ich für Cam tun kann, um es wieder in Ordnung zu bringen. Wenn ich überhaupt etwas tun kann.«

Ich beuge mich übers Bett, sammele Moms Briefe ein, falte sie sorgfältig zusammen und stecke jeden einzelnen in den richtigen Umschlag. Dann verstaue ich den Stapel in meiner Nachttischschublade, bevor ich endlich mühsam vom Bett aufstehe.

Ich stemme die Hände in die Hüften und betrachte meine immer noch ziemlich leere Wohnung. Einen gewissen Fortschritt habe ich durchaus schon gemacht, aber ein leeres Wohnzimmer spricht wohl kaum von Sesshaftigkeit, und wenn das, was Mom mir in diesem Brief mitzuteilen versucht hat, stimmt, dann muss ich mich an den Ort binden, an dem ich leben will. Und zwar voll und ganz. Das bedeutet, ich muss mich auf die Dinge besinnen, die ich liebe. Und nicht nur einen Laden einrichten.

Da kommt mir eine Idee, und ich lächele. Ich greife nach meinem Handy, löse es vom Ladekabel und wähle.

Nach zweimaligem Klingen meldet sich meine Schwester. »Geht es dir nach gestern Abend gut? Ich wäre heute Abend vorbeigekommen und hätte etwas zu essen mitgebracht, wenn du mir mit deinem Anruf jetzt nicht zuvorgekommen wärest.«

»Schwesterherz, ich habe eine bessere Idee!« Ich umrunde mein Bett und gehe zu meinem Kleiderschrank, um mir Yogahose, Tanktop und Hoodie herauszuholen.

»Warum habe ich gerade das Gefühl, dass ich das bedauern werde?«, murmelt sie.

»Weil ich unberechenbar bin, was wiederum ebenfalls eine Eigenschaft ist, die du an mir liebst.«

»Das würde ich nicht als Liebe bezeichnen. Eher als Angst.« Sie kichert.

»Wie dem auch sei, ich bin ziemlich deprimiert, und das will ich wieder loswerden. Du bist meine Schwester, deshalb bist du verpflichtet, mich dabei zu unterstützen. Und wenn du dann mal deprimiert bist, dann stärke ich dir den Rücken.«

Evie stöhnt. »Okay, woran hast du gedacht?«

Ich grinse breit. »Zieh dir einfach deine Yogahose an und hol mich ab!«

»Yoga? Wir gehen zum Yoga?«

»Oder so was Ähnliches.« Ich schnaube. »Jetzt mach dich einfach fertig und hol mich ab. Ich würde ja auch zu dir kommen, aber ich habe noch kein Auto.«

»Apropos ... Das hätte eine der ersten Anschaffungen sein sollen«, bemerkte Evie mit schwesterlicher Strenge.

Ich stoße einen lauten, dramatischen Seufzer aus. »So ein Kommentar trägt auch nicht gerade zur Stimmungsaufhellung bei.«

»Na gut. Du hast gewonnen. Zumindest für heute. Ich mache früher Feierabend, fahre nach Hause, ziehe mich um und bin in einer Stunde bei dir.«

»Kann es kaum erwarten! Vermiss mich.«

»Vermiss du mich noch mehr!«, gibt sie prompt zurück.

»Immer!« Ich kichere und lege auf. Dann rufe ich Google auf, um etwas Bestimmtes zu suchen. Innerhalb weniger Minuten werde ich fündig.

»Danke für den kleinen Anstoß, Mom!«, rufe ich in das leere Zimmer hinein, während ich das kleine Stück zum Bad zurücklege, um zu duschen.

»Du machst wohl Witze.« Evie sieht sich in dem Raum mit spärlich bekleideten Frauen um, während ich Hoodie und Shirt ausziehe, sodass ich nur noch in meinem pinkfarbenen Sport-BH und der grauen Yogahose dastehe.

»Dich erinnert das wahrscheinlich an unsere Kindheit, aber ich selbst habe auch später weitergemacht. Obwohl auch ich im Moment ein wenig eingerostet bin, da ich bislang noch keine neue Tanzgruppe gefunden habe.«

Mit hängenden Schultern mustert Evie die anderen Frauen. Manche tragen fließende Maxiröcke mit Bauchtanzgürteln und bauchfreien Tops, andere haben ihre Workout-Klamotten angezogen, und viele sind ähnlich wie ich angezogen.

»Na gut, Ladies, sucht euch ein Plätzchen auf dem Boden, und los geht's!«, ruft eine wohlgerundete, dunkelhaarige Schönheit über das Schwatzen der zahlreichen Frauen im Raum hinweg.

Evie schält sich aus ihrem Sweatshirt, lässt ihr Tanktop jedoch an und folgt mir zu einem Plätzchen an der Seite, von wo aus wir die Lehrerin zwar sehen können, ihre Aufmerksamkeit aber nicht allzu sehr auf uns ziehen.

Ich grinse und kichere leise, als Evie die Hände in die Hüften stemmt und auf Anweisungen wartet. Als hätte sie die nötig. Evie und ich sind vielleicht ein wenig eingerostet, sie sicher noch mehr als ich selbst, aber wir haben schon als Kinder mit dem Bauchtanz begonnen. Mom brachte uns die türkische Variante bei, wo vor allem mit der Hüfte gearbeitet wird, ebenso wie die fließendere ägyptische Technik, in der auch die anderen Körperteile bewegt werden. Beinahe ein Jahr lang bin ich mit einer Gruppe von Bauchtänzerinnen durch Europa gereist, die ein breites Spektrum an verschiedenen Stilen beherrschte.

Alle Frauen im Raum nehmen ihren Platz ein, während die Lehrerin auf ein Podium steigt und eine orientalische Melodie einschaltet, die ich noch von meinen früheren Tanzaufführungen kenne.

»Das hier ist ein Kurs für die Mittelstufe, weshalb wir uns gleich auf rhythmische Bewegungen und Hip Drops konzentrieren. Ich zeige euch die Bewegungsabfolge, und ihr versucht, sie in eurem eigenen Tempo nachzumachen.«

Evie erdolcht mich mit ihrem Blick und formt mit den Lippen das Wort »Mittelstufe«.

Ich grinse breit und zucke mit den Schultern.

Sie verdreht die Augen und konzentriert sich auf die Bewegungen der Lehrerin. Innerhalb weniger Minuten haben Evie und ich die schnell aufeinanderfolgenden vertikalen Hip Drops und die Isolations, die in Hüftkreisen münden, perfekt drauf. Ich überlasse mich den Tanzschritten, begleite meine Hüftbewegungen mit Schlangenarmen, die meiner Ansicht nach am besten zur Musik passen. Ohne es zu bemerken, tut Evie es mir gleich, und ein entspanntes Lächeln breitet sich auf ihrem Gesicht aus.

Eine Stunde lang wiegen wir unsere Hüften von einer Seite zur anderen, wirbeln in genau festgeschriebenen, aber fließenden Kreisen umher und trainieren unsere Bauchmuskeln, genau wie unsere Mutter es uns beigebracht hat. Binnen Kurzem sind wir so konzentriert bei der Sache, dass wir erst gar nicht mitbekommen, wie die Lehrerin von ihrem Podium herabsteigt und sich zu uns gesellt. Sie greift unsere so oft einstudierten Bewegungen auf und passt sich uns an. Die Lehrerin kommentiert jedes Kreisen, jeden Wechsel der Bewegungsabfolge, und alle anderen Tänzerinnen folgen unserem Beispiel. Was für ein einzigartiger und fantastischer Moment, den ich gerade mit meiner Schwester erleben darf!

Schließlich öffnet Evie die Augen und bemerkt, dass die Menge mit uns tanzt. Sie lacht schallend, gibt die Hände in die Luft und lässt nun erst recht die Hüften zur Musik dahinwirbeln.

Beim Tanzen ist sie wunderschön und geradezu ätherisch. Hat ein Talent dafür. Ich habe Bauchtanz gelernt und beherrsche ihn. Evie aber lebt und atmet die Bewegungen, als stiegen sie geradewegs aus ihrer Seele empor, was sonst bestimmt niemand hinter dieser kühlen, beherrschten Frau vermuten würde.

Ich weiß es besser. Mom wusste es besser.

Vielleicht ist es meine Aufgabe, sie aus ihrer perfekt abgezirkelten Welt zu befreien, in die sie sich und ihr Leben hineingepresst hat. Wege zu finden, ihre selbst geschmiedeten Ketten zu sprengen.

Schließlich kehrt die Lehrerin zum Podium zurück und schaltet die Musik nach Ende des Songs ab. Schweiß tropft von unseren Gesichtern, unseren Bäuchen und rinnt an unseren Rücken herab. Wir sind komplett durchweicht und zerzaust, und nie habe ich mich besser gefühlt.

Mit entrückter Miene breitet Evie die Arme aus, zieht mich an ihren verschwitzten Körper und gibt mir einen Kuss auf die Wange. »Ich hatte ganz vergessen, wie viel Spaß mir das Tanzen immer gemacht hat! Und obwohl es schon so lange her ist, ist mir jede Bewegung wieder eingefallen – als hätte ich nie aufgehört.«

Ich streiche ihr das Haar aus dem Gesicht und schiebe es ihr hinters Ohr. Ihre Wangen sind rosig, die Augenfarbe ein warmes, karibisches Blau, und ihre vollen Lippen sind rosig.

»Du siehst glücklich aus, Schwesterherz.«

Sie lächelt breit. »Bin ich auch. Ich habe dich wieder. Was könnte ich mir mehr wünschen?« Sie neigt den Kopf und sieht mir in die Augen, und dieser absolut aufrichtige Blick erfüllt die Leere in meinem Inneren mit reiner Freude.

Ich lege meiner Schwester den Arm um die Schultern, während die Lehrerin jetzt vom Podium springt und zu uns hinübereilt.

»Hey, Ladies. Ich beide wart fantastisch! Sehr weit fortgeschritten. Ihr habt nicht nur mich inspiriert, sondern den gesamten Kurs. Ihr müsst unbedingt wiederkommen!« Wie zum Gebet führt sie die Hände vor ihrem üppigen Busen zusammen.

»Oh, das werden wir.« Ich stupse mit der Hüfte gegen die meiner Schwester und ziehe sie an mich. »Stimmt's, Evie?«

Sie lacht trocken auf. »Ja, ein bis zwei Kurse im Monat sind sicher drin.«

»Na gut, hier ist meine Karte. Ich gehöre zu einer Bauchtanzgruppe. Wir machen Gigs, Shows, Festivals und dergleichen, wenn unsere Alltagsjobs das zulassen. Wir sind genug Tänzerinnen, sodass wir nur kommen müssen, wenn unser Terminkalender es zulässt. Ich weiß ganz sicher, dass die Managerin der Gruppe ganz aus dem Häuschen wäre, wenn wir zwei so fortgeschrittene Tänzerinnen bei uns begrüßen dürften.«

»Das kommt ja wie gerufen!« Ich nehme die Karte und stecke sie in die Minitasche meiner Yogahose. »Ich rufe definitiv an. Ich habe im Ausland auch in einer Gruppe getanzt, aber seit meiner Heimkehr noch keine neue gefunden.«

»Wir würden euch supergern dabeihaben. Und ich freue mich,

euch beim Training wiederzusehen.« Die Kursleiterin nickt uns zu und kehrt wieder zum Podium zurück.

»Darauf kannst du wetten!«, rufe ich ihr hinterher und lächele, während Evie sich unseren Sporttaschen zuwendet.

»Bist du mit dem Laden nicht voll und ganz ausgelastet, Suda Kaye?« Evie greift nach ihrem Sweatshirt und schlingt sich den Riemen ihrer Tasche über die Schulter.

Ich nicke. »Schon, aber ich darf mich von Gypsy Soul auch nicht so voll und ganz vereinnahmen lassen, dass ich die Dinge vernachlässige, die mich ausmachen. Mich. Verstehst du?«

Evie runzelt die Stirn und nickt, scheint aber anderer Ansicht zu sein. Trotzdem behält sie ihre Meinung für sich.

»Was jetzt?«, fragt sie, als wir das Studio verlassen und uns auf den Weg zu ihrem SUV machen.

»Was jetzt? Essen und trinken, Baby!« Ich grinse und tänzele zur Fahrerseite. Wenn ich mit Evie zusammen bin, lässt sie lieber mich fahren. Das war immer schon so. Selbst wenn es ihr eigener Wagen ist. Ich vermute, das geht auf die Zeit zurück, da Dad ihr das Fahren beibrachte und sie in einen Unfall verwickelt wurde. Er stieß sich den Kopf am Fenster der Beifahrerseite, sodass er sogar genäht werden musste. Außerdem brach er sich den Unterarm, als der Airbag ausgelöst wurde. Instinktiv hatte er den Arm meiner Schwester vor die Brust gehalten, um sie vor einer Verletzung zu bewahren. Danach war er ein paar Monate lang arbeitsunfähig.

Seither hat sie Angst vorm Autofahren. Setzt sich nur ans Steuer, wenn sie allein ist. Was teilweise sicher auch der Grund dafür ist, warum sie sich nirgends hinwagt. Wenn ich ihr helfen will, aus ihrem goldenen Käfig auszubrechen, muss ich darüber noch mal intensiv nachdenken.

Auf dem Weg nach Pueblo kommen wir an einer coolen kleinen

Sportsbar vorbei. Wir tragen immer noch unsere Yogahosen und das Haar zu unordentlichen Knoten zusammengefasst, weshalb das Lokal perfekt zu unserer Stimmung und unserem Outfit passt. Aber kaum haben wir die Bar betreten, wünschte ich, mich doch lieber zu Hause umgezogen und frisch gemacht zu haben, denn dort sitzt Kyson, dessen unrasiertes Gesicht sich bei unserem Anblick zu einem breiten Lächeln verzieht.

Er steht auf, und sein übliches weißes T-Shirt spannt über seiner Brust. Ein geradezu märchenhafter Anblick. Er zieht seine Jeans ein wenig höher, umrundet seinen Bruder Lincoln alias »mürrischer Handwerker« und kommt auf uns zu.

»Hey, Ladies, was tut ihr denn hier? Ich hätte euch gar nicht zugetraut, dass ihr in Sportsbars abhängt.« Er mustert unsere bequemen Ugg-Boots sowie die Yogahosen und Hoodies.

»Tun wir auch nicht«, antwortet Evie spitz. »Vielmehr lieben wir Frittiertes und Bier.«

Er strahlt uns an, und bei seinem Lächeln würde jede Frau schwach werden.

»Was du nicht sagst.« Kyson fährt sich mit dem Daumen über die Unterlippe und betrachtet mich nochmals eindringlich. »Genau so ein Typ bin ich auch. Wie wär's, wenn ihr beiden mir und Lincoln Gesellschaft leistet und wir zusammen was essen und trinken?«

Evie will gerade ablehnen, aber ich lasse sie nicht zu Wort kommen. »Sehr gern!«, platze ich heraus.

Evie umfasst meinen Ellbogen und zieht mich näher zu sich heran, damit sie mir ins Ohr flüstern kann. »Du spielst mit dem Feuer, Suda Kaye. Dieser Mann will nur seinen Spaß, sonst nichts.«

Ich benetze die Lippen und schaue ihn mir noch mal genau an. Vielleicht kann er mich ja davon ablenken, ständig an meine gestrige Konfrontation mit Camden und seiner Familie zu denken und darüber nachzugrübeln, ob ich ihn deswegen für immer verloren habe.

»Und wer sagt, dass ich nicht genau das will?« Ich schürze die Lippen und starre meine Schwester so lange an, bis sie den Blick abwendet.

Plötzlich wirkt sie verärgert. »Das ist keine gute Idee.«

»Hey, hey, darüber müsst ihr doch nicht im Ernst nachdenken, Ladies. Ich will doch nur einen netten Abend verbringen, ein bisschen lachen, mir eine Portion der besten Chicken Wings der Welt und einen Krug mit kaltem Bier schmecken lassen. Sonst nichts«, erklärt Kyson und hält ergeben die Hände in die Höhe.

Evie sieht ihn mit zusammengekniffenen Augen an. »Das will ich Ihnen auch geraten haben, Mr. Fix It, sonst bringe ich meine Schwester geradewegs zu dem leeren Tisch da drüben.« Sie deutet auf einen ziemlich einsam wirkenden Platz neben dem WC.

»Igitt, ist ja eklig, Evie. Ich will nicht zuhören, wie die Leute pieseln, oder irgendetwas Widerliches riechen, wenn ich versuche, was zu essen oder zu trinken!« Ich runzele die Stirn und versuche sie dann mit meinem süßesten Dackelblick zu bezirzen.

Sie holt tief Luft und atmet dann mit einem dramatischen Schnauben wieder aus. »Geh voran«, sagt sie mit einer Handbewegung zu Kyson.

Dieser grinst und legt den Kopf zur Seite. »Ich bestelle uns schnell noch einen Krug Bier und ein paar Chicken Wings.«

»Danke«, antworte ich in süßlichstem Ton.

Er entfernt sich, und wir machen uns auf den Weg zu einem der Stehtische. Evie versetzt mir einen Schulterstoß. »Ich hoffe, du weißt, was du tust.«

»Oh, ich habe nicht die geringste Ahnung. Ich weiß nur, dass ich seit Monaten keinen Sex mehr hatte. Kyson ist wahnsinnig heiß, wie geschaffen, um es einer Frau so richtig zu besorgen.

Außerdem ist er freundlich und nicht auf irgendetwas Verbindliches aus.« Ich zucke mit den Schultern.

Sie hält mich fest, bevor wir am Tisch ankommen. »Willst du ihn ernsthaft verführen?«

Ich lache schnaubend. »Evie, entspann dich. Ich weiß, was ich tue. Außerdem bin ich ein großes Mädchen. Ich komm schon klar.«

Sie schüttelt den Kopf. »Offensichtlich nicht, wenn du glaubst, dass dein Schmerz darüber, es dir mit deinem Traummann vermasselt zu haben, vergehen wird, indem du gleich einen Tag später mit einem anderen ins Bett gehst.«

Ich wende mich meiner Schwester zu, umfange ihren Nacken und lege meine Stirn an die ihre. »Ich werde mich vorsehen. Mach dir um mich keine Sorgen. Ich weiß eigentlich noch gar nicht, was ich tun werde. Ich weiß nur, was ich empfinde, und wenn es mir schlecht geht, gibt es eine Vielzahl von Möglichkeiten, um den Schmerz zu lindern. Eine besteht darin, einen fantastischen Tag mit meiner Schwester zu verbringen. Eine andere besteht darin, ein paar leckere Chicken Wings zu vertilgen und eiskaltes Bier dazu zu trinken. Und die letzte ist eine tolle Nacht im Bett mit einem netten Kerl, dessen einziges Ziel darin besteht, mir in allen wesentlichen Dingen zu gefallen.«

Evie funkelt mich an. »Sei nicht dumm, Suda Kaye. Mach das nicht mit dem Typen, der für dich den Laden renoviert. Und was noch wichtiger ist: Mach es nicht, weil du glaubst, Cam nicht haben zu können. Das wäre dir selbst gegenüber nicht fair, aber vor allem wäre es Cam gegenüber nicht fair!«, zischt sie mir ins Ohr.

Ich knirsche mit den Zähnen. »Ich schaff das schon, meine Liebe. Alles ist gut.«

Jemand pfeift, und wir wenden die Köpfe dorthin, wo Kyson

und sein Bruder sitzen. Kyson lächelt uns aufmunternd zu und hält einen frischen Bierkrug in die Höhe.

»Es ist wirklich alles gut.« Ich zwinkere und schlendere dann zu den Jungs hinüber.

»Das nimmt ein schlimmes Ende. Ich weiß es einfach«, murmelt Evie, folgt mir aber dennoch zum Tisch.

Kapitel 12

Vorsicht, Rehauge, langsam«, warnt Kyson, als ich die zweite Treppe zu meinem Apartment hinaufstolpere. Hinter mir wiehert meine Schwester vor Lachen, was mich veranlasst, mich gegen die Wand plumpsen zu lassen und zu lallen.

»Mein Gott, auf so viel Verrücktheit war ich nicht gefasst.« Kyson lacht leise, legt den Arm um Evies und meine Taille und zerrt uns praktisch die paar Treppenstufen hinauf.

Oben angelangt lehnt Evie sich schwer an ihn und starrt ihn ehrfürchtig an. »Wow, du bist echt ein Schnuckelchen«, sagt sie, und ihr fallen beinahe die betrunkenen Augen aus dem Kopf. Ihre Stimme klingt bewundernd.

Er gibt ihr einen Kuss auf den Scheitel. »Tatsächlich, meine Schöne?«

»Oh ja«, versichert sie ihm und nickt gefühlt hundertmal.

Ich tätschele Kysons muskulösen Bizeps. »Du bist so stark. Ich wette, mit diesen Muckis kannst du viiiel machen. Viel, viel, viel.« Ich schenke ihm ein – wie ich mir einbilde – sinnliches Lächeln, das wahrscheinlich wirkt wie das missglückte Grinsen eines drittklassigen Elvis-Imitators.

»Zum Teufel. Jeder andere Mann würde euch beide mit ins

Bett nehmen und es euch die ganze Nacht besorgen. Aber da ich kein Arschloch bin, mache ich euch einen Vorschlag. Wie wäre es, wenn du diese Tür dort öffnest, Rehauge, und ich euch beide sicher hineinbugsiere, damit ihr ins Bett könnt.«

»Ins Bett?« Ich grinse breit und presse mich an seine Seite. »Das klingt genial.« Das letzte Wort ziehe ich in die Länge, um ihm zu zeigen, wie aufregend ich das finde.

Kyson schüttelt den Kopf. »Mach die Tür auf, Suda Kaye«, befiehlt er streng.

Ich ziehe einen Schmollmund und krame in meiner riesigen Tasche. Nachdem ich den Schlüsselring zu fassen bekommen habe, halte ich den Bund wie eine Siegestrophäe in die Höhe und schreie laut: »Juhu! Gewonnen!«

Meine Schwester gibt mir ein nachlässiges High Five.

Kyson nimmt mir die Schlüssel aus der Hand, und ich runzele die Stirn. Fühlt sich an, als hätte er mir meine Trophäe gestohlen. Ich schnaube, verschränke die Arme vor der Brust und lasse mir von meiner Entrüstung über sein Alphamännchen-Gebaren ganz plötzlich die Laune verhageln.

Evie hingegen plagen keine derartigen Sorgen. Sie schmiegt sich an seine Seite und reibt die Wange an seinem Arm. Ist ja auch ein fantastischer Arm und sieht wahnsinnig gemütlich aus.

Kyson stößt die Tür auf und führt mich und meine Schwester ins Zimmer. Aber wir sind nicht allein.

»Herrgott, was soll das?!«, ruft Kyson aus.

Camden erhebt sich von der Bettkante. Er trägt einen vollkommen verknitterten Anzug, der schon erheblich bessere Tage gesehen hat als diesen. Sein normalerweise sorgfältig gestyltes Haar hängt in wilden Locken um sein Gesicht, als sei er den ganzen Tag über mit den Fingern hindurchgefahren.

»Was tust du denn hier?«, frage ich und bekomme einen

Schluckauf. »Oh nein!« Ich runzele die Stirn und drehe mich zu Evie um. »Ich habe einen Schluckauf. Ich hasse das.«

Evie löst sich aus Kysons Armen und macht ein paar vorsichtige, betrunkene Schritte auf mich zu. Sie hält einen Finger vor den Mund, wie um mich zum Schweigen bringen zu wollen, und deutet auf unseren ungebetenen Gast.

»Oh, das habe ich ganz vergessen.« Ich drehe mich wieder um und starre Cam an, öffne und schließe die Augen, um mögliche Trugbilder, die meiner Trunkenheit zuzuschreiben wären, zu vertreiben. Normalerweise habe ich eine blühende Fantasie. Dass ich mir seine Anwesenheit nur einbilde, ist also keineswegs von der Hand zu weisen.

Cams Miene verfinstert sich. »Seid ihr beiden etwa betrunken?«, stößt er zwischen zusammengebissenen Zähnen hervor. Sein lodernder Blick fällt erst auf mich, dann auf Evie und schließlich zu Kyson empor. »Haben Sie diese Frauen etwa betrunken gemacht, um ihre Situation danach auszunutzen?« Seine Stimme wird lauter. Er schreit beinahe.

Ich wedele mit den Händen und schüttele den Kopf. »Nein! Nein! Nein! Evie und ich, wir beide haben uns ganz allein betrunken. Na ja, nicht allein. Wir haben mit Kyson und dem Griesgram Lincoln in der Sportsbar herumgesessen, und der Alkohol floss in Strömen und … oh.« Ich lasse die Hände sinken und starre Cam an, während ich mir eine Haarsträhne um den Finger wickele, sie über den Mund ziehe und wieder loslasse. »Jetzt habe ich ganz vergessen, was ich sagen wollte.«

Camden ächzt und kommt zu mir, nimmt mein Gesicht in seine großen Hände.

Ich seufze und sehe ihm ins Gesicht. »Du bist der schönste Mann auf der ganzen Welt«, sage ich träumerisch.

»Was mache ich nur mit dir?« Er schließt einen Moment lang

die Augen, versagt mir den Anblick ihrer grün gesprenkelten braunen Pracht. Ich ziehe einen Schmollmund, lächele aber sofort wieder, als er mich umdreht, mir den Arm um die Taille legt und mich seitlich an sich zieht.

Köstlich.

Ich schlinge die Arme um ihn und schmiege mich an ihn, presse meine Nase an seine Brust, atme den Hauch von Zitronengras und Moschus ein.

»Ich habe Sie etwas gefragt«, bellt Cam nun Kyson zu, der damit beschäftigt ist, Evie zu stützen.

»Sie haben ganz falsche Vorstellungen von mir, Mann. Außerdem sind Sie derjenige, der hier eigentlich nichts zu suchen hat. Wie zum Teufel sind Sie überhaupt reingekommen?« Kyson lässt Evie nicht los. Ihr fallen langsam die Augen zu, obwohl sie sich krampfhaft bemüht, wach zu bleiben. Wahrscheinlich will sie die Show nicht verpassen. Und ich? Ich will Popcorn.

Genau, Popcorn klingt fantastisch!

Ich überlege, ob ich wohl noch welches im Schrank habe, bis die Brust, an der ich liege, plötzlich auf und ab hüpft. Ich ziehe die Nase kraus und hebe meinen schweren Kopf. Cam brüllt irgendetwas, aber die Worte klingen verzerrt und ergeben gar keinen Sinn.

Kyson sagt etwas davon, dass er Evie nach Hause bringt, da er sowieso auf dem Heimweg bei ihr vorbeikommt.

Bald schon kann ich mich gar nicht mehr konzentrieren, und das Bedürfnis zu schlafen wird überwältigend. Ich höre, wie sich die Tür schließt, und mein Kopf wird immer schwerer.

»Suda Kaye, Baby, bleib noch ein ganz klein bisschen wach. Lass dich von mir ins Bett bringen. Okay, Süße?« Er schiebt meinen schwankenden Körper auf meinen Schlafbereich zu.

»Mmmh, ja bitte …«, sage ich. Doch dann habe ich einen klaren Moment, und es trifft mein alkoholumnebeltes Hirn wie ein

Hammerschlag. »Warte, hm, bestimmt nicht. Schließlich bist du mit dieser blöden Bitch verlobt!« Ich blinzele ein paar Mal, und der Raum beginnt sich zu drehen. Ich werde von einem Strudel erfasst und beginne zu stolpern.

Cam fängt mich auf und hebt mich hoch. »Schhh. Ich bin nicht mehr mit ihr zusammen. Heute habe ich es ein für alle Mal beendet.« Seine Worte gehen mir sehr nahe, und ich versuche zu klatschen, allerdings erfolglos, denn mit meiner Koordination klappt es nicht so richtig.

Dann legt er mich auf eine Wolke gemütlicher Decken. »Mmmh, ist das bequem.« Ich kuschele mich hinein und seufze zufrieden.

Bald darauf legt sich ein schwerer Arm um meine Taille und zieht mich in eine noch behaglichere Position. Es fühlt sich an wie eine Heizdecke. Die beste Hitze der Welt hüllt mich ein.

Ich klammere mich an die Wärme, als ginge es um Leben und Tod. »So gemütlich«, murmele ich.

»Ja, Süße, besser als in meiner Erinnerung. Gute Nacht, Suda Kaye.«

»Gute Nacht, Cam. Ich liebe dich«, murmele ich, bevor alles in Dunkelheit versinkt.

Das Dröhnen des Bohrers reißt mich aus dem Schlaf. Kurz weiß ich nicht, wo ich bin. Der Lärm kommt mir bekannt vor. Die gleichen nervigen Geräusche, die ich nun schon seit Wochen höre. Dieser Griesgram Lincoln beginnt seinen Arbeitstag jeden Morgen pünktlich um acht Uhr. Wenn ich ihn ließe, wäre er sogar immer schon um sechs hier, wie Kyson mir erzählte, aber da ich über dem Laden wohne und er feststellen musste, dass ich gern länger schlafe, kommt er erst später.

Kyson.

Eine warme Hand wandert an meiner Seite hinauf, über meine nackten Schultern hinweg bis hin zu meinem längeren Haar. Ich habe einen schweren Kopf, doch Gott sei Dank bekomme ich nur selten einen Kater mit Übelkeit und pochendem Schädel. Dieser Morgen ist keine Ausnahme. Normalerweise bin ich nie so betrunken, dass ich vergesse, mit wem ich in der vergangenen Nacht im Bett gelandet bin. Das ist zwar durchaus schon mal passiert, aber nur mit Männern, mit denen ich häufiger ausging. Noch nie habe ich einen One-Night-Stand mit nach Hause gebracht, ohne hinterher zu wissen, wie er hereingekommen war.

An die letzte Nacht jedoch erinnere ich mich bloß schemenhaft. Evie und ich hingen mit Kyson und seinem Bruder in der Sportsbar ab. Wir ließen uns volllaufen und mutierten zu Cheerleadern, feuerten die heimische Mannschaft an und gaben Buh-Rufe und Pfiffe von uns, wenn die gegnerische Mannschaft einen Punkt erzielte.

Der Besitzer der warmen Hand legt sich über mich und stupst mit der Nase an mein Ohr und meinen Hals, wobei er hörbar einatmet. Seine Lippen tauchen hinter meinem Ohr ab, und ich seufze. Dann bewegt er die Arme und lässt die Hand über meine Mitte wandern, während er eine beträchtliche Erektion an meinen Hintern presst.

»Guten Morgen, Süße«, sagt er mit jener heiseren Morgenstimme, die tief aus seiner Kehle zu kommen scheint und die ich seit einer Ewigkeit nicht mehr gehört habe.

Camden.

Oh mein Gott. *Oh mein Gott.* Oh. Mein. Gott.

Ich erstarre zur Salzsäule. »Äh … was? Äh … Cam?« Mir fehlen die Worte, als Cam seine beeindruckende Erektion an mir reibt. Was für ein himmlischer Morgengruß! Wenn die Umstände anders wären, würde ich mich total darüber freuen.

Camden dreht mich auf den Rücken, stützt sich auf einen Ellenbogen und schwebt über meinem Oberkörper. Seine zerzausten Wellen fallen ihm ins Gesicht. Er trägt kein Shirt, und ich überlege, wie mein eigener Körper wohl aussehen mag.

Bin ich angezogen? Ja, ich trage einen Sport-BH und eine Yogahose. Gott sei Dank.

Ist er ganz nackt? Hm … vielleicht. Ich habe zu viel Angst, um die Arme um den Mann meiner Träume zu schlingen und es selbst herauszufinden.

Unwillkürlich beginne ich zu zittern.

Cam schiebt mir das Haar von den Schultern und seine Hand unter meinen Nacken, um meinen Hinterkopf zu umfassen. »Suda Kaye, Baby, du zitterst ja.«

»Hatten … äh … hatten wir letzte Nacht Sex?«, frage ich mit unverkennbar erschrockener Stimme.

Er lächelt so breit, dass sich Fältchen um seine Augen bilden und sein ganzes Gesicht so verdammt gut aussehend ist, dass ich mir nichts sehnlicher wünsche, als ihn in die Arme zu nehmen und ihm zu zeigen, wie sehr dieses Lächeln mich aus der Fassung bringt.

»Ich weiß, dass es schon eine ganze Weile her ist, aber wenn wir diese Nacht Sex gehabt hätten, Baby, dann wüsstest du es. Du würdest es mit jeder Pore deines Körpers spüren, mit jeder Nervenendung, und du wüsstest es definitiv, wenn du zu laufen versuchst.« Er neigt den Kopf herab und berührt in der Andeutung eines Kusses federleicht meine Lippen.

Was. Um. Alles. In. Der. Welt. Passiert. Hier?

Ich winde mich, versuche mich zu bewegen.

»Entspann dich«, flüstert er in gedämpftem Befehlston. Sein

Gesicht ist dem meinen so nah, dass ich seinen Atem auf meiner Haut spüren kann.

Ich folge seiner Aufforderung sofort, bin so durcheinander, dass mir noch nicht mal eine freche Antwort einfällt.

»Nein, wir haben nicht miteinander geschlafen. Als du nach Hause kamst, warst du sternhagelvoll, und deiner Schwester erging es nicht besser. Vielleicht sogar noch schlimmer.«

Ich beiße mir auf die Unterlippe und mache große Augen. »Geht es ihr gut? Wo ist sie?«

»Sie ist in Ordnung. Du erinnerst dich wirklich nicht?«, fragt er sanft.

Ich schüttele den Kopf.

»Was weißt du denn noch?« Seine Augen sind jetzt dunkler, haben eher den moosgrünen Ton, den sie immer annehmen, wenn er frustriert ist.

Mit ein wenig mehr Anstrengung, als normal vonnöten wäre, denke ich an die vergangene Nacht zurück. »Wir waren im Bauchtanzkurs. Hat übrigens total viel Spaß gemacht. Evie war atemberaubend. Bei ihrem Anblick blieb mir die Spucke weg. Ich werde dafür sorgen, dass sie häufiger mitkommt.«

Camden schmiegt sich näher an mich, und seine extreme Wärme fühlt sich an meiner Brust an wie ein Feuerwall. Unwillkürlich stöhne ich leise auf. Ich kann nicht anders. Cam ist mein Traummann, und sein nackter Oberkörper presst sich an meinen. Sein Gesicht ist so nah, dass ich ihn küssen könnte. Richtig küssen, meine ich. Federleicht berühren seine Lippen die meinen, und ich seufze in seinen Mund.

Ach du liebe Güte. Cam hat mich geküsst. In meinem Bett. Nicht leidenschaftlich nach dem Motto *Ich liebe dich mehr als mein Leben, ich will dich zurück, ohne dich würde ich sterben,* trotzdem haben unsere Lippen sich definitiv berührt.

»Warum hast du mich gerade geküsst?«, wechsele ich das Thema.

»Weil du süß bist. Du bist immer süß, aber gerade eben warst du es so sehr, dass du einen Kuss verdient hattest. Und jetzt hast du dir noch einen verdient, weil du immer noch süß bist.«

Ich reiße die Augen noch weiter auf, doch das hält ihn nicht davon ab, seine Lippen erneut auf meine zu pressen. Diesmal lässt er auch die Zunge kurz darübergleiten. Automatisch öffne ich den Mund. Ich will seine Zunge darin spüren, das wünsche ich mir mehr als meinen nächsten Atemzug, aber vergeblich. Cam saugt an meiner Unterlippe, leckt mit der Zunge darüber und lässt sie los.

»Red weiter. Du warst also mit Evie beim Bauchtanz. Was dann?«

Ich runzele die Stirn und denke angestrengt nach. »Wir sind in diese Sportsbar gegangen. Dort haben wir zufällig Kyson und seinen Bruder Lincoln getroffen. Sie haben uns zu Chicken Wings und Bier eingeladen. Anscheinend hatten wir am Ende mehr Bier als intus, als gut für uns war.«

»Das vermutest du wohl richtig. Und was dann?«

»Ähm … er hat uns nach Hause gebracht. Evies Wagen haben wir an der Bar stehen lassen. Er hat uns die Treppenstufen hinaufgetragen wie ein echter Muskelprotz von Mann. War ganz schön heiß. Und echt cool.«

Cams Gesichtsausdruck wird hart, und er schiebt mit dem Fuß mein Bein zur Seite, legt sich zwischen meine gespreizten Schenkel und lässt sich mit äußerst besitzergreifender Geste auf mir nieder.

»Willst du das gar nicht hören?« Ich beiße mir auf die Unterlippe und schnappe nach Luft, als Cam mit einem köstlichen Stoß seiner Hüften seine harte Erektion an meiner Mitte reibt.

»Genau, Süße, das will ich gar nicht hören. Vielleicht solltest du nicht gerade dann von dem guten Aussehen eines Mannes schwärmen, wenn ein anderer über dir liegt, der einen Ständer hat und bereit ist, dich so richtig durchzuvögeln.«

Bei dieser Bemerkung lege ich beide Hände auf Cams Oberarm. »Ähm, Cam … ich weiß nicht, ob das so eine gute Idee ist.«

»Und ob das eine gute Idee ist. Wenn du mit deiner Geschichte fertig bist, kann ich endlich zu dem guten Teil kommen, indem ich dich ficke, und zwar so hart, dass der Schwanz da unten deine Lust hört und genau weiß, dass er dich nicht kriegt. Niemals.«

Diesmal versetze ich ihm einen Schlag auf den Bizeps. »Runter von mir«, knurre ich und funkele ihn mit zusammengekniffenen Augen an.

Er schüttelt den Kopf. »Ganz sicher nicht, Süße. Diese Sache zwischen uns wird hier und jetzt beendet. Von diesem Augenblick an werden wir beide rausfinden, was immer da zwischen uns beiden ist. Und während wir das herausfinden, werde ich derjenige sein, der in deiner süßen Muschi abtaucht.« Cam untermauert das Ganze, indem er die Hand zwischen uns schiebt und meine Vulva umfasst.

Eine gewaltige Woge der Lust durchflutet mich bei seinen krassen Worten. Dieser Dirty Talk ist absolut heiß, sodass meine Klitoris pulsiert und Hitze meinen gesamten Körper erfasst. Ich dränge meine Hüfte seiner Hand entgegen, will unbedingt so viel mehr.

Dieser Reflex bringt ihm zum Grinsen.

»Ich wette, du bist jetzt schon feucht für mich. Was anderes habe ich auch nicht erwartet. Mein Mädchen war schon damals immer dermaßen heiß, dass ich mich tierisch beherrschen musste, um mir das, was du mir damals geboten hast, nicht schon vor deinem achtzehnten Geburtstag zu nehmen. Schließlich wollte ich mich anständig verhalten bei der einzigen Frau, die ich je geliebt habe. Und dann bist du gegangen, bevor wir noch mehr miteinander erleben konnten. Was haben wir alles verpasst.«

Ich versinke beinahe im Strudel der Angst, aber ich muss es sagen. Seit zehn Jahren schon bereite ich mich darauf vor. Zumindest eine Entschuldigung hat er verdient. »Cam, es tut mir leid … ich musste einfach. Du wirst das nicht verstehen.«

Er umfasst meine Mitte erneut und reibt mit dem Daumen geschickt über meine harte Klitoris, die sich nach seiner Berührung verzehrt, wobei er innerhalb des Bruchteils einer Sekunde genau die richtige Stelle gefunden hat. Wie ein Pfeil die Mitte der Zielscheibe schon beim ersten Wurf.

»Versuch's doch einfach mal.« Seine Lippen berühren die meinen, ohne sie zu küssen.

Ich vergrabe meine Nägel in seine Oberarme und lasse die Hüften kreisen, denn ich will mehr. »Jetzt nicht. Wir sollten nicht …«

Er lässt die Hand an meinem Oberkörper hinabgleiten, dann umfängt er meine Brust, drückt sie zusammen genau wie früher, womit er mir jede Chance nimmt, wieder zur Vernunft zu gelangen und ihn so schnell wie möglich von mir herunterzuschieben. Stattdessen bäume ich mich ihm entgegen. Er lässt den Kopf nach unten wandern und beißt durch meinen Sport-BH in meinen Nippel. Ich wimmere, als er den BH vorn öffnet und mit der warmen Zunge über die empfindliche Spitze meiner rechten Brust schnippt.

»Mein Gott, ja, Cam!« Immer noch bäume ich mich ihm so weit wie möglich entgegen. Er löst die Hand von meiner Scham und umfängt nun auch die linke Brust, knetet und zupft an der Brustwarze herum, während er gleichzeitig weiter die rechte liebkost. Dann wandert sein Mund von einem dunklen, prallen

Nippel zum anderen und widmet sich beiden so intensiv, dass ich irgendwann keuche vor Verlangen. Wie gern würde ich ihn jetzt in mir spüren.

Cam hebt den Kopf, saugt die Brustwarze dabei tief ein und lässt sie wieder los, sodass sie mit einem leisen Plopp herabfällt. Seine Augen funkeln jetzt, sind von einer wilden Lust erfüllt, die ich womöglich nie befriedigen können werde. Mein ganzer Körper vibriert. Wenn er nur annähernd das Gleiche empfindet wie ich, werden wir seinen Hunger noch lange nicht gestillt haben.

Und dann kommt dieser wunderbare Moment, in dem Cam lächelt, mein Kinn umfasst und sich zu mir herabneigt, sodass seine Lippen über die meinen hinweggleiten. Ich bin wie elektrisiert von der ungeheuren Schönheit, die sich unaufhörlich in meinen Körper ergießt, die keinen Ausweg findet, sodass das Vibrieren in meinem Inneren sich mit jedem sengenden Kuss steigert. Mit der Hand hält Cam meinen Kopf fest, neigt mein Gesicht zur Seite und lässt seine Zunge tief in mir abtauchen. Ich dränge ihm entgegen in dem Versuch, ihm noch näher zu kommen. Er lässt die andere Hand über meine Taille bis zu meinem Po wandern, den er packt und hochhebt. Ich werde noch härter an seinen Körper und die riesige Wölbung seines Penis gepresst und kann es gar nicht erwarten, ihn in mir zu spüren.

Wir küssen uns voller Leidenschaft – mit Zunge, Zähnen und Lippen. Wir sind ausgehungert nach einander, wollen einander schmecken. Es ist der beste Kuss meines ganzen Lebens. Noch besser als damals in unserer Jugend und besser als mit jedem Mann, der nach ihm kam.

Camden Bryant ist nicht nur ein Naturtalent im Küssen, sondern auch wie geschaffen für mich.

Nach einer gefühlten Ewigkeit, bei der es sich wahrscheinlich bloß um ein paar Minuten handelt, erkennen unsere Münder einander wieder. Er knabbert an meiner Unterlippe, ich an seiner Oberlippe. Seine Zunge dringt tief in mich ein, und ich öffne mich ihm noch mehr. Call and Response. Als hätten wir uns schon tausendmal auf diese Weise geliebt, und das haben wir auch, nur dass es schon Jahre her ist.

Ich sauge an seiner Lippe und fahre mit der Zunge neckend über die pralle Wölbung. Er knurrt, und sein Kuss ist nicht länger süß, sondern gierig und führt geradewegs zum Punkt ohne Wiederkehr. Wie im Fieber spüre ich, wie die Lust meine Adern durchströmt, und ich kann nur eines denken: Wie sehr ich ihn begehre.

Wie sehr ich mir das hier wünsche.

Wie sehr ich seinen Körper, seinen Mund, seine Hände auf mir spüren will.

Ich brauche mehr. So viel mehr. Ich schiebe ihn ein wenig von mir fort, und er setzt sich auf und beobachtet, wie ich mich aus Yogahose und Unterhöschen herauswinde, mich aus dem Sport-BH schäle und beides auf den Boden werfe.

»Suda Kaye, Baby, du bist so verdammt schön. Noch nie habe ich jemanden getroffen, der so fantastisch aussieht wie du.« Seine Worte kommen aus tiefster Seele und klingen aufrichtig.

Ich grinse, lehne mich zurück und spreize die Beine; ohne jede Scham enthülle ich mich seinem lüsternen Blick.

Er benetzt die Lippen, und seine Nasenflügel beben. Ich erwarte eigentlich, dass er sich jetzt zurücklehnt und seine Boxershorts auszieht, denn ansonsten ist er schon nackt. Stattdessen verblüfft er mich damit, dass er wie ein Verhungernder, Verzweifelter über meine Muschi herfällt. Mit Armen und Händen hält er meine Beine weit auseinander, neigt den Kopf und bedeckt sie mit den Lippen, leckt ungestüm ein einziges Mal über meine Klitoris. Diese eine Berührung treibt mich beinahe in den Wahnsinn.

Beinahe gleichzeitig stöhnen wir auf. Ich vergrabe die Finger in seinen langen Locken und packe noch fester zu, als er an meiner Klitoris saugt … hart.

Cam labt sich ausgiebig an mir. Saugt, schnippt, leckt, wirbelt und knabbert auf jede erdenkliche Weise. Innerhalb weniger Minuten stöhne und erzittere ich vor Ekstase. Die pulsierende Hitze breitet sich in meiner Mitte aus und bahnt sich ihren Weg nach oben. Binnen Kurzem kribbeln meine Nippel vor knisternder Lust, hart wie Kiesel und hoch aufgerichtet. Ich lege den Kopf in den Nacken und presse eine Hand gegen den Kopfteil des Bettes, um mich seinem begierigen Mund entgegenzuschieben, während ich seinen Kopf mit der anderen Hand härter zwischen meine Beine zwinge, eine Geste, die Cam offenbar beinahe in den Wahnsinn treibt. Er knurrt, packt meine Beine und drückt sie nieder, hält sie fest. Ich kann mich nicht bewegen, sondern nur nehmen, was er mir bietet.

Der Orgasmus explodiert in meinem Körper, und nach wie vor kann ich mich nicht rühren. Er ist erbarmungslos in seinem Verlangen, seiner Lust auf mehr. Immer und immer wieder fährt er mit seiner heißen Zunge über das stramme Bündel Nerven, bis ich so sehr keuche, dass ich das Gefühl habe, meine Lunge müsste unter der Gewalt des Luftstroms gleich zerbersten.

»Baby, bitte, ich will dich in mir spüren«, bettele ich.

Cam gibt keine Antwort und schenkt meiner Bitte keine Beachtung. Stattdessen beugt er sich vor und bringt nun seine Finger ins Spiel. Er lässt zwei in mich hineingleiten, und ich seufze vor Wonne, während er mich weiter bis zur Besinnungslosigkeit leckt, an mir saugt und diese geschickten Finger unaufhörlich in mich hineinstößt.

»Cam, Cam, Cam«, rufe ich immer wieder. Doch dann rammt er die Finger noch tiefer in mein Innerstes, saugt heftig an meiner

Klitoris, und schon wieder verliere ich beinahe den Verstand, schreie seinen Namen, rufe Gott an und sämtliche anderen höheren Mächte, mich aus dieser endlosen Lust zu erretten.

»Verdammt, Süße, ich habe ganz vergessen, wie laut du manchmal bist.« Er lacht leise und beschreibt einen Pfad aus Küssen meinen Körper hinauf, der weich wie Pudding ist. Seine Zunge wirbelt um meinen Bauchnabel herum und taucht neckisch darin ab.

Wieder flackert die Erregung in mir auf, und meine Vagina pulsiert. Herrje, offensichtlich kann meine Muschi gar nicht genug bekommen. Sie ist unersättlich.

Ich schlinge Arme und Beine um Cam, der sich meinen Oberkörper hinaufarbeitet, indem er jeden einzelnen Zentimeter küsst oder anknabbert, was erneutes, quälendes Verlangen in mir auslöst. Statt ihn zu beobachten, liege ich einfach nur da, erspüre alles, was er tut, merke es mir genau, damit ich mich daran erinnern kann, wenn wir unter dem erbarmungslosen Licht des neuen Tages wieder mit der Realität konfrontiert sind.

Wieder umschließt Cam meine Brüste. »Sie sind viel größer als früher. Noch hübscher.« Er lässt die Zunge um einen Nippel kreisen.

»Ich bin erwachsen geworden«, antworte ich mit kehlig-heiserer Stimme und streiche mit den Fingern über seinen langen, muskulösen Rücken. »Du aber auch.«

Er lächelt und neigt den Kopf, um mir einen feuchten Kuss zu geben. Ich spüre mein eigenes Aroma auf seiner Zunge, und meine kleine, lüsterne Klitoris merkt sofort auf. Verräterin.

»Ja, Süße, du bist erwachsen geworden. Und in jeglicher Hinsicht atemberaubend schön.« Er stupst mich mit dem Schwanz an, und ich wimmere, wünsche mir so sehr, ihn in mir zu spüren.

»Nimmst du die Pille?«

Ich grinse, denn es gefällt mir, dass er an meinen Schutz denkt. »Ich habe eine Spirale. Die hält Jahre. Im Rahmen einer Vorsorgeuntersuchung habe ich mir eine neue einsetzen lassen, als ich mich hier in Pueblo niederließ. Das war also erst vor Kurzem. Bist du denn durchgecheckt worden, seit … äh …«

»Ja, Baby. Mit mir ist alles in Ordnung, und wie sie schon sagte, wir hatten nur ein einziges Mal das Vergnügen, und daran erinnere ich mich nicht mal.«

Ich schließe die Augen und runzele die Stirn. Bei der Erwähnung von Miss Colorado und dem, was sie ihm angetan hat, lässt meine Erregung schlagartig nach.

»Cam …« Ich will etwas sagen, vergesse es allerdings sofort wieder, als er vorprescht und mir mit einem intensiven Kuss den Atem raubt. Zungen in wildem Paarungstanz, Zähne auf meiner Haut. Die Sehnsucht, ihn in mir zu spüren, wird übermächtig.

»Also keinerlei Risiko für dich. Aber bevor wir es tun, möchte ich sicher sein, dass du es auch willst.«

»Ja.«

Er grinst und stützt seinen Oberkörper auf einer Hand ab. »Außerdem musst du mir versichern, dass dies der Anfang ist.«

»Der Anfang wovon?« Ich vergrabe die Finger in seinem fantastischen Haar und stelle fest, dass es sich immer noch seidenweich anfühlt. Ein Schauer überläuft mich, weil er mich der Hitze seines Körpers für kurze Zeit beraubt hat.

Sein Blick ist sengend heiß, als er die Spitze seines Schwanzes an meiner Öffnung ausrichtet. Ich stöhne, halte den Atem an, warte.

»Der Anfang von uns.« Er stößt zu, und die breite Schwanzspitze dringt in mich ein.

»Baby …«, seufze ich und dränge ihm die Hüften entgegen, nehme mehr von ihm auf und liebe jeden einzelnen Zentimeter.

»Komm rein.« Ich sage die Worte, die er hören will, ohne mich auf das festzulegen, was er von mir verlangt hat. Das hier ist nicht der richtige Rahmen für eine solche Unterhaltung. Das hier – was immer es ist – geht über jegliche Logik hinaus.

»Ich könnte dir doch nie etwas abschlagen.« Er knurrt, neigt den Kopf und umfängt meine Lippen mit den seinen zur gleichen Zeit, wie er erneut dort versinkt, wo er hingehört.

Das Gefühl ist überwältigend. Ja, genau dort gehört er hin.

Während ich mit Camden Bryant auf diese innige Weise verbunden bin, rebelliert mein Magen nicht länger, der seltsame Schmerz lässt nach, und die Leere, gegen die ich seit Jahren ankämpfe, löst sich auf.

Cam zieht sich zurück, bis nur noch seine Schwanzspitze in mir ist, dann stößt er erneut so heftig zu, dass meine Zähne aufeinanderschlagen und mein Herz vor Glückseligkeit ganz weit wird.

Er umfängt meine Wange. »Mach die Augen auf, Suda Kaye.«

Er benutzt die gleichen Worte, die meine Mutter mir geschrieben hat, geht es mir durch den Sinn, und zunächst regt sich ein gewisser Widerstand in mir. Ich will nicht sehen, was genau vor meinen Augen ist. Habe Angst davor. Aber trotz meiner Angst habe ich mich niemals besser, niemals zufriedener gefühlt als in diesem Moment, da ich Cam liebe.

»Suda Kaye, mach die Augen auf, Baby«, wiederholt er, und ich gehorche. Sein Blick ist voller Verlangen, Lust und etwas, von dem ich nie und nimmer zu träumen gewagt hätte … Hoffnung.

Cams Hüften wogen mir entgegen wie eine herrliche Symphonie der Bewegung. Ich lege einen Arm um seine Schultern und packe seinen festen Hintern mit der anderen Hand, helfe ihm, in mich hineinzutreiben, sich an mir zu reiben, bis ich selbst aus nichts weiter bestehe als aus unglaublicher Glückseligkeit und nie enden wollender Lust.

»Ich habe eine Ewigkeit darauf gewartet, genau hier zu sein. Sieh uns an, Süße. Wir passen so gut zueinander.«

Ich folge seinem Blick und schaue zwischen unsere Körper. Sein Penis ist dick, hart und glitzert von meiner Essenz. Meine Beine sind weit gespreizt, um ihn in mir aufzunehmen, und mit jedem Stoß sehe ich, wie mein Körper ihn empfängt, an ihm festhält. Ich krampfe meine inneren Muskeln zusammen, und er schreit auf, beginnt härter in mich hineinzutreiben. Ein großartiger Anblick, zu sehen, wie er Lust gibt und empfängt.

Schließlich halten wir es beide nicht mehr aus. Die Lust ist zu groß. Zu gewaltig. Gemeinsam stürzen wir in den Abgrund, wobei ich ihn umkrampfe und mit allen vier Gliedmaßen festhalte wie in einem Schraubstock. Er vergräbt das Gesicht an meinem Hals, beißt schmerzhaft in die Stelle, an der mein Hals in meine Schulter übergeht, und sein ganzer Körper zittert und bebt, während sein Verlangen sich heiß in mich hinein ergießt, mich von innen mit seiner Essenz auskleidet.

Lange halten wir einander fest, ohne uns zu regen, gefangen in einem Augenblick, den wir einfach noch nicht aufgeben wollen.

Gemächlich gibt mir Cam Kuss um Kuss, lässt die Lippen an meinem Hals hinabwandern, über mein Schlüsselbein und wieder hinauf zu meinem Mund.

»Alles gut?« Er umfasst mein Kinn und sieht mir in die Augen, versucht, mich zu lesen.

»Ja. Und bei dir?«

»Oh ja.« Er grinst.

Ich benetze die Lippen, und er schmiegt sich an mich, während wir nach wie vor miteinander verbunden sind.

»Gib mir zehn Minuten, dann bin ich bereit für die zweite

Runde«, raunt er an meiner Haut. »Ich bin nicht mehr so jung wie früher.«

»Die zweite Runde?« Ernsthaft? Er meint, dass er den unglaublichsten, atemberaubendsten Versöhnungssex in zehn Minuten übertreffen kann?

»Äh, ja, Baby, die zweite Runde. Glaubst du, ich würde es mir nehmen lassen, wieder dort einzudringen und meine Besitzansprüche auf dich anzumelden, wie jeder Mann es täte, der noch einigermaßen klar im Kopf ist? Anders gesagt: Ich halte mein Versprechen und werde dir die Seele aus dem Leib vögeln. Außerdem freue ich mich darauf, deinen Mund zu spüren. Ich finde, nachdem es für dich drei zu eins steht, musst du dich um Gleichstand bemühen.« Er gluckst vergnügt an meiner Haut.

»Zählst du etwa ernsthaft nach?«

Er hebt den Kopf. »Wie bitte? Du willst meinen Schwanz nicht in deinen Mund nehmen? Früher hast du das geliebt. Du meintest, dass das im Schlafzimmer deine Lieblingsbeschäftigung sei – mal abgesehen davon, wenn ich dich lecke. Hat sich das etwa geändert, seit wir das letzte Mal zusammen waren?«

Ich ziehe einen Schmollmund und wende den Blick ab. Nein, das ist mir beim Sex immer noch das Liebste. Ich liebe es, einem Mann Lust zu bereiten, Macht über ihn zu haben.

»Hätte ich nicht gedacht«, murmelt er.

»Ich habe Hunger«, sage ich leichthin.

Seine Hüften zucken, und – ach du Schande! – er ist schon wieder beinahe hart.

»Das überrascht mich nicht. Allerdings gibt's erst nach der zweiten Runde was.« Er setzt sich auf den Po, und sein Schwanz gleitet heraus.

Ich wimmere leise, und er grinst boshaft. Offensichtlich ist ihm bewusst, dass ich ihn unaufhörlich in mir haben will.

Mein Blick fällt auf seinen immer härter werdenden Penis, und ich bin absolut fasziniert, weil er dieser Herausforderung nach Runde eins so schnell wieder gewachsen ist. Er kniet sich hin und setzt sich rittlings auf meinen Oberkörper. Ich starre die feuchte Spitze seines Glieds an und stelle fest, dass er recht hat. Mensch, dieser Kerl! Ich wünsche mir, dass diese Spitze in mich hineintreibt und in meiner Kehle versinkt. Ich will seinen Schwanz küssen und lecken und Cam in den Wahnsinn treiben wie damals, wenn ich ihm einen blies.

»Wie ich sehe, hast du jetzt keinen Appetit mehr aufs Essen. Aber vielleicht auf etwas anderes?« Er grinst.

Ich mustere ihn mit zusammengekniffenen Augen und packe gewaltsam seine Hüften. »Du bist echt fies.«

Er lacht leise.

»Und jetzt gib mir, was ich will.« Ich benetze voller Vorfreude die Lippen.

»Immer doch, Baby. Immer doch.« Er verlagert seine Hüften und legt die Hände auf das Kopfteil hinter mir, sodass sein Glied perfekt und passgenau vor meinem Gesicht baumelt und seine Spitze mir praktisch an die Lippen stößt.

Ich lecke darüber, und er stöhnt, lässt scharf ausatmend den Kopf in den Nacken fallen.

»Wenn ich fertig bin, setzt du mir Spiegeleier, Bacon und Toast vor.« Ich sauge den breiten Schwanz ein, und bei dem vertrauten Geschmack läuft mir das Wasser im Munde zusammen.

»Besorg es mir, dann mache ich dir Frühstück, Mittagessen und Abendessen, Baby.«

Ich grinse und gebe ihm einen Kuss auf die Eichel, blicke auf und erkenne die neuerliche Hitze, die in den Tiefen seiner Augen brodelt. »Herausforderung angenommen.«

»Oh, fick mich.«

»Hatte ich vor«, erwidere ich, und dann sage ich nichts mehr, denn es gehört sich schließlich nicht, mit vollem Mund zu sprechen.

Letztlich besorge ich es ihm und habe auch noch zweimal etwas davon.

Also Sieg auf ganzer Linie.

Kapitel 13

Ich mag meinen Bacon am liebsten knusprig!«, rufe ich und schlüpfe in eine frische Yogahose und ein Tanktop, wobei ich die Unterwäsche jedoch weglasse. Keine Ahnung, ob ich Camden durch die fehlende Unterwäsche noch zusätzlich reizen oder uns nur die dritte Runde erleichtern will. Angesichts der Tatsache, dass die ersten beiden phänomenal waren, die bei Weitem besten, die ich je hatte und ich hatte nicht wenige –, hätte ich gegen eine weitere jedenfalls nichts einzuwenden. Obwohl ich es noch immer nicht für besonders klug halte.

»Als ob ich das nicht wüsste«, antwortet er gut gelaunt. Er steht am Herd, sodass ich seinen nackten muskulösen Rücken eingehend betrachten kann. Cam ist schön, ob im Anzug oder ohne. Sündhaft sexy in Jeans und T-Shirt, aber einfach unvergleichlich, wenn er nur in Stoffhose mit offenem Knopf und barfuß in meiner Küche steht. Keine Ahnung warum, aber diesen leicht zerzausten Anblick eines Mannes, insbesondere dieses Mannes, finde ich atemberaubend schön.

Ich umrunde die Kücheninsel und mache mich auf den Weg zur Kaffeemaschine. »Nun ja, zehn Jahre sind eine lange Zeit«, erinnere ich ihn.

»Ja. Das weiß wohl keiner besser als ich«, grummelt Cam und wendet die Baconscheiben in der Pfanne.

Plötzlich klingt seine Stimme wieder bekümmert, dabei sollte man doch meinen, dass ein wenig fantastischer Sex uns zumindest ein bisschen weitergebracht hätte. Aber Fehlanzeige. Ich knirsche mit den Zähnen und hole zwei Kaffeebecher heraus. Hitze lodert in mir empor, und meine Haut kribbelt vor Verärgerung.

»Willst du etwa jetzt darüber reden? Ehrlich gesagt würde ich das lieber lassen. Wir hatten eben tollen Sex, und ich …«

Cam dreht sich zu mir um, in der Hand eine Grillzange. »Nein, wir haben Dringenderes zu bereden als die Tatsache, dass du mir vor zehn beschissenen Jahren das Herz gebrochen hast.«

Angesichts seiner offensichtlichen Wut zucke ich zusammen und feuere sofort zurück: »Ja, deine neuerdings Ex-Verlobte.« Gleichzeitig stößt er zwischen zusammengebissenen Zähnen hervor: »Dein Bauunternehmer.«

»Anscheinend ist es nicht nur die Vergangenheit, die uns belastet.« Ich grinse und gieße ihm und mir eine Tasse Kaffee ein. Er geht zum Kühlschrank hinüber, holt den Pumpkin Creamer und die Milch heraus und stellt beides neben die Becher. So wie er sich an den Creamer erinnert, weiß ich noch genau, dass er seinen Kaffee mit Milch und Zucker trinkt.

Nachdem ich unseren Kaffee zubereitet habe, stelle ich seinen Becher neben den Ofen, damit er gleich drankommt, und lehne mich mit meinem kostbaren Morgengetränk an die Theke. Einen Augenblick lang überlege ich schweigend, was ich sagen will.

»Kyson ist … hm. Ein Freund?« Es klingt unsicher, denn ich muss erst noch darüber nachdenken, ob Kyson tatsächlich ein Freund ist.

»Pflegst du deine Freunde immer zu küssen?« Über seine

nackte Schulter hinweg wirft er mir einen wütenden Blick zu und zieht die Augenbrauen hoch. Dann widmet er sich wieder dem Bacon, holt ihn aus der Pfanne und legt ihn auf ein Papierküchentuch auf dem Teller neben dem Herd.

Ich hole tief Luft und fahre mit der Lippe an der Kante des riesigen Kaffeebechers entlang. Ich antworte aufrichtig. »Manchmal, ja.«

Er schnaubt und beginnt die Eier aufzuschlagen und in eine zweite, brutzelnde Pfanne zu geben. »Früher hast du das nicht getan.«

»Das ist nicht fair, Cam. Du warst der erste Junge, den ich geküsst habe. Der einzige, mit dem ich während meiner ganzen Jugend geschlafen habe.«

»Und danach?« Er dreht sich um und lehnt sich gegen die Theke, kreuzt die langen Beine an den Knöcheln übereinander. Das Gleiche macht er mit den Armen über seiner nackten Brust. Das Tribal-Tattoo, auf das ich bislang nur einen flüchtigen Blick geworfen habe, windet sich von seinem Unterarm an seinem Bizeps hinauf und um eine Schulter. Wie Wein, der sich an einem Gebäude entlangrankt. Es sieht fantastisch aus, und ich würde es mir gern näher ansehen, aber jetzt ist wohl kaum der richtige Zeitpunkt dazu.

Ich lege den Kopf auf die Seite und schenke ihm meine volle Aufmerksamkeit. »Danach habe ich getan, was ich wollte und wann ich es wollte.«

»Alles klar.« Um sein Kinn arbeitet es, und plötzlich nehmen seine markanten Gesichtszüge einen harten Ausdruck an. »Trotzdem hatte ich das Gefühl, dass du ziemlich scharf auf Kyson warst, als du ihn letzte Woche geküsst hast. Und dann esst und trinkt ihr zusammen, bis du so betrunken bist, dass er dich und auch deine Schwester nach Hause bringen muss.«

»Hat er das getan? Evie nach Hause gefahren?« Vage erinnere ich mich daran, dass gestern Abend jemand so etwas erwähnte.

Er runzelt die Stirn. »Natürlich. Meinst du, ich würde zulassen, dass sie sich betrunken ans Steuer setzt?«

Ich schüttele sofort den Kopf. »Nein. Ich wollte nur sichergehen, dass sie sicher nach Hause gekommen ist.«

»Ja, anscheinend wohnt sie in C-Springs. Er will sie heute zu ihrem Auto bringen, und wahrscheinlich hat er das auch schon getan, denn er ist ja bereits seit ein paar Stunden wieder im Laden zugange.«

»Warum ist sie nicht hochgekommen?«

Diese Bemerkung bringt mir ein breites Grinsen ein. »Ich vermute, dass sie mein Auto immer noch vor dem Gebäude stehen sah, und als sie uns unten nicht angetroffen hat ...«

»Oh ja. Da hat sie es kapiert.«

Er grinst noch breiter.

»Jedenfalls ist dieser Kyson ein attraktiver Kerl. Und es wäre nichts Ungewöhnliches, sich von einem heißen Typen angezogen zu fühlen. Aber nun, da ich ...« Ich wedele mit der Hand zwischen ihm und mir hin und her und mache mir vor Angst davor, dieses Ding zwischen uns näher zu benennen, beinahe in die Hose – »Wir ... was immer das zwischen uns ist ...«

»Was Besonderes. Wir treffen uns nicht mit anderen«, verkündet er mit gepresster Stimme.

Ich sehe ihn mit zusammengekniffenen Augen an. »Wir haben noch nicht richtig darüber gesprochen, Cam.«

»Doch, haben wir wohl.« Er deutet mit dem Kinn aufs Bett, als seien weitere Ausführungen unnötig.

Ich stelle den Kaffeebecher auf die Küchentheke und stemme die Hand in die Hüfte. Weil ich nicht mehr von meinen lüsternen Geschlechtsorganen abgelenkt werde, kehrt auch meine

Frechheit zurück. »Sex mündet nicht automatisch in eine feste Beziehung.«

»Du hast mir in diesem Bett zugestimmt, dass wir am Beginn einer Partnerschaft stehen. Und als du beim vierten Orgasmus, den ich dir bereitet habe, meinen Namen riefst, hast du den Pakt besiegelt. Die Sache ist nicht verhandelbar, Suda Kaye. Wir reiten auf dieser Welle weiter und finden heraus, was das alles bedeutet.«

»Und wenn ich auf dieser Welle gar nicht reiten will? Ich war noch nie eine besonders gute Surferin.« Ich habe es nur mit Surfern getrieben, aber das behalte ich besser für mich.

Cam dreht sich um und wendet die Eier, ohne dass das Eigelb zerfließt. Genial. Bei mir gehen meist zwei von vier Eiern kaputt.

»Süße, bist du nicht gerade vor zwanzig Minuten in diesem Bett härter gekommen als jemals in deinem Leben?«

Wütend funkele ich ihn an.

»Und hast du mir gestern Abend nicht versichert, dass du mich liebst, bevor du in meinen Armen einschliefst?«

Bei dieser Enthüllung ist es mit meiner Frechheit gleich wieder vorbei. Ich schnappe entsetzt nach Luft und halte mir den Mund zu. Eine unerklärliche Woge der Angst durchströmt meinen gesamten Körper, sodass ich taumele und einen Moment lang glaube, mich nicht mehr auf den Beinen halten zu können. Ich halte mich an der Theke fest und sehe ihm in die Augen.

»Das kann nicht sein«, flüstere ich, denn zehn Jahre lang war meine Liebe zu Cam mein am besten gehütetes Geheimnis. In den ganzen Jahren meiner Abwesenheit habe ich nie aufgehört, ihn zu lieben. Nachdem ich gesehen habe, was aus ihm geworden ist, ein selbstbewusster, starker, verdammt gut aussehender Mann, der an der Spitze eines ganzen Imperiums steht und mich bei der Geschäftsgründung unterstützt, bin ich ihm nur umso mehr verfallen. Dennoch habe ich alles in meiner Macht Stehende getan, um diese beängstigenden Gefühle ganz weit in meinen Hinterkopf zu verbannen, damit ich mich nie mehr damit auseinandersetzen musste.

»Doch, Baby. Kurz vor dem Einschlafen. Als ich dich in den Arm genommen habe, hast du mir gesagt, dass du mich liebst.«

»Ich hatte ordentlich einen im Tee. War sturzbetrunken. Es hätte jeder sein können! Zu Evie hätte ich es auch gesagt.«

»Hast du aber nicht. Du hast es zu mir gesagt. Hast sogar meinen Namen ausgesprochen, Süße. Mir hat das etwas bedeutet, und auch wenn du es am helllichten Tag lieber unter den Teppich kehren würdest, werde ich das nicht zulassen. Zumindest nicht ewig.«

Ich schlucke meine Angst hinunter und schüttele den Kopf. »Cam, nicht«, flüstere ich. Es hört sich an wie eine Bitte.

Er benetzt die Lippen und nickt. »Offensichtlich bist du heute Morgen etwas überfordert. Wir brauchen beide Zeit, um das alles zu verarbeiten. Diese Zeit will ich dir gern geben. Doch während wir darüber nachdenken, will ich dein Versprechen, dass wir uns aufeinander beschränken. Nur du und ich. Niemand sonst.«

»Wirst du mir das Gleiche versprechen?«

Er schenkt mir ein verführerisches Lächeln. »Ja, Süße. Ich würde so was nicht von dir erwarten, wenn ich nicht bereit wäre, mich selbst drauf einzulassen. Das heißt für dich: kein Kyson. Keine Flirterei mehr mit jedem gut aussehenden Typen, der dir über den Weg läuft.«

Wieder steigt Wut in mir auf, und mein freches Mundwerk bricht sich erneut Bahn. »Ich flirte überhaupt nicht mit jedem Mann, der mir über den Weg läuft, Cam!«

Er lächelt und drückt den Toast herunter.

»Doch, Baby, das tust du. Vielleicht ist es dir gar nicht bewusst, aber abgesehen davon, dass du diese Boho-Vibes verströmst, deine ethnischen Wurzeln deinen Hippie-Lifestyle noch interessanter machen, hast du einen fantastischen Körper. Dein Haar ist nicht von dieser Welt; Männer wollen ihre Hände darin vergraben. Du hast den prallsten Hintern und das absolut hübscheste Lächeln, das ich je gesehen habe. Allein indem du existierst, flirtest du bereits mit jedem verfügbaren Typen!«

Wow. Das war aber ein tolles Kompliment. Weil er sogar daran glaubt, würde ich am liebsten sagen, dass ich kein Essen, sondern lieber etwas ganz anderes in mich hineinstopfen würde. Nämlich ihn. Und zwar genau hier, auf dem Boden meiner winzigen Küche.

Aber ich behalte meinen herausfordernden Ton bei. »Ist nicht meine Schuld, dass Männer mit dem Schwanz denken. Ich bin einfach nur ich selbst.«

»Ja, das bist du. Warst du immer schon. Und glaub mir eins: Du bist die personifizierte Verheißung, und jeder Mann, den du triffst, wünscht sich mehr oder weniger insgeheim, dich ins Bett zu bekommen.«

»Das ist nicht fair! Ich kann doch nicht beeinflussen, was Männer denken«, widerspreche ich, aber er ignoriert mich und fährt mit seinem Vortrag fort.

»Ich bitte dich nur um eins. Mach es den Typen nicht leichter, sondern schleudere ihnen an Frechheiten entgegen, was immer dir einfällt.« Als der Toast ausgeworfen wird, greift er nach der Bratpfanne. Er gibt die Eier auf zwei Teller und fügt vier Scheiben Bacon hinzu. Dann buttert er großzügig die beiden Toastscheiben und legt sie ebenfalls dazu.

Mit der Grazie eines Löwen auf der Jagd stellt er meinen Teller vor mich hin, beugt sich vor und gibt mir einen innigen Kuss auf den Mund. Nicht sein bester Kuss, aber er war süß und hat

Bedeutung. Eine Bedeutung, die mir nicht besonders gefällt, denn anscheinend will er, dass ich mich ändere.

»Du leitest also aus unserem Sex das Recht ab, mich darum zu bitten, mich zu verändern?« Meine Stimme klingt ein wenig heiser, denn als ich sie ausspreche, geht mir die Tragweite meiner Worte erst richtig auf. Er will mich nicht um meiner selbst willen.

Cam stellt auch seinen Teller hin, wendet sich mir zu und keilt mich zwischen sich und der Theke ein. »Das habe ich überhaupt nicht gesagt.« Er hebt die Hände und vergräbt sie in meinem Haar, umfasst meine Wangen und schiebt dann mein Kinn in die Höhe, um mir geradewegs in die Augen zu blicken. »Was ich dir zu sagen versuche, Suda Kaye, ist Folgendes: Du bist vollkommen. Jeder Mann, der einigermaßen klar im Kopf ist, wird sich eine Gelegenheit wünschen, die Verheißung, die du ausstrahlst, für sich zu gewinnen. Ich will dieser Mann sein. Lass zu, dass dies der Anfang ist.«

Die Tatsache, dass wir nach zehn langen Jahren hier zusammenstehen und darüber nachdenken, unsere Beziehung wieder aufleben zu lassen, treibt mir beinahe die Tränen in die Augen. Ich wollte immer mit Camden zusammen sein. Er ist der Mann, den ich vor vielen Jahren aufgegeben habe, und jetzt gibt er mir die Chance, noch einmal von vorn zu beginnen. Doch das ist unmöglich. »Wir können nicht von vorn anfangen, Cam. Immerhin waren wir jahrelang zusammen.«

Er lächelt so wunderbar, dass mein Herz einen Schlag aussetzt und mir der Atem stockt. »Dann treffen wir uns halt in der Mitte, Süße. Sei mit mir zusammen. Wir erschaffen etwas Neues. Lass dich mit mir zusammen darauf ein.«

Ihn in der Mitte treffen.

Das gefällt mir sehr.

»Das schaffe ich.« Ich nicke, und während die Worte in Endlosschleife in meinem Hirn widerhallen, freunde ich mich immer mehr mit dem Gedanken an. Vielleicht kann es ja funktionieren. Statt einen Neuanfang zu wagen, treffen wir uns in der Mitte.

»Danke dir.« Er neigt den Kopf und küsst mich erneut. Diesmal sanft, süß und innig. Es ist beinahe wie ein Pakt oder ein kleiner Schwur.

Als er fertig mit Küssen ist, dreht er sich um und führt mich zum Barhocker. »Iss deine Eier, bevor sie kalt werden.«

»Aye, aye, Captain.«

Er gluckst vor sich hin. »Du bist echt bekloppt. Manche Dinge ändern sich wohl nie.«

»Nein, manches ändert sich nie.«

Nach dem Frühstück duschen Cam und ich lange miteinander und sind dabei auch sehr produktiv. Damit leiten wir Orgasmus Nummer fünf und sechs für mich ein und Nummer vier für ihn. Obwohl wir es nicht wirklich nachhalten, zähle ich insgeheim trotzdem mit, was mir großen Spaß macht.

Dann stehe ich neben Cam vor dem Waschtisch und blicke zu ihm hinüber, während ich die Mascara auftrage. Er verteilt etwas Schaumfestiger in seinem Haar und versucht, seine Locken zu zähmen.

»Ich liebe dein Haar.« Ich zwinkere ihm zu und widme mich dann wieder meinen Wimpern.

»Ich weiß. Das ist ziemlich offensichtlich, denn immer, wenn ich dich küsse, vergräbst du deine Finger darin und ziehst daran.«

»Stört dich das?« Ich halte im Tuschen meiner Wimpern inne und trete einen Schritt zurück, um ihn direkt anzusehen.

»Nicht im Geringsten.« Er beugt sich zu mir herab und gibt mir erst ein schnelles Küsschen auf die Lippen, dann noch eins auf den Hals, danach atmet er tief ein. »Süße, du duftest so gut. Verdammt köstlich.«

»Danke. Mom hat uns in unserer Jugend beigebracht, unser eigenes Parfüm herzustellen, weißt du noch?«

»Ja, Catori war schon eine Persönlichkeit. Liebte sie. Vermisse sie.«

Bei dem Gedanken an Mom zieht sich mein Herz zusammen, aber mir kommen keine Tränen mehr. Es hat Jahre gedauert, aber irgendwann war ich dann doch in der Lage, an Mom zu denken, ohne zu weinen oder in Depressionen zu verfallen.

»Also, äh …« Ich räuspere mich. »Wir haben noch gar nicht genau darüber geredet, wie es mit Miss Colorado gelaufen ist. Du hast mir nur gesagt, dass es vorbei ist.«

Er zuckt zurück und wirft mir einen scharfen Seitenblick zu. Ich will es wissen, also weiche ich seinem Blick lieber aus und widme mich weiter meinem Make-up, greife nach meinem Augenbrauenstift und zeichne mir die Brauen nach.

»Du hast sie Miss Colorado genannt?«

»Meistens.« Wahrscheinlich wäre es undiplomatisch, ihm auch die anderen Spitznamen zu verraten, die Evie und ich für sie hatten.

»Warum?«

Ich runzele die Stirn und schaue ihn im Spiegel kurz an. Er beobachtet mich weiter beim Schminken. »Liebling, sie war einfach bildhübsch, angefangen von ihrem erlesen gestylten platinblondem Haar bis hin zu ihrem fachmännisch zurechtgemachten Gesicht, dieser superschlanken Figur und den teuren Klamotten.«

Er stößt ein tiefes Lachen aus, und ich bin erleichtert, denn offenbar geht er nicht davon aus, dass ich mich über ihn lustig mache. Nichts liegt mir ferner. Sie kommt mir tatsächlich perfekt vor – trotz ihrer künstlichen Ausstrahlung und der Tatsache, dass sie eine verlogene, intrigante, manipulative Bitch ist.

»Na ja, ich würde mich nie mit jemandem einlassen, der nicht mein Interesse weckt. Aber Brittney hat mich zudem zu einem ungünstigen Zeitpunkt erwischt. Mom und Dad haben mich unter Druck gesetzt, doch langsam mal zu heiraten und einen Stammhalter in die Welt zu setzen. Damit haben sie übrigens begonnen, nachdem ich die Beziehung zu einer Frau beendet hatte, mit der ich ein Jahr zusammen gewesen war, von der ich mich aber löste, weil sie nicht die Richtige war.«

Er lässt die Schultern sinken, und mir wird klar, dass es ihm schwerfällt weiterzusprechen.

»Brittney und ich, wir haben uns zufällig an unserem ehemaligen Jahrestag kennengelernt, an dem ich, wie immer, ziemlich fertig war. Sie kam hereingerauscht und hat schon am nächsten Tag Pläne für mich geschmiedet. Da habe ich sie abserviert. Wie du weißt, ist sie ein paar Wochen später wiedergekommen und hat mir diese Schwangerschaftslüge aufgetischt. Um ehrlich zu sein, habe ich mich damals so verzweifelt danach gesehnt, etwas zu haben, das nur mir gehörte, dass ich mich darauf eingelassen habe.«

»Kannst du mir das erklären?« Ich runzele die Stirn, lehne mich ans Waschbecken und beobachte ihn scharf.

Er fährt sich mit der Hand durchs Haar. »Sie war einfach nur zur richtigen Zeit mit dem richtigen Szenario am richtigen Ort. Sie meinte, unsere Familien würden einander mögen. Potthässlich war sie auch nicht gerade. Klar, sie war verwöhnt und ein bisschen nervig, aber ich dachte mir, dass ein Baby diese Züge abmildern würde, und falls nicht, dann würde mir das gelingen. Zumindest würde mein Kind in einer guten Familie aufwachsen und in dem Wissen, dass er oder sie geliebt wurde. Dämlich …« Er schüttelt den Kopf, und ich werfe den Augenbrauenstift in meine Schminktasche und mache ein paar Schritte auf ihn zu, um ihn an der Wand festzunageln. Ich lege ihm die Hände auf die Taille und presse mich an ihn.

»Das ist nicht dämlich, Cam. Das ist wunderschön. Sie ist diejenige, die sich mies verhalten und deine Schwäche ausgenutzt hat. Sich eine Familie zu wünschen und einem Kind das Beste von allem geben zu wollen, also zwei Elternteile im gleichen Haushalt, das ist nicht falsch. Sondern lobenswert.«

»Findest du?«

Ich lächele und gebe ihm einen Kuss auf seine nackte Brust direkt über dem Herzen. Früher tat ich das häufig, und die Erinnerung daran, wie meine Lippen sich auf seiner Haut anfühlen, hat mich in all den Jahren nicht verlassen. Es jetzt wieder tatsächlich zu spüren ist einfach magisch. Ich seufze und streichele beruhigend seine Arme. »Vielleicht ein bisschen altmodisch, aber darum nicht weniger ehrenhaft. Doch eines wundert mich immer noch, auch wenn ich dadurch vielleicht ein wenig … zickig rüberkomme.« Ich lasse meine Hand in Höhe seines Herzens über seine Brust gleiten.

»Was?«

»Warum bist du mit ihr zusammengeblieben, auch nachdem sie behauptet hatte, das Baby verloren zu haben?«

Er schürzt die Lippen, und sein Kiefer verkrampft sich. Ein paar Augenblicke lang stehe ich nur ganz nah bei ihm, die Hand auf seinem freundlichen Herzen, und warte.

Schließlich seufzt er. »Damals hat sie über nichts anderes gesprochen und so bitterlich geweint, dass sie hyperventilierte. Ich selbst hatte das Gefühl, von einem Lkw überfahren worden zu sein. Drei Monate lang hatte ich geglaubt, Vater zu werden.

Plötzlich sah ich auch abseits des Familienunternehmens wieder einen Sinn im Leben. Als dieser Sinn mir genommen war, traf mich der Verlust umso härter. Und da Brittney ihren Verlust so überzeugend gespielt hatte, fühlte ich mich ihr nahe. Wir hatten etwas sehr Schlimmes durchgemacht, das uns aneinanderband. Dass wir unser Baby verloren haben.«

Ich nicke und tätschele seine Brust. »Das verstehe ich.«

Cam zuckt mit den Schultern. »Ich wollte das Richtige tun. Ich musste nicht nur mit dem Verlust klarkommen, sondern ich hatte es auch mit einer Frau zu tun, die sich an mich binden und eine Familie mit mir gründen wollte. Zumindest glaubte ich das. Du weißt, dass ich mir das immer gewünscht habe, und schließlich werde ich auch nicht jünger …«

»Shhh.« Ich gebe ihm einen Kuss auf die Stelle über seinem wundervollen Herzen und lege den Kopf auf seine Brust, um seinem Pochen zu lauschen. »Ich verstehe. Du bist ein total anständiger Mann, Camden Bryant.«

Er nimmt mich in die Arme und verschränkt die Hände in meinem Kreuz über meinem Po.

»Was hast du zu ihr gesagt, nachdem du am Sonntag die Wahrheit erfahren hast? Oh, und ich muss mich entschuldigen. Ich wollte dir das, was wir herausgefunden hatten, unter vier Augen sagen, aber das ist ja dann gründlich schiefgegangen.«

Er streichelt mir über den Rücken, diesmal, um mich zu trösten. »Schon gut. Meine Brüder und ich haben keine Geheimnisse voreinander. Wir haben gelernt, einander in beschissenen Situationen mit Rat und Tat zur Seite zu stehen. So kommen wir besser damit klar.«

Ich nicke und frage mich, wie seine Brüder wohl reagierten, als ich ihn vor zehn Jahren verlassen habe. Vermutlich scharten sie sich um ihn und versicherten ihm, dass ich es nicht wert sei.

Wenn die Situation umgekehrt gewesen wäre, hätte Evie ganz sicher das Gleiche für mich getan.

»Wie willst du nun weiter vorgehen?«

Er holt tief Luft. »Mom und Dad sind außer sich. Der Gedanke, dass man mich in eine Situation hineinmanövriert hat, in der ich ihr den Ring an den Finger stecke, und dass man ein zukünftiges Enkelkind erfunden hat, um zum Ziel zu gelangen, bringt sie auf die Palme. Soweit ich weiß, treffen sie sich mit ihren Eltern im Country Club, um mit ihnen über die Situation zu reden. Ich habe versucht, sie dazu zu bringen, es gut sein zu lassen, aber das bringen sie einfach nicht fertig. Und ich werde mich hüten, sie vor ihren eigenen Eltern zu beschützen. Ein wenig liebevolle Strenge könnte ihr nicht schaden, damit sie endlich erwachsen wird.«

»Wohl wahr!« Ich lächele. »Und geht es dir dabei gut?«

Er zuckt mit den Schultern. »Größtenteils ja. Aber durch dich ist es mir deutlich leichter gefallen, meinen Frieden damit zu schließen.«

»Oh. Mein. Gott.« Ich kann es kaum glauben.

»Was?«, sagt er schmallippig.

Ich sacke in seinen Armen zusammen. »Das ist ätzend.«

»Was ist ätzend?«, forscht er in leicht barschem Ton.

Ich presse meinen Kopf an seine Brust, und er legt mir die Hand in den Nacken. »Was ist ätzend, Baby?«

Mir entfährt ein leiser Seufzer. Ich verziehe die Lippen zu einem Schmollmund und blicke zu ihm auf, wobei ich das Kinn auf seine Brustmuskeln lege. »Ich bin deine Lückenbüßerin.«

Kaum habe ich das ausgesprochen, nimmt er mich fest in die Arme, legt den Kopf in den Nacken und lacht aus vollem Halse los. Das Lachen vibriert tief in seiner Brust durch seinen ganzen Körper, sodass ich gleich mit erzittere.

Spielerisch versetze ich ihm einen Klaps auf die Brust. »Liebling, ich mein's ernst.«

Er gluckst noch einmal leise, und seine Augen funkeln. »Ich weiß. Und das macht es sogar noch witziger.«

»Wie meinst du das?« Ich schürze die Lippen.

»Suda Kaye, du warst nie ein Lückenbüßer-Irgendwas und könntest es auch niemals sein. Du bist meine erste Wahl. Und das darfst du von ganzem Herzen glauben, bis hinab zu deinen hübschen kleinen Zehen.«

Ich kneife die Augen zusammen und lasse dieses Kompliment in meinem Kopf ein wenig nachhallen.

»Und außerdem: Wenn überhaupt, dann ist jede Frau, die nach dir kam, eine Lückenbüßerin. Du … du bist zurück und genau da, wo du sein solltest. In meinen Armen. In der Mitte.«

Ich lächele breit. »In der Mitte, Baby.«

»Genau. Und um zum Schluss zu kommen: Ich hatte keinerlei Gefühle für Brittney, sonst wäre ich nicht nach einem Tag schon über sie hinweg. Das ist mein voller Ernst. Wir wollten ein Baby zusammen großziehen. Als sie behauptet hat, es verloren zu haben, litt ich mehr unter dem Verlust des Kindes als unter allem anderen. Herauszufinden, dass das Ganze ein Fake war, hat mich wütend gemacht, war mir peinlich und motivierte mich, den ganzen verdammten Mist so schnell wie möglich hinter mir zu lassen.«

Unbehagen schlängelt sich mein Rückgrat hinauf. »Ja, aber du hast sie Mausi genannt. Du musst doch irgendetwas für sie empfunden haben.«

»Sie hat sich diesen Kosenamen selbst ausgedacht und sagte mir, dass sie so genannt werden wollte. Ich musste mich zwar erst mal dran gewöhnen, aber eigentlich war es mir total egal. Sie schien mir ein anständiger Mensch zu sein, und sie trug mein

Baby unter dem Herzen; und wenn sie es unbedingt wollte, würde ich sie halt so nennen. Dann wurde es irgendwann zur Gewohnheit. Und eins darf man nicht vergessen: Sie war hübsch, schien ganz vernarrt in mich zu sein und kam aus gutem Hause.«

Ich lehne mich zurück und seufze. »Ja, wahrscheinlich hast du recht. Abgesehen von ihren Lügen, ihrem Betrug und der Manipulation ist sie wahrscheinlich perfekt.«

Cam lacht leise und dreht mich um, sodass ich nun vor dem Waschtisch stehe. »Jetzt mach dich zu Ende fertig. So langsam müssen wir uns mal wieder um den Laden kümmern. Die Öffnungsfeier rückt immer näher. Es dauert nur noch ein paar Wochen, bis Gypsy Soul an den Start geht. Außerdem muss ich nach Hause, mich umziehen, im Büro vorbeischauen, für heute Abend einen Tisch reservieren, um mit meiner Angebeteten zu dinieren, und du musst deinem Bauunternehmer den Laufpass geben.«

Er verlässt den Raum, wahrscheinlich, um seinen zerknitterten Anzug anzuziehen. Seine Worte treffen mich bis ins Mark. »Deine Angebetete?«

»Ja, Süße, meine Angebetete.«

»Damit habe ich mich aber gar nicht einverstanden erklärt«, warne ich ihn und trage ein wenig Rouge auf.

»Du wirst dich schon noch dran gewöhnen«, ruft er laut aus dem Nebenzimmer.

»Und ich muss nicht mit Kyson reden«, platze ich heraus, obwohl das eine dicke Lüge ist.

Wieder taucht Cams Gesicht im Spiegel auf. »Denk nicht mal dran, mich an der Nase herumzuführen, Süße. Du musst dem Baumeister sagen, dass er keine Chance bei dir hat, sonst mach ich es.« Er untermauert seine Worte mit einem Blick, der keinen Widerspruch duldet.

Die Vorstellung, wie er mit Kyson spricht, beschwört das Bild von zwei heißen Gladiatoren herauf, der eine hell, der andere dunkel, die um eine hübsche Jungfrau kämpfen. Diese Maid wäre dann wohl ich, angetan mit einem atemberaubenden geschnürten Samtkleid, dessen Korsett meine Brüste nach oben schiebt, und einem Blumenkranz auf meinem Haar. Ich stelle mir vor, wie Cam Kyson mit einem riesigen, glänzenden Schwert in die Brust sticht, wie das Blut in alle Himmelsrichtungen spritzt. Ende dieses fantastischen Minifilms. Aber selbst wenn es nicht zum Blutvergießen kommt, prügeln können sie sich meinetwegen immer noch. Kyson kommt mir durchaus wie jemand vor, der draufgängerisch genug ist, um eine Schlägerei anzuzetteln. Und Cam? Na ja, der hat drei Brüder. Er ist daran gewöhnt, mal einen Schlag auszuteilen oder einzustecken.

»Okay, ich rede mit ihm«, erkläre ich, denn ich möchte nicht erleben, wie zwei Männer, die ich mag, aufeinander losgehen – weder körperlich noch verbal. Im Moment müssen wir drei in erster Linie zusammenarbeiten.

Na bitte, deshalb hätte ich Kyson von vornherein nicht küssen dürfen. Evie hatte mich gewarnt, Geschäftliches nicht mit Privatem zu vermischen, und sie hatte recht. Aber andererseits hatte ich den Morgen eng umschlungen mit Camden im Bett verbracht, der mein Geschäft mitfinanziert und dessen Stiftung ebenfalls involviert ist.

»Heute«, beharrt er.

Ich grinse. Mir gefallen sein übertriebener Beschützerinstinkt und seine offene Eifersucht. Trotzdem passt es mir nicht in den Kram, ein Gespräch mit Kyson führen zu müssen, das ich gar nicht führen will. Nicht weil ich generell vor so etwas zurückscheue, sondern weil gerade dieses Gespräch recht unangenehm ist. Immerhin weiß ich, dass er sich meinetwegen ziemlich ins

Zeug gelegt hat, und jetzt entscheide ich mich dennoch gegen ihn. Genau genommen hatte ich mich sogar von vornherein für Cam entschieden, auch als ich Kyson sagte, dass ich mit Cam nur befreundet sei.

Ist das alles verwirrend!

Cam mustert mich von Kopf bis Fuß. Ich trage eine Bootcut-Jeans, einen dunkelvioletten BH und sonst nichts.

»Bist du schon fertig?«, fragt er.

Ich schenke ihm ein mutwilliges Grinsen und stemme die Hand auf die Hüfte. Seine Lippen zucken belustigt.

»Ja, ich gehe jetzt genau so da runter.«

Er legt mir den Arm um die Schulter und schiebt mich zum Kleiderschrank. »Zieh dir ein T-Shirt über, und hör auf, mich zu verarschen.«

»Aber das ist so leicht.«

»Hm. Eben unter der Dusche klang das aber ganz anders. Ich glaube, das klang eher nach: ›Härter, Cam, Härter.‹«

Ich greife nach dem süßen langärmeligen T-Shirt mit V-Ausschnitt und starre ihn mit offenem Mund an: »Du bist ein Teufel!«

Er gluckst leise vor sich hin. »Auch das hast du eben nicht gesagt …«

Diesmal stürme ich zu ihm hinüber und lege ihm die Hand auf den Mund. »Still jetzt! Ich ziehe mich gerade an. Warum bist du eigentlich nicht schon längst unterwegs und holst mich erst, wie angekündigt, zum Abendessen wieder ab?«

Er schüttelt den Kopf. »Suda Kaye, wenn du glaubst, ich gehe da runter, ohne dich an meiner Seite, um jedermann deutlich zu zeigen, wer die ganze Nacht und den ganzen Morgen hier oben mit dir zusammen war, bist du auf dem Holzweg.«

Ich lasse das Shirt über meinen Kopf gleiten und greife nach dem auffälligen breiten braunen Ledergürtel mit dem umwerfenden in Silber gefassten Türkis an der Schnalle, ziehe ihn durch die Schlaufen und hake ihn ein. Innerhalb weniger Sekunden habe ich noch ein Paar Wildlederstiefel übergestreift, die perfekt zu dem Gürtel passen.

»Gut! Ich bin fertig. Dann reiben wir Kyson deinen Gewinn mal unter die Nase.«

Cam umfasst meine Taille und gibt mir einen schnellen, innigen Kuss. Ich schließe die Augen, als er sein bärtiges Kinn bis hin zu meinem Ohr wandern lässt, wo er mich erneut küsst und raunt: »Ich bin froh, dass du es genauso siehst wie ich.«

Bevor mir eine freche Antwort einfällt, küsst er mich ein drittes Mal, ergreift meine Hand, und wir steigen die Treppe zu meinem Laden hinunter.

Kapitel 14

Auf dem Weg nach unten und durch den Laden, wo Kyson und Lincoln die Regale anbringen, hält Cam auf übertrieben offensichtliche Art meine Hand fest. Ich sehe mich um, und wieder einmal überrascht es mich, dass all das mir gehören soll.

Angefangen von diesem unvergleichlichen Schaufenster bis hin zu den verschiedenen einzigartigen Schaukästen, dem fantastisch gestalteten Kassenbereich, der eher wie eine Bar anmutet, bis hin zu all den kleinen Nischen und Winkeln, die Gypsy Soul so einzigartig machen. In ein paar Tagen werden wir den gesamten Raum in einem dunklen Auberginenton streichen, der wunderbar zu den hellgrauen Stoffbahnen passt, mit denen wir die offene Decke verhangen haben. Erst hatte ich darüber nachgedacht, diesen offenen Lagerhallen-Look doch beizubehalten, aber der passte einfach nicht zu der behaglichen Sinnlichkeit, auf die ich mit meinem Laden abziele.

Cam räuspert sich. »Kyson.«

Lincoln dreht sich als Erster um und mustert Camden von Kopf bis Fuß. Sein Blick huscht von Camden zu unseren ineinander verschränkten Fingern. Schließlich sieht er mich mit säuerlichem

Ausdruck an. »Hey, Schickse. Hast du sie endlich aus dem Bett gelassen?«

Ich keuche schockiert und unangenehm berührt. Cam macht einen Schritt auf Lincoln zu, und die Luft vibriert plötzlich vor wütender, elektrischer Spannung. Zu allem Überfluss ist Lincoln heute Morgen noch schlechter gelaunt als sonst.

Er will Cam entgegentreten, aber Kyson hält seinem Bruder den Arm vor die Brust, sodass er stehen bleiben muss. »Ich mach das schon. Das geht dich nichts an. Und deine Äußerung war unangemessen, insbesondere Suda Kaye gegenüber. Entschuldige dich.« Seine Stimme klingt ernst und unnachgiebig.

Nach diesem Rüffel sieht Lincoln mich an. »Sorry, Suda Kaye. Das war zu krass. Aber wenn du das nächste Mal mit meinem Bruder abhängen willst … entscheide dich einfach dagegen, ja?«

Ich weiche einen Schritt zurück, als hätte man mir eine Ohrfeige versetzt.

»Lincoln, das war echt total daneben. Suda Kaye schuldet mir überhaupt nichts. Und schon gar nicht eine Erklärung oder eine Entschuldigung«, blafft Kyson.

Lincoln schüttelt den Kopf und richtet den Blick auf mich. Er fletscht die Zähne wie ein Rottweiler, bevor er sich auf einen Eindringling stürzt. »Ihr Frauen seid doch alle gleich. Immer nur darauf aus, guten Typen eins auszuwischen und sie zu verletzen.«

Mir bleibt der Mund offen stehen, und meine Augen füllen sich mit Tränen. Meine Kehle ist auf einmal ganz trocken. Bevor ich irgendetwas sagen kann, hat sich Cam an Kyson vorbeigeschoben und steht nun Lincoln genau gegenüber. »Sie vergessen sich. Sie arbeiten für Ms. Ross. Also behandeln Sie sie respektvoll.« Sein Ton duldet keine Widerrede. Cam runzelt die Stirn und wirft Kyson einen flüchtigen Blick zu. »Das gilt auch für Sie. Vergessen Sie nicht, weshalb Sie hier sind.«

Lincoln schnaubt, gibt aber keine Antwort.

»Sie haben recht. Ich kümmere mich drum. Er versteht das nicht.« Kyson legt Cam eine Hand auf die Schulter, zeigt eher Solidarität als den Wunsch nach Vergeltung, obwohl es sein Bruder ist, den Cam gerade in die Schranken weist.

»Ich will, dass er geht. Sofort!«, stößt Camden zwischen zusammengebissenen Zähnen hervor. »Kein Mann sollte so mit einer Frau reden, und ganz bestimmt nicht mit meiner Freundin, zumal sie Ihr Arbeitgeber ist. Haben wir uns verstanden?« Weiß glühender Zorn scheint in knisternd-heißen Energiewellen von ihm auszustrahlen.

»Meinetwegen, Mann«, höhnt Lincoln.

»Das ist auch nicht besser«, beklagt sich Kyson.

Cams Kiefer verkrampft sich, und seine Hände ballen sich zu Fäusten. »Ich meine es ernst. Ich will Sie hier nicht mehr sehen. Sammeln Sie Ihren Scheiß ein, und machen Sie, dass Sie rauskommen. Wenn nötig, suchen wir uns neue Handwerker.«

Jetzt mische ich mich in das ganze Durcheinander ein, lege meine Hand auf Camdens Bizeps und drücke ihn beruhigend. »Cam, schon gut. Wirklich, mit mir ist alles in Ordnung. Das ist alles nur ein Missverständnis …«, setze ich an, aber Lincoln schnaubt und wirft das Werkzeug in seine Kiste. Er reckt das Kinn und grinst. »Wie ich bereits sagte: Meinetwegen, Mann.« Er beugt sich vor, schnappt sich seinen Werkzeugkasten, klatscht sich eine Baseball-Kappe auf den Kopf und geht zur Tür. Er hat sie schon geöffnet, da dreht er sich noch einmal um und lässt noch eine letzte Spitze in meine Richtung los: »Sie gehört ganz Ihnen. Viel Glück damit.«

Ich schnappe nach Luft und senke den Kopf. Heiße Röte überzieht meine ganze Haut.

»Passen Sie auf, dass Ihnen die Tür nicht noch einen Tritt in den Hintern verpasst!«, brüllt Camden und stemmt die Hände in die Hüften. Er bebt regelrecht vor Wut. Dann dreht er sich zu Kyson um und knurrt: »Und jetzt nennen Sie mir einen guten Grund, warum ich Ihnen nicht auch in den Arsch treten sollte.«

Kyson holt tief Luft und atmet langsam aus. »Ich kann Ihnen keinen guten Grund geben. Seine Worte waren so neben der Spur, dass sie jeden Grund zunichtegemacht haben. Ich kann nur eins sagen: Mein Bruder will mich bloß beschützen. Ich … na ja … wurde von einer Frau einmal ziemlich derb in die Pfanne gehauen. Wir hatten sie alle für einen anständigen Menschen gehalten, aber das ist nicht der Punkt.« Er fährt sich mit der Hand über den Nacken und blickt auf seine Arbeitsstiefel herab. »Anscheinend hat Lincoln einen falschen Eindruck von Suda Kaye und mir, weil er uns während der Arbeit beobachtet hat und wir zu allem Überfluss auch noch den gestrigen Abend miteinander verbracht haben. Dann haben wir gehört, … äh …, wie Sie beide dort oben gefeiert haben, und Sie dann fröhlich die Treppe herunterkommen sehen. Lincoln hat das, was zwischen Suda Kaye und mir war, falsch verstanden. Denn viel war da gar nicht …«

»Und jetzt ist es gar nichts mehr«, schnaubt Camden.

Kyson benetzt die Lippen und sieht mich an. »So würde ich es nicht gerade nennen. Doch ich habe kapiert, dass ihr beiden eure Differenzen ad acta gelegt habt. Aber ungelogen: Ich habe sie zwar tatsächlich angemacht, wollte allerdings nie etwas Ernstes. Rehauge, das war doch immer klar zwischen uns, oder?«

Endlich finde auch ich meine Stimme wieder. »Ja! Auf jeden Fall! Tausendmal ja. Wir sind vom gleichen Schlag. Keine Verpflichtungen. Es geht nur um Freundschaft und Lust …«

»Es ging nur darum. Das ist jetzt vorbei.« Camdens Stimme

ist wie eine scharfe Klinge, die die Luft zwischen uns dreien durchschneidet.

Ich schlucke meine Nervosität herunter und nicke. »Ja. Cam und ich probieren es miteinander«, versuche ich Kyson zu erklären. Ich weiß gar nicht, wo ich anfangen soll, aber Gott sei Dank unterbricht er mich mit einer Handbewegung.

»Du brauchst nichts mehr zu sagen. Alles gut. Ich freue mich für euch beide. Dass ihr einander gefunden habt. Und versucht, etwas zu erreichen, was ihr euch beide wünscht. Ich hab's kapiert. Aber für mich selbst wünsche ich mir so was nicht. Auf jeden Fall hat sich mein Bruder total danebenbenommen. Seine Bemerkungen waren völlig unangebracht, und ich werde auch noch mal mit ihm darüber reden. Und zwar ausführlich. Ich kann problemlos ein oder zwei neue Mitarbeiter für das Projekt hier finden. Tut mir bloß einfach leid, was er gesagt hat. Wenn ihr beide bereit seid, darüber hinwegzusehen, würde ich diesen Job gern beenden.« Seine blauen Augen blicken sanft, seine Züge sind frustriert und ein wenig traurig. Sein Bruder tut ihm leid, aber gleichzeitig will er die Wogen zwischen uns wieder glätten.

»Solange er nicht zurückkommt und Sie kapieren, dass ›Ihr Rehauge‹ in Wirklichkeit ›mein Rehauge‹ ist, geht das klar.«

Kyson grinst und streckt ihm die Hand entgegen. Cam schürzt die Lippen und sieht dem Mann nur unverwandt in die Augen. Aber Kyson gibt nicht auf. Er ist integer und hat Zivilcourage, das steht fest. Schließlich kann Cam keinen Mann abweisen, der versucht, sich anständig zu verhalten und die Wogen wieder zu glätten. Er schüttelt ihm also die Hand, und Kyson grinst weiter, sieht dann aber mich an. Ich bin sprachlos, als er sagt: »Dein Mann ist ein knallharter Anzugträger. Das gefällt mir und ist gut für dich.«

Ich sehe zum Himmel empor und erkläre sowohl Gott als auch meiner Mutter: »Echt jetzt … Männer sind alle verrückt.«

Sowohl Kyson als auch Camden müssen lachen.

»Ich mache mich nun wieder an die Arbeit und telefoniere herum, um jemanden zu finden, der mir zur Hand geht. Noch mal sorry wegen des Ausbruchs. So was kommt nicht wieder vor«, versichert Kyson.

»Ich nehme Sie beim Wort. Danke.« Camden streckt mir die Hand hin. »Begleitest du mich zum Auto?«

»Klar.« Ich ergreife sie und folge ihm.

Kaum draußen angekommen presst er mich gegen den schimmernden schwarzen Range Rover und nimmt mich in die Arme. Er lehnt seine Stirn an meine. »Geht es dir gut?«

Ich hebe den Kopf und lache leise. »Mir? Du warst doch derjenige, der da drinnen eben ausgerastet ist.«

Er runzelt die Stirn und reibt seine Nase an der meinen. »Ich werde niemals zulassen, dass irgendein Mann dich respektlos behandelt, Suda Kaye. Niemals. Er ist einfach zu weit gegangen.«

»Dir ist aber schon klar, dass ich für mich selbst sorgen kann. Das mache ich seit zehn Jahren.« Mit dem Daumen deute ich nach hinten auf den Schauplatz unseres kleinen Scharmützels. »Das da eben war gar nichts. Ich habe bereits viel Schlimmeres erlebt.«

Cam atmet so schwer aus, dass die Luft mein Gesicht streift. »Aber das musst du jetzt nicht mehr. Jetzt stehe ich hinter dir und werde dich beschützen.«

Plötzlich wird mir ganz warm ums Herz, und ich umarme ihn fester, vergrabe die Hände in seinem Haar und ziehe ihn zu mir herab. Ich küsse ihn hart, schmecke einen Hauch Kaffee und Pfefferminz und mein Lieblingsaroma … Camden. Er lässt seine Zunge in meinen Mund gleiten, jagt der meinen hinterher, dann saugt er an meiner Unterlippe. Wir küssen uns lange und ausgiebig, wobei ich zwischen ihm und dem Auto eingekeilt bin, stehen im Sonnenschein und knutschen, was das Zeug hält. Da wir uns zur Hauptgeschäftszeit auf der Main Street befinden, sieht uns wahrscheinlich so ziemlich jeder dabei zu, aber das ist mir egal.

Als wir endlich genug haben, löse ich mich von ihm und sehe ihm in die hypnotischen Augen. »Das alles wird nicht leicht für mich, und ich muss mich erst noch dran gewöhnen. Ich hatte seit dir keinen Freund mehr. Ich weiß gar nicht mehr so genau, wie es ist, offiziell mit einem Typen zusammen zu sein.«

Er runzelt die Stirn. »Wie zum Teufel ist das möglich?«

Ich zucke mit den Schultern. »Tief drinnen war ich ehrlich zu mir selbst. Liebling, nach dir habe ich mich niemals länger an jemanden gebunden. Wenn es einen Mann in meinem Leben gab, dann immer nur vorübergehend, ein paar Monate vielleicht. Irgendwann hat mich jedes Mal unweigerlich wieder der Wunsch gepackt, weiterzuziehen. Er regte sich tief in meinem Inneren wie ein stechender Schmerz, bis das Fernweh zu groß wurde. Dann musste ich einfach alles hinter mir lassen. Und mich ins nächste Abenteuer stürzen.«

Cum umfängt meine Wange. »Süße, wenn dich das Fernweh wieder packt, musst du dagegen ankämpfen.« Seine Miene verfinstert sich, aber seine Augen sind nach wie vor sanft und voller Hoffnung.

Er will mir vertrauen.

Ich will mich seines Vertrauens als würdig erweisen.

Ich schüttele den Kopf und seufze. »Ich weiß nicht genau, woran es liegt, aber seltsamerweise hat es sich in den Monaten seit meiner Rückkehr nicht mehr gemeldet. Kein einziges Mal. Normalerweise gibt es immer erste Vorboten. Innere Unruhe oder das Gefühl, irgendwie fremd zu sein – egal wo ich bin. Dann habe ich immer angefangen zu beten, mit Mom darüber gesprochen, und irgendwann habe ich dann ihr Buch geöffnet und wahllos auf irgendeine Seite gedeutet. Und – Simsalabim! – schon war ich wieder unterwegs, auf der Straße, im Flugzeug, auf einem Schiff und machte mich auf zu meinem nächsten Ziel.«

»Ihr Buch?« Cam packt mich fester.

Mist. Davon wollte ich ihm eigentlich gar nichts erzählen.

Ich versuche, das Thema zu wechseln. »Egal.«

»Was für ein Buch, Suda Kaye?«, forscht Cam nach, aber ich schüttele nur weiter den Kopf.

»Ein anderes Mal.«

»Jetzt gibt es schon drei Themen, über die wir nicht reden«, warnt er mich.

Ich kneife die Augen zusammen und ziehe unsicher die Nase kraus.

Cam fährt mit der Nase an meiner entlang. »Süße, erstens hast du mir noch nicht erklärt, warum du vor so vielen Jahren ausgerechnet auf diese Weise für so lange Zeit gegangen bist. Und zweitens haben wir noch nicht darüber gesprochen, dass du mir vor dem Einschlafen gestern Abend deine Liebe gestanden hat.«

»Ich war betrunken! Hallo? Dieses kleine Detail hast du anscheinend vergessen«, beharre ich, bemüht, diesen Versprecher zu überspielen.

Er ignoriert meine Stichelei. »Das dritte ist jetzt dieses geheimnisvolle Buch. Ich mag keine Geheimnisse. Und ich will definitiv keine Gewitterwolke über unseren Köpfen haben, wenn ich nicht mal einen Schirm dabeihabe. Kannst du das nachvollziehen?«

Ich nicke hastig. Ich bin nervös und will diese Unterhaltung endlich beenden und mich wieder angenehmeren Themen zuzuwenden.

Es ist einfach noch nicht der richtige Zeitpunkt.

Vielleicht kommt der ja auch nie.

Cam sagt nichts mehr, lässt mich aber nicht aus den Augen.

Sein durchdringender Blick bohrt sich förmlich in mich hinein auf der Suche nach Antworten, die ich noch nicht bereit bin, ihm zu geben. Ich merke, wie traurig er plötzlich wird. Er beißt die Zähne aufeinander und nickt. »Okay, ein anderes Mal. Vorläufig sprechen wir nur über das Gute.«

Ich lächele breit, und Cams Melancholie verschwindet beim Anblick meiner glücklichen Miene.

»Dinner heute Abend. Ich gehe mit dir ins *Twenty One Steak*.«

»Das heißt, ich soll mich elegant anziehen?«

Er grinst. »Gegen ein sexy Kleid hätte ich bestimmt nichts einzuwenden. Und jetzt gib mir noch einen Kuss, bevor ich nach Hause fahre, um mich umzuziehen, und dann ins Büro gehe.«

Ich umarme ihn und widme mich seinen Lippen. Wieder wächst sich das Ganze zu einer Küssorgie aus.

Als er sich von mir löst, atmet er tief ein. »Verdammt. Wie sehr ich das vermisst habe, Baby!«

»Was denn vermisst, Liebling?«

»Dieses Gefühl, meine Freundin nie verlassen zu wollen. Ein Feuer in mir zu haben, den brennenden Wunsch, sie stets in den Armen zu halten, ihr Herz an meinem schlagen zu spüren. Vor dir hatte ich so was nie. Und danach auch nicht. Ich bin so froh, dass ich das wiederhabe.«

Diesmal kann ich die Tränen nicht zurückhalten, und sie rinnen ungehindert meine Wangen hinab. Er wischt sie mir mit den Daumen ab, küsst mich sanft und tritt dann einen Schritt zurück.

»Geh jetzt arbeiten«, sagt er griesgrämig, als sei es mein Fehler, dass er gehen muss. Dabei wäre ich vollkommen zufrieden damit gewesen, meine kleine Wohnung nie zu verlassen … oder das Bett.

»Okay, Liebling.«

»Bleib, Suda Kaye«, sagt er leise und umrundet seinen glänzenden kastenförmigen Range Rover bis zur Fahrerseite.

Ich runzele die Stirn, als mir aufgeht, was er da gesagt hat. »Was meinst du damit?«

Er lächelt, legt einen Arm auf das Dach seines SUV und hält mit der anderen die Tür auf. Seine dunkelblonden Locken wehen in der leichten Brise, was sein Gesicht weicher und weniger wild wirken lässt. Im Moment sieht er aus wie ein *GQ*-Model. Die Sonne scheint, und er kneift die Augen zusammen, als er mir ein äußerst verführerisches Grinsen zuwirft.

»Bleib einfach«, wiederholt er.

»Bleiben.« Ich schüttele den Kopf und lächele ihn an.

»Ja, Süße, bleib einfach … bleib für immer.« Er klopft auf das Autodach.

Ohne noch etwas zu sagen, steigt er ein, schließt die Tür, lässt den Motor an und braust davon, um sich zu Hause umzuziehen und dann ins Büro zu gehen.

Ich kreuze die Finger und schaue seinem Wagen nach, der sich in den Verkehr auf der Straße einfädelt und verschwindet. Dann schicke ich ein stummes Gebet an meine Mutter, an Gott und an jeden anderen, der zuhört, dass sie mir die Kraft geben, ihm diesen Wunsch zu erfüllen.

Bleib einfach.

»Ihr seid wieder zusammen?«, kreischt Evie am anderen Ende der Leitung.

Ich halte das Handy vom Ohr weg, damit mir nicht das Trommelfell platzt, schalte den Freisprechmodus ein und lege es auf die Holzplatte und nehme die Lochzange zur Hand. Ich richte das Werkzeug über einem breiten Streifen camelfarbenem Leder aus und stanze das erste von vielen runden Löchern in die Tierhaut. Dieser Gürtel soll – ebenso wie die fünfzehn anderen in unterschiedlich gefärbtem Leder, die ich bereits malträtiert habe – total krass werden und sämtlichen Größen passen. Erst wird der gesamte Gürtel mit Löchern versehen, dann werden irgendwelche beliebigen Muster ins Leder gebrannt. Durch die Auswahl der coolen Gürtelschnallen kann sich der Kunde also ein ganz individuelles Stück zusammenstellen. Eigentlich ist jedes Unikat ein bunter Mix im Baukastensystem. Wer mehrere Gürtel kauft und dazu zwei, drei oder mehr Gürtelschnallen, kann alles wunderbar untereinander austauschen.

»Ich weiß nicht so genau, wie ich am besten darauf antworte. Ein Ja kommt mir zu einfach vor. Ich meine, vor zwei Tagen hatte er noch eine Verlobte, auch wenn die ihn benutzt und sein Vertrauen missbraucht und er sie nicht ansatzweise geliebt hat. Und ich selbst war zehn Jahre lang fort.«

»Und …«, drängt Evie, doch es fällt mir schwer, weiterzusprechen. Angestrengt denke ich nach, was ich überhaupt sagen soll.

Mit einem tiefen Seufzer lege ich die Lochzange beiseite und fahre mir mit der Hand durchs Haar. »Es macht mir Angst, Evie. Ich will das jetzt nicht vermasseln, aber das hatte ich beim letzten Mal auch nicht vor.«

»Aber nun ist Mom nicht mehr da und kann dir keine Flausen mehr in den Kopf setzen«, antwortet sie in boshaftem Ton.

»Evie …«, keuche ich entrüstet. »Mom ist nicht der Grund, warum ich mich von Cam getrennt habe.

Sie schnaubt und stößt ein falsches Lachen aus, das mir noch einmal zeigt, wie sie in Bezug auf die damalige Zeit empfindet. »Meinetwegen.«

»Dieses Wort höre ich heute schon zum zweiten Mal, und weißt du was? Von dir will ich es ganz sicher nicht hören. Moms Brief war vor Jahren vielleicht so was wie der Katalysator, aber er hätte keine Wirkung gezeigt, wenn diese innere Unruhe nicht bereits in mir gewesen wäre. Also, was zum Teufel mache ich jetzt damit? Dieses Ding, dieses Gefühl, wird immer da sein. Ich … ich habe einfach keine Ahnung, was ich tun soll. Evie, ich darf ihm nicht noch einmal wehtun.«

Evies Ton verändert sich sofort, und sie ist wieder die Schwester, die mich stets unterstützt. »*Huutsuu*, das wirst du auch nicht. Immerhin bist du jetzt keine achtzehn mehr.«

»Was hat denn das damit zu tun?«

»Suda Kaye, du hast heute andere Prioritäten. Du bist älter und reifer. Sieh dir nur an, was du in den wenigen Monaten, seit du hier bist, alles geleistet hast. In nur zwei Wochen öffnest du deine eigene Boutique. Das ist eine Leistung, auf die du stolz sein kannst. Außerdem dürfte dir klar sein, dass die Eröffnung eines Geschäfts bedeutet, dass du sesshaft wirst; du schaffst dir einen Ort, den du dein Eigen nennen kannst. Ein Zuhause. Endlich.«

Ich lasse die Worte sacken in der Hoffnung, dass sie meine tief verwurzelte Unsicherheit vertreiben.

»Und du meinst, das ist genug?«

Sie holt tief Luft, und mit klopfendem Herzen warte ich darauf, dass sie sagt, was sie denkt.

»Das kannst nur du selbst beurteilen, Schwesterherz, aber ich denke, nun, da Gypsy Soul, ich, Toko und jetzt auch noch Camden wieder zu deinem Leben gehören …« Sie macht eine längere Pause. »… muss ich glauben, dass es genug sein wird. Falls nicht, sind wir alle verloren.«

Wir sind alle verloren.

Sogar ich selbst.

Das hat sie zwar nicht ausgesprochen, aber gemeint.

»Weißt du eigentlich, dass du die klügste Frau bist, die ich kenne?«

»Äh, ja klar?« Ihr überhebliches Lachen erfüllt mein Herz mit genau dem richtigen Maß an Leichtigkeit. »Also, wie sieht der nächste Schritt in *Camden und Suda Kaye, Teil II* aus?«

»Du meinst, außer ihm die Seele aus dem Leib zu vögeln?«

Evie stöhnt und trällert vor sich hin. »La, la, la, la, laaaaaa.«

»Als ob du nicht darauf brennen würdest, zu erfahren, ob wir letzte Nacht miteinander geschlafen haben.«

Wieder eine Pause … und …

Drei.

Zwei.

Eins.

»Okay, na gut. Ich will es wissen. Habt ihr beiden es letzte Nacht miteinander getrieben?«

»Nein«, sage ich ausdruckslos, was genau genommen auch nicht gelogen ist. Letzte *Nacht* hatten wir keinen Sex.

»Ihr habt nicht miteinander geschlafen? Sein Auto stand noch da, als Kyson mich vor der Bar abgesetzt hat. Danach bin ich gleich rübergefahren, um mit dir zu reden, habe dann aber seinen Range Rover gesehen und wollte nicht stören.«

»Ich habe nicht gesagt, dass wir nicht miteinander geschlafen haben.«

Sie stöhnt entnervt auf, und ich lache schallend. Ich liebe es, sie ein bisschen zu veralbern.

»Geschlafen haben wir schon, allerdings nebeneinander und nicht übereinander.«

»Oh.« Sie klingt regelrecht enttäuscht. »Und mehr war nicht?«

»Was hast du denn erwartet?«

Etwas atemlos antwortet sie: »Keine Ahnung. Irgendetwas anderes, wie animalisch-wilden Sex, bei dem du vor Ekstase mit deinem Geschrei die Wände zum Wackeln gebracht hast.«

Aus dem Mund meiner braven Schwester Worte wie »animalisch-wilder Sex« zu hören ist Musik in meinen Ohren.

»Den Sex hatten wir heute Morgen. Tatsächlich waren wir so laut, dass Mr. Fix It und sein griesgrämiger Bruder es gehört haben.«

»Grundgütiger …«

»Hinterher sind wir runtergegangen. Lincoln hat mich danach im Grunde als Schlampe bezeichnet, die seinen Bruder übers Ohr gehauen hat.«

»Wie bitte?«

»Darüber war Cam natürlich nicht gerade begeistert. Er ist ausgerastet und hat ihn gezwungen, sich zu entschuldigen.«

»Unglaublich!«

»Mmmh-mmmh. Anschließend hat Camden Lincoln gefeuert und damit gedroht, mit Kyson ebenso zu verfahren.«

»Ich fasse es nicht!«

»Ja, nicht wahr? Kyson hat sich lang und breit entschuldigt; sie haben drüber geredet, und jetzt führt mich Cam heute Abend ins *Twenty One Steak* aus. Bevor er davonfuhr, hat er mir noch gesagt, dass er sich wünscht, ich wäre für immer an seiner Seite.«

»Wow, wow, wow, Moment mal. Also, zuerst einmal, geht es dir gut nach dem, was Lincoln gesagt hat?«

Ich zucke mit den Schultern, obwohl ich natürlich weiß, dass meine Schwester es nicht sehen kann, und greife wieder nach dem Werkzeug. Plötzlich habe ich das Bedürfnis, noch mehr Löcher irgendwo hineinzustanzen. »Ja, ist nicht zu ändern. Die Leute werden mich immer verurteilen, egal, was ich sage oder tue. Das ist im Leben nun mal so. Und ich habe es schon vor langer Zeit gelernt. Außerdem hat Cam die Sache für mich geregelt.«

»Ja, klingt, als sei er dabei äußerst energisch vorgegangen. Genau wie ein Mann, der seine Frau liebt und es nicht duldet, dass man sie schlecht behandelt«, antwortet Evie mit leicht träumerischer Stimme.

»Immer langsam, Evie. Wir hatten Sex, genau genommen sogar drei Mal. Und in gewisser Hinsicht hat er sich tatsächlich zwischen mich und meinen Bauunternehmer bzw. dessen Bruder geschmissen. Er führt mich zum Abendessen aus. Wir haben eine gemeinsame Vergangenheit. Ich versuche, mich momentan auf das Gute im Leben zu konzentrieren. Verstehst du?«

»Du genießt den Moment. Kapiert. Ganz und gar.« Auf einmal wird sie wehmütig. »Weißt du noch, wie Mom immer sagte: ›Lebt für den Augenblick, meine Lieblinge. Ihr wisst nie, wann euer letzter Moment gekommen ist.‹?«

Ich lächele, erinnere mich daran, wann Mom das zu uns sagte. »Ja, sie hat immer die richtigen Worte zum richtigen Zeitpunkt gefunden.«

»Ja. Na ja, ich freue mich darauf, mehr von deiner Geschichte zu hören. Rufst du mich morgen nach deinem Date an?«

»Na klar.« Ich wechsele das Thema. »Und wie geht es Toko?«

»Das würdest du wissen, wenn du dich mal selbst bei ihm melden würdest, wobei er nach einem Telefonat sicher auch einen persönlichen Besuch erwarten würde. Aber immerhin habe ich ihn überredet, zur großen Eröffnung zu kommen.«

»Unglaublich!« Ich schnappe nach Luft, traue kaum meinen Ohren. »Er verlässt das Reservat?«

Evie lacht leise. »Ja, stell dir vor. Er sagt, dass er sogar jemanden hat, der ihn hinfährt und wieder nach Hause bringt. Er wird bei mir übernachten, aber er sagt, dass er sich sehr darauf freut zu sehen, wie sein Vögelchen sich in das neue Geschäftsprojekt flüchtet. Ein Abenteuer, bei dem es fliegen kann und trotzdem am Boden bleibt.«

Fliegen können und trotzdem die Bodenhaftung bewahren. Diese Bemerkung ist typisch für Tokos unglaubliche Weisheit.

»Ich sag's noch mal. Das alles wüsstest du, wenn du ihn mal selbst angerufen hättest. Könntest du das tun?«

»Ja, ich muss unbedingt häufiger dran denken. Und Dad? Was macht er so?«

Als wir noch klein waren, war mein Stiefvater nur sehr selten zu Hause. Als Soldat wurde er scheinbar ständig in ein anderes Land abgeordnet. Zu Hause war es immer am schönsten, wenn er auf Heimaturlaub war, denn dann war auch Mom jedes Mal da. Zwei oder drei Mal im Jahr war unser Familienleben einfach perfekt. Kaum reiste er wieder ab, wurden Evie und ich auch erneut im Reservat bei Toko abgesetzt, und unsere Mutter floh zu einem ihrer Abenteuer. Um ehrlich zu sein, verbrachten wir, bis der Krebs sie während unserer Highschool-Zeit ans Haus fesselte, mehr Zeit bei unserem Großvater als bei einem unserer Elternteile.

Evie räuspert sich und seufzt. »Keine Ahnung. Ich bin ziemlich in Sorge. Auf meine letzten beiden E-Mails habe ich keine Antwort erhalten. Ich weiß, dass er Polen verlassen hat, um irgendeine geheime Undercover-Mission irgendwo im Nahen Osten zu leiten, aber bislang hat er sich noch nicht gemeldet.«

»Wann hat er denn zuletzt von sich hören lassen?« Ich überlege, wann Dad das letzte Mal gemailt hatte. Es können gut und gern Monate sein. Wir schreiben uns zu Geburtstagen, meinem, seinem und natürlich Moms, dann zu ihrem Todestag und hin und wieder auch mal zwischendurch. In diesem Jahr habe ich mit meinem Stiefvater beinahe noch gar nicht persönlich gesprochen. Plötzlich werde ich von Traurigkeit übermannt, denn mir wird klar, wie egoistisch und verzagt wir beide waren.

»Vor ein paar Wochen.«

»Oh, Süße, das hat bestimmt nichts zu bedeuten. Möglicherweise ist er schwer beschäftigt, dann antwortet er womöglich einen ganzen Monat lang nicht. Gib ihm noch ein bisschen Zeit. Ja?«, dränge ich sie, denn ich will nicht, dass sie sich wegen unseres Soldaten-Dads sorgt. Eigentlich konnte er immer bestens auf sich selbst aufpassen.

»Ja. Okay. Ich muss jetzt zur Arbeit. Rufst du mich morgen früh an?«

»Vermiss mich?«, frage ich sanft.

»Vermiss du mich noch mehr!«

»Immer, Schwesterherz. Immer. Ich hab dich lieb.«

»Ich dich auch.«

Kapitel 15

Suda Kaye, du siehst fantastisch aus.« Cams Stimme klingt tief grollend und anerkennend, während er mich eingehend von Kopf bis Fuß mustert.

Ich grinse, stemme die Hand in die Hüfte und halte die Tür auf. »Bin ich chic genug für dich, Liebling?« Mit der Tür in der Hand positioniere ich mich so, dass meine Kurven in dem weich fließenden, engen Kleid am besten zur Geltung kommen.

Für unseren ersten Abend als Paar – oder was immer wir gerade sind – habe ich mich für einen dramatischen Look entschieden. Viel Haut, viel Sexappeal. Das Kleid hat dünne Träger, und der Wasserfallausschnitt gibt mehr als nur ein bisschen Dekolleté frei. Der Satin in dunklem Blutorange-Ombré fällt an einer Seite tief herab und verläuft in schwungvoller, sexy Diagonale weit nach oben. Dazu die erdbeerroten Peeptoes mit Keilabsatz, die meine langen Beine betonen. Um maximale Wirkung zu erzielen, trage ich das Haar offen, sodass es in weichen Wellen herabfällt, habe Finger- und Zehennägel in einem passenden dunklen Bordeauxrot lackiert und meiner Haut ein Körperpeeling und eine pflegende Lotion gegönnt, sodass jede noch so kleine Stelle meines Körpers auf subtile, elegante Weise schimmert. Ein riesiger, ovaler Goldring an meinem Zeigefinger und goldene Hängeohrringe setzen einen besonderen Hippie-Akzent.

Camden starrt mich eine geschlagene Minute lang an, die Hände an seinen Seiten zu Fäusten geballt. Sein halblanges Haar hat er zu einem glatten kleinen Knoten im Nacken zusammengefasst. Sein makelloser dunkelblauer Anzug steht ihm so gut, dass ich ihn am liebsten wie ein Geschenk gleich wieder auswickeln würde.

Anscheinend hat Cam den gleichen Gedanken, denn bevor ich irgendeine intelligente Bemerkung machen kann, drängt er mich in die Wohnung zurück und knallt die Tür zu.

»Liebling, was um alles in der Welt?«, keuche ich, als er mit beiden Händen meinen Hintern umfasst und mich hochhebt, sodass ich die Arme um seinen Hals legen muss. Aufrecht trägt er mich bis zum Bett. Dort lässt er meinen Körper verführerisch langsam an seinem herabgleiten.

Seine Stimme ist ein mutwilliges Knurren, unterlegt von ungezügelter Lust. »Dreh dich um.«

Ich benetze die Lippen. »Cam, wir haben einen Tisch reserviert«, erinnere ich ihn.

»Dreh dich um. Sofort.« Er verfällt in den Neandertaler-Modus, frei nach dem Motto: *Ich Tarzan, du Jane*. Eigentlich sollte mich das nicht antörnen, trotzdem verfehlt es seine Wirkung nicht.

»Oh mein Gott.« Meine Haut fängt an zu kribbeln, und mein Herz pocht wie wild in meiner Brust. Ich gehorche und drehe mich auf dem Absatz um. Kaum habe ich mich dem Fußende des Bettes zugewandt, wandern seine Hände an den Rückseiten meiner Beine hinauf.

»Beuge dich vor, Suda Kaye. Zeig mir, was sich unter diesem Hauch von einem Kleid verbirgt.«

Kaum einen Atemzug später gehorche ich und lege die Hände auf die Kante der Matratze. Sanft schiebt er den seidigen Stoff über meine erhitzte Haut, bis er sich an der Taille kräuselt.

»Zss, zss, zss, meine Freundin ist ein ungezogenes Mädchen.« Cam packt zu, vergräbt die Finger in der zarten Haut an meiner Hüfte und erkundet mit der anderen Hand meinen nackten Hintern.

Er lässt die Hand zwischen meinen Beinen abtauchen, wo ich bereits feucht bin und ihn erwarte. Ich winde mich. »Liiieb … ling.«

»Hast du geglaubt, mir würde das entgehen, Süße? Dass irgendein Mann in einem Radius von drei Metern nicht merken würde, dass meine Freundin unter diesem hauchdünnen Kleid absolut nichts anhat?« Er kneift mir in den Po, und angesichts des brennenden Schmerzes bewege ich mich ruckartig nach vorn, aber die Hand an meiner Hüfte ist erbarmungslos, sodass ich keinen Zentimeter weit komme.

Er schnalzt erneut mit der Zunge. »Jeder andere Mann würde dich vielleicht bitten, dir etwas anderes anzuziehen. Aber ich will, dass meine Freundin glücklich und selbstbewusst ist. Infolgedessen muss ich meine Besitzansprüche anders erheben. Und es reicht wahrscheinlich, wenn du dieses Kleid zwar weiterhin trägst, man dir aber ansieht, dass du gerade ordentlich durchgevögelt wurdest. Was meinst du dazu? Hm, Suda Kaye?« Er lässt zwei Finger in meiner feuchten Hitze abtauchen.

»Oh, Cam. Bitte.« Ich dränge mich seinen Fingern entgegen. Dieser Mann macht mich fertig.

»Würde dir das gefallen, Süße? Möchtest du jetzt so richtig von mir gefickt werden, sodass du mich auch lange nach dem Hauptgang immer noch zwischen deinen Beinen spürst?« Er dreht die Finger und spreizt sie, und ich stoße meine Hüften nach hinten.

»Mein Gott, ja! Cam. Alles, Baby, nur beeil dich.«

Bald darauf spüre ich, wie seine Finger aus mir hinausgleiten, und höre, wie seine Gürtelschnalle klimpert und der Reißverschluss geöffnet wird. Jede Sekunde kommt mir vor wie eine geschlagene Stunde gespannter Erwartung, die meine Nerven zum Vibrieren bringt. Ich lasse die Hüften in der kühlen Luft kreisen, während er sich bereit macht, mich zu nehmen. Es ist so heiß, zu wissen, dass er jeden Augenblick in mich eindringen wird, dass mir beinahe die Arme zittern, mit denen ich mich immer noch auf dem Bett abstütze und schwankend die Position halte, in der er mich haben will.

Schon gleiten seine Hände an meinem Rücken hinauf und hinab, und ich falle beinahe in Ohnmacht, als ich seine Hitze an meinem Hintern spüre. Lodernd bahnt sie sich ihren Weg meine Beine hinab und meinen Rücken hinauf. Cam beugt sich noch dichter über mich, streicht mir über die Arme, schiebt mein Haar auf eine Seite, sodass seine Lippen an meinem Hals hinabwandern, dann über das hinaufgeschobene Kleid und an meiner Wirbelsäule entlang.

»Ich werde dich hart nehmen. Stell dich schon mal darauf ein, Baby«, warnt er zwei Sekunden, bevor er die Spitze seines riesigen Penis gegen meine Öffnung presst und dann unvermittelt in mich hineinrammt.

Instinktiv stelle ich mich auf die Zehenspitzen, um so viel wie möglich von seinem harten Schwanz in mir aufzunehmen. Mit der einen Hand packt er meine Hüfte, mit der anderen meine Schulter und tut genau das, was er angekündigt hat. Er reitet. Mich. Hart.

Jede einzelne Körperzelle ist ausschließlich auf Camden fixiert.

Sein Schwanz pulsiert in meinem Inneren.

Trotz seiner Grobheit umhüllt mich schützend seine Hitze.

Sein erdiger, mit einem Hauch Zitronengras unterlegter Duft, der den Raum erfüllt.

Sein keuchender Atem, während er sich mit aller Macht seiner Aufgabe widmet, mit dem ganzen Körper.

Dann lässt er einen Arm nach vorn in meinen tiefen Ausschnitt wandern und umfasst meine Brust. Er presst sie erst ganz sanft zusammen, doch dann wird ihm klar, dass ich mich nach mehr sehne. Er kneift mir in die Brustwarze, zieht sie in die Länge und zerrt erbarmungslos daran, während ich mich ihm entgegenbäume und ihm meine Hüften entgegenwogen lasse.

»Ich will haben, was mir gehört, Suda Kaye. Gib es mir. Jetzt, Liebling.« Er knurrt dicht an meinem Ohr und bedeckt mich mit seinem Körper, bearbeitet meine Brust, kneift in meine überempfindlichen Nippel und treibt noch härter immer wieder in mich hinein.

Mehr ist nicht nötig. Seine Worte in meinem Ohr, seine deutliche Forderung, lassen mich verglühen wie eine Sternschnuppe am Nachthimmel. Ich lege den Kopf in den Nacken und schreie einen Orgasmus in die Welt hinaus, der mich beinahe zerreißt. Wie ein riesiger, rot glühender Feuerball, der seine lodernden Flammen meinen ganzen Körper entlangzüngeln lässt, bis ich nur noch aus blanken Nerven bestehe und das Gefühl habe, einem nicht enden wollenden Feuerrad der Lust anheimzufallen.

Ich komme immer noch, als Cam meine Brust loslässt, sich aufrichtet und von hinten in mich hineinrammt und so meinen Höhepunkt verlängert. So etwas habe ich noch nie erlebt! Ich keuche unaufhörlich, pulsiere seinem Körper so hart entgegen, dass meine Ohrringe an meine Wangen schlagen und meine Knöchel vor Anstrengung weiß hervortreten.

»Genug, Baby!«, schreie ich, und nicht nur mein Kiefer, sondern auch meine inneren Muskeln ziehen sich so sehr zusammen, dass Camdens kraftvolles Kreisen komplett aufhört. Ein letztes Mal stößt er in mich hinein, erstarrt, dann hallt sein lang gezogenes, tiefes Seufzen laut in dem ansonsten so stillen Zimmer wider.

Nachdem er sich verausgabt hat und in mir erschlafft, lässt er seine Hand über meinen Rücken gleiten. Er gleitet aus mir heraus, und mir entfährt ein Wimmern des Protests. Ich will nicht, dass er sich von mir löst. Doch dann schwebt sein Körper nur noch über dem meinen, und er beschreibt eine Linie aus Küssen von meinem Po über meinen Rücken bis hin zu meinem Hals.

»Entspann dich, Süße. Ich hole uns ein Tuch.«

»Okay.« Ich atme mehrmals ein und aus, muss mich nach dieser wildesten Sexrunde, die wir je hatten, erst einmal wieder fangen.

Überwältigt stehe ich da, die Hände auf dem Bett. Die Tatsache, dass Camden mich gerade in die Wohnung gedrängt, sich wie ein Neandertaler aufgeführt, mich im Stehen und komplett angezogen gevögelt hat, kommt mir jetzt erst so richtig zu Bewusstsein, und plötzlich kann ich mein Kichern nicht unterdrücken.

Als Cam mit einem warmen, feuchten Tuch wieder aus dem Bad zurückkehrt, lache ich schallend.

»Was ist so lustig?«, fragt er mich liebevoll, während er die Flüssigkeit zwischen meinen Schenkeln abwischt und dann jeder Pobacke einen Kuss gibt. Anschließend schiebt er mir mein Kleid wieder über die Hüften nach unten.

»Du.« Ich richte mich auf und schüttele mein Haar aus, bevor ich meine Brüste im Kleid wieder zurechtschiebe, damit der Wasserfallkragen nicht zu viel von ihnen preisgibt.

Er schnauft und bringt den Waschlappen ins Bad zurück, wo er das Wasser laufen lässt. »Wieso findest du es witzig, wenn ich dich ficke?« Als er wieder auftaucht, wischt er sich gerade die Hände an einem Handtuch trocken.

Ich lächele, gehe zu ihm und lege ihm die Arme um den Hals. »Baby, du hast mich vorher noch nicht einmal geküsst.« Ich kichere wie ein Schulmädchen, das endlich den Jungen herumgekriegt hat, den es haben wollte.

Er grinst und nimmt mein Gesicht in beide Hände. »Du. Dieses Kleid. Deine Figur. Dieses weich fließende, lange Haar. Das erotischste Lächeln und die schönste Frau, die ich je gesehen habe.« Er zuckt mit den Schultern. »Ich habe einfach nur reagiert.«

»Du hast reagiert?« Ich schaue ihn erstaunt an.

»Ja«, sagt er ohne weitere Erklärung.

»Reagierst du häufig so?« Ich lege den Kopf in den Nacken und sehe ihm scharf in die satten moosgrünen Augen.

»Nur bei dir, Suda Kaye. Sonst bei niemandem.«

Ich grinse. »Von mir aus kannst du jederzeit ›reagieren‹.«

Sein Lachen rumpelt tief in seiner Brust, und ich spüre, wie sein ganzer Körper vibriert. Das Geräusch füllt eine weitere Leere in mir mit Schönheit und Licht.

»Wenn's zur Stimmung passt und ich ›reagieren‹ will, ist es umso schöner zu wissen, dass du auch drauf stehst, Baby. Ich werde mir das für zukünftige … Reaktionen … merken.«

Ich beuge mich vor und lasse meine Lippen über seinen verharren. »Mach das. Würdest du mich aber jetzt bitte mal küssen und dann zum Essen ausführen?«

»Fällt mir nicht schwer. Aber Vorsicht, Baby. Durst habe ich nämlich auch«, warnt er und küsst mich gleich darauf hart und innig.

Das Restaurant erreichen wir zwanzig Minuten zu spät, aber nachdem Camden mit dem Manager verhandelt hat, wird uns nach weiteren zehn Minuten ein Platz zugewiesen.

Kaum haben wir uns an den Tisch gesetzt, bestellen wir ein Charcuterie Board mit einer großen Auswahl an Fleisch aus der Region, diversen Käsesorten, Nüssen, Marmelade und mehr. Außerdem auch gleich Steaks als Hauptspeise, damit wir nicht zu häufig von den Kellnern gestört werden.

Ich gebe etwas von dem grünen Chili-Aufstrich auf eine Scheibe Toastbrot, lege ein Stück Fleisch obenauf und kröne das Ganze mit der Kirsch-Dattel-Konfitüre, bevor ich herzhaft hineinbeiße.

»Mmmh, köstlich.«

Cams Blick ruht auf meinem Mund, als ich mir über die Lippen lecke, um eventuelle Krümel von dem knusprigen Brot zu entfernen. Er zieht die Augenbrauen hoch. »Wie ich das vermisst habe«, bemerkt er hintersinnig.

Ich kaue, schlucke und spüle alles mit dem fantastischen Rotwein hinunter, den Cam uns ausgesucht hat. »Was hast du vermisst?«

Er greift ebenfalls nach einem Stück Brot, belegt es mit einer Salamischeibe und einem Stück pikanten Käse und garniert das Ganze mit einer Essiggurke. Dann hält er den perfekt geschichteten Appetithappen in die Höhe und antwortet: »Dir beim Essen zuzusehen. Zum Teufel, eigentlich dir bei allem zuzusehen.«

»Das ist ein schönes Kompliment, Cam.«

Er steckt das gesamte Stück in den Mund und kaut nachdenklich vor sich hin, während ich mein zweites köstliches Mini-Meisterwerk zubereite.

»Stimmt aber wirklich. Die Art, wie du mit den Dingen umgehst, alles ist etwas ganz Besonderes. Essen, Kleidung, Menschen.« Seine Augen haben wieder diesen dunklen Moosgrünton. »Sex.«

Er grinst, und eine feine Röte stiehlt sich auf meine Wangen.

»Du lebst, Suda Kaye. Jeder Moment, jede Erfahrung ist aufregend. Du könntest deine Klamotten in den Waschsalon bringen, und schon würdest du ein Gespräch mit jemandem dort anfangen, die ganze Lebensgeschichte des Betreffenden erzählt bekommen und schließlich zum nächsten Familiengrillabend eingeladen werden. Wahrscheinlich würdest du sogar hingehen und dabei einen Mordsspaß haben.«

»Klar, warum auch nicht?«

Er greift zu seinem Weinglas und nimmt einen großen Schluck. »Nicht jeder betrachtet jeden neuen Tag als Gelegenheit, die es zu ergreifen gilt. Viel zu viele Leute stehen mit dem falschen Fuß auf, gehen einer Arbeit nach, die sie hassen, arbeiten für Menschen, die sie verabscheuen, und kehren abends nach Hause zurück, um etwas zu essen zu kochen, das sie nicht mögen, und zwar in einem Haus, das sie sich bloß leisten können, weil sie sich dafür krummlegen.«

»Leider trifft das nur allzu häufig zu«, bekenne ich.

»Aber du nicht. Nicht meine Suda Kaye.« Ich liebe es, wenn er mich als »seine« Suda Kaye bezeichnet, doch er ist immer noch nicht fertig mit seinem Vortrag, den ich ebenso interessant wie aufschlussreich finde.

Wärme hüllt mich ein, als Cam sich zurücklehnt und noch ehrlicher weiterspricht.

»Süße, du pfeifst auf gesellschaftliche Normen, und dadurch lebst du. Genießt dein Leben in vollen Zügen. Ich finde dich einfach phänomenal, und deine Mom wäre stolz auf dich. Ich bin es auf jeden Fall.«

Plötzlich liegt eine sirrende Spannung in der Luft, und je klarer mir wird, was er da gesagt hat, umso lauter pocht mein Herz. »Das alles denkst du über mich?«

»Ja.«

»Auch nachdem und obwohl ich dich verlassen habe.«

Er streckt die Hand aus und verschränkt seine Finger mit meinen. »Jetzt bist du hier. Und denk dran, wir stehen in der Mitte. Irgendwann müssen wir die Kraft aufbringen, über die Zeit unserer Trennung zu reden und über das, was uns damals verbunden hat. Und dann müssen wir loslassen und voranschreiten. Wir sind zwei Individuen, aber, Liebling, die wichtigen Dinge, unsere Sicht auf die Welt, dass wir unser Zusammensein genießen, dass wir uns magnetisch voneinander angezogen fühlen, das hat sich nicht verändert. Zumindest nicht für mich …«

»Für mich auch nicht.« Ich flüstere nur, aber er versteht mich trotzdem, denn nun lächelt er breit.

»Gut. Dann sind wir ja einer Meinung. Und jetzt reden wir über die Zeit unserer Trennung. Erzähl mir etwas, das du unternommen oder erlebt hast. Vielleicht etwas, das du mir eines Tages zeigen willst?« Er grinst und nippt an seinem Wein, während er meine Hand drückt.

Ich erwidere den Druck und betrachte sein schönes Gesicht. »Ich würde dich gern mit nach Oslo in Norwegen nehmen. Du wusstest diese Erde und ihre Schönheit von jeher zu schätzen. Auf Bergstraßen gelangst du nach oben zu diesem idyllischen, kleinen Restaurant, das etwa zwanzig oder dreißig Minuten von der eigentlichen Stadt entfernt liegt. Von dort aus hat man einen wunderbaren Ausblick über die Fjorde, weit ins Landesinnere hineinreichende Meeresarme genau zwischen den Bergen. Zum ersten Mal habe ich diesen Anblick bei einem köstlichen Latte und einem Milchbrötchen genossen. Ich habe einfach nur dagesessen und auf die Klippen hinausgesehen. Das möchte ich dir unheimlich gern zeigen.«

»Klingt genau nach meinem Geschmack. Ich bin dabei.« Er lässt meine Hand los und greift nach einem weiteren Stück Brot. Ich wünschte, er würde es nicht tun. Mit ihm hier so zu sitzen, so ungezwungen, bei wunderbarem Essen und noch besserem Wein, ist derart herrlich, dass ich ihm noch näher sein will.

»Du bist dran. Erzähl mir etwas Neues, das ich noch nicht von dir weiß.«

Er streicht sich mit der Hand über seinen Bartschatten und schürzt die Lippen.

»Okay. Vor zwei oder drei Jahren hat mich Porter mit einer List dazu gebracht, an einer Fahrradtour mit Beer-Tasting teilzunehmen.«

Anscheinend fangen meine Augen an zu leuchten, denn Cam lacht und schüttelt den Kopf. »Keine voreiligen Schlüsse!«

»Klingt aber witzig.« Ich grinse und wedele mit der Hand vor dem Gesicht. Dann beiße ich in eine kleine Gewürzgurke.

»Hat auch tatsächlich Spaß gemacht, als ich mich allerdings einverstanden erklärte mitzumachen, war mir noch nicht klar, dass die Tour fünf Tage dauern würde.«

Ich schlage die Hand vor den Mund und kichere. »Ganz schön lange für eine Fahrradtour.«

Er nickt. »Und überdies ziemlich viel Beer-Tasting. Erst einmal fuhren wir runter nach Fort Collins, wo die Tour begann. Man sollte die eigenen Räder nehmen, also musste ich mir erst mal eins kaufen, weil ich gar keins besaß.«

»Oh nein! Jetzt sag nicht, dass das eine Tour fürs fortgeschrittene Niveau war!« Ich beiße wieder von einer marmeladigen Delikatesse ab und beuge mich gespannt vor.

»Nee, so grausam war er nun auch wieder nicht. War durchaus

anfängertauglich, aber wenn man seit Jahren nicht mehr auf einem Drahtesel gesessen hat, ist das weder für den Hintern noch für die Eier ein Spaziergang. Das kann ich dir versichern!«

Ich stelle mir vor, wie Cam auf seinem knackigen Hintern auf dem Fahrradsattel hin und her rutscht in dem Versuch, eine bequeme Stellung zu finden, und lache so schallend, dass ich mir eine Serviette vor den Mund halte, um mich nicht zu blamieren oder die Aufmerksamkeit anderer Gäste auf mich zu ziehen.

Cam gluckst vor sich hin. »Ja, dieser Teil war ätzend.«

»Was hast du getan?«

Er zuckt mit den Schultern. »Was blieb mir schon übrig? Ich habe mich jeden Tag betrunken, um es zu überstehen. Damit habe ich schon am zweiten Tag angefangen, sodass die Tour letztendlich echt super war.«

Ich kichere noch einmal und wische mir den Mund mit der Serviette ab. »Hat Porter bei dieser Tour beschlossen, ins Biergeschäft einzusteigen?«

Er wiegt den Kopf, als sei er sich nicht ganz sicher. »Nein, die Kunst des Bierbrauens hatte er bereits vor ein paar Jahren bei einem Braumeister erlernt. Durch die Tour wollte er vielmehr neue Kontakte in Colorado knüpfen und sich mit mehr Biersorten vertraut machen. Pro Tag gab es drei bis fünf Tastings und Brauereiführungen.«

»Wow, klingt wie ein Mordsspaß. Da wäre ich auch dabei.« Ich nehme mir ein Stück luftgetrocknete Salami und werfe es mir in den Mund.

»Natürlich«, mault er spielerisch.

Kurz darauf wird unser Hauptgang serviert, und ich schneide in das zarteste Filet, das ich seit Langem vorgesetzt bekommen habe.

»Du bist wieder dran«, fordert Cam mich auf, bevor er sich einen Bissen von seinem Steak in den Mund steckt.

»Hm, Frankreich ist immer eine Reise wert. Ich liebe Paris, definitiv die Stadt der Liebenden.«

»Soll heißen, du hattest einen Mann an deiner Seite, als du da warst.« Sein Blick ist intensiv, aber ohne jede Spur von Sorge oder Eifersucht. Nur fasziniert.

»Ähm, na ja, schon …« Ich schaufele mir eine Gabel mit Kartoffelpüree in den Mund und sehe zum Fenster hinaus.

Wieder legt er seine warme Hand auf meine. »Denk dran, wir hatten beide eine Vergangenheit. Irgendwann werde ich dir auch von Val erzählen müssen.«

»Val?« Das muss die Frau vor Brittney gewesen sein.

»Red weiter. Jetzt bist erst mal du dran.« Er grinst, und ich verdrehe die Augen.

Eine Minute lang essen wir nur schweigend weiter, während ich darüber nachdenke, welcher Ort ihm am besten gefallen würde. Schließlich fällt es mir ein. »Ich glaube, ich würde dich nach Lissabon mitnehmen.« Ich nicke heftig. »Genau.«

»Warum? Was ist so cool an Lissabon?«

»Vieles. Aber vor allem dieser Buchladen. Die älteste Buchhandlung der Welt. Sie heißt Livraria Bertrand. Die gesamte Front ist – wie ein Großteil der Stadt – mit quadratischen Mosaikfliesen verziert, die etwa sieben bis acht Zentimeter breit sind. Drinnen ist alles eigentlich recht schlicht gehalten. Tiefe, deckenhohe Einbaubücherregale, Tische mit stapelweise Büchern.«

Er kaut an einem Steakstück herum, nippt an seinem Wein. »Was ist mit der Stadt selbst?«, fragt er dann.

Nachdem auch ich noch einmal einen Bissen von dem köstlichen Fleisch zu mir genommen und es mit dem fantastischen Wein heruntergespült habe, spreche ich weiter. »Die Stadt selbst ist wunderschön. Die Straßen bestehen aus kleinen Basalt- und Kalksteinen in Schwarz und Weiß, die in komplexen Ornamenten die gesamte Stadt durchziehen. Plötzlich stößt du bei der Wegpflasterung auf riesige schwarze Steinkreise oder sorgfältig angeordnete kleinere Steine in einem komplizierten Muster, das sich schließlich als Frauengesicht entpuppt.«

»Das würde ich mir gern mal ansehen.«

»Und wir könnten zusammen in einem Tuk fahren. Das ist ein offener Drei- oder Viersitzer, sieht aus wie ein Golfwagen. In solchen Autorikschas fährt dich ein Fahrer durch die belebten kleinen Gassen und zeigt dir die Gegend. Das ist so toll.«

»Bin dabei. Wo immer du hinwillst, ich komme liebend gern mit. Das hätte ich auch vor zehn Jahren getan; und heute erst recht.« Seine Züge sind weich, und er lächelt sanft.

Leider trifft mich diese Äußerung geradewegs in die Magengrube, und meine Eingeweide revoltieren. Mir stockt der Atem. »Was hast du gesagt?«, bringe ich mit heiserer Stimme mühsam heraus.

»Süße, ich würde dich liebend gern überallhin begleiten, wo immer du hinwillst. Damals und heute.«

Hitze durchflutet mich wie ein Lavastrom. Kalter Schweiß tritt mir auf die Stirn, und ich habe einen sauren Geschmack im Mund, der den Speichelfluss anregt – ein sicheres Zeichen, dass ich mich gleich übergeben muss. Ich springe so abrupt auf, dass der Stuhl krachend auf den Holzboden fällt. Cam steht auf und eilt an meine Seite, hebt den Stuhl auf.

Ich haste vom Tisch fort, als seien mir sämtliche Höllenhunde auf den Fersen, und eile geradewegs in den Waschraum. Dann knalle ich die Kabinentür hinter mir zu und lehne die Stirn an die kühlen Fliesen und schnappe mühsam nach Luft. Panik schlängelt sich an meinem Rückgrat empor und hinterlässt eine

Gänsehaut. Mir ist schwarz vor Augen, und ich sehe Sternchen. Ich kann nichts mehr hören, alles ist dumpf, als habe man mich unter Wasser gedrückt. Schon bald zittere ich wie Espenlaub.

»Suda Kaye, lass mich rein!«, sagt jemand wie aus großer Entfernung, obwohl er so weit gar nicht entfernt sein kann.

Ich lehne mich gegen die Wand und versuche, so gut es geht Atem zu schöpfen.

»Mach die Tür auf, Baby. Schieb einfach den Riegel zurück.«

Ich kann ihn sprechen hören, aber ich kann mich nicht bewegen.

»Mist, dann klettere ich eben drüber«, ruft er, doch seine Worte klingen undeutlich und verworren.

Krampfhafte Atemzüge, die Stirn immer noch an den Fliesen, Tränen, die mir über die Wangen laufen, und da steht er vor mir. Er umfasst mich von hinten, presst sich an meinen Rücken.

»Ich bin hier, Baby. Ich bin bei dir. Alles wird gut.« Er legt mir seinen starken Arm um den Bauch und hält mich fest. Ich presse meine Hand auf seine und klammere mich daran fest, als hinge mein Leben davon ab. Er schiebt mir das Haar aus dem Gesicht und schmiegt seines an meinen Hals, sodass ich spüre, wie er die Dunkelheit durchdringt, die mich zu verschlingen droht.

»Suda Kaye, ich bin hier. Du bist in Sicherheit. Atme mit mir, Baby. Ein auf vier, aus auf vier.« Dann atmet er hörbar ein und aus.

Schließlich gelingt es mir, mich seinen Atemzügen anzupassen, bis das Zittern nachlässt und mein Herz sich nicht länger anfühlt, als wolle es meine Brust sprengen. Anscheinend spürt er die Veränderung, denn er zieht mich von der Wand fort und dreht mich zu sich um. Ich vergrabe das Gesicht an seiner Brust, schiebe die Arme unter sein Jackett und um seinen Rücken. Er nimmt meinen Kopf in beide Hände und streicht mir mit beruhigender Geste übers Haar. »Alles ist gut. Ich hab dich, Süße. Ich halte dich fest.«

Als die Panikattacke schließlich verebbt, bin ich vollkommen am Ende, emotional, körperlich und mit allem dazwischen.

»Sollen wir von hier verschwinden?«, fragt er leise an meinem Scheitel.

Ich nicke an seiner Brust und wische mir die tränenverschmierten Wangen ab. Camden führt mich zum Waschbecken, wo ich mir etwas Wasser ins Gesicht spritze und die zerlaufene Mascara abwische. Er steht dicht neben mir, reicht mir ein Papierhandtuch und legt mir den Arm um die Schultern. Das Gefühl, genau dort zu sein, wo ich sein sollte, meine Wange an seiner Brust, ist überwältigend. Aber er ist da. Hält mich aufrecht. Hält mich im Arm.

Er führt mich aus der Damentoilette hinaus, und schon steht der Manager vor uns, der im Flur auf und ab schreitet. »Gott sei Dank. Madam, geht es Ihnen gut? Brauchen Sie einen Arzt?«

Ich gebe keine Antwort, und so antwortet Cam ihm. »Alles in Ordnung. Danke der Nachfrage«, sagt er und zieht eine Visitenkarte aus der Tasche. »Rufen Sie diese Nummer an. Meine Assistentin wird die Rechnung begleichen. Ich entschuldige mich für die Unannehmlichkeiten.«

»Kein Problem. Möchten Sie und die Lady das Restaurant vielleicht durch den Hinterausgang verlassen?« Er deutet auf eine Tür in nicht allzu weiter Entfernung. Gott sei Dank.

»Das wissen wir sehr zu schätzen. Vielen Dank.« Camden führt mich auf den Ausgang zu.

»Sorry«, murmele ich, wobei ich die Wärme und Sicherheit von Camdens Armen keine Sekunde lang aufgebe. Angestrengt grübele ich darüber nach, was zum Teufel da gerade mit mir passiert ist.

Als wir an der frischen Luft sind, atme ich tief ein. Camden schreitet zügig auf seinen Range Rover zu, hält an der Beifahrertür an, zieht sein Jackett aus und legt es mir um die Schultern. Dann hilft er mir in den Wagen und schnallt mich an.

Anschließend eilt er zur Fahrertür und steigt ein. »Du bleibst heute Nacht bei mir. Ich will dich in meiner Nähe haben.«

Ich nicke wortlos. Mir fehlen die Worte, während unaufhörlich der gleiche Satz in meinem Kopf widerhallt.

Süße, ich würde dich liebend gern überallhin begleiten, wo immer du hinwillst. Damals und heute.

Ich spüre die Tränen, die hinter meinen Augäpfeln brennen, wende den Kopf ab und sehe aus dem Fenster, um ihnen freien Lauf zu lassen.

Er wäre überall mit hingegangen. Was bedeutet, dass er mich vor all den Jahren nicht in Pueblo festgehalten hätte. Niemals hätte er meine Flügel gestutzt, um seinen Verpflichtungen im Familienunternehmen nachzukommen.

Hätte ich nicht so übereilt gehandelt, hätte es mit uns vielleicht funktionieren können. Irgendwie. Auf die eine oder andere Weise.

Ich fange wieder an zu zittern, während ich stumm und bitterlich weine.

Cam streckt die Hand aus und umfängt die meine. Er hebt sie an die Lippen und küsst meine Handfläche, mein Handgelenk und dann jeden einzelnen meiner Finger. Ich sehe zu ihm hinüber, und er mustert mein tränenverschmiertes, fleckiges Gesicht.

»Ich werde für dich sorgen. Wir werden das bewältigen, was immer da drinnen passiert ist. Gemeinsam, okay?«

»Es tut mir leid.« Ich schlucke die Gefühle hinunter, die mich in einem Tsunami aus Schuld und Trauer zu verschlingen drohen. »Es tut mir so leid.«

»Was tut dir leid, Baby? Ich verstehe nicht.« Sein Kiefer

verkrampft sich, während er sich durch den Verkehr schlängelt, mich aber weiter im Blick behält.

Ich schließe die Augen und lasse die Tränen erneut fließen.

Gequält und zittrig atme ich aus und gestehe ihm: »Es tut mir leid, dass ich dich verlassen habe. Alles tut mir leid.«

Kapitel 16

Cam lenkt seinen Range Rover über eine lang gezogene asphaltierte, zu beiden Seiten von Bäumen gesäumte Straße. Ihre Zweige berühren sich in der Mitte beinahe, sodass man das Gefühl hat, sich in einem grünen Gewölbe zu befinden. Kurz überlege ich, wie schön es unter diesem Baldachin an einem Sonnentag sein muss. Schließlich gelangen wir durch die üppige Vegetation zu einer weitläufigen, zweistöckigen Ranch mit einer das gesamte Haus umschließenden Veranda.

Cam parkt und springt sofort aus dem Wagen, um an meine Seite herüberzukommen. Er öffnet den Gurt und schiebt einen Arm unter meine angewinkelten Knie und den anderen unter meinen Rücken, hebt mich aus dem Auto und schließt die Tür mit dem Fuß.

»Du musst mich nicht tragen. Es geht mir gut. Ich kann laufen«, sage ich, meine Stimme kaum mehr als ein Flüstern. Meine Kehle ist trocken, meine Stimme klingt wie ein Reibeisen.

»Süße, du könntest vielleicht laufen, aber du wirst es nicht tun. Jetzt sei einfach still, und lass dich umsorgen.«

Ich seufze und versuche zu lächeln, schlinge die Arme um seinen Hals und schmiege mein Gesicht an seine warme Haut.

Er trägt mich zum Haus, öffnet die Tür und schaltet gedämpftes Licht ein. Ich versuche, den Kopf zu heben, um mich umzusehen, bin aber total erschöpft. Ich habe einfach nicht die Kraft aufzublicken, geschweige denn, mir die Umgebung anzusehen und sein Haus in Augenschein zu nehmen, wie ich es normalerweise täte.

Ohne zu zögern, bringt er mich durch ein paar Zimmer bis hin zu einem Bett und einer Decke, die aussieht, als läge man dort wie auf Wolken. Einen Augenblick lang lässt er mich los und setzt sich auf die Bettkante. Ich lasse die Schultern hängen, bin beinahe apathisch, auf jeden Fall aber total fix und fertig.

Bei dem Gedanken, wie viel Zeit wir miteinander hätten verbringen können, allerdings verloren haben, bricht mir fast das Herz.

Immer wieder höre ich seine Worte in meinem Kopf.

Es zerreißt mich beinahe vor Kummer.

Und ich bin zu Tode erschöpft.

Cam schaltet die Nachttischlampe ein. Ihr Schein taucht sein Gesicht in sanften Schein. Er mustert mich besorgt und runzelt heftig die Stirn. Ätzend, dass er sich jetzt auch noch den Kopf über mich zerbrechen muss.

»Ich tue dir immer weh, nicht wahr?« Ich beiße mir so heftig auf die Unterlippe, dass sie fast blutet.

Cam beugt sich vor und holt etwas aus einer großen, in einiger Entfernung stehenden Kommode.

»Suda Kaye, ich habe keine Ahnung, was los ist oder was diese Panikattacke ausgelöst hat. Aber zunächst ist mir nur eins wichtig: dass du dich wieder entspannst und ein wenig ruhiger wirst. Du hast mich zu Tode erschreckt. Und jetzt halt die Hände hoch.« Er kommt zu mir hinüber, in den Händen ein graues T-Shirt.

Ich hebe die Arme, und er beugt sich vor, umfasst den Saum

meines Satinkleides und zieht es nach oben. Ich hebe den Po weit genug vom Bett an, dass er mir das Kleid ganz ausziehen kann. Schnell schiebt er meine Arme in das T-Shirt und streift es mir über den Kopf. Danach schlägt er die flauschige Decke zurück. Ich lasse mich zur Seite kippen und krabbele auf allen vieren aufs Bett. Er deckt mich sorgfältig zu und gibt mir einen Kuss auf die Stirn.

Bevor er den Raum verlassen kann, greife ich nach seinem Handgelenk. »Wo gehst du hin?«

Er lächelt. »Ich muss noch die Katze füttern und alles abschließen. Das dauert aber nicht lange.«

»Du hast eine Katze?« Meine Stimmung hebt sich bei der Vorstellung, dass dieser wilde, weltmännische Kerl, der Leiter eines Imperiums, Katzenbesitzer ist. Eigentlich hätte ich ihm eher einen Hund zugetraut. Doch natürlich ist eine Katze für einen viel beschäftigten CEO erheblich leichter zu halten.

»Ja«, grinst er. »Wenn es dir besser geht, stelle ich euch einander vor. Eigentlich ist es ein Kater, und er liebt Menschen, du wirst ihn also früher oder später sowieso kennenlernen.«

Ich lächele und habe sofort den Eindruck, dass seine Züge sich aufhellen. Er beugt sich zu mir herab und gibt mir einen sanften Kuss auf die Lippen. »Schlaf jetzt. Ich bin gleich bei dir.«

»Mmmh«, antworte ich und kuschele mich in die tröstliche Wolke aus Decken.

Als er zurückkehrt, bin ich bereits eingeschlafen.

Irgendwann in der Nacht wache ich von der extremen Hitze an meinem Rücken, dem schweren Arm über meiner Taille und dem Klang eines Motors dicht an meinem Gesicht auf. Ich wende den

Kopf, öffne mühsam die von Make-up und Tränen verklebten Lider und schaue in ein Paar leuchtend grüne Augen in einem pelzigen kohlrabenschwarzen Gesicht. Das Geräusch ist kein Motor, sondern Camdens Kater, der laut vor sich hin schnurrt, während er sich an meine Brust kuschelt, das Gesicht nur wenige Zentimeter von meinem auf dem Kissen entfernt.

Ich hebe die Hand und lasse die Finger über den Kopf des Tieres gleiten. »Hallo, mein neuer Freund«, flüstere ich.

Der Kater schmiegt den Kopf an meinen und liebkost meine Wange.

»Was bist du für ein freundlicher kleiner Kerl.« Ich tätschele den Kater, und der Arm um meine Taille spannt sich an. Camden bewegt sich, und ich spüre seinen rauen Bart an meinem Hals und meiner Schulter.

»Hey, Buddy …« Cam streckt ebenfalls die Hand aus und krault das Tier am Kopf und an der Wange.

»Wie heißt er?«, frage ich, während ich die Hand über das weiche Fell des Tieres gleiten lasse.

»Buddy.«

Moment mal. Ich schüttele den Kopf und vermute beinahe, dass ich ihn in meinem verschlafenen, benommenen Zustand falsch verstanden habe. »Hast du gerade gesagt, dass deine Katze Buddy heißt?«

»Ja.« Seine Stimme klingt tief, grollend und schlaftrunken, was ich total sexy finde.

Ich kann mir das Lachen kaum verkneifen. Der Kater miaut, wahrscheinlich verärgert darüber, dass er nicht mehr friedlich gekrault wird.

»Du hast deine Katze Buddy getauft?«

»Ja.« Er zieht mich dichter zu sich heran und gibt mir einen Kuss auf die Wange.

»Warum?«

»Weil er freundlich ist wie ein guter Kumpel. Fast schon zu freundlich. Immerhin bist du eine Fremde, und er ist dir gleich in die Arme gekrochen, hat sich an deine Brust geschmiegt und ist eingeschlafen. Allerdings ist das auch ein Zeichen für seinen einwandfreien Geschmack.« Er gluckst leise an meinem Rücken, und ich spüre die Vibration bis in die Zehen.

Ich schmiege mich an ihn und drehe mich in seinen Armen auf den Rücken. Er lässt die Hand auf meinem Bauch liegen und stützt sich auf den anderen Ellbogen, den Kopf in der Hand.

»Ja, du hast recht, das passt zu ihm. Wahrscheinlich ist er jedermanns Kumpel.«

»Ganz genau.« Er beugt sich über mich und gibt mir einen innigen Kuss.

Bevor der Kuss leidenschaftlicher wird, lässt er mich los und schiebt sich ein Kissen unter den Kopf. »Bist du nun bereit, mit mir über das zu reden, was heute Abend passiert ist?«

Ich stöhne und lege mir den Arm über die Augen. Er ergreift meine Hand, führt sie an die Lippen und küsst meine Finger. Früher hat er das nie getan, was die Tatsache, dass er es jetzt schon mehrfach gemacht hat, umso bedeutsamer macht. Es ist, als lernten wir einander wieder ganz neu kennen und entdeckten neue Dinge aneinander, die wir schätzen und lieben können.

Eine Minute lang liegen wir in der Dunkelheit einfach nur da, genießen die Gegenwart des anderen, bis ich endlich den Mut zu einer Antwort aufbringe.

»Ich weiß gar nicht genau, was heute Abend mit mir los war. Ich habe mir wohl den Magen verdorben und hatte Angst, mich übergeben zu müssen.«

»Suda Kaye, dir war nicht einfach nur übel. Versuch also gar nicht erst, mir das weiszumachen, denn ich kaufe es dir nicht ab. Du hattest eine ausgewachsene Panikattacke.«

Ich nicke und wende den Kopf, sodass ich mich auf sein gut aussehendes Gesicht konzentrieren kann. Im hellen Mondlicht wirken seine Züge ganz besonders markant.

»Irgendetwas hat dich in Angst und Schrecken versetzt, und ich will wissen, was es ist.«

Ich benetze die Lippen und hole tief Luft. »Es lag an dem, was du zu mir gesagt hast. Das hat mich total getroffen, und – keine Ahnung – jedenfalls bin ich komplett durchgedreht. So etwas habe ich noch nie erlebt. Wirklich noch nie. Es macht mir Angst. Ich glaubte, ohnmächtig zu werden oder mich übergeben zu müssen oder beides gleichzeitig.«

Er nickt und fährt mir mit den Fingern durchs Haar, streicht mir sacht über die Schläfe und lässt die Hand dann an meinen Hinterkopf gleiten. »Was war der Auslöser?«

Jetzt oder nie.

Ich fühle mich in Camdens Bett vollkommen sicher. Und es gibt keinen Grund, nicht ehrlich zu ihm zu sein. Ich kann mich meinen Ängsten und Sorgen stellen. Und aus irgendeinem Grund bin ich hier und jetzt, nach all den Erfahrungen, die ich bislang gemacht habe, eher in der Lage dazu als früher.

»Du hast gesagt, dass du mich damals wie heute mit Freuden überallhin begleitet hättest«, sage ich schlicht.

Seine Finger in meinem Haar erstarren, und er legt mir die Hand auf die Wange. »Ich verstehe noch nicht so ganz, Baby.«

»Cam, ich bin gegangen, um die Welt zu erkunden.«

»Du hast mich verlassen«, stößt er heiser und mühsam hervor.

Ich schüttele den Kopf, wende mich ihm noch mehr zu und umfasse seine Wangen. »Ich habe nicht dich verlassen. Deshalb war es so schwer, und das war der Grund, warum ich heute Abend ausgerastet bin. Ich … ich …« Ich finde keine Worte, und jetzt holen mich die Gefühle aus dieser Nacht wieder ein, in der ich achtzehn wurde und den ersten Brief las, den meine Mutter Evie und mir hinterlassen hatte.

Evie reichte mir den Stapel Briefe, den unser Großvater uns nach dem Tod unserer Mutter gegeben hatte. Wir hatten sie in einer Kiste im Wohnzimmer aufbewahrt. Den ersten sollten wir an meinem achtzehnten Geburtstag lesen, an dem Evie zufällig auch zwanzig wurde. Ich lehnte an dem gepolsterten Kopfteil des Bettes, öffnete das Satinband und griff nach dem ersten rosafarbenen Umschlag.

In ihrer wunderschönen Handschrift stand auf dem Kuvert des ersten Briefes Suda Kaye – achtzehnter Geburtstag, *sonst nichts. Ich drehte den Brief um und bemerkte, dass er mit dem Lippenstiftabdruck ihrer Lippen versiegelt worden war.*

Versiegelt mit einem Kuss.

Ich schloss die Augen, schlitzte den Umschlag auf und holte das rosafarbene Briefpapier heraus. Nachdem ich die erste Begrüßung gelesen hatte, musste ich ein Schluchzen unterdrücken und ließ den Brief sinken. Aber ich riss mich zusammen, denn schließlich saß meine Schwester mir gegenüber auf ihrem Bett und las ihrerseits die Worte unserer Mutter an sie. Ich wollte nicht, dass es in diesem Augenblick nur um mich ging. Nachdem ich meine Trauer wieder im Griff hatte, nahm ich den Brief wieder zur Hand und setzte die Lektüre fort.

Suda Kaye, meine huutsuu,
ich mache mich jetzt zu meinem letzten Abenteuer auf. Ja, es kommt viel früher, als mir lieb ist, aber dennoch habe ich ein gutes Leben voller Schönheit hinter mir. Meine Mädchen nun endgültig zurückzulassen ist das Schwerste, was ich je tun musste. Früher wusste ich

immer, dass ich zu meinen beiden Schönheiten zurückkehren würde. Meinen Wildblumen. Meinem kleinen Vogel und meinem Sonnenschein. Ihr wäret gewachsen, aber ich ebenso. Wir würden einander von unseren Erlebnissen berichten und ein paar Wochen miteinander verbringen, zusammenleben und über die Dinge sprechen, die wir verpasst haben.

Ich habe jede Erfahrung genossen.

Ich habe jeden Augenblick meines Lebens ausgekostet.

Und ich habe Euch in jeder Minute des Tages geliebt.

Du und Evie, Ihr wart das Größte für mich. Und ich hoffe, Du verstehst mich, huutsuu, *wenn ich sage, dass ich in all den Jahren nicht nach Abenteuern lechzte, weil ich nicht gern deine Mutter war. Der eigentliche Grund war, dass ich Dir und Deiner Schwester mehr geben können wollte. Ich habe versucht, Euch eine gute Mutter zu sein, und ich hoffe, ich habe das zumindest in etwa geschafft. Aber vor allem wollte ich die Art von Mutter sein, auf die Ihr stolz seid. Die aus ihrem Leben etwas gemacht hat.*

Nein, als Mutter im herkömmlichen Sinne so wie die Mütter Deiner Freundinnen war ich nicht der Hit, aber ich habe die Welt mit Euch geteilt. Den Tanz. Die Kunst. Die Musik. Meine Erfahrungen.

Und das wünsche ich mir am meisten für Dich, Suda Kaye. Ich will, dass Du die Welt bereist. Erlebe alles, was sich Dir bietet und das du nicht vor der Haustür findest.

Ich weiß, dass Du in Camden verliebt bist. Er ist ein anständiger junger Mann und wird wahrscheinlich ein liebevoller Ehemann und ein toller Vater für Eure zukünftigen Kinder sein. Er wird im Unternehmen seines Vaters arbeiten und dort Erfolg haben, fest in Colorado verwurzelt. Huutsuu, *du musst Dich entscheiden … ist es das, was du Dir in diesem Augenblick, in der Gegenwart, wirklich vom Leben wünschst?*

Spüren Deine Füße nicht, wie die Erde sich unter ihnen regt?

Wünschen sich Deine Augen nicht, das Großartige zu sehen, das außerhalb deiner Heimat existiert?

Juckt es Dir nicht in den Fingern, um an jeder Wegbiegung nach neuen Erlebnissen zu greifen?

Dort draußen wartet so viel auf Dich. Du darfst in Deinem Leben nichts bedauern. Wenn ich in der Kürze der Zeit, die mir hier auf Erden vergönnt war, eines gelernt habe, dann, dass Du Dich entscheiden musst, was du willst, und es zielstrebig verfolgen musst. Wenn Du nicht sicher bist, was Du willst, dann verfolge einfach irgendetwas. Mach so viele Erfahrungen wie möglich, bis Du das gefunden hast, was das Richtige für Dich ist.

Ich habe Dir und Deiner Schwester etwas Geld hinterlassen. Mein letzter Wunsch ist es, dass Du mit diesem Geld die Welt bereist, mein Liebling. Mache so viele Erfahrungen wie möglich, solange Du es kannst. Bis Du fertig bist. Du wirst wissen, wann es Zeit ist, aufzuhören. Genau wie Deine Mama.

Lass Deine Füße nicht zur Ruhe kommen, solange Du Deine Flügel ausbreiten kannst.

Die Welt wartet auf Dich.

Fliege in die Freiheit.

»Verrate mir eins. Ich habe zehn lange Jahre gewartet und dabei immer geglaubt, es läge an mir – an unserem ersten Mal –, dass du mich verlassen hast. Du hast keine Ahnung, was das mit mir gemacht hat. Ich hatte die Frau verloren, die ich liebte, und das zu allem Überfluss auch noch, nachdem wir uns zum allerersten Mal voll und ganz körperlich aufeinander eingelassen hatten. Ich glaubte, dich verletzt zu haben. Unwiderruflich.«

Erstaunt reiße ich die Augen auf und setze mich abrupt auf, schiebe mir das Haar aus dem Gesicht. »Nein! Du liebe Güte, nein. Cam, du warst der Mann meiner Träume. Du hast diese

Nacht zu einem unglaublichen Erlebnis für mich gemacht. Es war bei Weitem die beste und schlimmste Nacht meines Lebens.«

Er setzt sich ebenfalls auf und stößt sich mit den starken Beinen nach hinten, bis er mit dem Rücken gegen den Kopfteil des Bettes prallt. Seine Brust ist nackt, und er zieht sich die Decke über den Schoß. Er fährt sich mit den Fingern durch die Locken und legt den Kopf in den Nacken. »Warum dann, Suda Kaye? Du hast mit dieser einen Entscheidung unser beider Leben verändert.«

Ich schließe die Augen und spiele mit den Fingern in meinem Schoß. »Weil ich eines wusste: Wäre ich nur noch einen einzigen Tag länger geblieben, hätte ich es niemals über mich gebracht aufzubrechen. Du warst mein Ein und Alles. Du, Evie, mein Stiefdad und Toko, ihr wart meine ganze Welt. Ich habe mich nach dir verzehrt.«

Er schüttelt den Kopf. »Das beantwortet meine Frage nicht und ist auch keine Begründung, warum du unter diesen Umständen gegangen bist. Verrat es mir«, drängt er nun nachdrücklicher.

»Okay. Während der letzten sechs Monate ihrer Krankheit schrieb Mutter Evie und mir Briefe. Unser Großvater hat sie uns nach ihrem Tod ausgehändigt. Der erste sollte an unseren Geburtstagen geöffnet werden. Meinem achtzehnten. Evies zwanzigstem.«

»Ich kann dir zwar folgen, verstehe aber immer noch nicht, was das im Hinblick auf uns erklärt.« Seine Stimme klingt ziemlich angespannt, aber schließlich ist es sein gutes Recht, wütend auf mich zu sein. Angesichts meines Verhaltens in der Vergangenheit hat er sich bei dieser Unterhaltung erheblich besser im Griff als erwartet.

Ich atme tief ein und wieder aus. »Hör mir einfach weiter zu.«

Er nickt.

»Zusammen mit den Briefen erhielten wir ein kleines Erbe

und bekamen ihre Lebensversicherung ausbezahlt. Damals war das für jede von uns etwa eine Viertelmillion Dollar.«

»Mein Gott, ich hatte ja keine Ahnung.«

»Ich auch nicht, bis zu dem Tag, an dem Toko uns die Briefe und die Informationen über den Treuhandfonds gab. Mom hatte nicht gewollt, dass wir auf das, was sie uns hinterlassen hatte, warten sollten, also bekamen wir es sofort. Und sie ermutigte mich, mit meinem Erbe die Welt zu bereisen. All die Dinge selbst zu erleben, von denen ich immer geträumt hatte. Eines musst du dabei verstehen: Ich bin mit den Schilderungen meiner Mutter aufgewachsen. Mein Kopf war voll mit ihren Erzählungen von all den fantastischen Orten, an denen sie gewesen war, den atemberaubenden Dingen, die sie getan hatte, und ich liebte jede einzelne Geschichte. Ich wünschte mir nichts sehnlicher, als ihrem Beispiel zu folgen, die gleichen Dinge zu sehen und jede ihrer Erfahrungen am eigenen Leib nachzuempfinden.«

»Mensch«, seufzt er und zieht ein Knie an den Körper.

Obwohl ich weiß, dass meine Antwort ihn nicht glücklich macht, spreche ich weiter. »Als mir meine Mom ihren letzten Wunsch mitgeteilt hat, in die Welt hinauszuziehen und meine eigenen Erfahrungen zu machen, war ich mit der Situation konfrontiert, entweder die Mutter zu verraten, die ich gerade erst verloren hatte und die eigentlich immer mein Vorbild gewesen war, oder den Mann zu verlassen, den ich liebte und der mir ein anderes Leben bieten würde. Ein erheblich sichereres, sesshafteres Leben hier in Pueblo. Ich wusste, dass du dem Familienerbe verpflichtet warst und für das Familienunternehmen arbeiten würdest. Ich konnte dich nicht vor die Wahl stellen. Nie hätte ich dich in eine solche Lage gebracht.«

Impulsiv streckt Cam die Hand aus und umfasst meine Taille, zieht mich über das Bett hinweg zu sich, bis ich ihm gegenüber auf dem Schoß sitze. »Suda Kaye, ich wäre überall mit dir hingegangen, hätte jede Summe ausgegeben, hätte auf mein Familienerbe verzichtet, wenn ich die Wahl gehabt hätte, mit dir zusammen zu sein.«

Meine Augen füllen sich mit Tränen, die mir über die Wangen laufen. »Und ich wollte dir diese Entscheidung nicht zumuten.«

»Aber das hättest du sollen. Nachdem du weggegangen bist, war ich am Boden zerstört. Ich habe Evie jeden Tag besucht, die ebenfalls litt, weil sie ein halbes Jahr vorher nicht nur ihre Mom verloren hatte, sondern kurz darauf nun auch noch dich. Ich wünschte, du hättest mit mir gesprochen. Mir die Wahrheit gesagt. Mich an deiner Zukunft teilhaben lassen, genau wie wir es uns immer erträumt haben.« Auch in seinen Augen stehen jetzt Tränen, doch seine Wangen bleiben trocken.

Ich nehme sein Gesicht in beide Hände und sehe ihm in die wunderschönen Augen.

»Mein Gott, wir sind schon ein merkwürdiges Paar.«

Ich nicke.

»Alles hätte so anders kommen können. Wir hätten gemeinsam einen Weg finden können, damit du deine Flügel ausbreiten konntest, ohne die Wurzeln zu verlieren. Du hättest alles haben können. Vielleicht hätten wir uns ein System überlegt, bei dem wir mit diesem Geld alle paar Monate auf Reisen gegangen wären und neue Orte besucht hätten, während ich zwischendurch für meinen Vater im Familienbetrieb gearbeitet hätte.«

Die Tränen wollen einfach nicht versiegen. »Ich hätte wissen können, dass du dazu bereit gewesen wärst. Du hast aber niemals übers Reisen gesprochen. Du hast ja mitbekommen, wie meine Mom immer wieder verschwand, und um meinet- und Evies willen war dir diese Situation zuwider. Du hast mir mehrere Male versichert, wie egoistisch es von ihr war, uns zu verlassen und ihren Träumen hinterherzujagen.«

»Ja, weil halbwüchsige Mädchen ihre Mutter brauchen. Und am Ende war es zu spät.«

»Sie hat mir gegeben, was sie konnte. Und, Baby, es war genug.«

Er schüttelt den Kopf. »Aber verstehst du denn nicht? Es war nicht genug, denn sonst wärest du nie auf diese Weise gegangen. Es war feige und hat unser beider Leben von Grund auf verändert. Ich musste dich unweigerlich verlieren. Ich habe nicht mal die Chance bekommen, um dich zu kämpfen. Verstehst du nicht, wie verkorkst das ist? Du bist einfach mitten in der Nacht verschwunden, nachdem ich dich zum ersten Mal geliebt hatte. Warum hast du das getan?«

Ich schluchze so sehr, dass meine Schultern und meine Brust beben. »Weil ich deine Liebe wenigstens ein einziges Mal voll und ganz erleben wollte. Einmal, damit ich mich für immer so an uns erinnern konnte. Und es ist die beste Erinnerung meines Lebens geblieben, auch nach all den Jahren.«

»Süße ...« Seine Stimme zittert, und er zieht mich an seine Brust, schiebt mein Gesicht in die Höhlung zwischen Hals und Schulter, nimmt mich fest in die Arme. »Du hast also heute Abend erkannt, dass du weder auf mich noch auf deine Abenteuer hättest verzichten müssen, und diese Wahrheit hat dich überwältigt, nicht wahr?«, vermutet er zutreffend.

Ich nicke, und mein Schluchzen verwandelt sich in einen heftigen Weinkrampf, in dem sich jahrelange Trauer und jahrelanges Bedauern Bahn brechen.

Camden hält mich fest. Lässt mich weinen. Er hält mich, während ich zittere wie Espenlaub und alles herauslasse. Er hält mich einfach nur fest.

Nach geschlagenen zwanzig oder gar dreißig Minuten habe ich mich endlich beruhigt. Noch immer vergieße ich stumme Tränen, aber die Verzweiflung ist verebbt. Schweigsam und nachdenklich sitzen wir eng umschlungen einfach nur da.

»Geht's wieder, Süße?« Seine Stimme ist so tief, dass sie in meiner Brust widerhallt.

Ich nicke und hole tief Luft.

»Sieh mich an, Baby.«

Ich schlucke die Angst und den Schmerz herunter und schaue ihm in die Augen.

»Damals habe ich dich sehr geliebt. Nachdem du verschwunden warst, hat meine Liebe nicht nachgelassen. Und heute liebe ich dich immer noch. Die Liebe, die uns beide verbindet, verschwindet nicht so einfach. Vielleicht hat sie sich zehn Jahre lang irgendwo versteckt, aber jetzt ist sie wieder da und erstrahlt so hell wie die Sonne. Und, Baby« – er umfängt meine Wangen –, »sie wird nicht wieder verblassen. Ich verstehe, warum du so handeln musstest, wünsche mir aber immer noch von ganzem Herzen, du hättest dich mir anvertraut. Mir die Chance gegeben, ein Teil deines Lebens zu sein. Aber wir können die Zeit nicht zurückdrehen, wir können die Vergangenheit nur hinter uns lassen und uns weiterbewegen. Das Herz lässt sich nicht so leicht austricksen, und mein Herz will dich. Wir werden das überwinden.«

Ich kann immer noch nicht aufhören zu weinen, und er wischt mir mit den Daumen die Tränen ab. »Aber … aber … wir könnten bereits verheiratet sein, Kinder haben und …« Die Liste dessen, was hätte sein können, ist endlos.

Er lehnt die Stirn an meine. »Suda Kaye, du bist achtundzwanzig, nicht achtundvierzig. Wir haben noch Zeit genug, um zu heiraten, können sämtliche Babys bekommen, von denen wir damals geträumt haben, und dafür haben wir noch unser ganzes restliches Leben Zeit. Wir waren zehn Jahre voneinander getrennt, haben sämtliche Erfahrungen gemacht, die wir machen mussten. Damals hatte ich keine Ahnung, dass ich eines Tages die Firma meines Vaters leiten würde. Wenn ich ehrlich bin, wäre es durchaus denkbar gewesen, dass ich deine Sehnsucht, die Welt zu sehen, meinem eigenen, egoistischen Bedürfnis, die Wünsche meines Vaters zu erfüllen, untergeordnet hätte. Ich kann nicht einfach nur hiersitzen und dir den ganzen Schmerz für unsere verkorkste Beziehung aufbürden. Aus dir ist genau die Frau geworden, die deine Mom sich gewünscht hat. Wie ich schon sagte, sie wäre stolz auf dich. Zum Teufel, ich bin stolz auf dich. Und heute kann ich nachholen, was damals nicht möglich war: Ich kann ein Teil deines Lebens sein. Außerdem sind wir jetzt älter, klüger, reifer, und wir sind wohlhabend genug, um verdammt noch mal alles zu tun, was wir tun wollen.«

Ich muss lachen. Eigentlich sollte er einen Wutanfall bekommen und mich mit Vorwürfen überhäufen, weil ich ihn verlassen habe. Aber stattdessen reißt er Witze.

»Nun, da ich weiß, warum du mich verlassen hast, bin ich nicht mehr wütend.«

Ruckartig blicke ich auf. »Nicht?«

Er schüttelt den Kopf. »Nein. Ich bin traurig. Ich bin traurig, weil du nicht mit mir gesprochen hast, weil du mir nicht gesagt hast, womit du dich herumschlägst, nachdem du die Briefe von deiner Mutter erhalten hattest. Hätte ich das gewusst, hätten wir darüber reden können, und ich hätte dich in dieser Zeit unterstützen können. Du warst erst achtzehn. Der letzte Wunsch deiner Mutter war, dass du die Welt genauso bereist wie sie. Ich kann dir keinen Vorwurf daraus machen oder wütend auf dich sein, weil du diesem Wunsch nachgekommen bist. Keine Ahnung, was ich an deiner Stelle getan hätte. Ich bin verletzt, weil du mir nicht die ganze Wahrheit anvertrauen konntest. Ich bin traurig, dass wir zehn wunderbare, gemeinsame Jahre verpasst haben. Aber wer weiß, was in diesen Jahren geschehen wäre. Heute sind wir erwachsen. Wir haben Verpflichtungen. Wir haben eine Familie. Wir haben einander. Aber es gibt keine dunkle Wolke, die bedrohlich über unseren Köpfen schwebt. Wir wissen beide genau, was wir vom Leben erwarten und uns wünschen.«

»Das klingt so einfach. Als könnten wir das einfach alles hinter uns lassen.«

»Es ist auch einfach.«

Ich schlucke und wische mir schon wieder die Tränen ab. »Ich habe dich verletzt und alles vermasselt.«

Er legt mir die Hand in den Nacken, sodass ich ihm ins Gesicht sehen muss. »Nein, Baby. Du hast eine Entscheidung getroffen. Und ja, damals hat es sehr wehgetan. Wirklich schlimm. Ich habe dich geliebt. Das habe ich dir auch gesagt. Liebe dich immer noch. Wir können die Vergangenheit nicht ändern. Wir können uns nur auf das Heute konzentrieren. Auf das, was wir tun. Hier. Jetzt. In diesem Bett. Und zusammen werden wir eine Entscheidung treffen.«

»Und was für eine Entscheidung ist das?«

»Dass wir keine Zeit mehr verschwenden werden. Dass wir nichts und niemandem mehr gestatten werden, unserem Glück in den Weg zu treten. Dass wir die Mitte, in der wir uns getroffen haben, genießen mit allem, was sie uns zu bieten hat. Dass wir ehrlich zueinander sein werden und einander von unseren Bedürfnissen, Wünschen und Träumen erzählen werden. Und dass wir als Team an ihrer Verwirklichung arbeiten.«

»Aus deinem Mund klingt das so leicht.«

»Mit dir zusammen zu sein ist leicht. Den Rest meines Lebens mit dir verbringen zu wollen ist leicht. Dich zu lieben ist leicht. Solange ich dich habe … geht es mir gut.«

»Und wir lassen die Vergangenheit hinter uns.« Zittrig atme ich aus, als hätte ich die Luft ein ganzes Jahr lang angehalten.

Er nickt. »Größtenteils ja, das siehst du richtig. Wir sollten uns alles erzählen, gleichzeitig aber hier und jetzt die Entscheidung treffen, dass uns nichts auseinanderbringen kann. Nichts kann die Leichtigkeit, mit der wir zusammen sind, verändern. Wir akzeptieren unsere jeweilige Vergangenheit und lassen nicht zu, dass sie uns heute definiert.«

»Ich habe nie einen anderen Mann als dich geliebt. Dir haben immer mein ganzes Herz und meine ganze Seele gehört. Immer, Cam!«, bricht es aus mir hervor.

Er lächelt breit, schlingt einen Arm um mich und lässt die andere Hand zu meinem nackten Hintern hinabgleiten, den er herzhaft drückt.

»Ich nehme das Geschenk deines Herzens und deiner Seele an und vertraue dir mein Herz und meine Seele ebenfalls an, damit du beides sicher verwahrst.«

Er vergräbt die Finger in meinem Haar, drückt meinen Po noch einmal und presst seine härter werdende Erektion an meine Mitte.

»Diesmal passe ich darauf auf, versprochen.«

Seine Lippen schweben über den meinen, und ich winde mich auf seinem Schoß, bereit, alles in mich aufzunehmen, was dieser Mann zu bieten hat, und ihm dafür alles zurückzugeben.

»Ich vertraue dir«, sagt er, bevor er seine Lippen auf meine drückt und unsere Versprechen mit einem Kuss besiegelt.

Kapitel 17

Eine Woche später wusele ich aufgeregt in meiner beinahe fertigen Boutique herum. Alle Regale sind montiert. Die Schaufenster und Vitrinen müssen nur noch gefüllt werden, die Wände sind gestrichen, und an den freien Wänden stehen stapelweise Kisten mit den Produkten, die im Laden ausgestellt werden sollen.

»Tausend Dank, Schwesterherz, weil du dir ein paar Tage freinimmst, um mir beim Einräumen zu helfen.« Ich gehe an Evie vorüber, die sich gerade durch eine Kiste mit Seidenkimonos in unzähligen leuchtenden Farben und Größen wühlt. Sie holt einen in dunklem Waldgrün heraus, dessen Rücken und Ärmel ein Kirschblütenmuster ziert. Evie hängt ihn auf den mit schwarzem Samt überzogenen Bügel und an das runde Gestell, an dem die Kimonos hängen sollen.

»Ich habe dir doch gesagt, dass ich dir helfen würde, und damit habe ich nicht nur den Papierkram gemeint. Trotzdem bin ich total begeistert, weil Cam auch mit angepackt hat.«

Ich nicke und öffne eine kleine Schachtel mit Nietenarmbändern aus Leder, hoffentlich das Richtige für die Biker-Bräute, die hier in der Gegend häufig durch die Stadt rollen. Mein Laden soll für jedermann attraktiv sein, auch für Kunden, die auf der Suche nach Unikaten sind. Nachdem ich die Armbänder auf einer runden Samtauslage arrangiert habe, öffne ich eine weitere Kiste und hole ein paar absolut fantastische Ringe heraus, die ich einer Designerin abgeluchst habe, die an der Grenze zu Arizona lebt. Sie arbeitet vornehmlich mit Silber, Gold und Mineralsteinen. In der Schachtel befinden sich zwanzig Einzelstücke aus Silber mit Mondstein, Labradorit und Ähnlichem. Ich habe sogar einen total coolen Künstler gefunden, der Bücherstützen aus Geoden und Kristallen herstellt, welche ich mit anderen einzigartigen Stücken wie Vasen und Statuetten anbiete.

»Ja, er war fantastisch, obwohl er dieses Wochenende in Arbeit ertrinkt. Eine große Hilfe war er allerdings nicht, denn ›Mädchenkram‹ ansprechend zu arrangieren, liegt ihm eigentlich nicht besonders.«

Evie lacht leise und hängt den letzten Kimono auf. »Was soll noch auf dieses Gestell drauf?«

Ich deute auf eine Kiste, die ich bereits geöffnet hatte. »Diese Tanktops da hinten. Sie passen perfekt zu den Kimonos. Auf den ersten Bügel könntest du einen Kimono über das Top hängen und dann einen meiner selbst gemachten Gürtel darumdrapieren. Vielleicht den braunen mit dem Türkis in der Mitte.«

»Tolle Idee, Suda Kaye. Absolut trendy, und doch eindeutiger Colorado-Chic.«

»Danke! Hast du in letzter Zeit eigentlich mal wieder etwas von Muskel-Milo gehört?«

Evie richtet sich kerzengerade auf. Einen Augenblick steht sie da wie versteinert. Ihre Körpersprache lässt keinen Zweifel daran, wie unglücklich sie ist. Daran ändert auch die Tatsache nichts, dass sie jetzt die Schultern strafft und das Kinn reckt. Mir kann sie nichts vormachen. Sicher erzählt sie mir gleich etwas Unangenehmes.

»Genau genommen bin ich ihm in einem Restaurant in C-Springs über den Weg gelaufen. Ich habe einen Klienten zum Lunch ausgeführt, und er war …«

»Er war …« Mit einer Handbewegung ermuntere ich sie, weiterzusprechen.

Sie schluckt, und ihr Kiefer verkrampft sich. Kein gutes Zeichen.

»Er war mit seiner Frau zum Lunch«, sagt sie und verzieht höhnisch die Lippen.

Seiner Frau?

»Wie bitte? Was zum …«

Evie hält die Hand hoch, um mich zum Schweigen zu bringen, sodass ich gar nicht dazu komme, mich weiter aufzuregen.

»Als Milo meinen Klienten und mich entdeckt hat, wirkte er äußerst verlegen.«

»Hat er euch miteinander bekannt gemacht? Oh mein Gott! Das ist ja schrecklich.«

Sie schüttelt den Kopf. »Nein. Sie ist aufgesprungen – zierliche Blondine, wehendes Haar, tolle Figur – und hat sich mir als seine Frau Kimberley vorgestellt.«

»Ich kann es kaum glauben. Wieso wussten wir nicht, dass er verheiratet ist?«

Evie schnauft, streicht sich die langen Strähnen aus den Augen und schiebt sie sich hinters Ohr. »Und weißt du, was das Seltsamste war? Er schien total wütend über die ganze Situation zu sein. Er hat meinen Klienten von Kopf bis Fuß gemustert, als sei er mein Date. Während er selbst mit seiner Frau essen geht!«

»Schwesterherz, es tut mir so leid. Das ist sicher ein Schlag.«

»Nein, nein, nein. Ist es nicht. Ich habe zwar schon seit zig Jahren eine Schwäche für ihn, aber eigentlich fehlt dafür jede Grundlage. Er hat mich nie angemacht. Er hat mir nicht den kleinsten Hinweis gegeben, dass er mehr als nur freundschaftliches Interesse an mir hat. Ab jetzt kann ich zumindest sicher sein, dass es auch nie mehr wird.«

»Hm, wundert mich trotzdem. Auf mich hat er definitiv den Eindruck gemacht, dass er ziemlich verknallt in dich war. Er hat dich sogar *nizhóni* genannt. War das nicht der Name, den er dir immer gab?«

Sie lacht süffisant. »Ja, aber in Anwesenheit seiner Frau – diesem fünfundzwanzigjährigen Heather-Locklear-Verschnitt – ist er nicht auf die Idee gekommen, mich so zu nennen.«

Ich zucke zusammen. »Oh, dann hat er definitiv einen bestimmten Typ.«

Evie wirbelt herum, sieht mich mit eisigem Blick an und stemmt die Hände in die Hüften.

Begütigend halte ich beide Hände in die Höhe. »Sorry, Schwesterherz, aber du hast gesagt, seine Frau sieht aus wie die junge Heather Locklear.«

»Und …«

Ich verdrehe die Augen, schneide eine Grimasse und sage: »Ist dir entgangen, dass du Blake Lively wie aus dem Gesicht geschnitten bist?«

Sie schürzt die Lippen. »Das hat man mir schon häufiger gesagt, aber was hat das mit Milo und seiner verdammt noch mal fantastisch aussehenden Frau zu tun?«

»Hm, vielleicht weil Heather Locklear im Film Blake Livelys Mutter spielen könnte?«

Entgeistert starrt sie mich an.

Ich seufze. »Schwesterherz, der Mann hat einen bestimmten Frauentyp. Blonde, blauäugige Schnuckelchen.«

»Nur, dass sie zierlich war und zudem eine Figur wie Jessica Rabbit hatte.«

Ich zucke mit den Schultern. »Ja und? Du bist der feuchte

Traum eines jeden Mannes. Groß, schlank, kleine Brüste, die du gut zur Geltung bringst, mit Wahnsinnsbeinen. Und dein Haar ist einfach der Hammer. Lange, natürliche Wellen, dick. Eine Glatze bekommst du so schnell nicht.«

»Meine Güte, danke, Schwesterherz. Tolles Kompliment. Du hast vielleicht nicht allzu viel Vorbau, aber du bist groß und läufst auch demnächst nicht kahlköpfig herum.«

Über diese Zusammenfassung müssen wir beide erst kichern, dann lachen.

Als wir uns wieder beruhigt haben, gehe ich zu ihr und lege ihr den Arm um die Schultern. »Tut mir echt leid wegen Milo.«

Sie runzelt die Stirn und nickt. »Mir auch. Ist vermutlich das Ende einer Ära.«

»Also wird es höchste Zeit, dass wir beide um die Häuser ziehen, um dir sexy Männer zu angeln!« Ich stoße mit meiner Hüfte gegen die ihre.

»Du hast immerhin schon einen Mann, und ich bezweifele, dass es ihm recht ist, wenn du mich bei so einer Aktion begleitest.«

Ich verziehe das Gesicht. »Er wird drüber wegkommen. Außerdem können wir ja auch in Porters Brauhaus gehen. Männer lieben Bier. Wir lieben Bier. Und wir lieben Männer. Außerdem bin ich dann als deine Begleiterin auf der sicheren Seite.«

Sie runzelt die Stirn. »Ich weiß nicht so recht. Keine Ahnung, ob ich Lust dazu habe.«

»Zu spät. Ich habe schon das perfekte Kleid für dich ausgesucht. Es ist verdammt heiß.« Ich grinse listig und zwinkere.

Evie schüttelt den Kopf. »Oh nein. Auf gar keinen Fall. Dass du die Klamotten für mich auswählst, geht nun wirklich zu weit.«

Ich bleibe wie angewurzelt stehen und breite die Arme aus. »Ähm, also eigentlich bin ich ganz gut darin. Immerhin eröffne ich eine verdammte Boutique. Außerdem habe ich diese nagelneuen, verführerischen Seidenkleider reinbekommen. Das orange-himbeerfarbene habe ich letzte Woche zum Dinner mit Cam getragen, und es hat maßgeblich dazu beigetragen, dass wir reinen Tisch gemacht und uns mit unserer Vergangenheit auseinandergesetzt haben.«

»Wirklich?«

Ich nicke. »Außerdem hat er, kaum dass er mich in diesem Kleid gesehen hat, mich zurück in die Wohnung geschoben, mich hochgehoben, vor dem Bett wieder abgesetzt, herumgedreht und von hinten genommen. Komplett angezogen.«

»Großer Gott …« Evie fächelt sich Luft zu. »So was kannst du mir doch nicht einfach so ohne Vorwarnung erzählen.«

»Heiß, oder?« Bei dem Gedanken an diesen Moment rauscht mir das Blut in den Adern, und mein Puls beschleunigt sich.

Evie leckt sich über die Unterlippe und beißt darauf herum. Dann nickt sie. »Ja. In welchen Farben hast du es noch da?«

Ich schenke ihr ein breites Grinsen. »Das ist meine *taabe*. Die Sonne an einem dunklen Tag.«

»Ich finde es so schön, dass du wieder zu Hause bist, Suda Kaye«, gesteht sie mir plötzlich.

»Und ich bin froh, wieder zu Hause zu sein. Keine Ahnung, Evie, aber es fühlt sich richtig an. Hier zu sein, diesen Laden zu eröffnen, wieder mit Cam zusammen zu sein, dich die ganze Zeit bei mir zu haben.« Ich atme tief ein und wieder aus. »Das Herz lässt sich nicht so leicht austricksen, und mein Herz will ihn. Ich bin dort, wo ich hingehöre.« Ich benutze Cams Formulierung, die mir nicht aus dem Kopf gehen will.

Evie beißt sich auf die Innenseite ihrer Wange und nickt. Ein verräterisches Zeichen, dass sie mir noch irgendetwas verschweigt.

»Was? Keine Geheimnisse mehr. Das haben wir einander

versprochen, weißt du noch? Wir legen sämtliche Karten auf den Tisch.«

»Was, wenn du eigentlich immer hierhin gehört hast und ursprünglich gar nicht hättest gehen müssen?«

Zweifel durchrieseln mich, und mich überläuft es kalt. Ich verschränke die Arme vor der Brust und reibe über meine Oberarme, um die plötzliche Kälte zu vertreiben.

»Das werde ich niemals sicher wissen. Ich weiß nur, dass es jetzt genau das Richtige ist.«

Bevor ich weiterreden oder das Thema wechseln kann, hakt Evie nach: »Und was, wenn es sich in einem Jahr nicht mehr richtig anfühlt. Was dann?«

Ich schüttele den Kopf. »Evie, wir wissen nie, was das Leben uns bringt. Es besteht kein Grund, in Angst oder Sorge vor etwas zu leben, das vielleicht oder vielleicht auch nicht passieren wird. Das nützt nichts. Wenn ich jetzt nach Dingen Ausschau halte, derentwegen ich mir Sorgen machen könnte, beraube ich mich nur der Schönheit, die mich nun umgibt. Außerdem haben Camden und ich beschlossen, im Augenblick zu leben. Diese Phase unseres Lebens gemeinsam zu genießen.«

»Was so viel heißt, dass du keine Pläne für die Zukunft schmiedest.«

»Meine Zukunft liegt zunächst einmal in diesem Laden. Ich habe mich entschieden, in deiner Nähe zu sein, Cam zu lieben und mit ihm zusammen zu sein. Ich kann dir nicht sagen, was der morgige Tag für mich bereithält, und ich lasse mir auch keine grauen Haare deswegen wachsen. Heute gebe ich mein Bestes, um den heutigen Tag fantastisch zu machen. Mir Gedanken über Dinge zu machen, die noch gar nicht passiert sind, ist Zeitverschwendung. Diese Zeit nutze ich lieber, um in vollen Zügen das Hier und Heute zu genießen.«

Sie nickt und geht zu einer anderen Kiste hinüber, hebt sie hoch und bringt sie in den Bereich, in dem sie vorhin gearbeitet hat.

»Kommst du drüber weg? Du weißt schon, über diese Milo-Geschichte?«

Evies sanftes Lächeln ist gleichzeitig wunderschön und herzzerreißend.

»Natürlich. Obwohl ich natürlich ziemlich enttäuscht bin«, flüstert sie.

»Ich bin für dich da.«

Sie schenkt mir ein breites Lächeln. »Und dafür bin ich dankbar. Und jetzt drehen wir mal die Mucke auf und schauen, dass wir diesen Laden fertig kriegen.«

»Ganz genau.« Ich grinse und laufe zu dem eleganten Kassenbereich hinüber, umrunde ihn und stehe vor der Stereoanlage. »Was willst du hören?«, rufe ich ihr zu.

»Irgendwas Flippiges, das uns motiviert.«

»Wein würde uns auch motivieren.« Sie lacht, und lächelnd denke ich, dass dies die beste Idee des Tages ist. Ich wähle einen Radiosender aus und gehe im Geiste die Bestände in meinem Kühlschrank durch. Mir fällt ein, dass dort noch eine Champagnerflasche darauf wartet, entkorkt zu werden. Endlich habe ich einen Sender mit Softrock gefunden. Ich drehe Sheryl Crows *Soak Up the Sun* bis zum Anschlag auf, damit wir so richtig abgehen.

Zeit für Alkohol und ein wenig schwesterliche Solidarität.

»Wow, du hast echt Pfeffer im Hintern!«, knurrt Camden an meiner Kehle, während ich die Hüften noch härter auf ihn herabsausen lasse und hinter meinen Augen Sterne explodieren. Ich schreie auf, und der Orgasmus erfasst meinen ganzen Körper. Camden vergräbt die Zähne in meiner Schulter, spannt sich an und kommt seinerseits zum Höhepunkt.

Wir sind beide verschwitzt und liegen ineinander verschlungen am Kopfende meines Bettes, atmen schwer, sinken aus luftigsten Höhen so langsam wieder auf den Boden der Tatsachen herab.

Camdens Lider sind verhangen, und sein Körper lehnt schlaff am Kopfteil des Bettes. »Ich muss dich häufiger betrunken machen, Süße. So was habe ich mit dir noch nicht erlebt. Das gefällt mir. Das will ich wieder haben. Bald.«

Ich grinse und beuge mich vor, um ihm einen feuchten Kuss zu geben, knabbere anschließend erst an seiner Unter-, dann an seiner Oberlippe und lasse wieder los. »Mmmh, das lässt sich arrangieren.«

»Verdammt, wenn du ein paar Drinks intus hast, bist du ein Raubtier. Diese Seite liebe ich an dir, Baby.«

Ich lache leise und gebe ihm einen schnellen Kuss auf die Lippen. »Ich mache mich schnell sauber.«

Ich kümmere mich um meine edelsten Teile, gehe pinkeln, dann schlüpfe ich in ein blassrosa Nachthemd, das im Bad am Haken hängt.

Als ich zurückschlendere, stelle ich fest, dass er nicht mehr im Bett liegt. Ich schaue mich um. Die Kühlschranktür steht offen und bringt seinen nackten Körper perfekt zur Geltung. Allerdings hat er seine dunkelblauen Boxershorts angezogen, was bedeutet, dass ich ihn ein zweites Mal auswickeln muss.

Ich gehe zu ihm hinüber, schlinge ihm die Arme um die Taille und lasse meine Finger über seine definierten und harten Bauch- und Brustmuskeln gleiten. Ich beschreibe einen Pfad aus Küssen von der Kuhle in seinem Kreuz, an seiner Wirbelsäule hinauf und über eine sexy Schulter, über die sich sein Tattoo ergießt. Er beißt in eine Erdbeere und nimmt sich noch ein paar weitere.

»Wann hast du dir das Tattoo stechen lassen?«, murmele ich an seiner warmen Haut und fahre dem Muster mit einem Finger nach.

»Nachdem ich den Diplomkaufmann in der Tasche hatte, habe ich mir eine Auszeit auf Hawaii genommen. Ich wusste, dass ich mein Leben dem Familienunternehmen widmen würde, und wollte vorher noch einen Sommer ganz für mich selbst haben. Das Tattoo steht für die damalige Veränderung in meinem Leben: wo ich war, wo ich hinwollte und was ich zurückgelassen hatte.«

Ich bemühe mich erfolgreich, die Tränen zurückzuhalten. »Ich hätte bei dir sein sollen.« Ich lege ihm die Stirn an die Schulter, wünsche mir eine Zeit, die nie zurückkommen wird, auch wenn wir uns glücklich in der Mitte gefunden haben.

»Das warst du.«

Ich runzele die Stirn und schaue zu ihm empor. Meine Stimme klingt ein wenig schmalzig vor Rührung. »Wie das?«

»Du bist in dem Tattoo auch verewigt.«

Ich trete zurück, ziehe seinen Arm zu mir heran und zeichne mit den Fingern das komplizierte schwarze Muster nach. »Wo?«

Er lächelt und hält den Arm zur Seite. Inmitten des Tribal-Tattoos auf seinem Bizeps entdecke ich ein American-Bird-Tattoo, in der gleichen tiefschwarzen Tinte des polynesischen Designs gehalten. Der Vogel breitet die Flügel aus und wendet den Kopf zur Seite. Sein Körper ist reich gemustert, und die Schwanzfedern münden in vier würfelförmige Punkte, wobei jeder einzelne zwei übereinanderstehende Buchstaben enthält. In der Horizontale ergeben sie oben den Schriftzug S-U-D-A und unten K-A-Y-E.

Meine Augen füllen sich mit Tränen, und diesmal kann ich sie nicht zurückhalten. Ich schmiege mich an seinen Oberarm und presse die Lippen auf das Muster. »Du hattest mich immer bei dir.«

»Genau neben meinem Herzen. Siehst du? Wenn ich den Arm hebe oder über die Brust lege, dann befindet sich der Vogel direkt über meinem Herzen. Außerdem sieht man ihn nur, wenn man die Innenseite meines Oberarms betrachtet, denn dieses Tattoo, mein kleiner Vogel, geht nur mich etwas an.«

»Mein Gott, Cam.« Ich stelle mich auf die Zehenspitzen, lege ihm die Arme um die Schultern und küsse ihn heiß und innig. In diesem Kuss schwingen verlorene und gefundene Liebe mit, er lindert und sättigt gleichermaßen, ein Kuss der Reue, aber genauso der Verbindlichkeit und Hingabe. »Ich werde dich nie wieder gehen lassen. Versprochen.«

»Ich werde dafür sorgen, dass du dieses Versprechen nie vergisst, Süße.«

Bevor er mich nochmals küssen kann, erfüllt ein kreischendes Geräusch das ganze Zimmer. Wir wirbeln herum und blicken in die dunkle Leere hinaus.

»Was zum Teufel ist das?«, frage ich.

»Die Alarmanlage. Jemand hat sie ausgelöst.«

»Oh mein Gott! Sind das Einbrecher?«

»Keine Ahnung, Baby. Ruf die Polizei an. Ich gehe runter.« Er eilt zum Bett hinüber und steigt in die Stoffhose, die er schon im Büro heute anhatte und die ich ihm gleich bei seiner Ankunft vom Leib gerissen habe. Als er ankam, war ich gerade dabei gewesen, in leicht berauschtem Zustand den Abwasch zu erledigen, nachdem Evie und ich Pizza und Champagner verputzt hatten.

»Bitte nicht; wir rufen die Polizei und warten auf sie«, schreie ich über den Alarm hinweg.

»Das dauert zu lang. Wird schon gut gehen.« Er legt mir die Hand in den Nacken und gibt mir einen schnellen Kuss.

»Warte!« Ich eile zum Bett hinüber und krame nach dem Baseballschläger. »Hier!« Ich drücke ihn ihm in die Hand.

»Warum hast du einen Baseballschläger unter dem Bett?«

»Falls jemand einbricht. Als alleinstehende Frau muss man sich schließlich verteidigen können.«

Er atmet scharf ein, nimmt den Schläger aber dennoch in die Hand und öffnet die Tür. Schnell schaut er die Treppe hinauf und zieht ihn wieder zurück, schüttelt ihn. »Ruf die Polizei.«

Ich haste zum Nachttisch hinüber, auf dem mein Handy liegt, und wähle den Notruf. Sofort habe ich einen Beamten in der Leitung.

»Ja, mein Name ist Suda Kaye Ross. Ich wohne über dem Gypsy Soul auf der Main Street. Mein Freund und ich glauben, dass unten jemand einbricht. Gerade ist der Alarm losgegangen.«

Der Beamte bestätigt die Adresse, verkündet mir, dass er einen Einsatzwagen vorbeischickt, der in vier Minuten vor Ort sein wird.

»Bitte beeilen Sie sich.« Ich renne zum Flur hinüber und werfe einen blitzschnellen Blick nach unten, sehe aber nichts. »Shit, Shit, Shit.«

Plötzlich verstummt der Alarm, und mein Herz setzt einen Schlag aus.

»Suda Kaye, alles in Ordnung! Komm runter!«, ruft Cam von irgendwo aus meinem Shop.

Wie ein geölter Blitz sause ich die Treppe hinunter und bleibe wie vom Donner gerührt stehen, als ich sehe, dass er die Eingangstür geöffnet hat und auf dem Bürgersteig steht. Mit Mordlust in den Augen betrachtet er mein riesiges Schaufenster.

Ohne weiter zu zögern, umrunde ich die noch unausgepackten Kisten und eile an seine Seite. Er hält den Schläger locker in der Hand, sodass die Spitze auf dem Beton ruht. Sein Körper ist total angespannt, das Gesicht zu einer beängstigenden Grimasse verzogen, die Nasenflügel beben, der Kiefer ist verkrampft. Ich werfe einen prüfenden Blich auf das Fenster, und sogleich wird mir klar, was ihn so auf die Palme gebracht hat.

Ich brauche ein paar Sekunden, um den Anblick zu verarbeiten. Dann fange ich an zu zittern. Nicht vor Angst, sondern vor Zorn. Das Fenster ist zerschmettert, als habe jemand es mit einem Brecheisen malträtiert. Allerdings haben die Schläge aufgrund der Doppelverglasung keine großen Löcher hinterlassen, vielmehr sieht es aus, als sei es von Spinnweben durchzogen. Doch das ist gar nicht der Grund für meine Wut.

In großen kühnen roten Lettern hat jemand mir eine Nachricht hinterlassen:

Rache ist süß, DU blöde Bitch!

Nur eine einzige Person in der Stadt hasst mich genug, um dermaßen auszurasten.

Brittney.

»Ich bringe sie um«, stößt Camden zwischen zusammengebissenen Zähnen hervor. »Dass meine Eltern mit ihren gesprochen haben, ist noch gar nichts. Bald wird sie merken, wie schlimm es wirklich werden kann. Das hier ist Krieg. Die mache ich fertig.«

Ich nicke, obwohl ich kaum glauben kann, was ich da sehe. Die ganze Arbeit, die ich reingesteckt habe, alles futsch und nur noch ein Haufen Scherben und Farbe. Ich stelle die einzig logische Frage. »Wie soll ich das noch rechtzeitig wieder hinkriegen? Wir müssen die Eröffnung verschieben.«

»Auf gar keinen Fall. Ich rufe jeden Handwerker der Stadt an, bezahle jeden Preis, damit es sofort repariert wird. Keine Sorge, Baby, ich bin für dich da.« Cam nimmt mich in den Arm und presst mich an sich.

»Schatz, das Fenster ist eine Maßanfertigung …«

Er hält mich noch fester. »Ich bin für dich da.«

Der Wind trägt den Klang der Martinshörner zu uns herüber, die die Straße entlangsausen, bis die Blitzlichter und Autos genau vor meinem Geschäft haltmachen. Ich trage nur ein rosa Nachthemd und habe nackte Füße. Cam steht in seiner Stoffhose da, aber ebenfalls barfuß und mit nacktem Oberkörper. Trotz dieses Rückschlags umfasse ich Cams Taille und presse mein Gesicht an seine Brust, verberge mich vor der Welt und klammere mich an dem einzig Realen in meinem Leben fest.

Seine Worte klingen nach, und ich weiß nicht so genau, ob ich ihren Widerhall im Kopf spüre oder ob er sie mir noch mal zuflüstert. Ich höre nur eines, und daran muss ich mich festhalten.

»Ich bin für dich da.«

Kapitel 18

Nachdem wir unsere Aussage bei der Polizei gemacht haben, schleift Cam mich nach oben, damit ich mich anziehe.

»Pack deine Tasche.«

Ich schlüpfe in ein Sweatshirt mit V-Ausschnitt und werfe ihm einen Blick zu, als er sein Hemd zuknöpft.

»Warum? Sollten wir nicht lieber versuchen, noch etwas zu schlafen? Obwohl ich vermutlich gar nicht schlafen könnte.« Ich seufze und schiebe mir mit allen zehn Fingern das Haar aus dem Gesicht.

Er schließt den obersten Knopf und krempelt die Ärmel hoch. »Genau. Du wirst nicht hierbleiben. Eine ganze Weile nicht. Wenn es nach mir geht, sogar nie mehr.«

»Wow, wow, wow.« Ich halte meine Hände hoch und bleibe in einem knappen Meter Entfernung vor ihm stehen. »Wir wissen doch, wer dahintersteckt. Eine traurige, abgewiesene Frau, die nur hinter deinem Geld her war und der man jetzt eins auf die Finger gegeben hat, weil sie ein böses Mädchen war. Und nun rastet sie aus. Gott sei Dank verfügt mein Sponsor über Connections und kann mir aus der Patsche helfen. Aber ich habe keine Angst vor ihr, Cam.«

Cams Kiefer verkrampft sich, und in seiner Wange zuckt ein Muskel. »Wir kennen sie nicht wirklich, Suda Kaye. Vandalismus ist vielleicht nur der Anfang. Ich will nicht, dass du allein hier oben bist, während sie vielleicht Gott weiß was im Schilde führt. Wenn die Frau krank und gestört genug ist, um mich durch eine vorgetäuschte Schwangerschaft in eine Ehe zu locken, dann ist sie zu allem fähig. Offen gestanden bin ich nicht bereit, deine Sicherheit zu gefährden. Ich will nichts riskieren.«

Ich trete näher an ihn heran und lege ihm beide Hände auf die Brust, um ihn zu streicheln. »Mir geht es gut. Und mir passiert schon nichts.«

Er legt mir die Arme um die Taille und verschränkt die Hände in meinem Kreuz. »Ich weiß, denn dafür werde ich höchstpersönlich sorgen. Und jetzt pack bitte eine Tasche.«

Ich schüttele den Kopf, will sein Ansinnen noch energischer ablehnen, aber er hält mich fest, umfasst mit einer Hand mein Kinn und senkt den Kopf, sodass seine Augen auf gleicher Höhe mit meinen sind.

»Ich habe dich gerade erst zurückbekommen. Ich werde nicht zulassen, dass sich irgendetwas unserem Glück in den Weg stellt oder dich gefährdet. Bitte, Süße, tu, was ich sage.« Seine Worte klingen atemlos und gequält.

Zuerst bin ich hin und her gerissen, komme aber zu dem Schluss, dass ich ihm diesen kleinen Gefallen problemlos tun kann. Ich lege ihm die Hand auf die Wange und nicke. »Gut. Vorläufig. Ich bleibe mindestens so lange bei dir, bis wir diese Sache mit Brittney geklärt haben, aber ansonsten verspreche ich dir nichts.«

Camden seufzt und küsst mich liebevoll. »Danke, Baby.«

»Na ja, du musst mich allerdings loslassen, damit ich eine Tasche packen kann«, necke ich ihn, und er lässt die Arme sinken.

Er grinst. »Pack eine große.«

Ich verdrehe die Augen und schnaube laut. »Und was machen wir jetzt mit dem Fenster? Wir können dieses Chaos schließlich nicht so lassen. Stell dir vor, die Touristen und die anderen Geschäftsleute der Umgebung sehen es morgen früh.«

Er runzelt die Stirn und holt sein Handy heraus. »Du hast recht. Aber ich habe eine Idee. Du kümmerst dich um deine Reisetasche und ich mich ums Fenster.«

Ich öffne den Schrank, und schon höre ich Camdens Stimme. »Hey, Kyson, hier ist Camden Bryant. Tut mir leid, dass ich so spät noch anrufe. Gypsy Soul ist Opfer von Vandalismus geworden … ja, das Fenster wurde eingeschlagen und mit einem obszönen Spruch beschmiert. Jedenfalls muss die Scheibe so schnell wie möglich ersetzt werden. Wissen Sie jemanden, der das möglichst schnell erledigen könnte?«

Kyson antwortet irgendetwas.

Nach ein paar Sekunden sagt Cam: »Das wäre eine Riesenhilfe. Danke. Und Kyson, ich bin Ihnen was schuldig.«

Dass Camden das so bereitwillig eingesteht, muss ich erst mal verdauen. Ich packe Jeans, Kleider, Sandalen, Tanktops und Unterwäsche sowie alle wesentlichen Dinge in meinen großen Koffer, der mich überallhin begleitet hat. Währenddessen frage ich mich, was zum Teufel ich in Bezug auf Brittney unternehmen soll. War der heutige Vorfall bloß eine einmalige Racheaktion, oder plant sie vielleicht sogar noch Schlimmeres? Genau genommen bin ich diejenige, die ihr nicht nur die Tour vermasselt, sondern sich auch an ihre Geldquelle rangemacht hat. Wahrscheinlich ist sie stocksauer, weil ihre kleine Show nicht wie geplant gelaufen ist und letztlich ich den Riesenfisch gefangen habe, den sie bereits an der Angel hatte.

Ich habe Cam versichert, dass mir schon nichts passieren wird, aber so langsam wird mir doch ein wenig mulmig zumute, und ich frage mich, ob ich noch mehr Brittney-Hasstiraden zu erwarten habe. Ich kenne Frauen wie sie zur Genüge, deshalb gehe ich davon aus.

Während ich noch darüber nachdenke, wie man Brittney am besten das Handwerk legen kann, höre ich, wie Camden das Telefonat beendet. »Kyson kennt tatsächlich den Fensterbauer, der für die hiesigen Fenster zuständig war. Er wird ihn gleich morgen früh anrufen, damit er dir sofort ein neues einsetzt. Er sagt, er wird jeglichen Gefallen einfordern, den der Fenstertyp ihm schuldig ist. Außerdem kommt er persönlich vorbei, um sich ein Bild von dem Schaden zu machen und zu checken, was er tun kann, um das Schaufenster wieder in einen repräsentativen Zustand zu versetzen.«

Ich seufze tief und erleichtert. »Danke.«

»Danke nicht mir. Wenn er die Wahrheit sagt, kann er bei diesem Fensterbauer wahre Wunder wirken, und dann stehen wir tief in seiner Schuld«, bemerkt er trocken und humorlos.

»Das geht dir ziemlich gegen den Strich, was?«

Er nickt kurz angebunden.

»Warum hast du ihn dann angerufen?«

Er verschränkt die Arme vor der Brust. »Wenn es um deine Sicherheit und dein Glück geht, scheue ich weder Kosten noch Mühen und schiebe jegliche Vorbehalte beiseite. Er kennt das Gebäude am besten und ist ein renommierter Bauunternehmer. Meine persönlichen Gefühle sind in diesem Fall genauso zweitrangig wie die Tatsache, dass er sich um dich bemüht hat. Er ist unsere Chance. Und er ist mehr als bereit, uns zu helfen.«

Ich lege das Sweatshirt in meiner Hand auf den Klamottenstapel in meinem Koffer, gehe zu Cam hinüber und lege die Arme um ihn. »Ich liebe dich.«

Er atmet tief ein und schmiegt sich an meinen Hals. »Mein Gott, wie ätzend, dass ich mich so sehr nach diesen Worten gesehnt habe, Süße. Ich liebe dich auch. Komm mit mir nach Hause, Suda Kaye, damit wir noch etwas Schlaf bekommen. Wir haben später noch alle Hände voll zu tun.«

Camden hatte letzte Nacht recht, denke ich bei mir, während ich das zertrümmerte Fenster anstarre, das nun mit einer die gesamte Ladenfront umspannenden Plane abgedeckt ist.

An der Tür taucht Kyson auf, in der Hand eine Rolle Klebeband. »Hey.« Schnell kommt er zu mir herüber und nimmt mich in den Arm. »Mein Gott, ich bin ja so froh, dass es dir gut geht, Rehauge.« Er umarmt mich fest, und einen Augenblick lang gebe ich mich seiner entspannten Wärme hin.

Hinter uns räuspert sich Cam. Ich lächele und trete einen Schritt zurück. »Danke, Kyson.« Ich sehe zum Fenster hinüber. »Für alles.«

Er nickt. »Wie gesagt, ich bin froh, dass dir nichts passiert ist.«

»Irgendwelche Neuigkeiten wegen des Fensters?« Camden tritt zu mir hin, legt mir die Arme um die Schultern und zieht mich an sich. Deutlicher kann man Besitzansprüche wohl kaum anmelden. Aber das stört mich nicht. Immerhin musste ich zehn Jahre lang darauf verzichten. Momentan würde ich so ziemlich alles tun, um für alle Zeiten von seinen Armen umfangen zu werden.

Kyson entgeht Cams Geste keineswegs, und er grinst anzüglich. »Ja, tatsächlich. Ich habe den Kerl gleich heute Morgen angerufen. Er hat bereits Maß genommen und arbeitet an der Ersatzscheibe. Glücklicherweise hat sich zuvor auch der Besitzer des gegenüberliegenden Gebäudes an ihn gewandt, für den er ebenfalls neue Fenster fertigen soll, die beinahe mit diesem hier identisch sind. Er hat mit dem Bauunternehmer zwar ein festes Lieferdatum vereinbart, aber ich habe ihn überredet, das neue Fenster für Gypsy Soul herauszurücken. Allerdings kostet das so einiges.«

Camden nickt. »Was immer nötig ist. Hat er gesagt, ob er es vor der Eröffnungsfeier am Wochenende schaffen kann?«

»Ja. Er braucht höchstens zwei Tage dafür.«

»Zwei Tage!«, kreische ich, hüpfe vor Freude auf und ab und werfe die Hände hoch. »Juhu! Fantastisch.« Ich vollführe einen kleinen Freudentanz um die Männer herum, die mir grinsend zusehen.

Der schwarze Porsche Cayenne, der mit quietschenden Reifen hinter Camdens Range Rover zum Stehen kommt, bereitet meinem Siegestanz ein jähes Ende.

Völlig aufgelöst stürzt Evie aus dem Fahrzeug, und ihre blonden Haare flattern im Wind, als sie auf mich zustürmt. Sie nimmt mich in die Arme und drückt mich an sich. »Oh mein Gott, Suda Kaye! Geht es dir gut?« Sie hält mich fest wie im Schraubstock, wobei sich sogar ihre Nägel durch meine Klamotten hindurch in die Haut an meinem Rücken bohren.

»Schwes … ter … herz, ich kriege keine Luft mehr!«, bringe ich mühsam heraus, und sie lässt mich los. Ich atme tief ein und halte sie um Armeslänge von mir fort. Sie trägt noch ihren Pyjama, ist ungeschminkt, und ihre Füße stecken in Slippers. »Großer Gott! Mir geht es gut, aber was ist mit dir?« Ich schnappe nach Luft, als ich ihre verängstigten Augen und ihren panischen Gesichtsausdruck wahrnehme. »Du siehst aus, als hättest du gerade einen Albtraum gehabt. Was ist passiert?«

Evie steht die Furcht ins Gesicht geschrieben. Sie streicht mir unaufhörlich über die Arme, bis ich ihre Hände festhalte. »Ich … ich habe eine Textnachricht mit einem Foto von deinem Fenster bekommen.«

»Eine Textnachricht? Ich habe dir nichts geschickt. Du etwa, Cam?«

Er schüttelt den Kopf.

»Kyson?«

»Rehauge, ich habe nicht mal die Telefonnummer deiner Schwester.«

»Wer hat ihr diese verdammte Nachricht denn dann geschickt? Wo ist dein Handy, Evie?«

Ihre Augen füllen sich mit Tränen. »Ich habe befürchtet, dass du verletzt bist. Ich habe dich doch gerade erst wieder zurück, und … und … ich hatte solche Angst«, krächzt sie, und ihr Blick wirkt gequält.

Ich nehme sie in die Arme und halte sie fest. »Sieh mal in ihrem Auto nach, Cam.«

Er reckt das Kinn und läuft zu Evies Porsche Cayenne hinüber. Ich streiche meiner Schwester übers Haar und rede leise und tröstend auf sie ein, verspreche ihr, dass es mir gut geht, dass nichts passiert ist und dass mir auch nichts zustoßen wird. Endlich normalisiert sich ihre Atmung wieder. Sie schnieft und lässt mich los.

»Passwort?«, ruft Cam.

»M-I-L-O, äh … ich meine 6456.«

Ich lege den Arm um Evies Taille. »Dein Passwort lautet *Milo*. Echt jetzt?«

»Ach, halt den Mund«, schnauft Evie und verschränkt schützend die Arme vor der Brust.

Cam konzentriert sich derweil auf Evies Handy. Als er die Textnachricht entdeckt, die Evie hergelockt hat, erstarrt er. Seine

Hände ballen sich zu Fäusten, und er beißt die Zähne aufeinander. Sein Zorn ist mit einem Mal beinahe greifbar, heiß lodernd wie ein Flächenbrand, sodass ich einen Schritt zurückweiche und Evie mit mir ziehe.

»Was, Baby?« Ich schlucke, will es eigentlich nicht wissen, brauche aber trotzdem Klarheit. »Was steht drin?«

»Unter dem Bild steht: ›Du bist als Nächste dran, Bitch.‹«

Plötzlich koche auch ich vor Wut. Ich fühle mich, als könne ich Feuerbälle aus meinen Händen schleudern wie diese Superhelden aus den Comics. »Willst du damit sagen, dass sie meine Schwester bedroht?«, knurre ich und komme mir vor, als würde ich von sämtlichen Höllenhunden verfolgt, die nach meinen Fersen schnappen.

Camden hält die Hände hoch. »Süße …«, sagt er warnend.

Ich mache ein paar Schritte auf Camden zu und schnappe ihm das Telefon aus der Hand, um mir die Nachricht mit eigenen Augen anzusehen. Zunächst ein Foto von meinem Schaufenster in all seiner verstümmelten Pracht. Wie Cam sagte, lese ich darunter die für Evie bestimmte Drohung. Dass diese sechs Worte sich an meine freundliche, liebevolle, süße, wundervolle Schwester richten, die keiner Fliege etwas zuleide tun könnte, entfacht eine Wut in mir, wie ich sie noch nie verspürt habe. Wie eine Feuersbrunst braust sie durch meine Adern.

»Ich bringe sie um«, schreie ich so wütend, dass ich mich kaum beherrschen kann. »Wo wohnt sie?« Ich balle die Hände zu Fäusten, bereit, alles Nötige zu tun, um meine Schwester aus dem Visier dieser bösen Frau zu entfernen. »Sie will mich treffen? Soll sie es doch versuchen!«, schreie ich und lasse meiner Wut mitten auf dem Bürgersteig vor meinem Laden freien Lauf.

Camden umfängt mit beiden Händen meinen Hals und zieht mich zu sich heran, sodass unsere Nasen sich beinahe berühren.

»Nichts dergleichen wirst du tun. Wir werden diese neue Entwicklung zur Anzeige bringen. Unterdessen behalten wir Evie bei uns, damit sie in Sicherheit ist. Auf meiner Ranch gibt es jede Menge Schlafzimmer. Bringen wir sie jetzt erst einmal hinein, damit sie sich etwas anziehen kann. Wir trinken einen Kaffee und rufen die Polizei. Okay? Beruhige dich jetzt erst einmal ein wenig. Brittney wird für das hier bezahlen. Das verspreche ich dir.«

So langsam dringen seine Worte zu mir durch. Ich sehe mich um. Evie steht immer noch mit vor der Brust verschränkten Armen da und wirkt verletzlicher denn je.

»Deine Schwester braucht dich jetzt, Baby. Kümmere dich um sie. Ich habe alles im Griff.«

Ich beiße die Zähne aufeinander, hole tief durch die Nase Luft und gehe zu meiner Schwester, um sie zu trösten.

»Mom, Dad, was um alles in der Welt tut ihr denn hier?«, fragt Camden, während ich einen weiteren handgewebten Schal über den Ständer werfe, den ich gerade mit Waren fülle.

Patty Bryant stürmt in den Laden und nimmt mich in die Arme. »Suda Kaye, meine Liebe, ich bin so froh, dass es dir gut geht.«

Ich erwidere Pattys Umarmung. Ihre mütterliche Wärme und Sorge vertreiben die Erinnerung an die negativen Erlebnisse der letzten Stunden und schenken meiner Seele ein wenig Frieden. »Hi, Patty.«

»Oh, hör mit diesem Patty-Gedöhns auf. Du hast mich früher Mom genannt, und nun, da du wieder mit meinem Jungen zusammen bist, ist die Welt auch wieder in Ordnung und du solltest mich wieder so nennen. Stimmt's nicht, Coltrane?« Patty grinst und sieht sich nach ihrem Mann um.

Coltrane umrundet seinen Sohn, breitet die Arme aus und zieht mich an sich. »Meine Liebe, tut mir so leid, dass dein Laden von dieser verwöhnten Kuh verwüstet wurde. Porter ist heute Morgen hier vorbeigefahren und hat uns sofort angerufen. Da wussten wir gleich, dass wir vorbeikommen müssen, um dich moralisch zu unterstützen.«

Ich lehne mich an Coltrane und sauge seine väterliche Sorge auf wie ein Schwamm. Die Beziehung zu meinem eigenen Stiefdad war niemals so entspannt wie die zu Cams Vater.

»Und deine Brüder sind auch bald da.«

»Sag ihnen ab. Ernsthaft. Ich habe hier alles unter Kontrolle …«, versucht Camden abzuwiegeln, aber sein Vater schneidet ihm das Wort ab.

»Also, mein Sohn, wenn einer aus der Familie in Schwierigkeiten ist, stehen wir alle parat, das weißt du doch.«

»Genau! Suda Kaye, her mit dir!« An meiner Türschwelle steht Preston, hält die Hände hoch und bedeutet mir, zu ihm zu kommen. Ich lächele und renne zu ihm hinüber. Er hebt mich hoch und nimmt mich in seine großen Bärenarme.

Gott, wie ich diese Familie vermisst habe!

Preston rüttelt mich ordentlich durch, dann stellt er mich wenige Zentimeter vor seinem riesigen Körper wieder auf den Boden. »Soll ich irgendjemandem vielleicht mal ein bisschen Verstand einbläuen?«

Ich lache schallend und schüttele den Kopf. »Ich habe dich vermisst, Pres.«

Er legt mir den Arm um die Schulter und zieht mich an sich. Dann deutet er mit erhobenem Kinn auf Cam. »Wie ist die Lage, Bruder?«

Camden seufzt vernehmlich und fährt sich zum bestimmt millionsten Mal durch die Haare. »Wir haben die Polizei eingeschaltet.«

»Was können wir tun?«, höre ich Porters Stimme hinter uns.

Preston und ich drehen uns um.

»Geht es dir gut, Suda Kaye?« Porter senkt ein wenig die Stimme und drückt meinen Arm.

»Ja, Porter, alles gut. Danke, dass du gekommen bist. Ich danke euch allen, aber es wäre nicht nötig gewesen …«

»So machen Familien das nun einmal füreinander.« CJ gesellt sich neben Porter, die Hände in den Taschen vergraben. Sein sonst so gut aussehendes Gesicht wirkt verstimmt. Kurz frage ich, ob ich diesen Bruder jemals für mich werde gewinnen können, obwohl die Tatsache, dass er ebenfalls hier aufgetaucht ist, eine Menge darüber aussagt, wie er mir gegenüber empfindet.

»Anscheinend ist die Gang jetzt vollzählig.« Camden stöhnt und sieht zum Himmel empor.

Ich kichere und lasse Preston los, um meinem Mann ein bisschen Entspannung zu gönnen. Ich lege die Hände auf seine Brust und blicke so lange zu seinem attraktiven Gesicht empor, bis er mir in die Augen sieht. Danach lächele ich. »Baby, du hast eine tolle Familie, und ihnen allen liegt dein Glück am Herzen …«

»Und das deine, meine Liebe. Keine Frau außer dir war jemals die Richtige für meinen Jungen. Wir sind alle einfach nur total aus dem Häuschen, dass du wieder da bist«, verkündet Patty fröhlich. »Wir sind für dich und meinen Sohn da.«

»Danke, Mom.« Ich lächele und zwinkere ihr zu, bevor ich mich wieder Cam zuwende. Ich streiche ihm über die Brust. »Ist schon gut. Je mehr wir sind, umso besser ist die Stimmung, oder?«

Er lacht leise und nimmt mich in die Arme. »Du hast recht. Als Erstes solltest du uns also sagen, wie wir dir im Laden helfen können, damit du derweil weiter an deinen Unikaten arbeiten kannst, bis die Detectives etwas Neues wissen.«

»Also erst einmal müssen wir wohl die gesamten Schaufensterauslagen beiseiteräumen, bis das Fenster repariert werden kann.« Ich deute auf zwei Kistenstapel an der gegenüberliegenden Wand. »Diese Kisten müssen ausgepackt werden, einige Produkte werden im Verkaufsraum ausgestellt, andere müssen ins Lager hinter dem Geschäft. Und dann ist da noch Evie …«

»Was ist mit Evie?« Porters Stimme wird lauter und energischer.

Ich benetze die Lippen und schaue Cam mit weit aufgerissenen Augen an. »Du hast ihnen von der Drohung nichts erzählt?«

»Wer bedroht Evie?« Preston bläht seine muskulöse Brust. Er erinnert mich an einen Drachen, der tief Luft holt, bevor er einen Feind mit seinem Feueratem eliminiert.

Cam lässt den Kopf so weit sinken, dass sein Kinn beinahe seine Brust berührt. »Zum Teufel, das Letzte, was wir brauchen können, sind meine Brüder, die darum wetteifern, Evie zu beschützen …«

»Was meinst du damit: sie zu beschützen?«, schaltet Porter sich ein. »Was verschweigst du uns?«

»Evie hat eine Droh-Nachricht von dem Täter bekommen. Wir nehmen an, es handelt sich um Brittney. Darin stand, dass sie als Nächste dran ist.«

Preston drängt mich beiseite und packt Camden am Revers seines Jacketts. »Und das hast du uns einfach verschwiegen?«

Camden schiebt Prestons Hand beiseite. »Lass mich in Ruhe. Ich habe es euch nicht aktiv verschwiegen, denn im Grunde geht euch das alles nichts an. Wie ich schon sagte, die Polizei kümmert sich um beide Fälle. Und Evie befindet sich oben und arbeitet.«

Sofort preschen Porter und Preston die Treppe hinauf.

Cam hebt die Arme und verschränkt die Finger hinter dem Kopf. »Mein Gott …«

Ich grinse. »Stimmt! Wer hätte gedacht, dass Preston und

Porter etwas für Evie übrighaben!« Ich klatsche in die Hände. »Das könnte von Vorteil sein, insbesondere, da Milo verheiratet und damit aus dem Rennen ist.«

»Wer zum Teufel ist Milo?« Er kneift die Augen zusammen, und sein Blick wird ein wenig düster. »Meinst du etwa den Typen, der dir beigestanden hat? Der Native-American-Typ. Langes schwarzes Haar. *Der* ist in Evie verknallt?« Cam stemmt die Hände in die Hüften und wartet auf eine Antwort.

»Das habe ich dir vor geraumer Zeit doch bereits erzählt. Er ist mit einem deiner Brüder befreundet und hat mit einem anderen Stammesmitglied zusammengearbeitet, um vor Jahren schon mal die Hilfe deiner Stiftung in Anspruch zu nehmen.«

Einen Augenblick lang sieht Camden mich an, als hätte ich einen Knall. Dann scheint er endlich zu kapieren und platzt heraus: »Oh Shit, Milo …« Er schließt die Augen. »Milo Chavis ist CJs Freund aus Collegetagen? Zum Teufel, ich habe die beiden nicht miteinander in Verbindung gebracht, weil ich mich in die Idee verrannt hatte, dass du mit dem Kerl zusammen bist. Aber an das vorherige Projekt erinnere ich mich gar nicht. Anscheinend hatte ich damit nichts zu tun. Evie ist in ihn verliebt?«

»Äh, ja, schon seit Kindertagen.«

»Wow, das wird nicht einfach für Porter. Er hatte immer eine Schwäche für Evie.«

»Kein Problem. Letzte Woche hat Evie zufällig Milo in Begleitung seiner Frau gesehen. Er ist jetzt definitiv aus dem Rennen.«

»Schätze schon.«

»Warum will Preston denn ebenfalls unbedingt nach Evie sehen?« Ich runzele die Stirn, besorgt, dass meine Schwester sich plötzlich inmitten eines brüderlichen Streits über die Jungfrau in Nöten wiederfindet.

»Weil er euch beide liebt wie seine eigenen Schwestern. Und

seine Familie will er beschützen, komme, was da wolle. Er würde sich niemals einmischen und Porter bei seinen Bemühungen um Evie dazwischengrätschen.«

Ich atme tief aus und fasse mein Haar mit dem Scrunchie an meinem Handgelenk zu einem unordentlichen Knoten am Hinterkopf zusammen. »Was für ein Tag! Zerbrochene Fensterscheiben. Polizei. Deine Familie, die uns zu Hilfe kommt. Porter, der endlich Gelegenheit bekommt, Evie den Hof zu machen. Meine Güte, der morgige Tag wird sicher sterbenslangweilig.«

Camden lacht leise und nimmt mich in die Arme. »Hoffen wir's.«

Ich runzele die Stirn, und nun plagt mich doch eine leise Angst. »Meinst du, dass sie wirklich fähig ist, meiner Schwester ein Leid anzutun?«

Er schüttelt den Kopf. »Nein, eigentlich nicht. Sie ist nur stinksauer und hat die Beherrschung verloren. Körperlich wird sie sicher niemandem gefährlich werden, aber offensichtlich ist sie momentan in einer völlig desolaten Gemütsverfassung. Diese Frau muss man in ihre Schranken weisen, obwohl ich vermute, dass ein paar Sozialstunden und ein verdammt guter Psycho die Sache schon regeln werden. Dir und Evie wird nichts passieren.«

»Danke, dass du da bist, dass du du bist. Tut mir leid, dass sie dich verletzt hat, aber dass es uns hierhergeführt hat, zueinander, das tut mir ganz und gar nicht leid.«

Er grinst und berührt meine Nase mit der seinen. »In diesem Punkt sind wir uns auf jeden Fall einig. Und jetzt komm, kümmern wir uns um dein Geschäft. Mom hat schon die Kisten geöffnet und scheucht Dad durch die Gegend. Wenn du willst, dass hier alles so ausgeräumt wird, wie du es für richtig hältst, musst du jetzt die Zügel in die Hand nehmen.«

Ich gluckse. »Ich würde lieber mal eben nach Evie sehen. Dafür sorgen, dass die Bryant-Brüder sie nicht zu Tode ängstigen.«

Er nickt. »Gute Idee. Ich setze Mom und Dad darauf an, dass sie uns was zu essen organisieren. Wie klingt das?«

»Wunderbar.«

»Wunderbar bist nur du, Suda Kaye. Inmitten all dieses Wahnsinns bewahrst du die Ruhe und einen kühlen Kopf. Viele Frauen würden jetzt heulend in der Ecke sitzen. Aber du bist aus anderem Holz geschnitzt. Du lässt dich nicht unterkriegen. Das bewundere ich an dir.«

Ich lege den Kopf auf die Seite und lächele. »Ohne dich würde ich das alles nicht schaffen.«

»Ich verlass mich drauf, Süße. Du musst nie wieder etwas ohne mich schaffen.« Er gibt mir einen flüchtigen Kuss und lässt mich los, um sich mit seiner Mutter zu unterhalten.

Ich hingegen mache mich auf den Weg zur Treppe. Auf der ersten Stufe sehe ich mich noch mal um und sehe, wie seine Eltern nicken und sich die Mäntel überstreifen. Camdens Vater klopft seinem Sohn auf den Rücken, und seine Mutter gibt ihm einen Kuss auf die Wange. Auf dem Weg zum Ausgang winken sie mir noch einmal zu. Ich winke zurück, wobei ich den Mann, den ich liebe, jedoch keine Sekunde aus den Augen lasse.

Und da trifft mich die Erkenntnis. Ich will nie mehr etwas ohne diesen Mann tun. Nie mehr im Leben.

In dem Wissen, dass ich genau dort bin, wo ich hingehöre, eile ich nach oben, um nach meiner Schwester zu sehen.

Kapitel 19

Camden lässt den Kopf ins Kissen zurücksinken, sein muskulöser Hals ist gespannt, die Muskeln treten vor Anstrengung hervor, und er stöhnt. Ich lasse die Zunge an seinem Schwanz entlangfahren und beschreibe einen Kreis um die breite, feuchte Spitze.

»Mein Gott, Süße.« Camden vergräbt die Finger in meinem Haar und zieht fest daran.

Die Lust rieselt von meiner Kopfhaut an meinem Rückgrat hinab und nistet sich heiß zwischen meinen Schenkeln ein, wo ich nach Aufmerksamkeit lechze. Zuvor aber will ich ihn meinerseits in den Wahnsinn treiben. Ich sauge heftig an der Schwanzspitze und benetze mit der flachen Zunge die gesamte, empfindliche Unterseite seines Penis, bis seine Hüften sich mir krampfartig entgegenbäumen. Im gleichen Augenblick nehme ich ihn ganz und gar in den Mund, so tief wie möglich. Als die harte Eichel schließlich das Innerste meiner Kehle berührt, summe ich genüsslich aus lauter Vorfreude auf das, was ich gleich bekomme.

Camden zwingt meinen Kopf herab. Sein Glied taucht tief in meiner Kehle ab, und ich schlucke, gebe ihm, wonach er verlangt.

»Großer Gott, ich komme.« Er umfasst mein Gesicht mit

beiden Händen, während sich meine Wangen höhlen, so heftig sauge ich an ihm. Ich lasse den Kopf auf und nieder wippen, bis er sich unter mir windet. Er beißt die Zähne zusammen, presst die Lider fest aufeinander und krallt seine wunderschönen Hände in mein Fleisch. »Ich will in dir kommen, Suda Kaye. Das brauche ich. Sofort!« Er knurrt, zerrt mich von seinem Schwanz herunter und dreht mich auf den Rücken.

Er spreizt meine Schenkel, umfängt meinen Po, richtet seinen Schwanz aus und stößt heftig in mich hinein. Diesmal bin ich diejenige, die stöhnt. Ich bäume ihm meine Hüften entgegen, um mehr von ihm in mich aufzunehmen. Immer mehr.

»Tiefer«, stößt er zwischen zusammengebissenen Zähnen hervor.

»Nimm dir, was du willst, Baby«, keuche ich an seinem Ohr, während er mich auf der Matratze förmlich festnagelt.

Nach ein paar weiteren herrlichen Stößen packt Cam meine Knie, legt die Hände in die Kniekehlen und schiebt meine Beine zurück. Er selbst kniet sich hin, um mich noch tiefer zu nehmen. Sein Penis treibt in mein Innerstes, berührt Stellen, von denen ich nie geglaubt hätte, dass er so weit käme, reibt sich an den empfindlichen geschwollenen Muskeln, die meinen Körper mit Wogen intensiver Lust überschwemmen. Er lässt meinen Blick los, senkt den Kopf und sieht zu, wie sein Schwanz hinein- und wieder hinausbrandet.

»Du bist so wunderschön. Unser Zusammensein ist die reine Schönheit, Suda Kaye. Mach die Augen auf, Baby, und sieh hin. Sieh zu, wie ich dich nehme.« Seine Stimme trieft vor animalischer Lust, und sein wilder Blick ruht zwischen meinen Schenkeln.

So gut ich kann, hebe ich den Kopf und schaue hin. Der Anblick ist wahnsinnig heiß und gleichzeitig zum Dahinschmelzen. »Zu viel, Baby, zu viel.« Ich keuche, als er die Hüften bewegt, sodass die Berührung seines Penis tief in mir Stromstöße der Lust durch meinen ganzen Körper schickt.

Ich schreie auf, bin dicht davor, den Gipfel reiner Glückseligkeit zu erklimmen.

»Nie zu viel, nie genug«, brüllt er, erhöht sein Tempo, schlingt meine Beine um seinen Rücken. Ich presse die Schenkel so fest zusammen, dass ich ihm den Brustkorb fast zerquetsche, klammere mich an ihm fest und wappne mich für den Ritt meines Lebens.

Cam enttäuscht mich nicht.

Innerhalb weniger Sekunden beginnt meine Mitte zu pulsieren, glühende Hitze breitet sich in meinem Innern aus und explodiert in einem rot glühenden Feuerball, während ich Cam mit dem ganzen Körper umkrampfe.

»Ja, ja!«, dröhnt er, hält mit einer Hand meinen Po fest, während die andere unter meiner Schulter liegt, sodass er mich jederzeit in die Position bringen kann, die ihm gefällt.

Endlich verebbt mein Orgasmus, doch nun erreicht Cam den Gipfel der Lust. Er bewegt sich wie eine fein abgestimmte Maschine, die Muskeln treten hervor, die Haut ist feucht vor Anstrengung. Plötzlich vergräbt er das Gesicht an meinem Hals, treibt immer schneller in mich hinein, um sich dann mit einem finalen, tiefen Stoß heiß in mein Innerstes zu ergießen. Sein Höhepunkt lässt meinen satten, befriedigten Körper vor Erregung erzittern.

Ich schließe die Augen und genieße die Laute, die er von sich gibt, das Gefühl, nach dem Sex seinen Körper in meinen Armen zu spüren. Er fühlt sich verletzlich und zart an. Sein Atem geht stoßweise, trotzdem küsst er mich auf den Hals, das Kinn, das Schlüsselbein. »Ich liebe dich, Suda Kaye. Und das werde ich auch immer tun.«

»Ich dich auch, Cam.« Ich streiche ihm mit den Händen über den Rücken.

Camden hebt den Kopf und gibt mir einen langen, innigen Kuss und legt sich neben mich. Seine Fingerspitzen gleiten an meinem nackten Körper hinauf und wieder hinab, umkreisen eine Brustwarze. Er beobachtet, wie sie sich zusammenzieht, dann lässt er die Finger zu meinen Rippen hinabgleiten und spürt jeder einzelnen nach.

Ich seufze und drehe mich ebenfalls auf die Seite, um mich an Camdens warmen Körper zu schmiegen. »Ich hätte nie gedacht, dass Sex so sein könnte.«

»Wie denn? Wahnsinnig gut? Provokativ? Verdammt heiß?« Er gibt mir einen Kuss auf die Stirn und streicht mir mit den Fingern die Haare zurück.

Ich kichere und küsse ihn auf die Brust, dann streichele ich seine definierten Bauch- und Brustmuskeln. »Nein. Ich meine … schwer zu erklären. Mit dir ist es einfach anders.«

Er spannt sich in meinen Armen an, und kurz befürchte ich, dass ihm das nun doch zu viele vertrauliche Informationen sind. Da er mich vor allem beschützen will und außerdem sehr schnell eifersüchtig auf jeden Mann wird, der mich auch nur ansieht, ist das jetzt vielleicht nicht das beste Gesprächsthema.

»Warum findest du es anders?«

»Ist es das für dich denn nicht?«

Er sieht auf mich herab und grinst. »Ja, Süße, für mich ist es anders, weil du es bist. Die Frau, mit der ich den Rest meines Lebens verbringen will.«

Ich lächele und stütze mich auf den Unterarm. »Klar, aber ich meine, was wir haben, das ist so … intim. So habe ich noch nie empfunden.«

Er wackelt spielerisch mit den Augenbrauen, dann nimmt sein

Gesicht einen ernsteren Ausdruck an. »Süße, ich weiß nicht, wie es dir geht, aber die Frauen, mit denen ich sonst geschlafen habe, habe ich nicht geliebt. Ich nehme an, dass macht für uns beide den Unterschied aus.«

»Hm, da könntest du recht haben. Es geht nicht nur um die Lust, sondern um die Verbindung. Darum, einander gefallen zu wollen, den anderen glücklich machen zu wollen, ihm genauso viel Erfüllung zu geben, wie er dir gibt.«

»Oh, du hast mir verdammt viel Erfüllung gegeben. Deine Blowjob-Fähigkeiten hast du jedenfalls definitiv nicht eingebüßt.«

Ich pruste los, dann versetze ich ihm einen Schlag auf den Arm und setze mich auf. Ich beuge mich über ihn und küsse ihn sanft. »Ich mache mich schnell sauber.«

»Okay, aber komm gleich wieder zurück. Ich bin noch nicht fertig mit dir.«

Ich beiße mir auf die Unterlippe und steige aus dem Bett. »Wenn das kein Grund zur Eile ist!« Ich stürme davon und stolpere über meinen explodierenden Koffer auf dem Boden zwischen Schrank und Badezimmer, wobei ich mir den großen Zeh stoße.

»Autsch! Mist, tut das weh!« Ich springe nackt durch die Gegend, fasse nach meinem Fuß, während der Erguss meines Freundes mir den Schenkel herunterrinnt. »Brr …« Ich hüpfe ins Bad zum Waschtisch.

Camden hat das Licht eingeschaltet und betritt das Bad – ebenfalls so nackt wie am Tag seiner Geburt. »Alles in Ordnung?«

Ich ziehe einen Schmollmund und hüpfe zur Toilette, um mich hinzusetzen. »Ja, aber dreh dich mal kurz um.« Plötzlich bin ich verlegen. Ich pinkele und wische mir dann sein Sperma ab. »Kannst du mir ein Nachthemd holen?«, frage ich ihn.

Er lacht, kehrt ins Schlafzimmer zurück und stochert mit dem

Zeh in den Klamotten herum, die aus meinem Koffer hervorquellen. »Wie soll ich in diesem Chaos denn irgendwas finden? Baby, du musst deine Klamotten in den Schrank hängen. Die ganze rechte Seite im Schrank ist für deine Sachen reserviert. Ich habe sogar drei Schubladen da hinten in der Kommode für dich freigemacht für all die Unaussprechlichkeiten, die, wie ich erwähnen möchte, absolut inspirierend sind.«

Ich halte mir den schmerzenden Zeh und sehe ihn mir genauer an, wobei ich kaum wahrnehme, was er da redet. Kein Blut und auch ansonsten keine ernsthafte Verletzung. Nur der Nagel ist ein bisschen eingerissen, was ich allerdings ätzend finde. »Was hast du gesagt?«, rufe ich, während ich meinen Nagel genauer inspiziere.

Camden taucht wieder im Türrahmen auf. »Süße, du musst hier einziehen. Du kannst nicht aus dem Koffer leben, schon gar nicht aus diesem.«

Ich schnaube und fahre mir mit der Hand durchs Haar. »Liebling, ich habe immer aus dem Koffer gelebt. Was anderes kenne ich gar nicht. Auch als ich bei Evie wohnte, habe ich nie ausgepackt, und dort habe ich Monate verbracht.«

Er verschränkt seine attraktiven Arme über der Brust, sodass die Muskeln auf köstliche Weise hervortreten. Am liebsten würde ich meine Zähne in seiner Haut vergraben und ihn markieren. Er hat immer noch nichts angezogen, und ich kann seine Gelassenheit nur bewundern. Er fühlt sich offensichtlich wohl in seiner Haut, auch in meiner Gegenwart. Dieses Verhalten zeugt von einer ganz anderen Art der Intimität. Vertraut und herzerwärmend. Etwas, wovor Paare, die schon seit Langem zusammen sind, keine Angst mehr haben. Wie auf einer Toilette zu sitzen, die Sexspuren zu beseitigen und den verletzen Zeh zu begutachten.

Ich muss kichern. »So wichtig ist das doch gar nicht. Schließlich ziehe ich doch bald wieder zurück in meine Wohnung, oder?« Ich zucke mit den Schultern und wasche mir die Hände. Dann schiebe ich mich an ihm vorbei, um meine Habseligkeiten zu durchforsten, bis ich auf ein königsblaues Nachthemd mit tiefen, seitlichen Schlitzen stoße. Ein ziemlich auffälliges Teil, denn es besteht aus weichem Satin, das perfekt zu meiner getönten Haut passt.

Nachdem ich es übergestreift habe, legt er mir den Arm um die Taille und presst mich an sich. »Ich will nicht, dass du wieder ausziehst. Ich will, dass du deine Klamotten in den Schrank räumst, deine Höschen und deine Nachthemden in die Kommode, und dann will ich, dass du in deine Wohnung zurückkehrst, deine ganzen anderen Besitztümer einpackst, sie herbringst und ebenfalls irgendwo deponierst.«

Ich runzele die Stirn und umfasse seinen Hals. »Bittest du mich gerade, bei dir einzuziehen? … Auf Dauer?« Plötzlich pocht mein Herz wie wild in meiner Brust, aber ich ignoriere es.

Er lacht leise und liebkost meine Nase mit seiner. »Liegt das nicht auf der Hand? Wir müssen zehn lange Jahre nachholen. Ich werde nicht jünger; und du auch nicht. Wir haben unsere Jobs, unsere Familien und vor allem einander. Warum sollten wir unsere Freizeit nicht damit verbringen, nebeneinander zu schlafen, miteinander zu essen, über unseren Tag zu reden. Du weißt schon … in unserer Beziehung anzukommen, sesshaft zu werden.«

»Sesshaft.« Ich spüre dem Wort hinterher, und aus irgendeinem Grund schmeckt es heute nicht ganz so süß wie damals, als ich über etwas Ähnliches mit Evie sprach. »Dass wir uns nicht missverstehen. Du willst von mir den Beweis, dass ich dich nicht wieder verlasse, indem ich bei dir einziehe?«

Es wird mir schwer ums Herz, bis er dieses glückstrahlende Lächeln aufsetzt, das jegliche Sorge wieder vertreibt.

»Keine schlechte Idee, aber so hatte ich das noch gar nicht gesehen. Das war definitiv nicht der Grund, warum ich dich gebeten habe, hier einzuziehen. Eigentlich will ich dich nur so oft wie möglich in meinem Leben haben. Ich will über deine Klamotten stolpern, mich in meinem Haus mit deiner verrückten, psychedelischen Hippie-Ästhetik herumschlagen und wissen, dass das die persönliche Note meiner Frau ist, die sie hier hereingebracht hat. Ich will jeden Tag beim Aufwachen in dein schönes Gesicht sehen. Dich jede Nacht lieben. Und mit dir darüber streiten, wie herum man die Klopapierrolle aufhängen muss …«

»Darüber können Leute sich streiten?« Ich schaudere, denn mir ist nicht klar, warum irgendwer sich darum Gedanken machen sollte. Ist doch nur Toilettenpapier.

Er gluckst vor sich hin, nimmt mich in beide Arme und legt die Stirn an meine. »Wir offenbar nicht, wenn das nicht zu deinen Schrullen gehört.«

»Nein, tut es nicht.«

»Gut, zu meinen auch nicht. Baby, ich will einfach nur mit dir zusammen sein. Dass du bei mir einziehst, wird mir definitiv das Gefühl geben, dass du es ernst meinst, was du in der Vergangenheit nicht konntest. Es ist zwar nicht zwingend notwendig, aber ich wünsche es mir. Und ich selbst habe mich definitiv noch nie auf einen solchen Schritt eingelassen.«

»Was ist mit dieser Val, die du mal erwähnt hast? Du hast angedeutet, dass du eine längere Beziehung mit ihr hattest.«

Cam lehnt sich zurück und nickt. »Wir waren ein Jahr zusammen. Sie wollte einziehen, unsere Beziehung vertiefen. Ich wollte sie nicht hier haben. Der Gedanke, sie tagaus, tagein in meinem privaten Umfeld zu haben, reichte aus, um mich von ihr zu trennen.« Er seufzt, und es hat den Anschein, als belaste ihn das immer noch schwer. »Ich konnte mir nicht vorstellen, bis ans Ende meiner Tage mit ihr zusammen zu sein, und es war einfach nicht richtig, sie hinzuhalten, wenn ich ihr nicht geben konnte, was sie wollte.«

Ich runzele die Stirn und streichele beruhigend seine Brust. »Das tut mir leid. Hast du … äh, hast du sie geliebt?«

Er schüttelt den Kopf. »Nein. Sie war mir wichtig. Sehr sogar. Ich war gern mit ihr zusammen, aber nicht genug, um mein Leben mit ihr zu verbringen. Und als wir dann über die Zukunft sprachen, Süße, stellte sich heraus, dass sie in meiner keinen Platz hatte. Ich konnte mir das einfach nicht vorstellen.«

»Warum nicht?«

Er lächelt und umfasst mein Kinn, lässt den Daumen über meine Wange gleiten. »Baby, sie war einfach nicht du. Ich bin nie über dich hinweggekommen. Heute bin ich froh darüber, sonst wären wir jetzt nicht hier und würden nicht darüber reden, wie wir unsere Zukunft gestalten wollen.«

Ich schmiege mich an seine Hand, schließe die Augen und reibe meine Wange an seiner Haut. *Unsere Zukunft gestalten.* Das klingt besser als *sesshaft werden.* »Ich ziehe bei dir ein.«

Er umfasst meine Hüfte und mein Gesicht fester, zwingt mich, die Augen zu öffnen und ihn aufmerksam anzusehen. »Einfach so?«

Ich lächele und nicke. »Einfach so. Du warst für mich auch immer der Einzige, Cam. Das hier ist richtig. Du. Ich. Die Familie. Evie. Mein Laden. Deine Firma. Alles fühlt sich … richtig an.«

»Ich hätte es nicht besser formulieren können.« Er beugt sich zu mir herab und umfängt meine Lippen. Unsere Zungen tanzen miteinander, bis er mich hochhebt und mich in sein Bett bringt.

Oder besser gesagt … in unser Bett.

Am nächsten Morgen wache ich davon auf, dass Camden einen Pfad aus Küssen meinen Arm hinauf beschreibt. Er hebt ihn hoch und küsst jeden einzelnen meiner Finger. »Guten Morgen«, sagt er. Er sitzt im Schneidersitz auf dem Bett, jetzt bekleidet mit seiner Pyjamahose, die er noch nicht anhatte, als wir gestern Abend zu Bett gingen.

»Morgen«, murmele ich immer noch mit dem Sandmann im Clinch.

»Ich habe etwas für dich. Eigentlich wollte ich bis zur großen Eröffnungsfeier damit warten, aber dann bin ich zu dem Schluss gekommen, dass dies ein Augenblick ist, der nur uns beide etwas angeht.«

»Na ja, wie du weißt, liebe ich Geschenke, also her damit.« Ich richte mich auf und stoße mich mit den Beinen nach hinten ab, bis mein Rücken gegen das Kopfteil prallt. Dann ziehe ich mir die Decke über den nackten Körper.

Er rollt sich zur Bettkante und öffnet eine Schublade im Nachttisch. Anschließend holt er ein längliches Kästchen heraus. Es hat genau die richtige Größe für einen gravierten Stift. Er schließt die Schublade wieder, krabbelt zu mir herüber und reicht mir die Box.

Ich nehme sie entgegen und lächele. »Danke. Was immer da drin ist, ich bin sicher, es wird mir gefallen.«

Er lacht leise. »Du hast es doch noch gar nicht aufgemacht.«

Ich zucke mit den Schultern. »Ja, aber es ist ein Geschenk von dir.«

»Mach es auf, Süße.«

Ich lächele und hebe den Deckel an. Auf dem schwarzen Samt liegt eine dünne Goldkette. Daran hängt ein kleiner Ring. Ich löse die Kette aus den kleinen Klammern und halte sie hoch. Das Licht fängt sich in dem kleinen Schmuckstück, und mir stockt der

Atem. Mein Herz hämmert so laut, dass ich die andere Hand auf die Brust lege.

»Atme, Baby«, warnt mich Camden und legt mir ermutigend seine warme Hand auf den Schenkel.

Tränen laufen mir über die Wangen. Ich halte den kleinen Goldring näher an die Augen. Obwohl ich ihn seit zehn langen Jahren nicht mehr gesehen habe, erkenne ich ihn mühelos wieder.

»Cam …«, stoße ich mit erstickter Stimme hervor, nehme den Ring in die Hand und halte ihn mir ans Herz. »Kaum zu glauben, dass du ihn behalten hast. Nach … nach allem, was ich dir angetan habe.« Ich schluchze, presse die Lider fest aufeinander, kann dem Ansturm der Erinnerungen kaum standhalten.

Camden zieht mich in seine Arme, und ich klettere rittlings auf seinen Schoß, umklammere ihn mit Armen und Beinen und gebe mich dem Tränenfluss hin.

»Hey, hey, was soll denn das? Das Geschenk sollte dich doch nicht aufregen.« Seine Stimme ist voller Sorge und Bedauern.

Ich versuche, den Kloß, der sich vor Trauer in meinem Hals gebildet hat, herunterzuschlucken. »W-wie s-soll das gehen? Du ha-hast ihn die ganze Zei-zeit über gehabt«, stammele ich an seiner Schulter, während er mich hin und her wiegt.

»Süße, sieh mich an«, befiehlt er mir streng, aber ich ignoriere ihn.

Ich schüttele den Kopf und weine noch bitterlicher, hasse mich, hasse das, was ich ihm vor zehn Jahren angetan habe, hasse jeden Augenblick, den ich nicht an seiner Seite verbracht habe. Hasse es, ihn verlassen zu haben.

»Suda Kaye, sieh mich an, Baby«, wiederholt er. Er umfasst mein Kinn und schiebt es nach oben, bis ich ihm in die Augen schau.

»Ich habe dir wehgetan.« Die vier Worte fahren wie ein Dolch in mein ohnehin schon blutendes Herz.

Er schürzt die Lippen, und sein Kiefer verkrampft sich. »Du hast eine Entscheidung getroffen. Ja, sie hat mir wehgetan. Aber dir selbst ebenso.« Er streicht mir übers Haar und legt mir dann die Hand in den Nacken. »Seit ich dich wiederhabe und weiß, warum du gegangen bist, habe ich erkannt, dass wir manchmal im Leben harte Entscheidungen treffen müssen, die andere und uns selbst unweigerlich verletzen müssen. Deshalb sind diese Entscheidungen noch lange nicht falsch, sondern gehören zum Leben einfach dazu.«

Ich schüttele den Kopf, und er wischt mir die Tränen fort. »Wir hätten die ganze Jahre zusammen sein können.« Ich bekomme die Worte kaum heraus. Meine Seele wird von einer riesigen Woge der Trauer erfasst.

»Darüber haben wir doch schon gesprochen. Vielleicht. Vielleicht auch nicht. So überzeugt ich auch davon bin, dass ich mit dir gemeinsam um die Welt gereist wäre, du hattest recht, was deine Theorie über mein Familienerbe anging. Ich hätte meine Angehörigen nicht im Stich gelassen. Nicht lange jedenfalls. Das hätte ich damals nicht gewollt.« Seine dunklen, beinahe moosgrünen Augen blicken aufrichtig drein. »Je intensiver ich darüber nachgedacht habe, umso klarer ist mir geworden, dass du, Suda Kaye, alle Möglichkeiten hattest. Deine Mutter hat dir den Weg gewiesen, um dir das zu ermöglichen, was du dir damals mehr gewünscht hast als alles andere auf der Welt. Ob es wehgetan hat. Ja, verdammt.«

Ein Schluchzen steigt in meiner Kehle empor. Er umfängt meine Wangen und sieht mir tief in die Augen. »Letztlich hat dieser Weg dich zu mir zurückgeführt. Einerseits sind wir anders als damals, andererseits aber auch viel stärker. Wir haben jetzt die Chance, alles übereinander zu erfahren und gleichzeitig zu wissen, dass unsere damalige Liebe überlebt hat.«

Ich schlucke, und wieder wischt er mir die Tränen ab, gibt mir Zeit, damit die Worte zu mir durchdringen und den Schmerz vertreiben.

»Wir haben uns doch schon darauf geeinigt, die Vergangenheit hinter uns zu lassen. Du ziehst bei mir ein. Wir sind wieder zusammen. Dieser Ring, dieses Versprechen, das ich dir als Junge gegeben habe, dich auf ewig zu lieben, gilt nach wie vor. Bis zu dem Zeitpunkt, da ich ihn durch einen Verlobungsring ersetze, möchte ich, dass er wieder dort ist, wo er hingehört.«

Ich halte das Schmuckstück in die Höhe und lasse mir die Goldkette wie ein Seidenband durch die Finger gleiten. »Warum, hm, warum hängt er an einer Kette?«

Er lächelt sanft und holt tief Luft. »Ich habe ihn jahrelang um den Hals getragen. Ich habe sogar Val und Brittney belogen und ihnen erzählt, dass er von meiner verstorbenen Großmutter stammt und ich mich ihr durch ihn näher fühle.« Er wirkt bekümmert, aber auch aufrichtig und … verletzlich.

Erschreckenderweise muss ich bei diesem Bekenntnis gleichzeitig schniefen und lachen. »Das ist nicht dein Ernst.«

Er zuckt mit einer Schulter. »Ich wollte dich bei mir haben«, sagt er nur, als wäre das total selbstverständlich.

»Aber du hattest doch schon das Tattoo.«

»Noch näher. Suda Kaye, du konntest mir nie nah genug sein. Uns Zeit zu lassen, einander wieder kennenzulernen, bevor ich dir einen riesigen Diamantring an den Finger stecke, ist eine richtige Tortur für mich.«

Jetzt bin ich mit tief einatmen an der Reihe. Ich lasse das Licht wieder in meine Seele, verscheuche die Dunkelheit und lege ihm die Arme um den Hals. »Wir sind schon ein ganz besonderes Paar, nicht wahr?«

»Ja, und anders möchte ich es auch gar nicht haben.« Er grinst und knabbert an meinen Lippen.

Ich halte den Ring in die Höhe, den er mir vor Jahren geschenkt hat, öffne die Kette und lasse ihn in meine Handfläche gleiten. Ich stecke ihn mir an den linken Ringfinger, und er sitzt wie angegossen.

»Passt«, sagt er selbstgefällig.

Ich lache und mustere meine Hand. »Danke, dass du ihn mir zurückgegeben hast. Dass du mich nicht hasst. Dass du mich trotzdem liebst.«

»Ich hab's dir doch schon ein paarmal gesagt, Süße. Dich zu lieben ist leicht.«

Kapitel 20

»Heute ist der große Tag! Bist du aufgeregt?« Trällernd kommt Evie herein und dreht sich verführerisch um die eigene Achse, um mir das eisblaue Satin-Slipdress vorzuführen, das am Saum in ein dunkles Grün übergeht. Das sexy Kleid endet ein paar Zentimeter über ihren Knien, und der Seitenschlitz bringt ihre langen, sonnengebräunten und straffen Beine zur Geltung. Sie trägt ein gewagtes Paar bananengelbe Peeptoes und eine lange, mehrlagige Goldkette, die genau zwischen ihren kecken Brüsten endet. Sie strahlt mit der Sonne um die Wette.

»Du. Siehst. Fantastisch. Aus!«, kreische ich und breite die Arme aus. Sie stürmt auf mich zu und umarmt mich fest. Wir hüpfen auf und ab wie kleine Mädchen kurz vor ihrer ersten Kostümparty.

»Sonnenschein, du hast dich selbst übertroffen!«, erklärt Camden, der gerade die Treppe aus meinem bald ehemaligen Apartment heruntersteigt, in der Hand zwei weitere Flaschen Champagner.

Evie löst sich aus meinen Armen und dreht sich erneut im Kreis, damit er sie bewundern kann. »Gefällt's dir?«

Er grinst breit. »Nicht so sehr, wie es meinem Bruder gefallen wird«, gluckst er.

»Hä? Wovon sprichst du?« Sie legt den Kopf auf die Seite und sieht ihn nachdenklich an, als wüsste sie tatsächlich nicht, was er meint. Anscheinend merkt meine Schwester einfach nicht, wann Männer sie attraktiv finden. Ich vermute allerdings, dass sie nur deshalb keinen Partner hat, weil ihr geschäftsmäßiges Äußeres so eisig und unnahbar auf das andere Geschlecht wirkt.

Camden schüttelt den Kopf. »Egal. Ist wahrscheinlich amüsanter, die Wirkung in Echtzeit zu beobachten.«

Stimmt.

Sie zuckt mit den Schultern. »Ach, was soll's. Komm, ich helfe dir mit dem Champagner.« Sie nimmt ihm die beiden Flaschen ab und eilt zur Bar im Kassenbereich herüber, wo die Caterer tonnenweise Hors d'Oeuvres sowie literweise Wein und Champagner aufgebaut haben.

Ich verschränke die Finger ineinander und stöckele auf meinen megasüßen knallpinken Wildlederpumps, die ich zu einem Spottpreis im Laden an der Ecke erstanden habe, in meinem Geschäft herum. Dazu trage ich eine hautenge Lederhose, einen meiner schwarzen Nietengürtel sowie ein schimmerndes silberfarbenes Bustier, das meine Brüste in Schach hält. Es ist mit wilden Farbtupfen durchsetzt und wird lediglich von zwei winzigen Riemen an den Schultern festgehalten. An einem Handgelenk baumeln mehrere verführerische Reifen, an dem anderen trage ich ein einzigartiges, von mir selbst entworfenes Lederarmband. Die Finger an jeder Hand zieren Silber- und Schmucksteinringe. Abgesehen von den Schuhen kann man sämtliche Klamotten, die ich trage, auch in meinem Shop kaufen.

Während ich noch ein paar Auslagen umdekoriere und hie und da noch Hand anlege, nähert sich Camden mir von hinten und schlingt die Arme um mich. »Nicht nervös sein«, raunt er mir ins Ohr. »Du hast Fantastisches geleistet. Dein Laden ist wunderschön, und du bietest Unmengen von Einzelstücken an, die dir die Leute aus der Hand reißen werden. Nach dieser Party musst du wahrscheinlich sämtliche Regale wieder auffüllen.«

Ich grinse und drehe mich in seinen Armen um, um ihm in sein schönes Gesicht zu sehen. »Danke, dass du an mich glaubst und mit mir dieses Wagnis eingehst.«

Er gibt mir einen Kuss auf die Nasenspitze und lehnt seine Stirn an meine. »Du bist jedes Risiko wert, Suda Kaye. Und von deinem Erfolg bin ich absolut überzeugt. Gib dir nur selbst eine Chance; hol tief Luft und entspann dich.«

Ich nicke, als die Tür sich öffnet und Kyson den Raum betritt. »Wow, wer bist du, und was hast du mit meinem Bauunternehmer gemacht?« Ich lache leise und drehe mich zur Seite, sodass ich jetzt neben Cam stehe und nicht mehr in seinen Armen.

Kyson grinst und kommt näher. Er trägt eine schwarze Stoffhose und ein langärmeliges weinrotes Hemd. Am Handgelenk entdecke ich ein etwa drei Zentimeter breites schwarzes Lederarmband mit eingeätztem Muster, das ich ihm geschenkt habe, nachdem er es in der Vitrine bewundert hatte. Der oberste Kragenknopf seines Shirts steht offen, und er trägt weder Krawatte noch Jackett, aber dennoch sieht er zum Anbeißen aus. Sein dichtes, zurückgekämmtes dunkles Haar ist von ein paar zarten Löckchen überhaucht, die mir bislang ganz entgangen waren.

»Rehauge, dieser Laden sieht toll aus. Fast so gut wie du!« Er zwinkert Camden zu, der stöhnt und leise flucht.

Ich löse mich aus Camdens Armen, um Kyson fest zu umarmen. Er erwidert die Geste, lässt mich aber schnell wieder los. Wahrscheinlich steht Cam hinter mir und versucht, ihn mit seinem Blick zu erdolchen.

»Wirklich, Suda Kaye, ich fühle mich geehrt, dass ich dazu beitragen konnte, deine Vision zum Leben zu erwecken. Ist wirklich beeindruckend.« Er drückt meine Hand und streckt den Arm aus, um auch Camden die Hand zu schütteln.

Camden zieht die Augenbrauen hoch. Dann jedoch erwidert er den Händedruck mit herzlichem Lächeln. »Das war gute Arbeit, Kyson. Danke, dass Sie sich um meine Freundin gekümmert haben. Nächste Woche würde ich mich gern mit Ihnen über ein paar andere Baumaßnahmen für meine Firma unterhalten.«

Kyson blinzelt ein paarmal und wirkt überrascht. »Tatsächlich?«

»Ja, tatsächlich. Sie arbeiten sorgfältig, halten sich ans Budget und verschwenden keine Zeit, sondern kommen gleich zur Sache.« Camden wirft mir einen Blick zu. »Und Sie haben bei Frauen einen hervorragenden Geschmack, wissen aber dennoch, wo Ihr Platz ist. Von Ihrem Bruder kann ich das nicht behaupten.«

»Er kümmert sich jetzt um die Buchhaltung. Er konnte immer schon gut mit Zahlen umgehen, also haben wir ihn zum Büroleiter gemacht, um die administrative Arbeit zu leiten. Er wird auf den Baustellen nicht mehr mit vor Ort sein, sondern nur im Backoffice. Wenn Sie also weitere Aufträge für mich haben, kann ich nicht verhindern, dass Ihre Wege sich noch einmal kreuzen.« Kyson zuckt mit den Schultern und reibt sich den Nacken. »Es tut ihm wirklich leid. Er fühlt sich beschissen. In der Vergangenheit hat er einiges durchgemacht, aber ich bin fest überzeugt, dass er sich nun besser im Griff hat.«

Camden versetzt Kyson einen Schlag auf den Oberarm. »Ich vertraue Ihrem Urteil. Solange er nicht mehr mit Suda Kaye in Berührung kommt, habe ich nichts dagegen, auch mit ihm zusammenzuarbeiten.«

Kyson grinst. »*Das* kann ich Ihnen versprechen.«

»Gut, Mann.« Cam gibt ihm noch einen Klaps. »Holen Sie sich was zu trinken. Wie ich sehe, ist die Bürgermeisterin gerade angekommen.«

Ich drehe mich um und entdecke Bürgermeisterin Browning in Begleitung zweier weiterer Frauen. Eine davon trägt ein Kostüm und ist mutmaßlich ihre Assistentin, die andere ist ein hochgewachsener Teenager. Das Mädchen besteht beinahe nur aus Beinen, die in winzigen Jeansshorts stecken. Dazu trägt sie ein hochmodisches, lässiges schulterfreies Top und Cowboystiefel. Ihr Haar hat sie zu einem Pferdeschwanz zusammengefasst.

»Oh mein Gott, Mom! Dieser Laden ist ja obercool!« Das schlaksige Mädchen stürmt auf eine Ledertasche zu, die ich gestern erst mit Prägemuster und vielfarbigen Fransen verziert habe. »Diese Tasche muss ich einfach haben.« Sie nimmt das Stück in die Hand und hängt es sich um den zierlichen Körper. »Die passt soooooo gut zu mir!« Sie dreht sich um und zeigt sie ihrer Mom. »Darf ich die haben?«

Die Bürgermeisterin lacht leise. »Du hast hundertfünfzig Dollar zur Verfügung. Diese Tasche sieht aus, als ginge dein ganzes Shopping-Geld dafür drauf. Vielleicht sprengt sie dein Budget sogar komplett. Also überleg dir genau, was du dir kaufst.«

Sie lässt die Schultern hängen, aber dann fällt ihr am anderen Ende des Ladens ein weiteres Stück ins Auge, und sie sprintet hinüber. Die Bürgermeisterin kommt auf mich zu. »Das« – sie deutet auf das junge Mädchen – »ist meine sechzehnjährige Tochter Addison.«

»Addy, Mom!«, brüllt diese von einem weiteren Regal zu uns herüber, wo sie gerade eine supertrendige Patchwork-Jeansjacke anprobiert und sich im Spiegel begutachtet. Sie steht ihr megagut.

»Entschuldige, *Addy*.« Sie verdreht die Augen. »Mein Gott, das Mädchen braucht unbedingt einen Job. Sie hasst Sport, weshalb es nach der Schule keinerlei Beschäftigung für sie gibt. Sie schreibt nur Bestnoten, aber das Einzige, wofür sie sich interessiert, ist Mode. Wie auch immer. Jedenfalls ist dieser Laden einfach fantastisch, meine Liebe«, sagt sie, während sie sich umsieht.

»Danke, Bürgermeisterin Browning. Ich freue mich auch darüber, dass wir alles so gut verwirklichen konnten. Und wissen Sie was? Ich könnte durchaus eine Hilfskraft gebrauchen, die mich nachmittags unterstützt.«

Die Bürgermeisterin sieht mich mit großen Augen an. »Meinen Sie das ernst? Es wäre kein Problem für Sie, meine Tochter einzustellen?«

Ich schüttele den Kopf und lache. »Warum sollte es ein Problem sein?«

Sie seufzt. »Sie glauben gar nicht, wie viele Vorstellungsgespräche sie schon hinter sich hat. Sobald man hört, dass sie die Tochter der Bürgermeisterin ist, wird immer jemand anders eingestellt. Meine Kleine ist schon ganz verstört und deprimiert deswegen.«

»Na gut, warum lassen Sie sie nicht nächste Woche mal vorbeikommen, dann können wir uns darüber unterhalten.«

»Worüber?« Addy gesellt sich zu uns. Sie trägt die Patchwork-Jacke und die gestanzte Ledertasche über der Schulter. In der Hand hält sie eine Handvoll Armbänder. »Mom, sieh dir die mal an. Die sind der Hammer. Meine Freundinnen wären begeistert!«

Ich halte mir die Hand vor den Mund, damit sie mein Lachen nicht sieht. Das Mädchen ist einfach bezaubernd. Eine aufgeweckte und schillernde Persönlichkeit.

So langsam stellen sich die ersten Kunden ein, und ich sehe, wie Evie sie willkommen heißt, auf die Speisen deutet und sich nach ihren Wünschen erkundigt. Addy beobachtet zwei Frauen so um die zwanzig, die sich die Taschenauslage ansehen. Sie verliert ihr Interesse an uns und runzelt die Stirn. »Oh nein, Ladies. Ich habe hier ein paar perfekte Stücke für Sie.« Das junge

Mädchen lässt uns stehen und lockt die beiden Frauen zu einer weiteren Vitrine herüber, und sofort hält eine der Frauen eine von Addy ausgewählte Tasche an ihr Outfit. Sie passt wirklich gut.

»Perfekt!«, ruft Addy begeistert. »Und dazu würde noch diese Kette da hinten passen.« Sie deutet in die entgegengesetzte Richtung, und begeistert folgen die beiden Frauen dem Teenager.

»Sie ist eingestellt. So viel Begeisterung lässt sich schwerlich toppen. Sobald sie mit dem ganzen Sortiment vertraut ist, kleidet sie die halbe Stadt ein.«

Die Bürgermeisterin umarmt mich herzlich. »Sie haben mich gerettet. Meine Süße wird total froh sein. Danke Ihnen, Suda Kaye. Aber jetzt überlasse ich Sie Ihrem Laden und werde die Gelegenheit nutzen, vor Eintreffen der Presse auch selbst noch ein paar Dinge zu erstehen.«

»Viel Spaß. Montags haben wir geschlossen, aber richten Sie Addy aus, sie soll Dienstag nach der Schule vorbeischauen.«

»Mach ich. Und noch mal danke.«

Ich verschaffe mir einen Überblick über die ständig wachsende Kundschaft und die zahlreiche Gästeschar. Plötzlich wird mir klar, dass ich gar nicht weiß, wo Camden ist. Nach einer Weile entdecke ich ihn an der Kasse. Er unterhält sich mit ein paar Kunden und nimmt ihr Geld entgegen.

»Wow, du hast dich gleich in die Arbeit gestürzt?«

Er grinst. »Absolut. Wer rastet, der rostet.« Er kassiert bei einer Frau, und ich höre, wie Addy ein paar älteren Frauen ein paar Schals und elegante Pashminas aufschwatzt.

»Hey, Addy.«

Sie lächelt den Ladies zu und sieht mich an – ganz und gar große blaue Augen und Sommersprossen auf der Stupsnase. »Ich liebe Ihren Laden. Bislang bei Weitem der beste in ganz Pueblo!«

»Na ja, schön, dass du das so siehst, denn ich habe deiner Mutter schon gesagt, dass ich dich hier anstellen möchte. Vielleicht für zwei bis drei Stunden am Tag nach der Schule und an einem Tag pro Wochenende. Wie findest du das?«

»Im Ernst jetzt?«, schreit sie praktisch, und ich muss laut lachen.

»Ja, meine Liebe. Aber wenn du den Job willst, musst du nun meinem Freund helfen, dem ein Teil des Ladens gehört. Da hinten steht er.« Ich deute zur Kasse, an der sich bereits eine Schlange gebildet hat. »Meinst du, das schaffst du, solange deine Mom hier ist?«

»Aber klar! Und zwischendurch kann ich den Leuten helfen, etwas zu finden und ein paar Schnäppchen zu machen.«

»Da wir noch keinen Arbeitsvertrag haben, mache ich dir folgenden Vorschlag. Mach das, und wir einigen uns darauf, dass du als Lohn heute die Tasche bekommst, die du dir so sehr gewünscht hast, die du dir aber nicht leisten kannst? Hm?«

»Du lieber Himmel, das wäre einfach fan-tas-tisch!« Begeistert reißt sie die Augen auf und hüpft auf und ab. »Ich arbeite bei Gypsy Soul. Meine Freundinnen werden sicher grün vor Neid!«

»Das wollen wir nicht hoffen. Sie sollen lieber zum Shoppen herkommen.« Ich zwinkere ihr zu. »Und jetzt mach dich an die Arbeit. Bei Camden stehen schon jede Menge Leute an.« Ich deute noch einmal auf die Kasse.

Ohne noch etwas sagen, geht sie schnurstracks zu Camden hinüber und stürzt sich sofort in die Arbeit. Schließlich beobachte ich noch, wie er ihr den Computer zeigt und ihr das Kreditkartenlesegerät erklärt.

Glücklich wandere ich in meinem Laden umher und unterhalte mich mit sämtlichen Neuankömmlingen, frage sie, wo sie herkommen, wofür sie sich interessieren und so weiter. Gerade diskutiere ich mit einer Anwältin aus der Stadt, die ihren Stil ein wenig aufpimpen, aber dennoch professionell rüberkommen will, ob man eine Lederhose mit einer Seidenbluse kombinieren kann, als mir jemand auf die Schulter tippt.

Ich drehe mich um und stehe einem wahnsinnig attraktiven Milo Chavis gegenüber. Ich lächele. »Entschuldigen Sie mich«, sage ich zu der Frau, die nickt und sich ein paar Lederröcken zuwendet.

»Milo.« Ich umarme ihn, und sein Duft nach Leder und Rauch erfüllt meine Sinne. »Schön, dich zu sehen. Danke, dass du gekommen bist.«

Er nickt. »Um keinen Preis wollte ich das verpassen. Und ich bin nicht allein.« Er tritt beiseite, und ich erwarte, dass ich nun seine Frau kennenlerne, die Evie erwähnt hat, aber dann entdecke ich jenen Mann, der mir mehr bedeutet als alle anderen. Meinen Großvater.

»Toko!« Meine Augen füllen sich mit Tränen, und ich senke den Kopf. Er streicht mir mit der Hand übers Haar, umfasst meinen Nacken und zieht mich an seine breite, muskulöse Brust. Ich schniefe an seinem warmen Poncho und lasse den Tränen freien Lauf. »Du bist da.« Ich lächele und schmiege mich an ihn.

»*Huutsuu*, ich hätte deine Geschäftseröffnung selbst dann nicht verpasst, wenn man mir sämtliche Sterne am Firmament geschenkt hätte.« Er tätschelt mir den Rücken. »Und jetzt reiß dich zusammen. Nur weil ich als alter Mann sonst kaum noch das Haus verlasse, musst du bei meinem Anblick noch lange nicht gleich in Tränen ausbrechen. Spare sie dir für wahrhaft traurige Augenblicke auf.«

Ich lache leise und löse mich von ihm, um ihm in sein wunderschönes Gesicht zu sehen. Seine Haut ist tief gebräunt und von den Jahren gezeichnet, die er in der Sonne verbracht hat. Sein langes schwarzes Haar hat er mit einem Lederriemen zusammengebunden. Doch es sind seine dunklen Augen, die denen meiner Mutter so ähnlich sind, die mir den Atem rauben. Sie leuchten so hell wie die Sonne. Und ich lese ausschließlich Stolz darin.

»Mein kleiner Vogel hat sein Nest gefunden.« Er umfängt meine Wange und beschenkt mich mit einem winzigen Lächeln. Ausgerechnet diesen intimen Moment nutzt Camden für sein Erscheinen.

»Tahsuda, Sir, es ist mir eine Ehre, Sie nach all den Jahren endlich kennenzulernen.« Camden streckt ihm die Hand entgegen.

Toko sieht erst mich an, dann Camden. Anschließend legt er seine faltige Hand in Cams. »Und du hast deinen Seelenverwandten gefunden, wie ich sehe«, sagt er zu mir. Er wölbt die Augenbrauen und mustert meinen Freund eindringlich.

Ich lächele so breit, dass ich vermutlich wie eine Geisteskranke aussehe, und nicke energisch.

Camden legt mir den Arm um die Schultern. »Die Leute finden es toll hier, und du hast bestimmt schon Einnahmen in Höhe von ein paar Tausend Dollar gemacht. Diese junge Frau, die du da engagiert hast …« Er wirft mir einen gespielt strengen Blick zu, weil ich jemanden eingestellt habe, ohne ihm Bescheid zu sagen. Nicht dass ich dazu verpflichtet wäre, aber da seiner Stiftung Anteile an meinem Geschäft gehören, hätte ich es wahrscheinlich erwähnen sollen. »Sie ist die geborene Verkäuferin. Und sie scheint viel von Mode zu verstehen. Ich habe mitbekommen, wie sie einer Frau zusätzlich zu ihrem Outfit noch einen Fünfzig-Dollar-Schal aufgeschwatzt hat, indem sie ihr versicherte, dass ihr Look sonst einfach nicht vollkommen sei. Wie auch immer. Tahsuda, ich freue mich auf ein baldiges Familienessen. Es wäre uns eine Ehre, Sie bei uns begrüßen zu dürfen.«

Toko beobachtet Camden schweigend, aber in Bezug auf unseren Beziehungsstatus entgeht ihm nicht das kleinste Detail. »Musst du mir vielleicht eine neue Adresse mitteilen, *huutsuu*?«

Mist! Das hatte ich zu erwähnen vergessen. »Ähm, ja, was das angeht … Ich bin sozusagen bei Camden eingezogen.« Ich deute mit dem Daumen auf meinen Freund.

»Verstehe.« Beleidigt reckt Toko das Kinn und presst die Lippen zu einer dünnen Linie zusammen. Dann setzt er zu einem Schlag gegen Camden an, den ich nicht erwartet hätte. »Und Sie halten es für angemessen, mit meiner Enkelin vor einer Eheschließung oder einem anderen Gelübde, mit dem Sie Ihre Beziehung besiegeln, zusammenzuleben?«

»Toko …«, werfe ich ein, doch Cam hält die Hand in die Höhe, um mich zum Schweigen zu bringen.

»Suda Kaye, ich regele das schon.« Wieder wendet er seine Aufmerksamkeit meinem Großvater zu. »Eigentlich nicht, denn sie ist eindeutig mehr wert. Aber ich wollte, dass sie aus dem winzigen Apartment über ihrem Laden auszieht, und Ihre Enkelin ist nun einmal sehr eigensinnig und hat ihren eigenen Kopf. Es war schwer genug, sie dazu zu bringen, so schnell wie möglich einzuziehen. Ich habe allerdings die Absicht, sie schon bald zu heiraten, Sir.«

Ich strecke Toko die Hand mit dem Ring entgegen. »Den hat er mir vor zehn Jahren geschenkt und mir vor Kurzem wiedergegeben. Der Ring steht für das Versprechen, mich bis in alle Ewigkeit zu lieben.«

»Bis in alle Ewigkeit.« Toko kneift seine espressofarbenen Augen zusammen, während er Camden gefühlt eine geschlagene Minute lang mustert und dann wieder mich ansieht. »Ja, ich sehe die Ewigkeit in eurer Zukunft. Ich werde mit den Ältesten für diese Verbindung beten.«

Mir bleibt der Mund offen stehen, und ich wackele ein wenig mit den Hüften und stoße einen leisen Jubellaut aus. »Juhu!«

Camden runzelt die Stirn und beugt sich zu mir herüber. »Bedeutet das etwas Gutes?«, flüstert er mir ins Ohr.

»Oh ja. Wenn er die Ältesten bemüht, dann bedeutet das, dass er eine Zukunft für uns sieht; andernfalls würde er seine Zeit nicht mit Gebeten verschwenden. Ist eine ziemlich große Sache«, antworte ich ebenfalls flüsternd. »Toko, warum holst du dir mit Milo nicht etwas zu essen? Evie muss auch irgendwo sein.«

»Evie?« Bis jetzt hat Milo in respektvollem Schweigen hinter dem älteren Tahsuda gewartet, doch nun merkt er auf.

»Hey Mann, wie geht es ihnen?« Cam streckt ihm die Hand entgegen, und sie begrüßen einander. »Haben Sie Ihre Frau mitgebracht? Ich würde sie gern kennenlernen.«

Ich runzele die Stirn, versuche bei der Erwähnung von Milos Frau aber ein unbeteiligtes Gesicht zu machen.

Milo wirkt zunächst verwirrt, doch dann wird seine Miene hart. »Meine Ex-Frau? Warum sollte ich sie mitbringen?«

»Hast du Ex-Frau gesagt?«, erkundige ich mich. »Wie in früher mal verheiratet, aber jetzt nicht mehr?«

Milo atmet tief ein und zupft die Manschetten an seinem makellosen Anzug zurecht. »Über diese Zeit meines Lebens rede ich nicht gern, aber ja, Kimberly und ich sind nicht mehr verheiratet.«

Toko brummt missbilligend und verschränkt die Arme vor der Brust, als sei er nicht allzu begeistert von diesem Bekenntnis. Es ist schließlich bekannt, dass man sich in unserer Kultur fürs Leben bindet, obwohl das in der heutigen Zeit nicht allzu realistisch zu sein scheint.

»Aber … Evie sagt, dass sie dich vor ein paar Wochen getroffen und eine Frau namens Kimberly sich ihr als deine Frau vorgestellt hat.«

Milo seufzt. »Das war ein sehr unglückliches Zusammentreffen, auf das ich nicht weiter eingehen möchte« – er sieht sich in dem vollen Laden um –, »jedenfalls nicht jetzt.«

»Oh ja, klar. Na ja, wenn du mit Evie reden möchtest, da drüben ist sie. Wenn ich du wäre, würde ich gleich mit der Tür ins Haus fallen und ihr sagen, dass du nicht mehr verheiratet bist.«

Er runzelt die Stirn. »Und warum sollte ich das tun?«

Ich zucke mit den Schultern. »Weibliche Intuition?«

Camden stupst meine Schulter an. »Halt dich da raus, Süße. Das geht dich nichts an.«

»Das Liebesleben meiner Schwester geht mich durchaus etwas an. Außerdem …«

»Liebesleben?«, unterbricht mich Milo.

»Mein Gott, du kannst einfach nicht deinen Mund nicht halten, was?« Camden schüttelt den Kopf und verschränkt die Arme vor der Brust.

»Willst du damit andeuten, dass Evie sich zu mir hingezogen fühlt?«, fragt Milo freiheraus.

Toko seufzt erschöpft. »Das steht unter keinem guten Stern. Auch darüber werde ich mit den Ältesten reden.«

Ich grinse Toko an, antworte Milo mit energischem Nicken, sage aber: »Warum fragst du sie nicht selbst?«

»Sie hat sich nie etwas anmerken lassen …« Er wirkt irritiert.

»Paaaaaaaaaahh!«, mache ich so gedehnt, dass sämtliche Luft aus meiner Lunge entweicht.

»Mensch, das alles tut mir leid. Außerdem möchte ich mich für das lose Mundwerk meiner Frau entschuldigen. Evie ist da drüben. Vielleicht könnten Sie diese Unterhaltung mit ihr fortführen?«, schlägt Camden vor.

Milo streicht sein Jackett glatt und nickt kurz. »Einverstanden.«

Er lässt uns stehen und macht sich mit zuversichtlicher Miene auf den Weg.

»Ich bin gespannt, wie es laufen wird.« Ich lächele, führe die Hände wie im Gebet zusammen und schicke um Evies willen ein schnelles »Bitte, Bitte« zum Himmel hinauf.

»Du solltest dich aus den romantischen Belangen deiner Schwester heraushalten. Das kann kein gutes Ende nehmen«, rät mir Toko weise.

Ich runzele die Stirn und nicke. »Gut. Oh, ich weiß! Wir brauchen Alkohol! Toko?«

»Hast du diesen ...«

»Native-American-Wein, den du so liebst? Ja. Evie hat mir verraten, dass du vielleicht kommst, deshalb habe ich nur für dich eine Flasche gekauft und sie hinten versteckt.« Strahlend hake ich meinen Großvater unter, und er tätschelt mir liebevoll die Hand.

»Danke, *huutsuu*.«

»Ich bin so glücklich, dass du hier bist. Es ist beinahe, als wäre Mom auch hier.« Das ist wahr, aber die Erkenntnis, dass sie niemals an den wichtigen Ereignissen in meinem Leben teilhaben kann, bricht mir fast das Herz.

Toko bleibt stehen, legt die Hand auf meine und wartet, bis ich ihm in die dunklen Augen blicke. »Meine Catori, deine Mutter, würde platzen vor Freude über das, was du hier geleistet hast. Sie hat sich immer nur gewünscht, dass ihre Mädchen glücklich werden. Ein Leben zu führen, wie sie es tat. Alles und jeden darin zu lieben.«

Ich lächele. »Ich liebe mein Leben wirklich. Alles und jeden darin.«

Er beugt sich zu mir herab und gibt mir einen Kuss auf die Schläfe. »Du bist die Tochter deiner Mutter.«

»Ja, das bin ich.«

Kapitel 21

»Warum hast du mich nicht vorgewarnt, dass Milo hier ist?«, zischt Evie, die hinter mir steht, mir ins Ohr, wobei sie sich über meine Schulter beugt, damit niemand sie hört.

Ich grinse, drehe mich jedoch nicht zu ihr um, sondern beobachte lieber die Party, die in vollem Gang ist. »Camden sagt, ich soll mich nicht in dein Liebesleben einmischen.«

»Tut mir leid. Wer bist du, und wo zum Teufel ist meine anmaßende, neugierige, obernervige Schwester, wenn ich sie brauche? Hast du mich verstanden? Milo. Ist. Hier.«

Ich lache leise und sehe, wie die Tür sich öffnet und der restliche Bryant-Clan hineinströmt. »Porter auch.«

»Porter? Was hast du nur immer mit Porter?« Evie packt mich am Oberarm und dreht mich zu sich herum. Ihr Blick ist panisch, ihr Mund verkniffen.

Ich kann mir ein Seufzen nicht verkneifen. »Schwesterherz, wie kann es dir nur entgehen, dass diese Typen beide in dich verschossen sind?«

Sie verdreht die Augen. »Hör auf. Porter ist ein Freund der Familie. Das ist alles. Also beinahe mit mir verwandt. Und Milo …«

Ich beuge mich vor. »Milo ist was? Heiß. Muskulös. Könnte hier jeden Mann außer Gefecht setzen, mit Ausnahme vielleicht von Preston. Oh, und habe ich schon erwähnt, dass er wahnsinnig heiß ist?«

Evie knurrt und knirscht mit den Zähnen. »Er hat mich gerade gefragt, ob ich mit ihm essen gehen will. Sagt, dass er mir irgendetwas vorschlagen will.«

Ich klatsche mit den Fingerspitzen. »Juhu! Das ist fantastisch. Wann seid ihr verabredet?«

Sie schüttelt den Kopf. »Ich habe ihm gesagt, dass ich beschäftigt und nicht interessiert bin.«

»Du hast was?«, rufe ich so laut, dass einige Umstehende innehalten und zu uns hinübersehen. Ich lächele ihnen beruhigend zu, packe Evies Arm und ziehe sie weiter in die Ecke. »Hast du gerade gesagt, dass du nicht mit ihm essen gehst? Warum denn nicht, um Himmels willen? Du bist seit Anbeginn der Zeit verliebt in ihn. Das ist deine Chance.«

Evie schnippt sich das Haar über die Schulter. »Du hörst mir nicht richtig zu. Ich kann mich doch nicht mit einem verheirateten Mann einlassen.«

»Du hast offensichtlich nicht mit ihm gesprochen, denn vor einer halben Stunde habe ich herausgefunden, dass es sich um seine Ex-Frau handelt. Mit Betonung auf Ex. Das heißt, es gibt keine Kimberly. Anders gesagt: Du hast freie Bahn.«

Evie runzelt die Stirn und zieht die Nase kraus, was ziemlich süß aussieht. »Warum sollte sie sich mir dann als seine Frau vorstellen?«

Ich breite in einer dramatischen Geste die Hände aus und lasse sie wieder sinken. »Woher soll ich das verdammt noch mal wissen? Frag Milo.«

Evie presst die Lippen aufeinander und reckt das Kinn. »Sicher nicht. Das war's. Ende der Diskussion. Ist mir egal, was er mir vorschlagen will. Ich muss mich von ihm fernhalten und diese Schwäche überwinden, die ich jetzt schon seit … zum Teufel … anscheinend seit Ewigkeiten habe. Ich bin mit ihm fertig.«

Ich stöhne laut auf. »Das ist doch lächerlich. Das Glück wartet um die Ecke. Womöglich musst du nur noch die Hand ausstrecken!«

»Oder das Leid. Ich habe keine Zeit für ein gebrochenes Herz, und diesem Mann steht Herzensbrecher deutlich auf die Stirn geschrieben.«

»Na gut, vergiss es.« Ich halte begütigend die Hände in die Höhe. »Wie wär's, wenn wir die Bryants begrüßen? Porter sieht heute Abend echt super aus.« Ich deute auf Porter, der mit Camden und seinen Brüdern zusammensteht. Er trägt ein Bryant-Brews-Polohemd und eine schwarze Hose. Die Hände hat er in den Hosentaschen vergraben und fühlt sich offensichtlich wohl in seiner Haut. Verdammt schöner Haut, wenn ich das mal so sagen darf. Neben meinem eigenen heißen blonden Hengst wirkt er wie ein dunkles Rassepferd. Ich mustere CJ, Preston, Camden und Porter. »Verdammt, diese Familie hat fantastische Gene.«

Endlich grinst Evie und hakt mich unter. »Da muss ich dir recht geben, Schwesterherz.«

Wir schlendern zu den Bryants hinüber, und Patty nimmt uns in ihre mütterlichen Arme. »Meine Güte, Mädels, das alles ist der Hammer. Suda Kaye, Schatz, kannst du etwa zaubern? Wohin ich auch blicke, gibt es neue und interessante Dinge zu entdecken. Ich liebe diesen Laden.« Sie löst sich von mir und nimmt eine meiner Hände zwischen die ihren. »Ich bin so stolz auf dich, Schatz. Und Catori wäre überglücklich, wenn sie heute hier wäre.«

Ich tätschele ihr die Hand. »Danke, Patty. Dass ihr alle hier seid, bedeutet mir eine Menge.«

»Na ja, ich kann es kaum abwarten, endlich etwas zu kaufen. Aber als Erstes gibt es jetzt Blubberwasser. Coltrane?«

Er tritt neben mich und gibt mir einen Kuss auf den Scheitel. »Super gemacht, meine Liebe. Ich hole jetzt meinem Patty-Schatz einen Drink. Willst du auch einen?«

»Unbedingt. Ich nehme auch ein Glas Champagner.«

»Evie?«, fragt Coltrane.

»Oh, den hole ich ihr, Dad«, meldet sich Porter. Er umarmt mich flüchtig. »Evie, möchtest du mit mir was trinken?«

Ich stoße sie an der Schulter an, und sie wirft mir einen wütenden Blick zu. Dann dreht sie sich um und schenkt Porter ein Lächeln. »Klar.«

Die vier machen sich auf den Weg zum Büfett, und ehe ich noch irgendetwas sagen kann, nimmt mich Preston in den Arm und quetscht mich beinahe zu Tode.

»Nun mach mal halblang, Pres. Meine Freundin kriegt gleich keine Luft mehr!«

»Ich bin verdammt stolz auf dich, Suda Kaye. Echt irre, das alles hier!« Er schwenkt mich hin und her, und ich lache schallend, bis er mich wieder loslässt.

Coltrane deutet auf ein Bild an der Wand. Es zeigt eine Frau, die hinter durchsichtigen Vorhängen steht und auf einen offenen Balkon und von dort in die Ferne blickt. Man sieht vornehmlich ihre Silhouette, aber an manchen Stellen gibt die hauchzarte Gardine auch den Blick auf ihre Haut frei. Das Bild hat eine unglaublich erotische Ausstrahlung.

»Das will ich kaufen. Wie viel?«, fragt CJ.

»Für dich … nichts«, verkünde ich, während Cam zur gleichen Zeit »Eintausend Dollar« veranschlagt.

»Abgemacht. Wem zahle ich das Geld?«, sagt CJ, ohne den Blick von dem Gemälde abzuwenden.

»Hey, die Fotografin hat das Bild für fünfhundert Dollar verkauft, Cam. Du verlangst Wucherpreise.«

Camden lacht leise. »Und du, Baby, verkaufst unter Wert. Das ist ein verdammt schönes Kunstwerk.«

»Ein Unikat?«, erkundigt sich CJ, den Blick immer noch unverwandt auf das Foto geheftet.

»Natürlich. Das sind sämtliche Kunstwerke hier. Die Fotografin kommt hier aus der Gegend. Sie ist übrigens auch das Model.« Ich grinse, als CJs Kopf zu mir herumwirbelt.

»Wie ist das möglich?« Seine Stimme klingt ehrfürchtig, und ich frage mich, ob seine Bewunderung dem Foto oder der Frau gilt. Vielleicht beidem.

Ich zucke mit den Schultern. »Das habe ich sie auch gefragt. Sie erzählte etwas davon, dass sie ihre Fotos durch Selbstauslöser mit Zeitverzögerung aufnimmt, also die entsprechende Pose einnimmt und Schuss. Große Kunst, was?«

»Fucking brillant. Ich will es heute Abend noch mitnehmen …«

Camden legt CJ die Hand auf die Schultern. »Nur die Ruhe, Bruder. Lass uns die Eröffnungsparty erst mal hinter uns bringen, bevor du Forderungen stellst.«

CJs Blick verändert sich. Er blinzelt ein paar Mal, als müsse er seine Benommenheit abschütteln. »Wow, sorry. Cam, Suda Kaye, ich war nur total …«

»Geflasht von ihrer Schönheit? Warte, bis du das Foto siehst, das ich anstelle von diesem hier aufhänge. Ich habe es hinten im Lager. Darauf sieht man ihr Gesicht.«

»Das muss ich sehen!«, beharrt er todernst.

Cam drückt seinem Bruder erneut die Schulter. »Entspann dich, Kumpel. Die Fotos laufen nicht weg. Hol dir was zu trinken, bezahle das Bild. Und denk gar nicht daran, zu knausern. Tausend Dollar. Kapiert?«

Endlich grinst CJ breit, wie es für alle Bryants typisch ist. Bei diesem Anblick atme ich auf. »Habt ihr Bourbon?«

Camden schürzt die Lippen und kneift die Augen zusammen. »Nimm, was da ist, und nein, es gibt keinen Bourbon. Das hier ist keine Bar, sondern eine Party für meine Freundin.« Er schiebt seinen Bruder zum Getränkebereich.

»Das war aber merkwürdig.« Ich betrachte das Bild von Jasmine Quinn, der Fotografin und meiner neuen Freundin. Sie sieht wirklich atemberaubend aus und versteht ihr Handwerk.

»An meinen Brüdern ist eine Menge merkwürdig.«

»Habe ich dir schon gesagt, dass Jasmine mich gefragt hat, ob sie Nacktfotos von mir machen könnte für eine neue Ausstellung, die sie plant?«

Seine Augenbrauen schießen beinahe bis zum Haaransatz hoch, und er räuspert sich. »Und äh … was hast du geantwortet?« Er klingt angespannt, und mir ist klar, dass er sich zurückhält, um nicht wie ein Neandertaler zu reagieren.

Ich schlinge ihm die Arme um den Hals und liebkose die Haut an seinem Kinn, wobei ich mich dicht an ihn schmiege. »Was glaubst du denn?«

»Bin dabei?« Er lacht leise, lässt aber die Hand an meinem Rücken hinabgleiten und legt sie auf meinen Po, den er mit Nachdruck zusammenpresst.

»Ich habe ihr gesagt, dass ich darüber zuerst mit meinem Freund sprechen müsste.«

Sein Lächeln werde ich wahrscheinlich nie vergessen. Er strahlt vor Stolz und Belustigung. »Hervorragend. Also nein. Ich wäre lieber der Einzige, der dich … in all deiner Pracht zu sehen bekommt.«

Ich grinse und lege den Kopf in den Nacken. »Das habe ich mir schon gedacht.«

Gerade als ich meinem Mann einen verstohlenen Kuss geben will, höre ich ein seltsames Klatschen an dem großen Schaufenster.

Wir wirbeln herum und laufen sogleich zur Tür. Noch bevor ich sie öffnen kann, treffen ein paar Geschosse auf Tür und Fenster. Gelber Schleim mit weißen Flecken gleitet an dem sauberen Glas hinab.

»Was zum Teufel ist das?«

Erneut klatscht es gegen die Scheibe. Camden hastet zur Tür hinaus, Preston, CJ und Porter ihm dicht auf den Fersen.

Ich folge ihnen, halte aber erst noch kurz die Hand in die Höhe und wende mich an meine Gäste. »Bitte bleiben Sie alle im Gebäude. Evie, ruf die Cops.«

Milo, der neben Toko steht, schiebt mich wortlos beiseite und stürmt zur Tür hinaus.

»Scheiße!« Ich rase ihm hinterher. Draußen entdecke ich Preston, der einen hispanisch aussehenden Mann am Kragen und am Hosenbund gepackt hat und an die Mauer des gegenüberliegenden Geschäfts presst.

»Du bewirfst den verdammten Laden meiner Schwester mit Eiern, Mann? Hast du den Verstand verloren? Gib mir ein Ei.« Er streckt die Hand aus, und ohne zu fragen, legt Camden ein Ei hinein.

Ich sehe mich um und entdecke einen weißen Geländewagen und im Rinnstein Dutzende und Aberdutzende von Eiern.

»Du scheinst deine Eier ja sehr zu lieben. Also? Wie fühlt sich das jetzt an?« Preston zerschmettert ein Ei genau auf der Brust des Mannes. »Gut?«, bellt er und massiert es ein. Das Eigelb quillt zwischen seinen Fingern hervor.

»Lass mich in Ruhe, Mann! Sie hat noch viel Schlimmeres verdient!«, stößt der seltsame Typ, den ich noch nie im Leben gesehen habe, hervor und tritt wild um sich. Wahrscheinlich trifft er ein paar Mal sogar Prestons Schienbeine, aber dieser lässt ihn trotzdem nicht los.

»Zum Teufel! Suda Kaye ist eine Frau, die ihr Leben im Griff hat und hier gerade die Eröffnung ihres Geschäfts feiert. Und du wagst es, sie so zu behandeln?«

»Sie hat mein Leben ruiniert!«, brüllt der andere, und Preston streckt die Hand nach einem weiteren Ei aus.

Camden reicht ihm zwar eins, schiebt ihn dann jedoch beiseite. Preston lässt den Typen fallen, der hart auf dem Boden aufkommt, sich vornüberbeugt und nach Luft schnappt. Camden gibt ihm allerdings nicht allzu viel Zeit, zerrt ihn hoch und knallt ihn wieder gegen die Wand und baut sich vor ihm auf, wobei er ihn um einiges überragt.

»Mach den Mund auf. Jetzt«, stößt er zwischen zusammengebissenen Zähnen hervor. »Und ich rate dir, dass du einen guten Grund dafür hast, das Geschäft meiner Frau mit Eiern zu bewerfen.«

»Deiner Frau! Das ist echt krass! Vor Wochen warst du noch mit meiner Frau zusammen!«, brüllt der andere.

Camden weicht zurück. »Darum geht es hier also? Um Brittney? Diese geldgeile Lügnerin, die mich betrunken gemacht, mit mir geschlafen und dann so getan hat, als sei sie schwanger und bekäme ein Kind von mir? Das ist deine Frau?«

»Sie ist fort, und das ist nur die Schuld dieser Schnepfe!« Der Mann lässt den Kopf hängen. Sein Kinn berührt beinahe seine Brust. »Brittney hat die Stadt verlassen. Ist mit irgendeinem alten Knacker aus dem Country Club ihrer Eltern durchgebrannt.«

»Und das ist der Grund dafür, dass du das Schaufenster meiner Frau einschlägst, obszöne Sprüche dranschmierst und es am Abend der Eröffnung mit Eiern bewirfst? Was zum Teufel hast du davon?« Camden lässt den Mann los und tritt einen Schritt zurück. Aus der Ferne hört man Sirenengeheul näher kommen.

»Ich habe sie geliebt. Ich wollte mein Leben mit ihr verbringen. Ihr einfach alles geben. Ich war sogar bereit, nur im Geheimen mit ihr zusammen zu sein, nur damit sie bei mir blieb. Eine wunderschöne, perfekte Frau wie sie aus einer vornehmen Familie würde einen Mann wie mich normalerweise keines Blickes würdigen. Ich bin über Mexiko eingewandert, wurde eingebürgert, habe mich hier selbstständig gemacht und mir was aufgebaut. Wir kommen klar, aber nie werde ich so viel Geld verdienen, wie sie es gewöhnt ist. Doch ich weiß tief im Herzen, dass wir uns lieben. Ich weiß auch, dass sie mich liebt.« Er reckt herausfordernd das Kinn. Ich wundere mich, dass er in diesem Augenblick noch solchen Mut beweist.

Eigentlich glaube ich ohnehin, dass es keinen besseren Mann als Camden Bryant gibt, aber er führt es mir noch einmal deutlich vor Augen. Er legt dem Mann die Hände auf die Schultern und tritt näher an ihn heran. »Du hast sie vielleicht geliebt; und womöglich hat sie diese Liebe sogar erwidert. Aber manchmal reicht Liebe eben nicht. Sie war nur auf Geld aus, Mann. Geld war ihr das Wichtigste, das hat sie von klein auf gelernt. So etwas kannst du in deinem Leben nicht brauchen.«

Der vormals deprimierte Blick des Mannes wird plötzlich eiskalt. »Du hast sie nicht so gekannt wie ich.«

»Das stimmt. Trotzdem sitzt du ihretwegen gerade ziemlich in der Tinte. Wahrscheinlich kann ich Suda Kaye überreden, dich nicht anzuzeigen, aber du bezahlst für das neue Fenster. Und wenn du heute Abend noch mehr Schäden angerichtet hast, kommst du auch für diese Reparaturen auf.«

In diesem Augenblick erscheinen zwei Cops auf der Bildfläche. »Ab jetzt übernehmen wir. Auch wenn die Eigentümerin des Gypsy

Soul Sie nicht anzeigt, droht Ihnen eine Anklage wegen Unruhestiftung und Vandalismus. Außerdem steht zu befürchten, dass der Besitzer des Gebäudes eine andere Auffassung von Gerechtigkeit hat als die Betreiberin des Ladens. Kommen Sie mit.«

Der Mann, bei dem es sich um Alejandro, Brittneys Lover, handelt, wird abgeführt. Camden legt den Arm um mich und zieht mich dicht an sich.

»Hey, Alejandro!«, rufe ich noch, bevor er auf den Rücksitz des Einsatzfahrzeuges verfrachtet werden kann, und der Mann wendet sich zu mir um. »Woher haben Sie die Telefonnummer meiner Schwester?«

Er lässt die Schultern hängen und blickt auf seine eiverschmierten Sneakers hinab. »Die Nummer ihres Diensthandys findet man online.«

Mist. Das muss meine Schwester sofort ändern.

»Komm, Baby. Kehren wir zu deiner Party zurück. Wahrscheinlich wollen nun alle möglichen Leute erfahren, was passiert ist.«

»Ja, wenigstens weiß ich jetzt, dass nicht Brittney dahintersteckt und dass man sich um Alejandro kümmern wird. Ich werde ihn nicht anzeigen, und ich werde mit dem Gebäudebesitzer reden. Der Typ ist ein zutiefst deprimierter Mann, der die Frau, die er liebt, verloren hat. Egal, wie mies sie uns behandelt hat, er liebt sie, und das zählt schließlich auch.«

Er streichelt beruhigend meinen Arm. »So ist es, Süße. Wenn man den richtigen Menschen gefunden hat, ist die Liebe sogar das Einzige, was zählt.«

»Danke, Jungs.« Ich sehe CJ, Porter, Preston und Milo an.

»Du hättest mich ihn vermöbeln lassen sollen«, murmelt Preston unwirsch und tritt gegen einen Stein.

Ich schnaube belustigt. »Kommt schon. Getränke gehen auf mich!« Ich lache über meinen eigenen blöden Witz.

Vor dem Geschäft sind Evie, Addy und Patty dabei, den Eierschleim abzuwischen.

Meine Schwester reicht Addy die Flasche mit Glasreiniger. »Alles okay, Schwesterherz?«

Ich nicke. »Ja, war einfach nur ein total trauriger Typ mit gebrochenem Herzen.«

Evie grinst. »Siehst du? Ich hab's ja gesagt. Bei Liebeskummer erkennt man sich manchmal eben selbst nicht mehr.«

»Warum sagst du denn so etwas?«, fragt Milo, der ein paar Schritte hinter uns steht.

Evie reißt die Augen auf und benetzt die Lippen. »Ähm, nur so. Wie auch immer, lasst uns wieder hineingehen! Die Bürgermeisterin hat gerade gesagt, dass die Presse angerufen hat und auf dem Weg ist. Sie will jetzt das Band durchschneiden.«

»Das Band durchschneiden?«, kreische ich begeistert und mache einen kleinen Freudentanz. »Toll!«

Camden lacht und nimmt mich in die Arme. Dann kehren wir in den Laden zurück. »Du lässt dich nie unterkriegen, oder?«

Ich lächele und zucke mit den Schultern. »Warum auch? Als Kind schickte ich zusammen mit meiner Mutter und meiner Schwester einen Wunsch zu den Sternen, und er hat sich erfüllt. Ich habe zehn Jahre lang die Welt bereist, habe alles gesehen, was ich mir je erträumt habe. Dann bin ich heimgekehrt und habe den absolut krassesten Laden der Welt eröffnet, wobei ich alles, was ich bin, mit den Menschen teile, die mir am wichtigsten sind. Meine Schwester ist gesund, glücklich, und ich kann sie täglich sehen. Der einzige Mann, den ich je geliebt habe, hat mir verziehen, dass ich ihn verlassen habe, und will mich bald heiraten. Ich bin ziemlich sicher, dass ich in der Lotterie erfüllter Träume gewonnen habe … haushoch!«

Camden legt mir die Hände auf die Wangen, und seine sanften

braunen, grün gesprenkelten Augen brennen sich in meine hinein. »Nun, auch ich habe einen Wunsch zu den Sternen geschickt. Genau wie meine große Liebe es mir in unserer Jugend beigebracht hat, jeden Tag, die ganzen zehn Jahre lang. Und endlich, hier und jetzt, mit dir in meinen Armen und der Perspektive, unser zukünftiges Leben gemeinsam zu gestalten … hat dieser Wunsch sich erfüllt.«

Ich fahre mit den Fingern durch seine dunkelblonden Locken, und mir geht das Herz auf. »Camden.« Ich sehe ihm in die Augen. Meine Liebe zu diesem Mann droht meine Brust zu sprengen. »Was hast du dir gewünscht?«

»Suda Kaye, meine Süße, ich habe mir gewünscht, dass du zu mir nach Hause kommst.«

Epilog

SECHS MONATE SPÄTER …

»Was? Wie? Was ist los?« Ich spüre, wie mich meine Schwester aus dem Tiefschlaf wach rüttelt.

»Schhh, du weckst sie noch alle auf. Komm.« In dem Zimmer mit dem Doppelbett, in dem Evie und ich auf der Bryant-Ranch die Nacht verbracht haben, ist es dunkel. Aber sie hat die Tür geöffnet, und vor dem Nachtlicht, dessen Schein vom Flur hereindringt, ist ihre Silhouette deutlich zu erkennen.

Ich stöhne. »Evie, ich soll morgen heiraten. Ich will nicht aussehen wie der Tod auf Stelzen, nur weil ich die Nacht nicht durchgeschlafen habe.«

Sie greift nach meiner Hand und zieht daran, bis ich die Decke wegstoße und aufstehe. Ich trage nur knappe Shorts mit dem in goldener Schreibschrift aufgedruckten Wort »Braut« auf den Pobacken und ein passendes weißes Baumwolltop.

Evie reicht mir den »Braut«-Morgenmantel, den sie passend zu meinem Outfit gekauft hat. Sie selbst hat den Pyjama mit der Aufschrift »Trauzeugin« mit ebenfalls passendem Morgenmantel übergestreift. Ihr Outfit ist erheblich züchtiger als meins.

Ich streife den Morgenmantel über und binde ihn an der

Taille zu. Dann streiche ich mir das wirre Haar aus dem Gesicht. »Geht es dir gut?«

»Ja, ja. Ich finde nur …, dass wir unbedingt noch etwas erledigen müssen.« Sie stellt meine glitzernden Braut-Flipflops vor mich hin, und ich schiebe die Füße hinein.

Dann packt sie meine Hand, legt sich die Häkeldecke vom Fußende meines Bettes über die Schultern und greift nach einer Flasche Champagner und zwei Gläsern, die sie auf der Kommode abgestellt hat. »Komm einfach mit. Ich erkläre es dir auf dem Weg.«

Für Abenteuer bin ich immer zu haben, also stelle ich keine Fragen mehr, drücke ihre Hand und folge ihr. Ich würde meine Schwester blindlings überallhin begleiten.

Auf Zehenspitzen schleichen wir die Treppe hinab, durchqueren das Wohnzimmer, lassen die Schiebetüren und die äußeren Stufen hinter uns und treten auf die offene Wiesenfläche hinaus, auf der bereits hundert weiße Stühle und ein fantastisches geblümtes Sonnensegel mit jeder Menge Sonnenblumen und Margeriten aufgebaut ist. Die Tanzfläche wurde genau vor der Scheune errichtet, die ich so sehr liebe. Vor dieser Kulisse werden wir unseren ersten Tanz als Brautpaar wagen. Die Bryant-Brüder haben Unmengen funkelnder Lichter dort angebracht, um dem Ganzen bei Nacht einen besonders romantischen Anstrich zu verleihen. Ich kann es gar nicht erwarten, bis endlich später Nachmittag ist und ich endgültig »Ja, ich will« zu meinem Traummann sagen kann.

Evie führt mich auf die Scheune zu. Wir überqueren den hölzernen Tanzboden und tauchen dann in die Dunkelheit des Gebäudes ein. Obwohl nirgends ein Licht leuchtet, kann ich meine Umgebung erkennen, denn das große Scheunentor auf dem Speicher steht weit offen. Das Mondlicht scheint direkt hinein und spendet jede Menge Licht.

»Hier, nimm mir eine ab. Beide kann ich nicht halten.« Sie reicht mir eine der Champagnerflöten und deutet auf die Leiter, die auf den Dachboden führt. Derselbe Dachboden, auf dem Cam mich zur Frau machte. Ich kann mich gar nicht entsinnen, ihr je erzählt zu haben, wo es geschah. Umso denkwürdiger, dass ich in der Nacht vor meiner Hochzeit ebenjene Leiter emporsteige, dorthin, wo ich Camden meinen Körper und mein Herz schenkte.

Als wir oben sind, breitet sie die Decke auf den Holzdielen auf, streift ihre Sandalen ab und setzt sich in die Fensteröffnung. Sie lässt sogar die Beine nach unten baumeln, als wollte sie im Mondlicht baden. Ihr Haar leuchtet wie ein goldener Heiligenschein, als sie auf den Platz neben sich klopft. »Komm, setz dich, Schwesterherz.«

Ich schleudere die Schuhe von mir und mache es mir neben ihr bequem, die Beine ebenfalls über der Kante, wobei nun auch ich das Fenstersims in den Kniekehlen spüre. Ich lasse die Beine in der lauen Luft baumeln, lehne mich zurück und öffne meinen Morgenmantel, damit das Mondlicht meine Haut küsst.

Evie lässt den Korken der Champagnerflasche knallen, füllt erst mein Glas und dann ihres.

»Erzählst du mir jetzt, was das alles soll?« Ich bin meganeugierig, was sie vorhat. Evie tut nie irgendetwas Verrücktes oder Unbedachtes.

Sie benetzt die Lippen und nickt. »Na ja, aus meinem Mund klingt es sicher ein bisschen merkwürdig, aber … mir ist Mom im Traum erschienen …«

Ich schnappe nach Luft. »Wie bitte?«

»Ich weiß, ich weiß. Klingt total verrückt, aber ich schwöre, dass sie zu mir gekommen ist. Ich konnte sie spüren. Sogar ihre Stimme konnte ich hören. Wir saßen genau da wie jetzt wir beide.« Sie klopft auf den kleinen Spalt zwischen uns. »Mom saß zwischen uns. Und alle drei hatten wir Champagnergläser in den Händen. Sie hat den Arm um uns gelegt und jeder von uns einen Kuss auf die Schläfe gegeben.«

»Was hat sie gesagt?« Vor lauter Sehnsucht zieht sich mein Herz schmerzhaft zusammen. Das Bedürfnis, nun mit meiner Mutter zusammen sein zu können, ist beinahe überwältigend.

Eine Träne rinnt über Evies Wange, und ihre Lippen zittern. »Sie sagte: ›Seht zu den Sternen hinauf, meine Lieblinge. Ich bin immer da, wache über euch, wünsche euch Glück und liebe euch in jedem Augenblick eures Lebens.‹«

Ich rücke näher an meine Schwester heran, sodass der Abstand verschwindet. Eine Woge reiner Liebe umhüllt mich wie ein Mantel, und ich habe Schmetterlinge im Bauch. Mein Herz pocht laut, meine Haut kribbelt. Ich schließe die Augen und lege Evie den freien Arm um die Schulter. Sie tut es mir gleich und schlingt den ihren um meine Taille.

»Spürst du das?«, flüstere ich.

Sie blinzelt, und jetzt weinen wir beide.

»Mom ist hier.« Ich lächele und blicke zum Mond und zu den Sternen hinauf, koste den Moment in vollen Zügen aus.

Und wie meine Schwester und ich uns so in den Armen halten, könnte ich schwören, dass der Wind die flüsterleise Stimme meiner Mutter zu mir herüberträgt.

Ich habe mir immer nur eins gewünscht: dass meine Mädchen glücklich sind.

Wünsche können wahr werden.

Erhaltet Euch Eure Träume, meine Lieblinge.

Und dann ist sie verstummt.

Evie hebt ihr Glas dem offenen Himmel entgegen. »Wir vermissen dich.«

»Wir lieben dich.« Auch ich proste meiner Mom zu.

»Danke dafür.« Evie wendet den Kopf und sieht mich an. »Danke, dass du mir Suda Kaye gegeben hast.«

Nun lasse ich den Tränen erst recht freien Lauf. Ich sehe meiner Schwester in ihre atemberaubend schönen blauen Augen und danke meiner Mutter ebenfalls laut: »Danke, dass du mir Evie gegeben hast. Die beste Schwester, die man sich denken kann.«

Wir kichern und nippen an unserem Champagner.

»Evie?«

Evie legt den Kopf auf die Seite und klopft mit den Beinen gegen die Scheunenwand. Ihr Blick huscht erst zu mir hinüber, dann wieder in den Himmel hinauf.

»Ich glaube nicht, dass ich es ohne deine Unterstützung so weit gebracht hätte. Du hast dich nach Moms Tod um mich gekümmert. Du hast dich regelmäßig nach mir erkundigt, wenn ich auf Reisen war. Du hast alles stehen und liegen gelassen, um mich zu besuchen. Du hast mich nach Hause gebracht. Hast mir geholfen, diesen Laden auf die Beine zu stellen. Hast mir die Augen geöffnet, sodass ich erkannt habe, dass alles, was ich mir je gewünscht habe und brauche, hier ist. Du hast immer an mich geglaubt … und ich …«

Evie legt die Hand auf meine und drückt sie. »Und das werde ich auch immer tun. Ich weiß, es macht Angst, sich an einen Menschen zu binden, aber Cam liebt dich mehr als alles auf der Welt. Wenn du ihn bitten würdest, den Mond für dich vom Himmel zu holen, würde er eine Möglichkeit finden, ihn einzufangen und dir zu schenken.«

Ich lache leise und nicke.

»Erlaube dir selbst, jeden Augenblick des morgigen Tages und eurer gemeinsamen Zukunft zu genießen. Er wird dich nie festhalten. Er wird dich fliegen lassen, wenn du das Bedürfnis verspürst.

Wahrscheinlich wird er dir sogar die Flüge buchen. Camden wird neben dir sitzen, wenn du dich mal wieder nach Abenteuern sehnst. Du bist nicht mehr allein. Das habe ich mir immer für dich gewünscht, denn ich selbst hätte dir das nie bieten können.«

Ich halte ihre Hand. »Weißt du, das wünsche ich mir für dich auch.«

Sie schenkt mir ein trauriges Lächeln. »Keine Ahnung, ob es überhaupt einen Mr. Perfect für mich gibt, aber ich halte weiter danach Ausschau.« Sie stupst meine Schulter mit ihrer an.

Nun, da ich endgültig nach Hause zurückgekehrt bin, werde ich meiner Schwester helfen, ihr Lebensglück zu finden.

Evie hält ihr Glas in die Höhe und stößt mit mir an. »Auf ein wunderschönes Leben an der Seite deines Traummanns.«

»Darauf trinke ich!« Ich hebe mein Glas und leere es in einem Zug. »Noch 'ne Runde!«

Sie gluckst leise, kippt ihren eigenen Champagner ebenfalls herunter und füllt unsere Gläser erneut.

Die nächste Stunde verbringen wir damit, uns kichernd unsere Geheimnisse zu erzählen – wie früher als Schulmädchen. Diese Nacht wird immer die kostbarste Erinnerung sein, die ich mit meiner Schwester verbinde.

~

Ein Klopfen an der Tür schreckt mich aus meinen Betrachtungen, während ich mich von Kopf bis Fuß im Spiegel mustere. Ein schlichtes, bodenlanges weißes Spitzenkleid. Hinten ergießt sich ein in Schenkelhöhe gerüschter Stoff in eine kleine Schleppe, die mich beim Gehen nicht behindert.

Evie öffnet die Tür, und mein Großvater betritt den Raum. Tokos langes schwarzes Haar ist in der Mitte gescheitelt. Er hat

Lederbänder in beide Zöpfe geflochten und sie am Ende mit Türkisperlen fixiert. Eine Halskette mit tellergroßem Brustpanzer ziert seinen kohlrabenschwarzen Lederponcho. Die Rangabzeichen bestehen aus langen Elfenbeinperlen, jeder von der Größe einer grünen Bohne, die von kleinen gelben und türkisfarbenen Perlen gesäumt sind. Von jeder Elfenbeinperle baumeln taubengraue Lederfransen herab. Die Brustplatte ist ein wunderschönes Stück, und ich habe sie ihn nur ein einziges Mal tragen sehen, und zwar auf dem Foto, das meine Mutter und meinen Stiefvater an ihrem Hochzeitstag zeigt.

Ich wende mich ihm zu und neige respektvoll den Kopf. Tokos warme Hand umfängt meinen Hinterkopf und wandert dann zu meinem Gesicht. Er umfasst mein Kinn und schiebt mein Gesicht nach oben. Ich sehe ihm in die espressofarbenen Augen, die glänzen wie Glasmurmeln.

Auf Komantsche sagt er: »Du bist schöner als das Abendlicht über den Bergen unserer Heimat. So schön, dass meine alten Augen wie geblendet sind.«

»Toko …« Meine Stimme zittert.

Er presst mir die Lippen auf die Stirn. Ich lege ihm die Arme um die Taille.

»Am heutigen Tag wäre sie überglücklich. Meine Catori. Ich bin so stolz auf die Frau, zu der du herangewachsen bist.«

Tränen brennen hinter meinen Augen, und ich atme tief ein und aus, um nicht zu weinen.

»Ich habe ein Geschenk von ihr für dich.«

Ich schlucke und weiche einen Schritt zurück. Überraschung und Schrecken spiegeln sich auf meinem Gesicht. Toko hält ein kompliziert gemustertes goldenes Kästchen in die Höhe. Es ist etwa zwanzig Zentimeter lang, ein paar Zentimeter breit und vielleicht fünf Zentimeter tief. Allein das Kästchen ist schon ein Schmuckstück.

Er reicht es mir, und ich halte es in den Händen. Es fühlt sich warm an, als sei es ein lebendiges Andenken an das Wesen meiner Mutter. Evie tritt hinter mich und legt mir die Hände auf die Schultern. Ich weiß nicht, ob sie das tut, um mich emotional zu unterstützen, oder weil man mir ansieht, dass ich mich fühle, als hätte man mir den Teppich unter meinen Designersandalen weggezogen.

Toko deutet mit dem Kinn auf das wunderschöne Kästchen. »Catori hat mich gebeten, es dir an deinem Hochzeitstag zu geben und keinen Tag früher.«

»W-wie konnte Mom wissen, dass ich überhaupt heiraten oder meine große Liebe finden würde?« Ich schniefe und halte das Kästchen an meine Brust, wünsche mir, ich könnte jetzt tatsächlich meine Mutter umarmen.

Toko führt vor dem Poncho die Hände zusammen wie im Gebet. »Catori war eine Träumerin. Und sie hat ihre Träume gelebt. Meine Tochter hat daran geglaubt, dass wir alle ein Schicksal haben. Dein Schicksal liegt hier, davon war sie überzeugt.« Er lächelt und deutet mit erneutem Kopfnicken auf das Kästchen. »Sie hatte recht.«

»Toko …« Ich schlucke die Gefühle herunter, die meine Brust beinahe zum Explodieren bringen.

»Ich lasse dich jetzt allein. Verbringe so viel Zeit, wie du brauchst, mit deiner Mutter und deiner Schwester. Ich werde draußen warten, um dich in deine Ewigkeit zu begleiten.« Mit diesen Worten verlässt er langsam das Brautzimmer und schließt die Tür hinter sich.

»Mach es auf, Suda Kaye«, drängt Evie mich.

»Ich habe Angst.«

Sie lächelt sanft und reibt mir beruhigend über die Arme. »Es ist von Mom. Ein Geschenk, das sie dir noch nach ihrem Tod macht.«

Ich nicke, atme tief ein und dann langsam wieder aus. »Okay.«

Ich schiebe den kleinen Riegel zur Seite und öffne die reich verzierte Box. Drinnen liegt ein goldenes Armband auf einem ihrer rosafarbenen Umschläge. Ich nehme das Armband mit den Charms in die Hand und erkenne es sofort wieder. Als Kind war ich vollkommen fasziniert davon. Die Charms markieren ihre Lieblingsorte, die sie in ihrem Leben bereiste. Ich halte das Bettelarmband an meine Brust, und Tränen benetzen meine Wangen.

Auch Evie kann sich das Weinen nicht länger verkneifen. Sie schluchzt und hält sich die Hand vor den Mund. Nach Moms Tod suchten wir wochenlang danach, aber ohne Erfolg. Solange ich denken kann, habe ich mir gewünscht, es am Handgelenk zu tragen.

»Lies den Brief«, fordert sie mich auf, aber ich bin blind vor Tränen. Ich stolpere zu dem Sessel neben der Frisierkommode und lasse mich buchstäblich hineinplumpsen.

Ich gebe den Brief meiner Schwester und schüttele den Kopf. »Ich kann nicht. Lies ihn mir vor.«

»Aber er gehört dir. Er geht nur dich was an …«, wendet sie ein.

»Es gibt nichts, das ich vor dir geheim halten müsste. Darum lies mir vor, was Mom zu sagen hat. Bitte, ich kriege kaum Luft …« Ich poche mir auf die Brust. Mein Herz pocht so wild gegen meine Rippen, dass ich schon befürchte, ich könnte mir eine brechen.

»Okay, okay.« Evie wischt sich mit dem Finger über die tränennasse Wange. Sie räuspert sich, dann nimmt sie den Brief aus dem Umschlag. Faltet ihn auseinander, holt tief Luft und liest laut vor.

»*Meine liebste* huutsuu!« Sie schluckt erneut, schüttelt den Kopf und fährt dann mit einer Kraft fort, die ich an ihr bewundere, aber niemals selbst aufbringen könnte. *»Den heutigen Tag nicht miterleben zu können, bedaure ich ganz besonders. Heute wirst Du Dich für alle Ewigkeit an Deine einzig wahre Liebe binden … an Camden Bryant.«*

Evie bleibt der Mund offen stehen, und ich schnappe nach Luft und halte mir zutiefst erschrocken die Hand vor den Mund. Wie konnte sie wissen, dass ich letztlich Camden heiraten würde, obwohl sie mich doch vor so vielen Jahren ermutigte, in die Welt hinauszuziehen?

Evie fächelt sich mit dem Brief Luft zu, hebt den Kopf zum Himmel und atmet ein paarmal tief ein. »Ich habe ein total verrücktes Gefühl, Suda Kaye. Es ist, als sei sie hier … genau wie gestern Nacht.«

Ich stehe auf und stelle mich neben Evie, lege ihr den Arm um die Taille. »Wir haben einander. Du und ich. Schwestern. Für immer zusammen, egal, wohin das Leben uns verschlägt, egal, an wen wir uns binden. Wir gehören für immer zusammen, Evie. Und nun lies weiter.«

»Im Leben wirst Du immer wieder ein Auf und Ab erleben, unglaublich viel Glück und unglaublich viel Trauer verspüren. Aber ich bin fest davon überzeugt, dass Ihr beiden füreinander bestimmt seid. Wenn man den Menschen gefunden hat, für den man geschaffen ist, rastet irgendetwas im Universum ein. Egal, wo der Betreffende ist, wo er hingeht, wann Du ihn findest, er gehört zu Dir. Aus diesem Grund wusste ich, dass mein Vorschlag, die Welt zu bereisen und zu erforschen, nicht das Geringste ändern wurde. Ich glaubte von ganzem Herzen, dass er die zweite Hälfte Deiner Seele ist und das auch bleiben würde, egal, wie viel Zeit Ihr voneinander getrennt sein würdet. Wenn Du diese Zeilen liest, hatte ich recht. Ich liebe es, recht zu haben.«

Evie und ich müssen lachen, denn das liebte sie wirklich.

»Heute, Suda Kaye, sollst Du wissen, dass Du über alle Maßen geliebt wirst. Obwohl ich körperlich nicht bei Dir sein kann, werde ich Dich und Deine Schwester immer begleiten. Ihr müsst nur an mich denken, und schon bin ich da. Ob in einer Erinnerung, einer leichten Brise, einem Sonnenstrahl auf Eurem Gesicht oder einem vertrauten Gefühl, das Dich überkommt. Das bin ich, Euch immer nah und voller Liebe zu Euch.«

Evie wischt sich über die Augen, schluckt und räuspert sich noch einmal.

»Ich bin stolz auf Dich, huutsuu. *Du hast Deine Flügel ausgebreitet, die Welt erkundet und weißt nun besser denn je, dass dies hier der Ort ist, für den Du bestimmt bist. Du bist nicht verloren, denn Du weißt, wo Deine Wurzeln sind, Dein Zuhause. Es ist an der Seite Deines Mannes, der Dich anbetet, und Deiner Schwester, die Dich über alles liebt.«*

Wieder kommen mir die Tränen und tropfen auf die Seite, die Evie zwischen uns in der Hand hält.

»Sei glücklich. Das war immer mein größter Wunsch. Zu jedem Stern am Firmament schickte ich den Wunsch empor, dass meine Mädchen glücklich würden. Sei glücklich mit Camden. Ihr seid Seelenverwandte. Gründet eine Familie. Lebt, als gäbe es kein Morgen.

All meine Liebe an meine Mädchen an diesem großen Tag

Mom

Ich atme tief ein, nehme den Brief in die Hand, presse die Lippen darauf, und sofort dringt mir der Duft meiner Mutter in die Nase. Zitrus, Patschuli und ein Hauch Erde. Ich schließe die Augen, hole ein paarmal tief Luft, falte den Brief zusammen, stecke ihn in den Umschlag zurück und verstaue ihn in dem Kästchen.

»Geht es dir gut?«, fragt Evie.

Ich nicke und gehe zum Frisiertisch hinüber, um mich noch

einmal zu schminken. Ich trage neue Mascara auf und verteile Foundation unter meinen geröteten Augen. Als ich fertig bin, halte ich ihr das Bettelarmband hin.

»Etwas Altes«, flüstere ich, und Evie lächelt traurig und befestigt es an meinem Handgelenk. Die goldenen Charms funkeln, schicken glitzernde Lichtreflexe über den gesamten Boden.

»Etwas Neues.« Evie überreicht mir prächtige Ohrringe, die Camdens Mutter mir geschenkt hat. Es handelt sich um einfache Perlen in Tropfenform, die perfekt zu dem herzförmigen Ausschnitt und dem schlichten Spitzenkleid passen.

»Etwas Geborgtes.« Sie holt den Ring mit dem Geburtsstein hervor, den unsere Mutter ihr zum achtzehnten Geburtstag schenkte, und schiebt ihn mir auf den rechten Ringfinger. Er sitzt perfekt.

»Etwas Blaues.« Sie legt mir einen Kranz aus blauen Wildblumen auf meinen Scheitel und plustert meine Haare auf, sodass sie mir in Wellen über die Schultern fallen.

»Du bist die schönste Frau, die ich je gesehen habe«, stößt sie heiser hervor, und wir müssen beide lachen. Wir lassen unsere Trauer hinter uns und das Licht in unsere Seelen. »Was jetzt?« Sie mustert mich von Kopf bis Fuß.

»Jetzt heirate ich den Mann, den ich mir gewünscht habe.« Ich halte ihr den gebeugten Arm hin, und meine Schwester hakt mich unter. »Dann geh voran.«

Mit Evie, die mir in dem sonnengelben Kleid voranschreitet, und meinem Großvater an meiner Seite schreite ich über den mit Blütenblättern bestreuten Weg meinem immerwährenden Glück entgegen.

ENDE

Der zweite Band der Wish-Serie, *My Wish – Strahle wie die Sonne,* erzählt die Geschichte von Evie Ross. Wird Evies Wunsch in Erfüllung gehen? Finde es heraus!

Dank

An meinen Mann **Eric**, weil er mir an jedem einzelnen Tag zeigt, was wahre Liebe ist. Seit zweiundzwanzig Jahren, Tendenz steigend …

An die weltbeste persönliche Assistentin **Jeananna Goodall**. Ich hoffe, ich konnte dem Andenken deiner Mutter gerecht werden. Dieses Buch bedeutet mir mehr als jedes zuvor, denn ich wollte eine besonders schöne Geschichte schreiben. Für dich. Ich wollte, dass du die schwesterliche Verbundenheit zwischen uns, deiner Mom und ihren Schwestern spürst. Obwohl die Story ausschließlich meiner Fantasie entsprungen ist, enthält sie hie und da Fingerzeige auf die Vergangenheit und ist von ihrem Wesen durchdrungen. Ich danke dir für die Ehre, dass ich ihre Geschichte mit der Welt teilen durfte. Ich glaube, es steckt viel von deiner Mutter in dir, und ich bin fest davon überzeugt, dass sie unglaublich stolz auf die Frau wäre, die du heute bist.

An **Amy Tannenbaum**, weil sie für diese romantische Familiengeschichte das perfekte Heim bei Harlequin gefunden hat.

An **Ekatarina Sayanova** und Red Quill Editing für das Lektorat und weil sie mir geholfen hat, die richtige Mischung aus süß und heiß zu finden.

An **Susan Swinwood**, die Cheflektorin des Verlags, weil sie es gewagt hat, sich auf einen neuen Typus weiblicher Fiction und romantischer Geschichten einzulassen, und mir dabei geholfen hat, diese Geschichte zu einer zu machen, die mit Sicherheit in der Seele von Frauen auf der ganzen Welt ihren Widerhall findet. Ich fühle mich unglaublich gesegnet, mit dir arbeiten zu können, und freue mich schon auf die nächsten Geschichten, die auf uns warten.

An meine Testleserinnen **Tracey Wilson-Vuolo, Tammy Hamilton-Green** und **Gabby McEachern**. Diese Geschichte war nicht einfach, weshalb wir Monate dafür gebraucht haben! Erst ein Kapitel geschickt zu bekommen und dann wochenlang aufs nächste zu warten, war sicher hart für euch, aber ihr habt zu mir gehalten, habt mich herausgefordert und mich bei allen Etappen angefeuert. Danke, dass ihr mich so unglaublich unterstützt habt.

An **Harlequin** für die Entscheidung, es mit einer gewagten Frauengeschichte aufzunehmen. Manchmal braucht ein Mensch nur eines: jemanden, den man respektiert und der an einen glaubt. Ich versuche, mich der Herausforderung dieses neuen Genres zu stellen, und bin begeistert, dass ich das mit eurer Unterstützung und durch euer Engagement überhaupt kann. Träume können tatsächlich in Erfüllung gehen. Ich bin eine Harlequin-Autorin!!! Wahrscheinlich muss ich mir das noch hundertmal vorsagen, bis ich selbst daran glaube.

An die **Leser**. Ich hoffe, ihr habt Suda Kayes Reise an der Seite von Evie, Cam, Kyson, den Bryants, Milo und natürlich dem alten Tahsuda genossen. Danke, dass ihr euch auf etwas Neues eingelassen habt. Es ist wirklich nicht selbstverständlich, dass ihr euch ausgerechnet für eines meiner Bücher entscheidet. Deshalb weiß ich es umso mehr zu schätzen, dass ihr mir eure Zeit gewidmet habt. Nun gönnt euch eine Flasche Wein oder Champagner oder irgendein anderes Erfrischungsgetränk, lehnt euch zurück und ruft eure Schwester an. Oder eure beste Freundin oder eure Seelenverwandte oder wen auch immer, Hauptsache, die Betreffende gibt euch das Gefühl, vollständig zu sein. Sagt ihr, dass ihr sie lieb habt, und berichtet ihr womöglich sogar von diesem tollen Buch, das die innige Beziehung zweier Schwestern beschreibt … zwinker, zwinker! Mit ganz viel Liebe!